大鱼

有爱的青春陪伴者

明天见

周行云 著

江苏凤凰文艺出版社
JIANGSU PHOENIX LITERATURE AND ART PUBLISHING

图书在版编目（CIP）数据
明天见 / 周行云著. -- 南京 : 江苏凤凰文艺出版社，2024. 12. -- ISBN 978-7-5594-9100-8
Ⅰ. I247.5
中国国家版本馆CIP数据核字第20243GC686号

明天见

周行云 著

责任编辑	王昕宁
特约编辑	蒋彩霞
出版发行	江苏凤凰文艺出版社
	南京市中央路165号，邮编：210009
网　　址	http://www.jswenyi.com
印　　刷	长沙鸿发印务实业有限公司
开　　本	880mm × 1230mm 1/32
印　　张	9
字　　数	304千字
版　　次	2024年12月第1版
印　　次	2024年12月第1次印刷
书　　号	ISBN 978-7-5594-9100-8
定　　价	42.80元

目 录

contents

目 录

contents

第 1 章
天生一对

昨晚刚结束一场暴雨，路面上到处都是小水洼。按理说雨后空气也该透着凉，但平芜市的气温不降反升，阵阵拂过的夏风硬是不输太上老君炼丹炉里那灼烫的火风。

“砰！”

一道急促关门的闷响。

孟好下了车，接过司机递来的行李箱，刚要说谢谢，眼角的余光瞥到什么，脸上淡漠的疏离感顿时被生无可恋的表情取代。

一辆黑色轿车龟速从边上驶来，轮胎轧过水坑，孟好的新裤子瞬间被浇得一片狼藉。

对方车窗一直是降着的，此刻周遭那该死的蝉鸣声响个不停，车内的对话声不知怎的就钻进了孟好耳朵里——

“屿，要不别给这家公司干活儿了，你瞅那职员的嘴脸，还没当上组长呢就开始嘚瑟。要我说，干脆把你那套程序卖给别人得了。”

“啧，再说吧。”被叫作“屿”的男生敷衍道。

这低音炮与方才的男声明显不同，一听就是一副能蛊惑人心的好嗓子。

“也是，那毕竟是你熬夜写出来的，你肯定不能把它卖给那种甲方。虽然我常管那群孙子叫甲方爸爸，但这次那代理组长是真的很孙子。”

“差不多得了，没必要。”

听着这人还挺善解人意。

两秒后，车内的情形撞入孟好的眼帘。

司机是个身形微胖的男生，脸上带着憨态，看表情或许是还没意识到自己的车轱辘轧到了小水洼里，脏水随后又溅到了旁边的女孩身上，而女孩则避无可避，因为时间不够。

孟好一肚子的怒气刚想发作，就被距离自己贼近的副驾驶座上那位吸引了眼球。

对方看着挺酷，穿着简单的白 T 恤，短发利落，发色乌黑，脸部线条清晰，下颌角分明，眉眼凛冽，给人一种性格很随和但又不好接触的矛盾观感。

两人视线相交，很莫名的，孟好在他身上只感觉到禁欲。

开车的男生注意到孟好，愣了下，呼叫自己的同伴：“屿……”

被叫的那位禁欲帅哥只和孟好对视了一眼，便移开视线，语调淡淡的：“走吧。”

紧接着，车窗升了上去，仿佛那位帅哥的俊容见不得人一般。

就这样，黑色轿车依旧用那龟速爬走了，好像一切都没有发生过一般。

孟好垂下眼睑快速扫了眼白裤上被溅上的黑色水渍，腹诽：帅就不用道歉了？

她抬头望着远去的汽车，车后挡风玻璃处贴着一块惹人注目的黄色贴纸，上面写着“实习”两个字。

孟好有些无语。

她刚到平芜市，出机场后费了老半天的劲儿才找到一辆出租车，出租车不给开进胡同里已经让她很恼火了，现在刚下车还没站稳，裤子就被溅得脏兮兮的。

这可是她等了好久才买到的限量款。

想到这儿，孟好闭了闭眼，握在行李箱拉杆上的手不由得攥紧，白皙的手背上青筋分明。

出租车司机脸上带着无奈，快速瞄了一眼这位看起来像个千金大小姐的乘客，语气不由自主地带了些恭敬：“您慢走，记得给个五星好评，谢谢。”

孟好偏头，又点了点头，恢复刚刚那个疏离的姿态：“嗯，谢谢。”

司机知道她说的是刚刚自己帮忙抬行李箱，急忙说道：“应该的。”

孟好再一次点头，踩着限量款运动鞋头也不回地进入胡同内。即便是身上略显狼狈，但她后背依然挺直，像个高傲的白天鹅。

司机一辈子都待在平芜这座小城里，没见过这么特别的人，免不了多看几眼。

年轻女孩的衣着、首饰，就连身上背的包看起来都与这里格格不入。

女孩踩过的地上留下一串鞋印，地面到处都是尘土和小石子，行李箱的轱辘在与地面的碰撞中发出闷闷的响声。街道窄小不堪，隔壁巷子里商贩叫卖的声音此起彼伏，还夹杂着令人心生躁意的砍价声。

孟好站在一扇暗红色双开大门前，蹙眉，在原地盯了好半晌，内心经历了长达五分钟的天人交战，最后认命般地从精致小包里掏出了钥匙。

小院虽然面积不大，但处处透着雅致，孟好稍稍心理平衡了一瞬。

“畅畅？”一道不确定的呼唤声打破了短暂的平静。

孟好转头看去，门口正是自己年过七旬仍然少女心十足的外婆——陈娟。

估计外婆是刚打完麻将回来，孟好从她那笑眯眯的表情里就能猜出来。

“你说说你，怎么下了飞机也不给我打电话，我好派人去接你。”陈娟走过来，想接下孟好手中的行李箱。

孟好撇撇嘴：“别，我妈又该说我铺张浪费了。”

陈娟嗔怪道：“怎么会？既然你都来了平芜，外婆替你做主，你妈的手再长也伸不到这里来。”

这个保证一出，孟好脸上瞬间多云转晴。

陈娟自打知道孟好要来平芜读完高三后，便早早地收拾出一间卧室。

孟好此时看着粉嘟嘟的房间，一时有些无语：“外婆，我都多大了。您怎么还老整些粉粉嫩嫩的东西？”

房间虽小，但五脏俱全，只是因粉色元素太多，显得有些廉价。

“不喜欢啊？”陈娟瞧着外孙女脸上没多少欢喜，下意识地问道，“那我再给你换个风格？”

孟好摆摆手，蹲下身子，打开行李箱：“不用，这样也行。”

傍晚六点，孟好冲了个澡，换上干净清爽的白 T 恤和贴身中裤，踩着落日余晖出门买东西。

平芜近几年的发展还算可以，但孟好对此却没有概念，毕竟平芜和她居住的京北没法比。

外婆住的这处地界小巷交错，多到数不清，红砖绿瓦令人应接不暇，条条小巷连接着，稍不留神就拐错了道。

孟好蹙眉，盯着手机上的地图，耳边是那毫无感情的标准女声：“您已偏航，请左拐。”

她看了眼左边的红墙，愣了愣：怎么拐？撞南墙吗？

正当她准备给那个最不想与其产生纠葛的人打电话求助时，小巷深处突然传来一阵不甚和谐的声音。

“哈哈哈，你也不撒泡尿照照，萧屿能看得上你？”

“和她说这些干吗？我今天还非得让这小女生感受一下骚扰萧屿的下场。”

孟好挑眉，来到平芜第一天就碰上这种事？

她这会儿也不急着找出这迷宫的路了，步子不急不缓地往前。她出门穿的粗跟小皮鞋，带了些高度，踩在地上“嗒嗒”响。

一个女生听到脚步声，急忙报信：“哎，那边来人了，怎么办？”

刘爽听到这话蹙眉，转头瞄了一眼巷口那边，对上那人的视线后，举着手机正要拍照的动作由此顿住。

来人是个女生，简单的穿搭却透着一股与这小地方格格不入的高级感，和她们那种喜好渔网袜的穿法不同。

刘爽的目光一点点往上，掠过女生白皙修长的腿，令人艳羡的腰线，最终停在一张干净素白的脸上。

呵，听到对方的脚步声，她还以为来了个见义勇为的厉害角色，原来是朵我见犹怜的小白花啊。

孟好要是能听见刘爽的心声肯定要教教她，以外貌取人是最愚不可及的事儿。

刘爽没把孟好放在心上，嚷嚷道：“那边那个，赶紧走，不然连你一起收拾。”

她说完这话便扭回头，继续手里的动作。

孟好眯眼望去，不远处一个女孩瘫坐在地上，害怕得瑟瑟发抖，看起来是个容易被欺负的小可怜。

“别看了，那人不是来救你的。”刘爽弯腰捏住小可怜的下巴，又狠狠地甩开。

两人周围还站着一群流里流气的女生，只要眼睛不瞎就能看出她们是刘爽的同伙、帮凶。

孟好微微垂头，从塑料袋里拿出一瓶刚买的冰镇气泡水，走过去。

“爽姐，那女的没走，还朝着我们走过来了。”一个女生注意到孟好的动作，微微弯腰提醒刘爽。

刘爽站起身，不耐烦地盯着孟好：“你是不是听不懂话？让你走，没听懂？”

冰镇气泡水被孟好捏在手中，瓶身上的小水珠浸湿了手心，孟好却丝毫不在意，慢条斯理地拧开瓶盖，走上前，递给刘爽：“口渴吗？我这儿有水，要不要喝？”

在场众人都被孟好的动作弄得理不清头绪，尤其是被欺负的那个小可怜，脸上本来就满是无助，此刻更绝望了。

刘爽盯了孟好两秒，没接那瓶水，笑了：“新来的吧？”

站在刘爽身边的女生似乎是她的小跟班，及时接话：“这是我们爽姐，刘爽，一中的。”

这个女生说完，眼神肆意地上下打量着孟好：“怎么，你想加入我们？那也可以，先交会费五百块。”

“扑哧——”一道没忍住的笑声从一旁的角落里传出来。

但在场众人都没在意。

孟好胳膊举得酸涩，没理会那小跟班的话，自顾自地问刘爽：“这气泡水是新出的，要不要尝尝？”

小跟班受了冷落，面子上过不去，刚要上前找碴就被刘爽的一个眼神击退了脚步。

刘爽的目光落在女孩手中的气泡水上：“好啊。”

她抬手，刚要接过瓶身，却被突如其来的变故止住了动作——

孟好抬起手臂，将还带着凉意的气泡水瓶口直直对着刘爽的头顶，把碳酸饮料全部洒在刘爽头上。

原本嚣张跋扈的人此刻像个落汤鸡一样站立在原处。

在场的所有人被这个变故惊到不知所措。

孟好借着这股劲，直接拎着手提袋朝刘爽身上砸去，旁边几个跟班急忙上前帮忙，尖叫声此起彼伏。

孟好扯出一个笑，拽下一个女生的棒球服兜到一众人头上，脚用了蛮力，直接把一众人踹倒在地。

顿时，几个女生胡乱地叫嚷着，哭爹喊娘。

与此同时，一旁传来一阵缓缓靠近的鼓掌声，连带着孟好最烦的嗓音：“可以啊，不愧是京北女魔头。”

孟好朝一旁啐了一口，心里暗道：天啊！怎么这么巧碰见他了？

刘爽听到这道声音，像是肌肉记忆觉醒一般，身上的嚣张跋扈顿时消失，取而代之的是恐惧爬满心头。

孟好回头，瞥见刘爽这反应，饶有兴致地开口：“刚不是挺能的吗？”

“扑哧——”

又是一道没忍住的笑声。

孟好看向笑声的来源，忍不住开口：“戏看够了没？看够了就过来。”

孟好这一看过去才发现闹剧现场后方大概三十米处有两拨人。

其中靠胡同口那边只站着一个人，自成一队，也是笑声的主人。而在他不远处立着一群男生，有几个正像看热闹似的看向这边，其中领头那个寸头有些眼熟。

她正在脑子里回想这个寸头在哪儿见过时，肩上传来无法忽视的重量。

“女魔头，又替天行道？”

带着独特的京北口音的男声在耳边响起，带着些挑衅的意味。

孟好偏头，眼神扫过对方的下巴，嘴角一抽：“再这么喊信不信我抽你？”

林朝捏了捏她的右肩：“我们两年没见了吧？怎么你还这么……”

孟好一把甩开他的手，转过身，没好气地说：“走。”

即便是素颜，衣着简单，也掩盖不住她浑身那股与生俱来的娇。

面对眼前的女生，孟好嘴角噙着笑，眼底满是讽刺，笑着开口：“怎么𡥧了？刚不是还很厉害吗？”

刘爽狼狈地倚靠着她的一群同伴，眼神凶狠，仿佛要吃了孟好。

孟好挑眉，走过去，蹲下身，问道：“不服啊？”

林朝饶有兴致地站在后面，双手插兜地看着这一切。

刚才的话他没说完。

两年不见，孟好还是一如既往的狂啊。

刘爽刚要呛声，余光注意到林朝的眼神，火焰顿时熄灭了。她垂下头，挡住眼中的恼怒，小声说：“服。”

孟好轻笑，她也不会得理不饶人，站起身，扫了眼蹲坐在角落的那个小可怜，最终也没上前，而是慢悠悠地走到林朝身旁，大爷似的把手中的袋子扔给他，扯了扯嘴角：“谢了。”

林朝十分无语。

孟好刚走了两步，突然想起自己迷路了，回头对林朝扬起下巴：“快带路，我自己出不去。”

眼瞅着林朝要嘲笑自己，孟好翻了个白眼，催促道：“快点，我饿了，要回家吃饭。”

林朝乐了：“行。”

跟在林朝身后的孟好，目光再次扫到巷口的那个寸头。电光石火间，她猛地想起了什么。

寸头男似乎察觉到了她的目光，自来熟地挥手：“嗨！”

孟好纳闷：平芜的人都这么自来熟的吗？

此时那群男生正围成一堆热火朝天地聊天，只有寸头男注意到了孟好。

孟好没打算理他，转身就要走。

“萧屿！你写完了没？”

寸头男的嗓门震得人脑子“嗡嗡”的。

孟好听到“萧屿”这个名字，下意识地停了步子。

刚才那群女生貌似就是因为这个男生才欺负别人的，她倒想看看，究竟是怎样的祸水长相，闹得女生之间起祸乱。

蝉鸣声不绝于耳，远处是橙红落日，阳光透过枝叶斜斜地打下来，数不清的小巷在这一处交会。

围作一堆的男生动了动，向两边散开，把正中央的人露了出来，那人正低着头，将手里的笔记本电脑往包里收。

孟好双手抱肩地立在原地。

一个身高腿长的男生走了出来，他穿着简单的白T恤、黑裤、白鞋，但是个典型的衣架子，简简单单的衣服让他穿出了不一样的气质。

孟好的目光一点点向上。

男生的喉结突出，性感好看，下颌线条流畅锋利，眼神没什么温度，浑身透着一股生人勿近的气焰，一看就是个不好惹的主儿。

孟好心里正回味着他的眼神，男生突然开口了：“走吧。”

这语气怎么这么耳熟？

孟好蹙眉，不仅是语气耳熟，这张俊脸瞧着也眼熟。

天！这男生和那寸头不就是开车溅到自己还不道歉的人吗？

等孟好回过味来，那群人正巧经过她身边。

“刚才看了场戏，一妞儿挺带劲啊，直接倒了刘爽一身饮料。”

“哈哈哈，你还别说，确实是。”

那几个眼瞎的男生没看到他们口中的“妞儿”就在他们身边。

“哎，萧屿，你说是不是？”

萧屿注意到边上的孟好，停下步子，偏头扫了眼，那眼神像是要把孟好看透了似的。

孟好刚要发作，便听到他来了句——

“看着挺虎。”

便利店里空调打得很足，店内顾客不算多，八月初的平芜，气温已经高到一个让其他城市无法超越的地步。

“给，大小姐。”林朝把挑好的关东煮搁在孟好面前的桌上，顺便直接坐在她身旁的位置上。

闻言，孟好将手机随手放在桌上，丝毫不客气地挑了支关东煮递到嘴边，余光瞥到林朝的表情，不由得顿了顿：“小林子，还有什么事？赶紧的。”

林朝被她这语气逗乐了，倒也没多计较：“怎么想起回平芜读高三？”

还能因为什么？不就是她那偏心弟弟的亲妈，看不惯她大手大脚，就把她扔到这小破地儿来了吗？美其名曰让她学会吃苦耐劳，毕竟平芜一中是出了名的严格——

早六晚十，每个月就放一次假，假期不到三十六个小时。

想到这儿，孟好没脸说真实原因，随口胡诌：“京北的男高中生都长得太寒碜了，没劲透了。”

林朝刚喝了口水，差点喷出来：“就不能正经点？”

孟好一脸不耐烦：“爱信不信。”

孟好喜欢“口嗨”这个特点，林朝算是从小到大领略得彻彻底底，出门吃个饭都能扯上天，有时候他真想打开她的脑袋看看里面装的都是什么破烂玩意儿，真怀疑她的精神状态。

孟好没心思管他的心理活动，自顾自地吃着。

白炽灯光打在她脸上，不施粉黛的肌肤透着水光，干干净净的。

她也就在安静状态下才像个女孩。

“怎么，被我迷住了？”

闻言，林朝愣了愣。

或许是习惯了孟大小姐随时随地地呛人，林朝不仅没有恼，反而又去买了一盒白桃乌龙味的牛奶。

孟好余光瞥见他的动作，大大咧咧地伸手：“谢了，小弟。”

林朝磨牙忍住想捶她一拳的冲动，认命地给她插上吸管。

孟好也被他的温顺惊到了，挑眉看他："怎么现在这么听话？"

"闭嘴。"

孟好撇撇嘴，嘬了口牛奶，眯了眯眼："你不是都上大学了吗？怎么还在平芜？"

"暑假。"

孟好恍然大悟："哦。"

她都忘了学生还有暑假这回事，毕竟一中后天就开学，据说准高三生只有一周的假期。

真要命。

林朝当然也想到了这点，他坐了回去，单手支着下巴，另一只手的食指时不时敲着桌面："后天你就去报到？要不要学长给你传授点经验？

"提前给你打个预防针，一中的老师几乎都挺变态的，前几年发生过为了争课间十分钟而吵起来的事。"

孟好没心思听这些，咬着吸管，支着下巴盯着窗外发呆。

街对面站着几个男生，孟好稍微有点近视，没看清对面的人的长相，只是莫名感觉好像在哪里见过。特别是被人围在中间的那个男生，走到哪里都有人跟上去。

"一中有个奥赛班，专门为清北输送人才，你妈没把你送进去？"

孟好听到这个奥赛班，瞬间像耗子见了猫，满脸嫌恶："我才不去。"

林朝笑了笑："也是，就你那吊车尾的成绩，能进就逆天了。"

孟好闷不吭声地瞥他一眼，开始阴阳怪气："也是，谁有你……"

"停。"林朝及时打断她。

林朝比孟好大两岁，孟好外婆家在平芜，这大小姐在平芜读的小学，和他一个学校，平时两人经常拌嘴，他现在是看在她好几年不回平芜才在她跟前装孙子。

没想到这小丫头片子蹬鼻子上脸。

"你别以为……"

"别以为什么？"孟好笑眯眯地看他，装出一副乖乖女的做派，但语出惊人，"小心本公主一巴掌呼死你。"

林朝舌尖抵了抵右边腮帮。

成，他服。

心服口服，五体投地。

“——你说京北没帅哥，但咱这儿有啊。”林朝看向街对面，像是想到什么，扬起眉梢。

孟好有点蒙，但这会儿懒得搭他的话茬：“你很闲吗？也是，大学生别的没有，时间多的是。”

林朝像是听不出她话里话外的嫌弃，自在地讲：“一中有个校草，人冷面不善，据说爱慕者众多，但他谁都不看一眼。”

“你想说什么？”

“要不你试试，看他跟不跟你做朋友？”

孟好闻言，吞咽的动作一顿。

林朝偏头，朝着街对面那群男生扬扬下巴：“喏，其中最帅的那个，就是刚才在巷子里见过的，还和你说了句话。”

此时已经晚上八点，太阳早已落山，街边的路灯开始工作，昏黄灯光下，到处都是蚊虫。

孟好咽下最后一口牛奶。

一说这个她就来气，就那个说她看着挺虎的男生？

虽然模样挺帅，但……

“本公主看不上那种毒舌男，而且你没看出来吗？冯女士让我来平芜是学习的，不是看帅哥的。”

林朝听到她这话，笑了：“你？学习？”

孟好翻了个白眼：“还能不能好好聊天了？”

谁承想林朝曲解了她的话：“哟，还有你害怕的人啊？尿了就是尿了，别找理由。”

孟好简直无语，她生平最烦激将法，因为她次次都上钩。

没别的原因，性子使然，这次当然也毫不例外。

街对面的几个男生大摇大摆地穿过马路，离便利店越来越近，孟好看得更加清楚了。

那个说她虎的男生，她也差不多得知了他的名字——萧屿。

此时，他正被大家围在其中，众星捧月一般，人缘超好的样子。

孟好盯了两眼，这帅哥的长相确实符合她的审美，如果他方才没有说自己虎的话，她早就上去要微信了。

不过……

“行，今天也算没白出趟门，咱们大小姐居然还有认输的时候。”林朝站起身，一副欠揍的表情，“值了。”

便利店内突然响起一道“辣耳朵”的手机铃声，二十世纪七十年代的老歌配上动感DJ，听得人莫名很嗨。

“本就是林中鸟，终难逃，世间因果报。那花是花，草是草，坊间戏子唱《离骚》……”

林朝忍不住笑了：“走吧，送大小姐回家。”

却不料，孟好突然抬手，指尖遥遥一指，方向直对着窗外那个众星捧月般的男生：“看到了没？”

林朝不解。

“本公主的林中鸟。”

闻言，林朝偏头看去，嘴角一抽，腹诽道：就你会玩尬，“口嗨”的毛病能不能改了？

余光瞥到林朝那形容不上来的表情，孟好的好胜心一下就被激起来了：“敢赌吗？”

林朝好像没听清：“什么？”

孟好学着他的模样，略带潇洒地扬扬下巴：“高三毕业前，我要是跟他搭上关系，你给我磕三个响头。”

恶劣心一蹿上来，孟好就控制不住自己那幼稚的想法。

林朝此刻再也忍不了她的姿态：“从哪儿来回哪儿去，小屁孩，你该叫我哥，懂吗？”

孟好就喜欢看他这副被气到的样子：“嘁，不敢就不敢，装什么大尾巴狼。”

时间仿若停止了两秒。

孟好学着方才林朝激她的语气讲话：“㞞了就是㞞了……”

林朝紧咬后槽牙，忍住想动手的欲望：“行，我和你赌。”

室外，凌翔宇注意到便利店座位那儿站着一男一女，那女生还指着他们这儿，于是他挑眉：“萧屿，那女生指你呢，八成在打你的主意。”

萧屿原本按手机屏幕的手指一顿，不甚在意地看过去。

男生帮女生拎着袋子，跟在她身后。等到出门的时候，男生颇有绅士风度地帮她拉开厚重的玻璃门。

萧屿收了眼神，语气没什么温度：“你眼睛喂狗了？”

孙广挤过来接话：“人家一看就是朋友。”

凌翔宇摸摸下巴，若有所思。

他都观察好久了，这两人一直在便利店坐着吃东西，那相处模式根本不像是朋友，反而像……死对头。

难道他真看走眼了？

开学前一天，孟好睡了一天，临近傍晚才出门买了些上学必备品。

一中大部分学生都住校，每个班只有极少数的走读生，她刚巧是那极少数走读生之一。

八月十日，一中的高三生正式开学。

孟好在清晨五点就被外婆喊了起来，半个小时后，她认命地抓了把乱糟糟的头发，脑子里一团糨糊似的，人还没清醒，肌肉记忆倒是开始苏醒。

最后，她随意冲了个澡，神游似的穿上短袖长裤，连早饭也没来得及吃便跑出家门。

昨天林朝给孟好科普了一中的作息，毕竟她之前在京北读高中可没这么辛苦。

一中所有学生都要在早上六点之前到教室，高一高二的学生每天跑早操，高三生则免了这项任务。中午十二点吃饭，二十分钟的吃饭时间。

据林朝说，大部分学生都是跑着去食堂，争分夺秒。

有些班主任还让自己班的学生拿着记满知识点的小字条去，排队买饭的时候拿出来背一背。

不仅如此，晚自习还被硬生生地拖到十点。

早六晚十，不论春夏秋冬，刮风下雨。

怪不得林朝说一中恐怖，冯女士这是完全不给她留活路了啊。

五点五十分，孟好进入一中校园，问过门卫之后便朝着办公室的方向走。

顺利在办公室报到后，孟好也见到了自己的班主任——方兴，是个年轻男老师，研究生毕业两年。

此时正处于早自习期间，方兴带孟好去了教学楼。

一路上，孟好了解到高三共有三十七个班级，二十三个普通班，其中十三个理科班、十个文科班。剩下十四个班是奥赛班，分为大小奥赛班，其中有两个是小奥赛班，简称小奥班，专门为清北输送人才的，都是理科班，十二个大奥赛班，有两个文科班、十个理科班，文理比例严重失衡。

而孟好要去的便是其中一个大奥理科班。

理科班专门有一栋楼，孟好的教室在四楼，高三（3）班，理科班里除了两个小奥赛班，实力最强的便是三班。

教室里回荡着读书声，孟好眯眼看过去，忍不住嘴角一抽。

班上大部分人都站在自己座位旁，那嘴张得比吃饭时还要大，声音也是一个赛一个响亮。

她都看乐了。

怎么，这是在比赛吗？

比谁嗓门大？

方兴走上讲台，拍了拍手示意班里安静。等大家都看过来的时候，他摆摆手："先坐下，以后谁困了，谁再站起来背，别站起来一大片。"

"咱们班转来一个新同学，"方兴对门口的孟好招手，"那个，孟好，你做个自我介绍。"

孟好面不改色地走上讲台，平静地站在方兴身侧，扫了一圈教室，目光注意到几个眼熟的人，顿了几秒。

她清清嗓子："大家好，我叫孟好。"

简单粗暴，一如其人。

今天孟好穿了一件纯白T恤，一条黑色长裤，长发被束成一个简单利落的高马尾，也不知道用了什么洗发水，头发无比蓬松，丝毫不死板。

但教室里和她一样留长发的女生几乎没有，她又仔细看了一眼，大多数女生都是短发，类似于动画片里爱探险的朵拉的那种发型。

她蹙眉，压下心中满满的不解。

怎么，留长发影响学习吗？

她那句简单明了的自我介绍说完之后，班里稀稀拉拉地响起一阵掌声，还夹杂着几声起哄——

"新同学看着很酷啊！"

"看着貌似不好相处。"

孟好捕捉到这几道声音皆来自那几个眼熟的人，心想这个世界还真是小。她面无表情地收回眼神，朝着方兴指的座位走过去。

座位是在倒数第二排，同桌是个女孩。孟好坐好后，瞄了一眼新同桌手里的课本，神态自若地从书包里掏出相同课本，装模作样地读了起来。

方兴告诉孟好大课间去综合楼领校服之后便走了。他一出教室，班里便继续响起洪亮的背诵声，孟好听得脑子晕晕的。

倏地，旁边有人喊她。

孟好偏头看，是前天那个寸头，他的位置在中间倒数第二排，刚巧和她同一排。他后面坐着两个男生，也算眼熟，一个是带有喜感的胖子，另一个戴着眼镜，无比斯文。

只是这个寸头男身旁的位置是空着的。

孟好挑眉："有事儿？"

她的嗓音带着京北人的味儿，一听就能听出来。

寸头男自来熟地说："我叫凌翔宇，后边这两人一个叫江淼，一个叫孙广。我们前两天见过的。"

孟好此时有点打盹儿，没心思听他讲话，恹恹地"哦"了一声。

她的表情只要一放松就好像摆了臭脸一样，像是患了臭脸综合征的美女，典型的不笑就很凶，一副生人勿近的模样。

凌翔宇盯了眼，发现她这点和萧屿很像。

但毕竟前天这女生行侠仗义的时候是真挺帅的，看得他都热血沸腾。

凌翔宇忍不住搭话："孟……孟好对吧？你脸咋这么臭？"

这话一出，他身后的江淼和孙广，连带着孟好的新同桌许心雨，都忍不住看了过来。

孟好倒没注意这些，她偏头，扯了个笑，低声道："我不仅脸臭，性格还贼恶劣。"

她刚收回视线，余光便瞟到一双黑色运动鞋。她蹙眉，视线一点点往上，掠过惹人艳羡的长腿，宽肩窄腰，性感锁骨，最后是一张见过几次的俊脸。

萧屿单手拎着书包，站在过道上，貌似也听到孟好那句话了，正饶有兴致地盯着她。

男生嘴角噙着若有似无的笑，眼瞳深邃，孟好的目光猝不及防撞进去，连话都忘了说。

不应该啊，以前在京北遇到这种级别的帅哥，最起码得说两句调戏一把啊。

想到这儿，孟好轻咳一声，大胆地回视，笑着来了句："正在背文言文呢，怎么婚纱飞头上了？"

江淼、孙广等人陷入沉默。

凌翔宇实在没忍住，一下笑喷了："哈哈哈……"

天啊，这姐们真会玩尬的啊。

萧屿嘴角一抽。

班里本来满是琅琅读书声，但无奈凌翔宇的笑声太过放肆，惹得不少人看过去，教室里也就因为这突如其来的变故倏然安静，诡异非常。

三班虽然是奥赛班，但其中还是有个别浑水摸鱼不好好背书的学生，那几个学生还以为方兴来了，急忙拿起课本装模作样。

不过，班里只是短暂地安静了一瞬，转眼又恢复了方才的热闹。

两个“始作俑者”倒是脸皮厚得很，尤其是孟好，正好整以暇地瞧着萧屿。

明明她是坐着的，但身上那副玩世不恭的姿态丝毫不输后面几个男生。

凌翔宇急忙喊住萧屿，乐呵呵地说：“萧屿，没想到有生之年还能看到你被人调戏，哈哈哈，笑死了……”

萧屿随手把书包塞进桌肚里，揉了揉眉心，眼下的乌青略微明显。

一中夏季校服穿在他身上，颇有股痞帅又酷得不行的劲儿，大长腿被黑裤包裹着，随意地搁在桌下，脚恣意地踩着横杠。

孟好支着下巴，脸偏向萧屿那侧，特意戴上眼镜，丝毫不加掩饰地瞅过去。

啧，就算是没和林朝打赌，她都想和萧屿交个朋友。

这身材，这皮相，这……

估计短袖下的胸肌和腹肌也不错。

“昨晚又熬夜写程序了？”凌翔宇瞥见萧屿那副睡不醒的样子，慢悠悠地问，“不是我说，你不是卖了几个商业程序了吗？那么多钱还不够你用？”

说实话，他这辈子就没见过萧屿这么神的人。

虽然爹妈不在世上了，但人家萧屿照样可以自己养活自己，自学编程和C语言，高二那年卖了两个自创的程序，赚得盆满钵满。

不仅如此，萧屿身上还有股同龄人没有的踏实，能让人死心塌地地跟着他。

萧屿合上眼，后背靠着孙广的桌子，闭目养神。

凌翔宇收回视线，知道萧屿这是熬了个大夜，也不再打扰他。

只是……

“哎，那姑娘一直盯着你呢。”他凑到萧屿耳旁，鬼鬼祟祟地讲话。

萧屿微微蹙眉，掀开眼皮，瞥了凌翔宇一眼，眼底的不耐烦显得格外明显。

凌翔宇耸肩，满脸无辜，下巴朝着孟好的方向扬了扬——

你自己看，那姑娘的眼神格外火热，我都看不下去了。

萧屿慢悠悠地偏头，撞上孟好那双亮晶晶的大眼睛。

两人隔着个不宽不窄的过道，孟好那眼神好似噼里啪啦地冒火，只不过可能没烧到萧屿。

她忍不了了，率先开口："萧屿，我叫孟好。"

孟好的口音好像改不过来一样，一直带着京北人讲话那味儿，懒懒的。

萧屿收回视线，接着闭目养神。

他全程就看了孟好一眼，理都没理她。

把这一幕收入眼底的凌翔宇忍着笑，实在想看看孟好还能尬聊出什么东西来。

新同桌许心雨拽拽孟好，凑过去小声说道："萧屿平时在学校就这副生人勿近的模样，你别生气。"

孟好扯了个笑，又看了几眼这位哥酷上天的做派，忍了忍，毕竟帅哥都是这么有个性，她理解。

她一鼓作气，伸脚踢了踢萧屿的桌腿，瞧见萧屿终于睁开那金贵的眼睛了，她笑嘻嘻地说："给个微信呗？萧屿。"

孟好的目的根本不带掩饰，那态度就在明晃晃地告诉他：我在看你。

萧屿被她整乐了，双手撑着课桌，眼神凉凉地扫过去："理由。"

孟好一怔。

还能有什么理由？

不就是想看你？

非得让本小姐讲出来吗？

还没等她想好调戏他的话，下课铃便响了，她没在意，但看到周围的学生动作神速地往外跑，整个人愣住了，注意力也一下被转移。

这……都几辈子没吃过早饭了？

林朝说得对，也不对，学生吃饭是跑着去的吗？这明明是飞出教室的好吧。

等孟好反应过来之后，教室里已经只剩她和她的新同桌，以及旁边四五个男生了。

"人家大美女要你微信呢，萧屿，好歹给点面子吧？"凌翔宇及时开口。

萧屿懒得理他，全身都透着困倦，直接趴桌上补觉。

空气静默两秒，最后凌翔宇偷偷掏出手机，对孟好说："要不你加我，我把萧屿的微信推给你？"

孟好盯了他两秒，大大方方地拿出手机，点开二维码让他扫。

等凌翔宇操作完，她开口："反正以后就是同学了，你俩也加上我呗。"

江淼和孙广一愣，纷纷掏出手机，扫描二维码。

最后，孟好左手悬在萧屿头上，用指尖指了指睡觉的男生，朝着几人挤眉弄眼："以后在他面前，多夸我哈。"

以往跟萧屿示好的女生不是没有，但很少有孟好这类不害臊打直球的。

也是觉得新鲜，三人连连答应，特别是凌翔宇，简直成了孟好的迷弟，笑呵呵地说："好说好说。"

大课间，许心雨带着孟好去综合楼领校服。

综合楼在学校的一角，领完校服后，许心雨又带着孟好到厕所换衣服。大课间的女厕所向来人多，孟好让许心雨站在走廊等自己就好，不用跟着她进去。

"爽姐，那天那个女生是谁啊？我问了好多人，大家都说没见过这号人。"

"就是啊，那女生忒狂了吧。"

几个女生穿着改良过的校服，拿着手机边拍照边聊天，动作娴熟，一看就没少干在厕所拍照这种事儿。

而走进厕所的其他女生敢怒不敢言，纷纷低着头快速走过。

刘爽原本站在镜子前慢悠悠地整理刘海，听到这话，原本自然的表情紧绷起来："最好别让我看到她……"

突然，传来"砰"的一声，靠里的一个隔间门被猛地推开。

这声音像是平地中的惊雷，吓得那几个拍照的女生差点没拿稳手机，惹得她们怒骂：

"谁啊，吓死人了！"

"会不会开门啊，服了。"

此时距上课铃响大约还有五分钟，厕所早已空空荡荡，只剩她们几个，好像厕所被她们包场了一样。

孟好迈着不疾不徐的步子走到洗手台前，随意地把手里拎着的牛皮纸袋搁在一旁，慢悠悠地打开水龙头。

"你会不会好好开门？不会下次别来厕所了。"其中一个女生冲着孟好的背影嚷嚷。

孟好仿佛没听到，洗干净手之后，恶劣心一起，双手故意在空中甩起水渍，吊儿郎当地说："不会啊，下次要不你帮我开？"

水渍胡乱地飞，溅到几个女生的身上，刘爽也免不了被殃及。

刘爽不满地抬头，眼底满是厌恶："找揍啊——"

眼前的这张脸令她顿时噤了声，那几个被弄得狼狈不堪的女生也认出眼前这人就是那天收拾她们的女生。

或许是那天的记忆太过深刻，屈辱感满满，导致她们心里涌起一阵后怕。

孟好从一旁抽了几张纸巾，慢条斯理地擦手，眼皮倏地抬起："再看到我能怎么样？嗯？说来听听。"

刘爽几人还停留在那天的回忆里，想到眼前这个女生和林朝认识，刘爽心里的恐慌更甚，其实刚才的狠话只是虚张声势。

上课预备铃突然响起，孟好没了吓唬这几人的心思，重新拎起牛皮纸袋，出了厕所。

临出门之前，她还特意停了几秒，空空荡荡的厕所里回荡着少女那嚣张又俏皮的声音："我是孟好，高三（3）班的，不服的话尽管来找我，我等着。"

第三节课是物理，任课老师是个年过半百的特级教师，此时已经讲完一道压轴大题，题目有些许难度，正让学生小组讨论。

孟好和许心雨的后桌是两个男生，这两人看起来一副好学生的样子，正认真看卷，互相讲题。

许心雨凑过去听了会儿，还是有些听不懂，但那两个男生讲得热火朝天，她也不好打扰。

她看了眼孟好，发现她的这位同桌不像她一样被难题困住，想了想，拽了拽孟好的衣服："你会这道题吗？可以给我讲一讲吗？"

孟好哪里是没被难题困住，分明是不知道老师讲的是哪道题，正神游呢。

她一脸茫然："啊？哪道题？"

许心雨一愣，耐着性子给她指了指最后一道题："你听懂老师刚才讲的了吗？我有一点点没听懂，太难了。"

孟好垂眼，瞅了下试卷——

如图二所示，PR是一块长为L等于4的绝缘平板固定在水平地面上，整个空间有个平行于它的匀强电场E……

盯着这几个陌生词汇，孟好忍不住又开始神游。

怎么萧屿还没通过她的好友申请？

会不会是没看到她留的备注？要不下课再发一条？

许心雨注意到孟好的表情，叹了口气。

算了，还是下课问老师吧。

孟好的思绪恰巧被这道轻到微乎其微的叹息打断，她扭头，发现小同桌正叼着笔帽盯着题，满脸生无可恋，像是被题难到怀疑人生一般。

她忍不住轻笑："多大点事儿，我不会，总有会的，等着，我给你拽个大神过来。"

一上午，她从凌翔宇这个大喇叭嘴里得知萧屿学习不错，尤其是物理，那她可以从学习方面下手。

想到这儿，她又仗着自己腿长，隔着一个过道轻轻碰了碰萧屿的桌腿，拿腔作势："学神，给我们讲道题呗，刚才老师讲得太快了，没听懂。"

萧屿正低头做奥赛题，桌子就被某个不知名的转校生踢了踢，发出不小的动静，惹得周围几个人都看了过来。

凌翔宇在他身后看不见的地方，冲着孟好竖了个大拇指。

可以啊，活学活用。

这姐们不玩尬还是蛮能让人接受的，毕竟颜值在那儿摆着。

萧屿面无表情地抬头："你身后那两位，一个物理课代表，一个学习委员。"

孟好眨巴眨巴眼，好像没听懂他的暗示。

"哎，萧屿，你平常不经常给人讲题吗？怎么还差别对待啊？"

有凌翔宇这个"助攻"，萧屿最后耐着性子，脚勾着凳子，坐在过道中间，给两人讲题。

而孟好身后的物理课代表刑武和学习委员赵伟也凑过来，听一听学神的思路和老师的思路有什么不同。

这让孟好一下子没了胡诌的兴致，也乖乖听讲。

其实她基础不错，被分到奥赛班也不是因为冯女士的关系，按上次期末考试成绩来讲，孟好在这个七十人大班可以排到二十五名左右，这已经算不错的成绩了，但想稳稳当当读重本还是有些难度的。

萧屿讲题的思路很灵活，不死板，适合举一反三趁热做一些类似的题。

既然是乖乖听讲，孟好就抱着听懂的目的，但和她一起听题的其余三人貌似都懂了，她还有一个小点不明白，就想着自己琢磨，没打算再打扰学神。

萧屿瞥了她一眼："知道为什么做这个物体的受力分析吗？"

孟好摇头，此刻身上的吊儿郎当收了个干干净净，整个人有了些好学生的反差感。

连萧屿都忍不住多看了她一眼。

"因为它的受力点在这……"

一道题讲完，孟好恍然大悟，眼底带了些崇拜："大神，你好牛啊！"

萧屿扯了个笑："彼此彼此。"

孟好知道他在说那天自己和别人发生矛盾的事，但也没在意，她向来大大咧咧，下意识忽略掉他话中的讽刺："你这么厉害，怎么没去小奥班？"

萧屿坐回自己的位置上："没兴趣。"

孟好点头，也是，看林朝都被小奥班摧残成什么样子了。

还是大奥班刚刚好，不会那么累，要是萧屿成了书呆子她可就要敬而远之了。

脑子里突然闪过什么念头，孟好微微朝着萧屿的方向倾身："跟你商量一下呗？"

萧屿斜睨了她一眼，挑眉。

细碎的阳光透过透明玻璃直直地打在他身后，凭空添了些许不一样的氛围。

孟好舔了舔嘴角。

啊这……萧屿太帅了吧！

萧屿对孟好的心理一无所知，等了片刻还没听到她的话，不耐烦地"啧"了声。

孟好急忙回神，天，那声"啧"也"啧"到她心坎里去了。

"能不能给个准信，什么时候通过我的好友申请？"

萧屿怎么也没想到等来的是这个问题，他轻笑，娴熟地把玩着黑色中性笔："下辈子吧。"

孟好咬咬牙。

晚自习临下课之前，方兴告诉大家，因为升入高三，再也不能像之前那样懒散，早自习开始的时间调整到五点半。

意思是，五点半的时候，所有学生都要坐在座位上开始学习。

果然，这个通知一传达到各班，教室里顿时响起一阵哀号。

孟好嘴角一抽。

还真是不拿学生当人看啊。

"萧屿，你那程序不会还没写完吧？"凌翔宇问萧屿。

萧屿正收拾书包："没，还差个结尾，你帮我写？"

凌翔宇闻言，直摆手："我不会，别找我，江淼说不定可以帮你。"

萧屿冷笑："那你还问那么多？"

凌翔宇心虚地挠挠头："这不是父亲关心儿子嘛……况且甲方给你打了钱，你不得请兄弟们吃顿好的？"

或许每个处于青春期的学生都带有这种自称爸爸的恶趣味，男女生都有，孟妤也经常管林朝叫"儿子"。

江淼走到萧屿身旁："结尾我帮你写？"

萧屿也不客气："谢了，兄弟，还是你最好，不像我那两个孙子，整天除了吃就是玩。"

一旁的孙广一脸问号。

他低头看了眼自己的腰围，无语了。

谢谢，有被内涵到。

几人都是走读生，一齐出了教室，朝着车棚的方向走。

孟妤见状，连忙和许心雨挥手告别，拎着书包跑出教室。

此时处于放学高峰期，住宿生和走读生挤在一起，整个校园闹哄哄的，人头攒动，到处都充斥着欢声笑语。

孟妤站在一个高处，眼尖地看到那几个眼熟的身影。

她比几人早一步，率先出了校门，打算守株待兔。

没过一会儿，她就看到那个高大夺目的身影出了校门。

萧屿右手推着单车，书包这次被他好好地背着。

还好孟妤戴了眼镜，不然什么也看不清。

孟妤朝那个方向走了几步，正打算上前，突然看到一个娇俏的身影站在萧屿身边，满脸娇羞，双手捧着个不知名物体。

看到这儿，她步子加快。

"真服了，咱们萧大学神真是受欢迎啊，班内有个热情似火的转校生缠着，班外还有个人间初恋等着他。啧啧，能活到他这个地步，也不算白来人间一趟。"

凌翔宇用欠揍的语气调笑道。

孟妤走到几人面前，恰好听到这句话，同时也看清了那"人间初恋"的容貌——干净的瓜子脸，双眼皮，果真很初恋脸。

孙广注意到孟妤，虚虚地踹了凌翔宇一脚，给他使眼色。

凌翔宇看热闹不怕事大，眉飞色舞道："说曹操曹操就到啊。"

孟好嘴角一抽。

怎么凌翔宇那嘴这么欠儿？

“学神——”孟好刚开口，便被一道音色干净的声音打断。

“抱歉。”

萧屿表情没什么特别的，好像在说无比平常的话，一看就是拒绝女孩成习惯的样子。

“人间初恋”脸上的娇羞迅速变成尴尬难堪，嘴唇都要被她咬出血了，眼眶里迅速盈满泪水。女孩突然想起凌翔宇的话，手指着孟好的方向：“那你是欣赏她那种吗？我可以改成那个样子——”

孟好一脸蒙，但还挺期待萧屿接下来的话。

“不是，”萧屿冷静地说，单手插兜地立在那儿，一双漆黑的眼睛里什么情绪也没有，坦坦荡荡，“我没那心思。说个建议，你倒不如把放在我身上的心思挪到你学音乐那劲儿上去，那样好歹还能激起火花。别在我这里浪费时间了，不值当，也没必要。”

孟好听完萧屿这番话，挑眉。

这种略带说教的话被萧屿随意地讲出来，即便是拒绝人家了，那也还算给人家小姑娘留了面子。

那位“人间初恋”被他的话搞得呆愣愣的，她仔细想了想，确实是自作多情，人家萧屿学长只不过多和她聊了两句，她就屁颠屁颠地以为人家欣赏她。

而且后来不是也问过他的朋友了吗？萧屿对所有人，不论男女都是那副没架子的模样。

他不会因为自己的外在条件和学习成绩，甚至是所有老师的夸奖而高高在上。

萧屿的朋友也明确表示过，他这个人只是嘴臭，但别人一有困难，他都会帮忙。如果别的男生能有他这样的成绩，尾巴指不定早翘上天了，估计都会拿鼻孔看人。

但萧屿不是。

他给人的感觉虽然是酷酷的，但不会让人觉得高不可攀。

这也是萧屿人缘好的原因。

他坦荡随和，有烟火气，热心肠，学习和长相都出色。

女生想到这里，吸了吸鼻子，眼泪还是落了下来。

萧屿给凌翔宇使了个眼色，后者顿时明白，走过来塞给这姑娘一包纸，叹了口气，语重心长道："你才多大，以后你会遇见更多的人，到时候你就会发现，萧屿只是个无足轻重的过客。现在我们要做的，就是好好学习。"

女生被他吊儿郎当又故作深沉的样子逗乐，又看了萧屿几眼，最后按捺住其他的情绪，和萧屿道别。

凌翔宇看着这个女生的背影，忍不住吐槽："刚刚明明是我在安慰她吧？怎么这小学妹一点都不懂事，不跟我说声再见呢？

"萧屿，我又帮你做了好事，你准备拿什么好东西孝敬你爹我？"

边上的孙广忍不住骂他："说你眼瞎你还真被抠了眼珠子了？人家姑娘那是正式跟萧屿说再见呢。"

凌翔宇轻哂："信不信我割你十斤肉炖了？"

"咱屿神那分寸感拿捏得真到位啊，还让我去给人家小学妹递纸巾，怕人家误会又不会留一小姑娘在这儿哭。"凌翔宇搂住孙广的脖子，点评道，"渣男，真真切切的渣男。"

孟好轻笑，看了凌翔宇一眼。

她倒是没看出萧屿哪里像个渣男，她只看到萧屿尊重那个小学妹，并且知道自己递纸会产生不必要的误会，从而让凌翔宇递过去。

她很少见有男生能把分寸感拿捏到这种地步，毕竟这个年纪的男生都把自己拒绝过的女孩当成吹牛的资本。

萧屿这种确实少见。

"看够了没？"萧屿的语气没什么情绪，又酷酷的了，"你趁早也歇了那心思。"

孟好眨眨眼，明知故问："我什么心思啊？"

萧屿没打算理她，准备骑上单车，小臂突然被人抓住。

他眉眼中透着些许不耐烦。

孟好急忙说道："好友申请通过一下呗，学神？我有不会的数学题问你。"

萧屿留下一句："再说吧。"

孟好到家时，陈娟已经睡了，孟好动作放到最轻，简单快速地冲了个澡便钻回卧室。

冯女士在十分钟前给她打了电话，她看到后也没想回过去，反而是点开和她爸的聊天界面，快速输入一行字：老孟，江湖救急，你的亲亲女儿没生活费了，如果我管你老婆要的话，她又该叨叨了。数字还和以前一样，你懂的。

五分钟后，一条银行进账信息传过来。

账号 9960 向您汇款 20000 元。

孟好看着数字乐呵呵地笑起来，转头给老孟打了个电话。等对方接通后，她迅速进入状态，开始表演：“老孟！还好有你的江湖救急，这才免于让你的亲闺女被困于穷苦中。”

那头安静了两秒，随后响起冯女士那熟悉的大嗓门：“孟好！你是不是又管你爸要生活费了？老孟你也是的，我不是都说了吗，每个月只给她一千五，你说你多给了她多少！”

孟好还没反应过来，但还好老孟脑子转得快，急忙抢话：“我就多给她转了五百，而且那五百是让她给她外婆买营养品的。”

冯女士这才熄火：“这还差不多。孟好，你在平芜好好给我待着，听到没有？别惹事，把分数尽早提到六百五以上。”

孟好翻了个白眼，又来了。

她把手机扔在床上，转身坐到书桌旁，打开电脑。

电话里冯女士的唠叨依旧在继续，她察觉到孟好没听她讲话，顿时火了：“孟好！你在干吗！”

老孟及时掐掉她的火：“哎呀，这都十一点了，赶紧让孩子睡吧……那个，畅畅啊，你早点睡，钱不够花了再和老爸讲啊，我挂了。”

电话挂断，房间陡然陷入一片安静。

片刻后，被孟好胡乱扔在床上的手机突然发出“叮”的一声。

她关了电脑，拿起手机，发现是萧屿通过了她的好友申请。

她钻进了被窝，给空调设置好定时，关了大灯，只留下一盏床头灯。

萧屿的头像很简单，是只边牧，可爱的同时也像他一样酷酷的，微信昵称是名字缩写“xy”，简单到爆。

孟好点开他的朋友圈，发现也很干净，只有几张日常照，还夹着几张《王者荣耀》的战绩图，和别的男生没什么两样。

想了很久，她最后给萧屿备注：小宇。

那年有个歌手很火，名字就叫小宇。

萧屿，小宇，还算谐音。

啧，就这个吧。

屏幕停留在两人的聊天界面，孟好想了想，发了一个表情包过去。

是一只呆萌呆萌的小熊在招手说“Hi”。

那头消息回得很快，是个问号。

孟好愣了愣。

她平时最烦单给她发一个问号的酷男，说句完整的话能怎么样啊？

但现在——学神哥哥，你这个问号是什么意思呀，嘤嘤嘤……

唉。

终是向感情低了头。

被生活磨平了棱角。

经历了几天一中的生活，孟好也渐渐习惯这起得比鸡早，睡得比狗晚，每天大量耗费脑细胞的日子了。

不过她向来知晓苦中作乐这个道理，没几天便发现一中虽说是重点中学，但也会有许多艺术生，听许心雨讲艺术生大多在学校靠北的启智楼上课。

只是体育生稍有些特殊，一中特地在操场旁建了一个大平层，专门供他们训练。

据说，大平层内设施完备，除了训练器材，还有单独的洗澡间和换衣间。大多数体育生都在里面换训练服。

孟好发现，每次在食堂吃完饭回教学楼的路上，都能碰到体育生，有男有女，男生大多穿着训练服，肌肉线条明显。

平芜盛夏的气温太高，根本不是人能待的，学生们的食欲也被磨灭不少。

孟好也是如此，她去学校超市买了根雪糕，拉着许心雨去了操场。

“孟好，待会儿有周测，你要带我去哪里啊？”许心雨因为正被孟好拉着跑，胸口一起一伏，说话都带喘。

孟好回头，冲她露出一个促狭的笑：“当然是带你找乐子啊，天天埋头学习都快学傻了。”

此时正处于下午六点，日落之时，燥热的阳光打下来，落在孟好身上。

少女俏皮的姿态全被阳光照亮，许心雨看得一时失神。

孟好今天扎了个蓬松的丸子头，散落出来的发丝都在发着光。

少女身后是璀璨夺目的日落盛景，但许心雨却觉得，万分美景都不如眼前这个女孩明朗吸睛。

两人闲散地把双臂搭在栏杆上，有一搭没一搭地聊天。

孟好指了指远处：“看看腹肌养养眼，别整天沉迷学习了。”

许心雨顺着她手指的方向看过去，只见不远处站着两队体育生，几个男生热得厉害，脱了上衣，露出被汗浸湿的上半身，引来许多视线。

许心雨虽然只知道学习，但平常也喜欢看漫画小说，所以眼前的这种“美景”倒是没引起她的兴趣。

她瞥了一眼孟好的侧颜，再一次感叹造物主的偏心，喃喃道：“他们有什么好看的。”

黑不溜秋的，一点美感也没有。

倏地，许心雨感觉脸上贴上一抹温凉，耳边传来孟好那独特的调笑：“是吗？那你怎么脸红了？”

许心雨下意识反驳：“我那是因为……”

她急忙捂嘴，要死哦，怎么把心里话说出来了？

她的脸红不是因为那几个特长生，而是某人不自知的美貌，弄得她有些不好意思了。

这还是她第一次看女孩看得脸红了，说出去都丢人。

孟好没去猜她的心思，扭回头继续看向不远处：“看人家腹肌还脸红不承认，能不能像我一样坦荡点？”

许心雨突然想起什么，问道：“你不是对萧屿感兴趣吗？为什么还来看其他男生？”

孟好听到这话，“扑哧”笑了：“看别人腹肌和对萧屿感兴趣，这两者犯冲？”

况且萧屿那晚都没回她微信，想到这儿，她翻了个白眼：“再说了，他都没正眼看过我，我还得为他守‘眼’如玉啊？想得美。”

操场和车棚相连，特别是体育生训练的地方和车棚离得很近，只有几步路的距离。

刚巧凌翔宇和萧屿几人从校外吃完饭回学校，一停好车子便听到这番对话，凌翔宇忍不住了，胳膊随意搭上萧屿的肩，毫不留情地大笑起来：“哈哈哈，萧屿，你听到了没？第一次见这种女生，真新颖啊，哈哈哈……”

萧屿下午请了两节课的假，去了一趟甲方公司，所以没穿整套校服，而是一身纯色白T恤配黑色运动裤，头顶扣了顶黑色鸭舌帽，透着清爽干净的少年气。

孟好听到凌翔宇那标志性的笑声，一个回眸，便看到几个男生站在车棚口处，其他三人都老实地穿着夏季校服，就那个戴着半框眼镜的男生穿的便装。

反光镜片下，那双澄澈黑眸正看着她，没什么情绪，一如既往的冷淡。

他单手插兜地站在那儿，嘴角勾着笑，即便眼底没什么情绪，但那丝若有似无的笑让人莫名觉得他这人很随和。

孟好愣了两秒。

天啊，又被这人迷住了。

想迷死姐是吧？

这么一对比，不远处的那些体育生显得格外油腻。孟好“啧”了声，在心里暗骂他们不守“男德”，看人家萧屿穿得多整齐。

他们几个男生回教学楼需要经过孟好和许心雨两人所站的位置。

凌翔宇的手还搭着萧屿，经过孟好的时候停下步子，挤眉弄眼道：“哎，那群五大三粗的体育生有什么好看的，你学神哥哥也有腹肌，八块规规整整的，还有人鱼线……”

话越说越离谱，萧屿甩开他的手，忍不住踹了他一脚：“走开。”

“学神哥哥”那几个字钻入孟好的耳朵，罕见地让她有些羞怯。只是听到萧屿也有腹肌的那一瞬，她立马丢掉矜持，眼神直往下，任谁也拽不住。

萧屿捕捉到她那直白的眼神，突然感到腹部一阵发凉，想也没想就直接摘了帽子，利落地扣在她头上，语气听着像是在隐忍着什么，还咬着后槽牙：“眼睛注意点，这是公共场合。”

视野被遮住，孟好先是愣怔一瞬，随即反应过来，抬起头，露出巴掌大的小脸，笑容那叫一个放肆：“萧屿，你害羞了？”

萧屿十分无语。

这么一闹，离上课时间没多少了，何况有这么养眼的帅哥回了教室，孟好是有多想不开还要去看油腻腻的体育生。

几人回了教室，上课铃打响。趁着发卷子那会儿工夫，孟好喊住萧屿，自然地问道：“你下午的后两节课怎么没来？”

萧屿摘了眼镜，语气淡淡的：“有点私事。”

孟好耸肩，行吧，不愿意说拉倒。

这次周测考的科目是生物，题不算太多，也挺简单，一节课的时间，大多数人都完成了。

下课后，孟好刚站起身，打算去洗把脸清醒清醒，毕竟下节课是物理，她要好好听讲，然后找不会的题去请教那位学神。

她的宗旨是，先在人面前狂刷存在感，但不能太过分，要进退得当。

她还没走到门口，便听到有人喊她："孟好，外面有人找。"

孟好顺势看过去，前门门口站着几个男生，个子很高，五大三粗的。

谁啊？

她走过去，率先发问："你们找我？"

三五个身高腿长的男生推了一把被他们围在中央的那个男生，孟好突然觉得这个男生有些眼熟，但想不起来在哪里见过。

秉持着礼貌，她微笑着问道："你找我有什么事？"

男生突然递给她一杯奶茶，语气直白："我是郑磊，体育班的，给个联系方式怎么样？"

他后面几个估计也是体育生，纷纷开始起哄。一行人堵在教室门口，让其他学生进出不得，偏偏他们还一副自我感觉很帅的样子，眼神肆意地打量着孟好。

孟好听到这话，强忍着没翻白眼，冷声道："抱歉，没有。"

郑磊被许多人围观，本来是抱着必胜的心思，没想到被拒绝得很干脆，他血气直冲头顶，有着体育生的一股莽劲儿，也不管孟好是否领情，直接把奶茶塞给她，耍起无赖："这么快拒绝干吗啊？之前你不是还特地去操场看我吗？"

孟好这次实在忍不住，翻了个白眼，气笑了："郑磊是吧？"

郑磊感觉有戏，急忙点头。

孟好后背靠墙，双手抱肩，眼神肆意地上下打量着他，丝毫不客气地说："谁给你的自信让你觉得我是去看你了呢？"

门口的骚乱被班内人看在眼底，有人做题做得无聊，扔了笔双手支着下巴看热闹。

三班的前门正对着楼梯，此时楼道被堵得水泄不通。

萧屿和孙广刚走过一个拐角，还站在两层楼梯之间的平台上，便看到孟好被一群男生堵在门口。

孙广眯眼瞧了瞧，拿肩去碰萧屿："啧，这姑娘可以啊，刚来没几天就被体育生堵上了，一看就是要联系方式。"

萧屿瞥他一眼："你有病？跟我说这个干吗？"

"你觉不觉得……"孙广笑道，"孟好和其他人很不同？"

"你要想和凌翔宇一个下场就接着说。"

闻言，孙广愣住了。

天，萧屿简直不是人，但凌翔宇也是嘴欠，过那嘴瘾干吗？现在被萧屿“滥用职权”罚抄二十遍《长恨歌》真是活该。

萧屿是三班的副班长，但只是个名头，没什么实权，他也懒得管理班级，只是方兴让他当，他推脱不开而已。

门口处陡然变了个画风，正上楼梯的两人也听到孟好那脆生生的一句——“谁给你的自信让你觉得我是去看你了呢？”

萧屿和孙广纷纷陷入沉默。

这姑娘可真不给人留面儿啊，果真天不怕地不怕。

“萧大班长，那体育生要是对孟好动手咋办？咱就这么看着？”孙广问。

萧屿没吭声。

郑磊听到孟好这话，抹不开面子，强硬道：“那你去操场栏杆那儿待着不是在看我们体育生吗？”

孟好脸上还挂着微笑：“操场是你们体育生专属的吗？”

人群中有人看不下去，出声呛她：“那你看腹肌看得那么开心？”

一般人被这样指控，好歹也会脸红，但孟好不是一般人。

孟好是三班的，她当下承认自己正是在看腹肌，且点评起来：“你那腹肌形状不好看，再练练吧。”

说完这话，她转身就要回教室，也不管身后几个体育生的表情。

倏地，小臂被人扯住。

孟好蹙眉回头，嗓音凉凉的：“松手。”

她一下子变了脸，弄得郑磊有些蒙，下意识松开手。

孟好冷脸的时候，和她不熟的人看了真挺害怕，郑磊就是其中一个。

孟好显然已经没任何耐心和他继续耗下去，她眯着眼，语气不善：“还有事？”

郑磊都要被孟好这态度整蒙了，这么一个大高个弱弱地说：“我听说你也住鸿福佳苑，晚自习放学一起走可以吗？”

孟好轻哂，是真没见过这种被自己明确拒绝了还黏黏糊糊的男生，特别还是个血气方刚的体育生。她简直无语，下意识地偏头“啧”了声，却不料，这一下撞进一双澄澈的眼眸里。

萧屿还戴着那副半框眼镜，斯文又冷淡。

他在和身旁的孙广聊天，大约是因为这群人堵在门口，他们不好进出，才站在楼梯口旁的窗台前等着的。

郑磊被晾在原地，他又问了一遍，也不管身后兄弟们骂他不争气。

孟好扭回头，想说点什么引起萧屿的注意，当下便找了个拒绝的法子。

她吊儿郎当地开口，也不管这话别人听了是何种反应：“啊，我一般都摇花手飞回家，你可以吗？可以就一起。”

孙广猝不及防听到孟好的话，想去看萧屿的反应，却没想到，他俩隔着一群体育生“深情”对视上了。

他低咳一声：“萧屿。”

萧屿回头看他：“嗓子卡痰了？”

孙广不知该怎么说。

凌翔宇说得不错，孟好看着一脸英气，却喜欢时不时就讲些让人尬到脚趾抠地的话。但你还别说，这么冷的笑话，萧屿好像真听进去了。

萧屿嘴角勾着笑，正盯着孟好看，那眼神让人猜不出他心里在想什么。

孙广悟了。

他俩绝配啊。

一个喜欢讲土土的冷笑话，一个笑点低到喜欢听那种话。

天，绝了。

物理课上，老师让课代表和学习委员讲题，他站在讲台一旁听着。

孟好瞄了几眼过道那边的萧屿，有些不自在，拿起笔转着。

刚才课间，萧屿那笑容什么意思啊？

有点苏又有点蛊，要命了。

不过她也知道自己喜欢“口嗨”这个毛病不好，但每次拿那些土到极致的话逗萧屿时，他好像……乐在其中？

孟好浑然不知自己的眼神多么引人注意，她就那么光明正大地盯着萧屿，连装模作样听课都不装了，手里还转着笔，搞小动作。

老师看不下去了，喊停站在讲台上讲题的课代表刑武，指着后面：“孟好，你接着刑武的思路往下讲。”

见众人的视线都往后移，老师拔高音量：“都给我看黑板。孟好，你快点！”

孟好迅速回神。

还好许心雨一直在听课，她急忙给孟好指了指，快速小声地说：“倒数第三道选择题，刑武讲到C选项了，他用的排除法，答案选B。”

孟好都不知道怎么感谢这小同桌了，拿着卷子站起身，还没离开座位，就发现一旁的几个人都盯着她看。

凌翔宇脸上挂着幸灾乐祸的笑容，孙广的表情也和他差不多，江淼倒是没看她，而萧屿嘴角也勾起玩味的笑。

孟好强忍住给萧屿一拳的想法，径直走上讲台："老师，我用的不是排除法，我是直接算出来的。"

一道题讲完，老师眼里多了几丝赞许："回去好好听课，会这道题也不能上课开小差，听到没？"

这道题难度不小，一般人基本上都是用排除法，把四个选项代入题中，但孟好的思路挺新颖，不愧是京北重点高中转学过来的。

孟好乖乖回答："知道了，老师。"

她一副好学生的样子令后面几个男生大跌眼镜。

孟好居然还能这样听话实属出乎意料，尤其是凌翔宇，在他眼里，孟好最初给他的印象和刘爽那种没什么两样。

只是她不会像刘爽那样欺负弱小，也比刘爽学习好。

孟好回到座位后，瞪了萧屿一眼，后者低笑不语。

许心雨凑上来，一脸迷妹样儿："孟好！你太神了，我觉得你比萧屿都厉害，这下我终于懂了你为什么连郑磊那种人气超高的体育生都拒绝了。"

现在是小组讨论时间，周围闹哄哄的，孟好也就不怕老师再注意到她，索性光明正大地开小差。

孟好挑眉："为什么？"

许心雨的表情有些夸张，一条一条地列举孟好的优点："你长得好看，学习成绩还这么好，性格也很随和，和班里人都能玩得来，热心肠……"

孟好心道：倒也不必夸得这么实在。

小组讨论期间，学生可以随意走动，刚刚萧屿被孟好的前桌拽过去讲题，讲完那道题他准备回座位的时候，就听见许心雨这家伙无脑夸她那新同桌，忍不住嘴角一抽。

萧屿"啧"了声："许心雨。"

许心雨被迫停止了夸奖。

萧屿居高临下地看着孟好，话却是对许心雨讲的："意思意思得了，你同桌都被你讲得脸红了。"

许心雨心道：有吗？我怎么没看到？

但是，关你什么事哦？

凌翔宇也凑过来，瞧了几眼，夸张地讲："嘁，不就是讲了道题吗？看你把她吹得，尾巴都快和太阳肩并肩了。"

许心雨被两人围攻得急了，脸憋得通红：“关你什么事？孟好就是我的女神，你嫉妒去吧。”

孟好看不下去了，及时开口，一把揽过许心雨：“你俩，能不能哪儿凉快回哪儿去？”

萧屿嗤笑一声，坐回自己的位置上。

凌翔宇像个小学生一样和两个女生斗嘴，学着许心雨的调调讲话：“哼，孟好就是我女神！”

许心雨被他气得不行，着急得想不出怼他的词。

孟好也是见识到了这个年纪的男生，她实在没忍住，偷偷踹了凌翔宇一脚：“走开走开。”

凌翔宇故意碰瓷，装作站不稳坐在地上，一手拉着萧屿的裤管，另一只手指着孟好，那架势活脱脱像被调戏的良家妇男：“屿屿，她欺负我。”

孟好一阵恶寒，翻了个大大的白眼：“我的天，你恶不恶心，还屿屿。”

萧屿闻言，挑眉一笑，似乎故意和孟好作对一般：“宇宇，来，抓紧我的手。”

周边的人纷纷陷入沉默。

凌翔宇一个支肘站起身，给孟好竖了个大拇指。

孟好不明所以。

凌翔宇解释道：“我输了，萧屿之前分明不这样的，你一来，他就变了。”

孟好乐了，挑眉。

看来是那些土味情话和尬到脚趾抠地的话管用了。

想到这儿，她清清嗓子，喊道：“萧屿。”

“干吗？”

孟好掐着嗓子讲话：“刚才你说我脸红了，原来你这么关注我啊？是不是早就对我有意思？”

萧屿接不上话。

凌翔宇都要吐了，他捂着眼回了自己位置上。

许心雨也有点看不下去了，扯扯孟好的裤子，小声提醒：“孟好……老师快过来了。”

孟好点头，又笑着瞧了眼萧屿。

直到老师说让大家安静，他来讲最后一道压轴题的时候，孟好才收回视线。

晚自习下课已经晚上十点，住宿生回宿舍，走读生回家。三班的走读生其实不是很多，也就孟好和萧屿他们几个。

十点半宿舍准时熄灯，所以住宿生要靠着那半个小时的时间完成洗漱、上厕所等一系列事情，熄灯之后有查纪律的宿管。

许心雨是住宿生，和孟好打了声招呼后就迅速跑回宿舍楼，快得像一阵风。

孟好收拾好书包，准备出教室，刚下楼梯，就听到五楼连通着四楼的楼梯上传来一阵哄笑声。

她没多在意，收回视线就要下楼。

“喂。”

身后有人喊她。

孟好回头，发现是萧屿在叫她。她挑眉，快步走至男生身旁：“叫我有事？”

却不料，萧屿下巴倏地朝着楼上一扬，说：“有人过来找你了。”

孟好抬头，正是那几个体育生，一行人勾肩搭背地下楼，声音粗得像流氓大汉。

郑磊看到孟好和萧屿站在一处，三两步下了楼梯，说：“孟好，我送你回家吧，顺路。”

孟好蹙眉：“不用。”

她拒绝得干脆，丝毫不拖泥带水。

郑磊当着这么多人的面被拒绝有些难堪，况且还是在萧屿这种比他出名一百倍的学神面前。他皱眉，用打商量的语气问孟好：“能不能给个面子？这么多人看着呢。”

走廊里只剩三班门口站着一堆人，声控灯时不时地灭掉，又被那几个体育生恶劣的跺脚声弄亮，白炽灯光照得青春期那点情愫都无处遁形。

孟好知道，自己对眼前这个体育生丝毫没兴趣，而且现在如果因为人多答应点什么，那之后自己估计更难甩掉这人。

她眼里没有半点同龄人的羞涩，有的只是波澜不惊。

凌翔宇和孙广勾肩搭背地朝着后门走，结果发现一群人堵在那儿，走近一看，才觉出不对劲。

两人对视一眼。

又是大型修罗场啊。

只是这场景怎么这么眼熟，和前几天萧屿被那“人间初恋”堵在校门口差不了多少，只是这次是孟好被堵了。

孟好的声音很清脆，没有任何的怯懦，但也不会让人觉得她高高在上，那随意的语气像是在陈述一件再普通不过的事——

“如果你是抱着耍朋友的打算，那你可以放弃了，因为我现在没那想法。但如果你是想正常交个朋友，那也没什么必要。现在是高三，我转来一中也不是来社交的，而且你现在对我可能只是新鲜感在作祟。你是体育生，还是把心思都放在训练上吧，考个好大学，而不是浪费时间在这些无意义的事情上。

“最主要的是，我对你没兴趣。”

萧屿懒散地靠着墙，眼底晦涩不明，不知道在想什么。

凌翔宇和孙广接着对视，纷纷从对方眼里看到了火花。

厉害啊，这两人的拒绝方式都这么像。

绝了！

孟好背对着他俩，才没心思管这两个男生的脑补。

话都说到这份上了，再不走就有点不识好歹了，郑磊也不是那种拖泥带水的人，听完孟好这话，虽然心底难受了会儿，但想起自己是个大老爷们儿，伤春悲秋的做什么。

一群体育生来得闹闹哄哄，走得也是轰轰烈烈，走廊彻底陷入一片安静，声控灯也因此暗了下来，周遭一片黑。

孟好轻咳一声，恰巧后面孙广一跺脚，她被这猝不及防的巨响吓到了，回头看了眼，满脸的谴责。

孙广：看什么，人家体积大不行吗？

凌翔宇忍不住呛他：“广啊，咱啥时候减肥？”

这欠揍的话引来孙广一个眼刀，孙广也不上赶着和他斗嘴了，往前走去找萧屿，哼哼唧唧：“屿屿，凌翔宇欺负我。”

孟好错愕了两秒。

真的要疯了，怎么这群男生这么恶心啊！

萧屿轻哂，不着痕迹地躲开孙广的“投怀送抱”。

孙广呆愣在原地，一副被渣男伤到心的样子：“你变了，你以前明明最爱我的。”

孟好心道：我怎么没看出来，这孙广也是个戏精，他根本不输凌翔宇好吗！

凌翔宇一把抓住孙广的后衣领，费了些劲儿把他拉回去："差不多行了，鸡皮疙瘩都抖完了，晕。"

萧屿倏地抬头，摘了那副令孟好无法抵挡的半框眼镜，挑眉看她，一双黑色的眼眸中带了少年应有的活力，但又比同龄人多了些成熟，这是经过生活洗礼的成熟。

孟好不知道萧屿以前经历过什么，但从她了解得不多的有关他的信息来看，他和普通人没什么两样，可他的为人处世又让人感觉这人值得深交，且会是个非常不错的朋友。

"看不出来啊，你还挺招人喜欢，"萧屿吊儿郎当地说，语气里带了些懒洋洋的腔调，"去趟操场都能把人迷得神魂颠倒。"

孟好一怔，但很快脸上也挂起了自得的笑，仿佛她的自信是与生俱来的。

"喜欢我不很正常？我又美又善良，能搞笑又能正经，和谁都处得来，还热心肠、有上进心，你说，谁能挡得了我的魅力？"

孟好顿了顿，向前几步，眼里满是笑："你能吗？"

因为身高差距，孟好需仰头看萧屿，但很显然，两人之间那点火花快要炸出来，只要眼不瞎就能看出来到底是谁处于劣势。

萧屿率先移开视线，冷笑："你倒是对自己认知挺全面。"

夸自己的词都不带重复的。

孟好笑容肆意："嗯啊，我这么好的姑娘，卖得了萌耍得了二，得之你幸，失之你命啊，哥们儿。"

自大自满自负的话被孟好用戏弄的语气讲出来，莫名其妙让人觉得萧屿成了她的瓮中之鳖一样。

凌翔宇和孙广忍着笑去看萧屿，两人是真没料到萧屿竟然能憋住不笑。

萧屿盯着眼前这个无比放肆的姑娘，像是被磨得没了办法，呼出口气："你还不回家？"

话题换得无比生硬。

孟好眨眨眼："学神哥哥送我回家呗？"

萧屿扯了个笑，学着孟好之前拒绝那体育生的语气讲话："啊，估计不行，我不会摇花手，你自己摇着回家吧，这样还快点。"

孟好有些无语。

真的，拳头硬了。

第2章
再一起

静谧的深夜，夜色朦胧，四周星光寥寥，蝉鸣孜孜不倦，八月底的晚风吹不散夏末的燥热。

升入高三，作业没有随之增多，各科老师甚至不再一味地给学生布置许多作业，只是让学生把该做的练习做完，只要不耽误第二天的讲解就好。

深夜十一点，孟好吃完陈娟特意给她热的夜宵，简单收拾了下厨房就回了卧室。

洗完澡后一身舒爽，空调的冷风明明开得很足，她又拿遥控器降了点温度，才心满意足地躺到床上，想起某人那句调侃她的话：

“啊，估计不行，我可不会摇花手。”

救命啊……

萧屿烦不烦啊，这话只是当时人家胡乱说的。

她随手拿起放在枕头旁边的手机，想了想，点进和萧屿的聊天界面。

上面还保留着两人之前的聊天记录——

孟好不好：学神哥哥，你这个问号是什么意思呀？嘤嘤嘤……

小宇：键盘坏了？

孟好不好：？

小宇：你嘤个什么劲儿？

孟好不好：……

孟好不好：夜宵吃得好撑。

小宇：所以呢？

孟好不好：你为什么不问我吃了什么夜宵？

小宇：……

中间沉默了五分钟。

小宇：吃了什么？

孟好不好：吃了碗面。

小宇：哦。

孟好不好：好想和泥间意面。

小宇：……这是什么面？还挺高级。

孟好不好：我真的挺好奇的，你不在网上冲浪吗？

又过了几分钟，孟好估计对面的人去冲浪学习了。

小宇：果然。

孟好不好：？

小宇：人吃太饱了，什么话都能说得出口。

孟好不好：？

看着这些让人脚趾抠地的聊天记录，孟好才反应过来萧屿最后那句话是什么意思。

他这是嫌她吃饱了没事干！

哼！本公主生气了！

虽然这气生得有些晚。

她神游半分钟，手机突然振动，垂眼一看。

小宇：又抽风？

孟好：我哪里惹到你了吗？

她往屏幕上一瞥才发现，她发了数不清个数的表情包出去——因为她想学怎么说冷笑话，所以保存了许多土味情话的表情包。

现在！全被她不小心发出去了。

屏幕上，全是被恶搞放大的表情包……

孟好想撤回，结果刚撤回一条，对面又发来一条消息。

小宇：你这么喜欢掩耳盗铃啊？

孟好：……

片刻后，她打了一行字过去。

孟好不好：我说是我不小心点错的，你信吗？

二十秒后。

小宇：你给多少男生发过这种表情包？

孟好不好：？

小宇：经验丰富啊。

孟好撇撇嘴。

发点土味情话就算经验丰富了？

他是不是脑子有点什么大病？

孟好不好：学神哥哥什么意思啊?

但那头迟迟不回消息。

孟好又编辑了一条：学神哥哥怎么了啊?

写完她自己都呕了，这语气真瘆人，怪不得凌翔宇和孙广总是在她给萧屿讲完土味情话后做出一副生无可恋的表情。

就连许心雨最近也开始像那群男生一样了。

“叮——”的一声，来了一条微信。

小宇：以后别这么叫我。

孟好眨眨眼。

他不会害羞了吧？

她轻咳两声，编辑了几条消息过去。

孟好不好：那学神哥哥教我以后怎么喊你啊?

孟好不好：学神哥哥。

孟好不好：学神哥哥。

对面没再发消息来，孟好又盯了几眼屏幕，轻哂一声。

啧，是不是有些太过了？

唉，自己看着怎么这么像个绿茶？

次日，小课。

一中会在每天上午第二节课结束后留出半个小时作为小课时间，用老师的话来说小课就是查漏补缺，任课老师会在这期间到自己所带的各个班级转一转，方便一些学生问问题。

但前几天的小课时间，孟好很少拿着难题问老师，反而是去请教萧屿。其实不仅她如此，班上许多学生都和她一样。

因为每个任课老师一般都至少带三个班，更别提像生物、化学这类科目了，问问题的学生很多，所以老师一般都很忙。

可今天孟好格外反常。

许心雨刚从办公室回来，就看到孟好还坐在座位上，一直保持着她离开前的那个动作。

她走过去瞧了眼孟好的课桌，发现上面摆着上节生物课的练习册，页数是老师布置的练习那一页，但页面上干干净净，没有一点痕迹。

许心雨皱眉，拍了下孟好的后背，诧异道："孟好，你在想什么呢？"

平时这个时候她早就拽着萧屿问问题了。

孟好回神，朝前挪了挪凳子，给许心雨让出位置让她进去。

许心雨：我不是那个意思……

过道另一头的萧屿此时正给人讲题，看起来依旧是那副神态自若的模样，和往常没什么不同。

这两人吵架了？

不应该吧，这才几天？

许心雨凑上前，趴在孟好耳侧，小声道出自己的心声："你这是在玩欲擒故纵啊？"

孟好偏头，一脸不解。

"你今天怎么没去找萧屿？平时一到小课，坐你这儿的都是凌翔宇。"

孟好闻言，倏地笑了："行，我给他让地儿。"

许心雨被她暧昧的语调激得面红耳赤："什么啊，他是数学课代表，经常过来给学习委员讲题。"

孟好一脸无辜，慢悠悠地说道："我知道啊，我说什么了吗？你急什么？"

许心雨被孟好说得没心思八卦她和萧屿之间那点事儿了，扭回身子不再搭理她。

孟好自得地笑了，这小同桌平常看着一副乖乖女样子，可大家都处于青春期，心里的那点悸动都表现在脸上了，谁能看不出来？

不过，她还挺喜欢逗这小同桌玩的。

挺有意思。

孟好拿着课本，从教室后面绕到凌翔宇的座位旁，敲敲他的桌角："许心雨找你呢，快过去。"

凌翔宇一脸蒙地抬头，下意识看向许心雨的方向。

靠墙那个位置上的姑娘正低着头忙些什么，动作中透着点慌乱，耳朵都红了。

凌翔宇了然，装得跟个大尾巴狼似的，吊儿郎当地笑："你又调戏你同桌了？我说孟好，你一个女生，怎么整天调戏小姑娘？再这样下去，人家该传你俩绯闻了。"

孟好翻了个白眼："少废话，你赶紧过去。"

凌翔宇拿起数学试卷，屁颠屁颠地过去了，走之前还不忘多嘴："说真的，你应该多调戏调戏萧屿。"

"走开。"

凌翔宇走后，孟好扫了眼萧屿，发现他身旁围着好多人，估计一时半会儿也回不来，她便索性像往常一样，该干什么干什么。

她盯了几眼试题，可心还是静不下来，浮躁得不行。

昨晚她恶劣心一起，故意给萧屿发了满屏幕的"学神哥哥"，但萧屿没回她消息。夜晚人的情绪总是高涨，等她今早一看手机，盯着满屏绿色，不知道的还以为她给他写小作文了呢。

她出门前还翻了翻聊天记录，盯着那些话，头皮发麻。

啧，她什么时候这么喜欢玩尬了？

等她静下心不再胡思乱想准备专心做题时，十分钟过去了，萧屿也回到了他的座位上。

身旁的男生传来窸窸窣窣的声音，翻书的声音混着摁笔帽的响声，孟好轻轻皱眉，自己什么时候这么没定力了？

倏然，一股男生特有的气息传来。

孟好眨眨眼，不敢动弹，浑身僵直，死死地盯着题目。

"十道题错了四道？"萧屿闲闲的声音震在耳边。

孟好腹诽：要你管。

后排的孙广突然喊住萧屿："屿，来给人家讲个题呗？"

萧屿低声应了，站起身走到后排。

周围那股气息骤然消失，孟好不着痕迹地呼出口气。

紧接着，身后传来两人的交谈。

孙广："你干吗？"

萧屿："你用的方法不对。"

孙广似乎在咬着后槽牙讲话："晕，我画了十分钟的受力分析，你就这么擦了？"

萧屿冷笑："哦，不知道的还以为你参加什么绘画大赛呢。"

孙广气极："萧屿，你够了。"

萧屿："还听不听？"

孙广软了嗓子："听……"

萧屿："……你被孟好传染了？"

孟好顿住：关我什么事？

像是再也忍不了了，孟好扔了笔，随手捏起一块小橡皮，转身一投：“萧屿，你够了！”

不就是昨晚一直喊你学神哥哥吗？

小橡皮准确无误正中孙广的印堂。

了几圈。

“萧屿怎么躲得这么快，

不疼。”

糙肉厚，不怕砸。”

来真的好吗？

，他一只手撑在孙广的桌

看过去，显得他格外慵懒

？”

了魂儿，太没有定力了！她

定下来，可力道一时没收住，

残吧？”

独属于某人那欠揍的声音荡在头顶，孟好抬头，果然，萧屿那明晃晃的笑容就浮在眼前。她在心里翻了个白眼，换了个语气：“学神哥哥，给我讲道题呗？”

“噗——”孙广正仰头喝水，无奈抗压力太差，听到这称呼直接喷了出来。

他说话也不知道收着点音量，比凌翔宇还没顾忌：“孟好你是不是换了个灵魂？我劝你早点把我们真的孟好女侠换回来。”

萧屿十分无语。

孟妤忍了忍，最后实在忍不住，面无表情地看着萧屿：“能让他闭嘴吗？”

萧屿失笑，回头瞅了一眼满脸写着自己很无辜的孙广，挑眉。

孙广：“嗯？”

“可以啊，都把孟妤弄得哑口无言了，教教我呗？”萧屿说。

孙广：“……走远点。”

孟妤气不过，起身就要走，走之前还愤愤地想踹萧屿一脚，碍于周围都是人，况且现在还没下课，硬生生地忍住了。

“不是让我教你题？”萧屿及时喊住她。

孟妤身形一顿，又坐回去，把练习册甩在桌上，发出不轻不重的声响，没好气道：“第三题。”

萧屿倏地笑了：“你请教人就这态度？”

孟妤看了他一眼，小声开口：“不想教拉倒。”

萧屿显然是听到这话了，轻哂，骨节分明的手拿起练习册，开始看题。

把这一切都看在眼里的孙广故作深沉地摇摇头，恰好同桌江淼刚从办公室回来，看到孙广这副样子，拍了下他的后背：“摇头晃脑干吗呢？”

孙广轻叹口气，朝前面两人努了努嘴：“某座冰山慢慢融化了，只不过冰山自己好像还没发现呢。”

小课之后是个长达二十分钟的大课间，此时虽然马上进入九月，但气温居高不下，即便是教室的中央空调全天开启，也挡不住孟妤那颗想吃冰的心，她拉着许心雨买完冰棒回了教室。

她也清楚现在距离高考已经只有不到一年的时间，自己该努力学习重新考回京北的高校让冯女士对她刮目相看。

她左手拿着冰棒，右手捏着笔，慢悠悠地做题。

班里不是很吵，整个学校也就只有高三生，下课后的喧闹也不是那么惹人厌烦。

忽然，“砰”的一声巨响传来，教室后门被人用力踹开。

班里大多数人被吓得回头望，嘴里忍不住出声咒骂。

“谁啊？吓死我了。”

“我晕，真是的。”

孟妤也好不到哪儿去，她紧皱眉，扔了笔回头看。

刘爽带着她那几个“小弟”大摇大摆地走进教室，等最后一人进来后，她像个土皇帝一样发号施令，让人把门堵上，不让别人进来。

活生生的土匪行为。

“孟好呢？怎么不见人？”刘爽环视教室一圈，最后目光锁定在倒数第二排，离她五米远的位置。

班里一些人看到这一幕开始窃窃私语，周围格外不太平。

“孟好惹到刘爽了吗？”

“或许是看孟好和萧屿走得很近？”

“我看未必，干吗总脑补两女争一男的戏份？根本不是这样，我之前看到过，孟好刚来那天，和刘爽那群人在厕所对上了。”

“啊？这样啊？那这波我必须站孟好。”

“为啥？就因为孟好是咱们班的？”

“是啊，而且刘爽和她那群跟班太恶心了，老是霸占厕所，搞得别人都没法上厕所了。”

许心雨忍不住偏头看了眼，发现话题中心的人物正坐在那儿优哉游哉地吃冰棒。

刘爽瞅见孟好这副云淡风轻的姿态，一脸不爽地走过来，一把夺了她手中没吃完的冰棒，随手一扔。

孟好蹙眉，这才赏了刘爽一个眼神：“有病治病，发什么疯？”

许心雨目瞪口呆，觉得此时的孟好简直帅爆了。

“你怎么对爽姐讲话呢？赶紧站起来！”刘爽的一个跟班发话了。

孟好没动。

刘爽低骂一声，双手揪着孟好的衣领费力地把她提了起来，以为这样孟好脸上会出现恐慌，不再是这副淡定自若的表情。

但没想到，孟好跟个软骨头似的，随着刘爽的力道站在她面前。

刘爽彻底火了，推了孟好一把：“装什么装，傻子。”

孟好被这动作搞得臀部磕在略显锋利的桌边，吃痛地皱眉。

“赶紧给爽姐道歉，不然有你好受的。”另一个跟班放狠话。

许心雨眨眨眼，觉得孟好下一刻就要反击了。

果然，孟好猛地一推站在过道的刘爽，然后直接抬脚一踹，力气很大，硬生生地把刘爽踹到后面的墙壁上。

这一脚彻底让教室原本就不平静的氛围点燃。

周围一阵阵惊呼声钻入耳膜，尤其是坐在孟好身侧的许心雨，那尖叫声吵得孟好忍不住掏掏耳朵。

刘爽带的几个人反应过来之后，连忙扶起狼狈地坐在地上的刘爽，随后走到孟好身前。

一个嚣张跋扈的女生刚扬起手臂，后门便被人猛地推开，紧接着是一声暴喝：“干吗呢！给我住手！”

也不知是哪个菩萨把方兴喊了过来，年轻老师向来看不惯以多欺少，他走到孟好座位旁，把几个女生拉到一边，护犊子似的把孟好护在身后，指着几个人质问：“你们哪个班的？”

方兴回头瞅了眼班里的学生，气不打一处来：“看到自己班同学被欺负，你们也不上去阻止，就知道看好戏是吗？”

方兴自从带班以来，三班的学生很少看到他发这么大火。

有人仗着和他关系好，小声反驳：“那可是刘爽，谁敢上去？她之后会报复人啊。”

这话彻底把方兴的火拱了上来，他转回身指着几个外班的女生说：“反了你们了！走！和我去校长室，我看看你们平时到底有多猖狂！”

几个女生连同孟好被带出教室，班里也恢复了平静，只有被人弄得不太整齐的课桌能证明方才骚乱的存在。

第三节是语文课，萧屿几人踩着预备铃进了教室，好在老师还没来。

班里还在讨论刚刚的事情。

萧屿习惯性地瞥了眼过道另一旁的座位，发现以往喜欢盯着他看的女孩不知所终。

他喊住许心雨，问：“孟好呢？”

许心雨整理了一下思绪，赶在第二道上课铃打响之前快速给他讲述了方才几分钟所发生的事情。

萧屿冷淡地“嗯”了声，表示自己知道了，随后像往常一样拿出竞赛题，光明正大地在语文课上做试卷。

许心雨闭眼忍了忍，最终还是没缓过那口气，小声喊萧屿：“你不去找孟好吗？”

萧屿瞅她一眼，一脸“我闲得慌去找她？那姑娘一看就不会被占便宜”的表情。

许心雨气不过：“但刘爽是因为你才找孟好麻烦的，你怎么这么……”

话没说完，萧屿也能猜出许心雨那意思，无非是说他没担当。

也是好笑，两人都做了半个月同桌了，许心雨都还没摸清那姑娘的性子？她是那种因为一个男生就和别人起冲突的姑娘吗？

她不是。

不仅如此，按她的性格，绝不会委屈自己。

用凌翔宇的话说，孟好和萧屿是一路人，所以萧屿并不担心她会吃亏。

方兴带着孟好和刘爽那群人去找了年级主任，年级主任听完后直接给刘爽几人记了大过，并且全校通报，碍于她们都是高三生，便没让她们回家反省了。

方兴领着孟好回了教室，临进教室前，无比认真地嘱咐她："以后如果再遇到这种事，无论校内校外，立马通知我。如果在校外的话，就先报警，听到了没？"

孟好听了这番话，莫名眼酸。

方兴还以为孟好这是怕了，急忙安慰道："别哭，像那种欺负其他同学的人，最后都会受到处罚的。"

孟好点头，回了教室。

怕倒是说不上，她向来胆子大，她就是被方兴那番话感动到了。

班里正上着语文课，孟好坐好后，给许心雨使了个眼神，让她下课再问，毕竟语文老师出了名的严厉。

孟好偏头一看，不得了，萧屿居然胆大妄为到在语文课上做其他科目的卷子。

她刚要嘲讽两句，下课铃便响了。

语文老师没有拖堂的习惯，铃声一响立马走人。

等她出了教室，一群人顿时把孟好周围围得水泄不通，问这问那。

"孟好，方兴真带你和刘爽那玩意儿去见校长了？"

"我的天，咋处理的刘爽啊？"

"你们不知道，刚刚方兴那护犊子的样子简直不要太帅！"

孟好有些顾不过来，笑了笑："给她们记了大过，全校通报。"

"才记过啊，我还以为会让她回家反省呢。"

"现在都高三了哎，除非犯了天大的错误，不然学校怎么会让她回家？"

"可刘爽如果再找你事儿咋办？"

孟好扯了个笑，靠着身后那人的桌沿，洒脱到不行："她还敢来啊？"

众人见孟好这模样也知道她不怕事儿，又胡咧咧地扯了几句便各自忙各自的事儿去了。

人群散开后，视野重新变得清晰，孟好偏头瞧了眼，发现萧屿还在低头做题。

她轻咳一声，萧屿没反应。

她轻哂，伸腿去踢萧屿的桌腿，萧屿还是没反应。

孟好愣了下：他故意不理我吗？

最后实在忍不住，她搬着凳子，随手扯了张试卷，霸占着过道的位置，坐在萧屿身旁，还故意掐着嗓子讲话："学神哥哥，给我讲道题呗？"

萧屿这才有反应，他捏起试卷一角，扫了眼。

孟好无比上道地说："第三道大题。"

萧屿看题很快："这都不会？你'九漏鱼'啊？"

孟好愣住了。

她反应两秒才缓过劲儿来，萧屿这是在骂她啊！

还九漏鱼？他什么时候成了5G冲浪高手了？

萧屿把卷子轻拍到她脸上，声音冷淡到听不出任何情绪："这么笨的话，别参加高考了。"

孟好：过分了哈。

她有些气，也不知道萧屿怎么突然变成这副死样子，他那张嘴是用来干吗的？怎么可以拐着弯儿，不对，连弯儿都不拐直接骂她？

她扯开试卷："你能不能……"

萧屿看了过来。

"把嘴捐给有需要的人？"

萧屿不知道该接什么。

孟好越想越气，回了座位，可怎么想都觉得刚刚她骂得不够狠，又暗戳戳地补了句："你算什么笨蛋小狗，凭什么骂我？"

哎？好像还是不够狠。

上午最后一节课是化学，孟好听了半节课，神游了半节课，最后下课时，她瞬间起身，堵住萧屿，不让他去吃饭。

萧屿有些不耐烦："有事儿？"

孟好还沉浸在萧屿无缘无故骂她的情绪里，她也不知道哪来的勇气，一脚踩在对方的鞋上，恶狠狠道："你算什么笨蛋小狗，凭什么骂我！"

周围一群看客：他们又玩哪一出？

萧屿盯着孟好那气急败坏的模样，心里那股郁气莫名消散，倏地笑了声。

孟好更气更急了，她不管不顾地拿手指去戳萧屿的胸膛，咬牙切齿地说："你还笑！说！你算什么笨蛋小狗！刚刚凭什么骂我？"

这话孟好都重复八百遍了，萧屿简直无语。他身上被她戳得发痒，想也没想地直接攥住她那只手，柔软的手指摩挲着男生掌心："这句话是你的墓志铭？没完了？"

孟好愣了一瞬，很快反应过来，她踮起脚去看萧屿，根本没意识到两人的距离有多近："就没完！就没完！你说你凭什么骂我！人家明明是最完美的！还有，那才是你的座右铭，啊呸，墓志铭！"

萧屿没想到这姑娘这么认死理，幼稚得有点可爱了。

他移开视线，倒是不忘还攥着人家的手，语气像是妥协："我错了，我不该骂你。"

孟好得了便宜不忘卖乖："哼！那你说，本公主是不是完美的？"

萧屿："差不多得了。"

可惜，孟好的字典里没有"适可而止"这个成语："你说不说？"

萧屿内心后悔：我真是服了我自己了，没事招惹她干吗？

"你说不说？"

萧屿认命，毕竟他还想吃饭，午饭时间就二十分钟，现在已经过去五分钟了。

"行，你是公主，是最完美的，我不该骂你，我是个浑蛋，够了吧？"

孟好这才放过他，甩开他的手，去找许心雨："心雨，走，去吃饭，快饿死我了。"

许心雨：您还知道吃饭呢？

这话她不敢说出口，生怕一个不注意说完后孟好直接不去吃饭了。

可有人神经大条，想不到那么多。

凌翔宇朝着两人挤眉弄眼："不是，你俩在这儿耗上了？"

萧屿听完这话，回头瞪了凌翔宇一眼，又觉得不够，直接踹了他一脚，然后赶在孟好发作前，拉着她出了教室。

凌翔宇：合着我是被抛弃的那个呗？

苦行僧般的高三生连续在学校待了整整一个月，年级才安排他们和高一高二的一起放一次假，只不过假期像往常一样，周六上午放假，周日下午五点前返校，走读生和住宿生都是如此。

周六放假，孟好回家先是睡了个昏天暗地，不管不顾的，连饭也没吃。

陈娟知道这孩子辛苦，早上五点起床，晚上十二点睡觉，一天睡不了几个小时，所以也没喊她起床，好不容易得来的假期，就随她去吧。

傍晚，陈娟给她在保温锅里留了晚饭，写了个字条贴在她床头上便出门打麻将去了。

孟好睡醒那会儿已经晚上八点了，遮光窗帘紧闭着，也看不出外面啥情况。她伸了个懒腰，刚一下床就瞧见床头上的便利贴，撕下来后直接扔到一旁，拉开窗帘。

天已经全黑，手机像是恰好有了魂一样开始振动，电话是林朝打来的。

“哥哥后天回学校了，不给我整个告别宴？”听筒里传出林朝不正经的调侃声。

孟好正刷牙，嘴里满是泡沫，含混不清地讲：“现在？都八点了，待会儿我外婆该回来了。”

“你还有门禁？”

孟好吐掉泡沫：“没，但也不能太过分，我怕冯女士查岗。”

“㞞，”林朝嘲笑她，“查岗我帮你糊弄过去，咱外婆又不是不认识我，前几天我还在街上碰到她了呢。”

孟好想了想：“啧，行吧。”

“我在观音堂呢，就以前我们经常去的那家烧烤摊。”

孟好擦了擦嘴，满口清爽：“行，等你爷爷我十分钟。”

林朝直接挂了电话。

留在保温锅里的饭直接被孟好抛在脑后，孟好洗了把脸，换了身衣服，挎着只能装手机的小包出了门。

见地下室停着她的那辆电动车，她索性又回屋拿车钥匙和头盔。

林朝也不知道着什么急，不停地给孟好打电话。孟好差点被气死，到了目的地后停好车，直接上去就朝他后背来了一拳。

“你是不是要死啊，不知道我骑车呢？本公主出事了，你负责啊？”

孟好下手没个轻重，林朝被捶得龇牙咧嘴：“嗞，谁知道你还骑你那小破‘电驴’呢，早该找个收破烂儿的店卖了得了。”

孟好坐到他对面的小马扎上：“找死直说。”

她拿起桌上的起子，娴熟地开了瓶饮料，“啪嗒”一声，瓶盖落在桌上。她直接对着瓶口猛灌一口，动作里透着说不出的豪放，丝毫不扭捏。

林朝看得目瞪口呆。

“大学不是早开学了吗？怎么你这么晚？现在都九月中旬了，你那什么野鸡大学？”

闻言，林朝忍不住拿木签敲了下桌子：“怎么说话呢？我好歹也是前年一中的状元，你就这么对待状元的？”

孟好“嘁”了声：“又不是省状元，你牛什么？”

林朝是前年高考一中的状元，但也仅仅在平芜占榜首，分数在全省排第三十名，离真正的状元还差得远呢，但那成绩也够上京大了。

“基地有个项目还没做完，刚好我前几天在做调研，就晚回去几天。你别现在不供着我，等你到时候考上京大了，看我怎么收拾你。”

说完他又有些欠地讲：“哦对，你现在那成绩上‘985’都费劲。”

“有完没？再说这个绝交加拉黑啊。”孟好踢了他一脚，“我现在成绩已经提上来了好吧，而且刚结束的摸底考试，我在年级排前一百名，够不错了哈。”

林朝阴阳怪气地说：“哟哟哟，前一百？前一百也就能上个‘211’。”

平芜街头人头攒动，此时处于夏末，晚间的凉风习习，放眼望去，街边多的是遛狗和散步的人。

孟好估摸着林朝这是即将开学，有恃无恐了，开始在言语上各种挖苦她。

孟好气不过，偏头不看他。

“大小姐生气了？”

孟好不理他。

恰好不远处的草丛里卧着一只黑狗，孟好想也不想地直接朝着那只狗说：“林朝？干吗窝那儿？赶紧过来啊。”

林朝顺着孟好的视线看去。

这种事儿孟好以前就没少干，林朝满脸无语：“行了啊，我不提成绩还不行吗？”

孟好这才扭回头，笑眯眯地说道：“晚了，你看你的同事多安静，不像你，叭叭起来没完，能不能向人家学学？”

林朝有些无语。

又吃了一会儿，林朝想起什么，问：“对了，你那进度咋样？”

孟好不解：“什么进度？”

“校草啊，看你这样，不会连话都没跟人说上吧？”

孟好冷笑：“怎么可能？你别说，他还挺逗的，我从网上找了许多土味冷笑话，也没筛选，直接给他发了过去。”

林朝一副要吐的样子：“他没被恶心坏？”

毕竟网上的土味冷笑话也够离谱的。

说到这个，孟好来劲了，乐得不行："没，他就好像那山顶洞人，都不上网的。我在学校经常逗他，他朋友和你一样的反应，但他还挺乐在其中的。"

林朝听完一愣，妈啊，孟好这是遇上真正的克星了吧？还乐在其中，这傻姑娘没听过一句话叫"真正的猎人都是以猎物的方式出现"的吗？

但瞧见孟好那打了鸡血的样子，他也没扫她的兴致，索性拿了根串边吃边听。

孟好是那种很典型的美少女，但和她做朋友这么些年，林朝也早就摸清她的性子了——喜欢"口嗨"，大大咧咧，有时候比男孩子还像混世魔王。

但他以前是真搞不懂，现在明白了，她就和那群中二少年没什么两样，幼稚得要死，还不承认。

说到最后，孟好有些口渴，要了杯少糖西瓜汁，继续胡吹海吹："那什么，你提前做好心理准备，我觉得他也没那么难相处，到时候你可不能耍赖。"

林朝轻笑："行。"

两人吃完饭，孟好就准备回家，临走前还要坑林朝一个包，美其名曰迟到的见面礼。

林朝简直无语，她怎么不说给他送个见面礼？

但他好歹是个成年人，也该大度点，不能像小时候那样欺负孟好了，索性当场给她下单了包包。只是那包小得可怜，也不知道孟好拿它装什么。

孟好眨巴眨巴眼，煞有介事地给他讲："装可爱。"

林朝再一次被噎得说不出话，觉得孟好估计是入戏太深。

就这说话的调调，那校草还乐在其中，脑子没事儿吧？

孟好进家门那会儿陈娟也刚回来不久，正坐客厅看电视。小老太太虽然年过七十，但身体硬朗吃嘛嘛香，现在都十点了，还搁那儿学年轻人一样追剧呢。

孟好凑过去瞧了眼，是晚间档的家庭伦理剧，那剧情简直山路十八弯，全程跌宕起伏。

"又和林朝出去玩了？"陈娟听到玄关发出的声响，瞧了眼。

孟好"嗯"了声，换了鞋坐到沙发边上，有些无奈："外婆，这都十点多了，您还不困？打了一天麻将怎么着也算是费了不少脑细胞吧？"

陈娟："你先别说我，你闻闻你身上那股味儿。这个孩子，下次再叫你去鬼混，我肯定打断他的腿。"

孟好摊手："他后天回京北，就喊我去吃了个饭。"

孟好盯了老太太两眼，有些莫名："小时候您不是特喜欢他吗？还说等我们长大了要他当您的外孙女婿呢。"

"打住，"陈娟扶了扶眼镜，把电视音量调小，"你赶紧洗澡去吧，太熏人了。"

孟好撇撇嘴，知道老太太有轻微洁癖，回卧室拿了睡衣就钻进浴室了。

吹头发的时候，孟好听到客厅传来老太太打电话的声音，她也没多在意，毕竟听那语气不像是她妈打来的。但以防万一，她又慢吞吞地在浴室磨蹭了会儿才出来。

老人惯有的通病，就是打电话时生怕对方听不到，扯开嗓子喊。

"老萧明天也来？他不是被他孙子送去疗养院了？能出来啊？哦，那行吧，明天正好替他老伴儿。你说人家孙子那么厉害啊，那确实，从小靠自己养活自己，现在大了还能养活爷爷奶奶了。那孩子我见过，不像一般人，还是老萧和他老伴教得好，说话做事挺有趣，听说也在一中，那估计得是小奥班的学生，我还想介绍他给我家畅畅认识嘞。"

简单涂了点护发精油，孟好便回了卧室。

老太太估计听到孟好的关门声，便关了客厅的电视和灯，拿着手机回卧室和她那些麻友煲电话粥去了。

孟好的心痒痒的，忍不住点开萧屿的朋友圈，刷了一圈才发现这人的朋友圈都没他本人有趣，除了战绩截屏就是几张天空照。接着往下划，她突然看到一张与众不同的照片，点开一看，才发现是他头像里的那只小边牧。

孟好退出去重新点进他的头像看了眼，仔细瞧了瞧边牧的表情，忍不住笑了。

真是酷哥养酷狗啊，主人和狗的表情怎么这么像啊，真像一个模子里刻出来的。

孟好直接发了条消息过去：萧屿！

萧屿回得很快：？

孟好又是一阵无语。

你键盘坏了？是不是只能打问号了？

孟好不好：你头像里的那条边牧是你养的啊？

小宇：嗯，难不成是你养的？

孟好不好：我发现了。

小宇：？

孟好不好：狗随主人，它那小表情和你一样傲娇得很。

小宇：……

孟好能想象出萧屿那表情，思索了半分钟，她心一横眼一闭，直接拨了通电话过去。

萧屿收到孟好的消息那会儿正和凌翔宇几人在他家敲代码，餐厅的桌子上摆着四五台笔记本电脑，凌翔宇跟着江淼学了没几个小时就嚷嚷着饿，像个大爷似的去厨房煮了一锅泡面。

泡面香味浓郁，惹得一众人犯了瘾，索性转战客厅，边看前不久结束的球赛边吃泡面。

被萧屿遗落在餐桌上的手机响个没完，他囫囵吸溜完最后一口面，擦了擦嘴，起身走去餐厅。

是孟好打来的微信语音电话，他拿起手机去了卧室，关上门隔绝掉客厅的吵闹声才接通。

“有事儿？”他的声音从听筒里传来，说不出的性感。

孟好听到这声音，下意识说出今天刚在网上刷到的那个段子：“萧屿，我耳朵肿了。”

萧屿扬眉：“怎么，吃烧烤吃肿的？”

孟好一本正经地回道：“不是，是你的嗓音太好听，我耳朵幸福肥了。”

萧屿不知怎么接话。

两分钟后，孟好缓过劲儿来，笑吟吟地问：“你看我朋友圈啦？”

“没，只是你那发动态的频率我不敢苟同，合着你把朋友圈当日记本了？什么都往上面发。”

孟好撇嘴，不就是今天多发了两条吐槽林朝的话和她的几张自拍吗，至于这样嘲讽她吗？

孟好小声嘟囔：“你懂什么？我这叫记录生活。”

“看不出来，你还挺懂浪漫。”

“没你懂，你是懂哥。”

萧屿捏了捏后颈，干脆躺靠在床头。由于床头梆硬梆硬的，他没控制好力度，脊柱撞上木板传来一声闷响，硌得他后背生疼，喉咙下意识发出一声闷哼。

那道闷响连同萧屿的这声闷哼一同钻进孟好的耳朵里，无比清晰。她眨眨眼，思路朝着不可描述的方向滑坡，最后忍不住拔高音量："萧屿，不是吧？和我打个电话至于这样紧张？都摔倒了？"

她一本正经地说出这些话也是够离谱，萧屿打开免提后就把手机扔到一边，懒得理她。

孟好好歹和萧屿做了蛮长时间的同学了，自然晓得他是啥样子的人，所以也不是很在意，更别提生气了。

没错，她就是这样好脾气。

这边两人话没聊几句，萧屿的卧室门口便走过来两人，是凌翔宇和孙广。他们兄弟之间没什么忌讳，平时也没敲门的习惯，两人像往常一样直截了当地推开了门，却没想到萧屿正和一个女生打电话。女孩独有的清脆嗓音传进耳里的时候，两人都傻愣愣地站在原地，一副丢了魂的模样。

凌翔宇手里的可乐没拿稳，"啪嗒"一声掉在地上，嗞嗞冒气的碳酸饮料一下子涌了出来，弄得卧室里一股怪味道。

萧屿回头看了眼站在门边静止不动的两人，轻叹了口气，对着听筒说："先挂了，一会儿给你打过去。"

"愣着干吗？等我过去收拾呢？快点给我弄回原样。"萧屿边揉着后背，边对门口两人讲话。

孙广率先回神，他此刻倒是和凌翔宇整亲兄弟明算账那套了："你弄的，你收拾，弄干净啊，不然'洁癖上尉'下次不让咱们来他家了。"

凌翔宇此时心思没转过来，等收拾完的时候，萧屿早就坐在餐厅重新敲键盘了。他朝着孙广的屁股踹了一脚，立马跑回萧屿身旁，盯着萧屿看。

萧屿连键盘都不看，那双骨节分明干干净净的手正在笔记本电脑自带的键盘上敲个不停，夸张地说都快有残影了。

孙广也坐了过来，和凌翔宇对视，两人只需要一个眼神便能弄懂对方心里在想什么。

孙广：你问，我不敢。

凌翔宇：你问，问出来我给你配个键盘。

孙广咬牙切齿地点了点头。

萧屿一心二用得心应手，率先开口："你俩玩读心术呢？有话快说，没话赶紧给我把中间那部分写完。"

孙广笑了笑，正愁怎么开口呢。

凌翔宇在桌下冷不防地给了他一脚，激得他一下子把话说完了："你和孟好最近怎么回事啊？这个点了还跟人打电话。"

凌翔宇听得无语。

萧屿无语地睨孙广一眼："说什么呢？给你个机会重说。"

孙广一副语重心长的模样，还拍了拍萧屿的肩："屿，这个节骨眼上，咱可不能早恋啊。"

凌翔宇忍无可忍，又狠狠踹了他一脚。

孙广吃痛，怒道："你干吗踹我？"

凌翔宇恨铁不成钢："让你问什么呢？你问的又是什么？"

孙广一脸无辜："不就是问萧屿和孟好两人啥情况吗？"

凌翔宇阴阳怪气："你还知道啊？那你说那些有的没的干吗！"

孙广心虚道："……我不是担心萧屿嘛。"

凌翔宇简直无语："用你操心！"

萧屿没心思看两人表演双簧，快速敲完最后十几行代码，拿起一旁的手机，关了电脑起身走向卧室。

孙广急忙喊道："屿，你干吗去？"

"给大小姐回电话。"

孟好在萧屿挂断电话之后就躺回床上，屋内已经关了大灯，只留着床头那盏散发着暖黄色灯光的温馨小灯。

空调的噪声不大，但窗外的蝉鸣吵得她心里躁动不安，本来就睡了一下午精神得不得了，现在和萧屿打完电话更是难耐，翻来覆去都静不下心来。

最后，她打开电脑玩了把小游戏，一局游戏结束后，刚准备躺回床上，萧屿的电话就来了。

孟好灌了几口冰水，润润干涩的喉咙才接电话。

"喂。"孟好声音有些不自然。她顺手拿起一旁的抽纸，抽了张纸开始慢慢撕。

萧屿："嗯。"

气氛陡然变得诡异，两人谁也不吭声，这样僵持了两三分钟后，还是孟好率先打破宁静。

"你刚刚干吗去了？"

"敲代码。"

"什么？"

“敲代码。”

“谁叫代码？我认识吗？你闲得没事敲人家干吗？”

那头又不吭声了，孟好眨眨眼，自己说错什么了吗？两秒后她才反应过来。

她清清嗓子，尬笑着打破僵局：“啊，我还以为你有一朋友叫代码呢，哈哈哈。”

萧屿仍没吭声。

“所以萧屿，你要不要那么酷啊？服了。”孟好在萧屿看不到的地方翻了个大大的白眼。

“你给我打电话就是想控诉我？你知道我的外号？”萧屿漫不经心地开口。

孟好这时候倒是反应迅速：“不是你给我打的电话吗？”

萧屿：你倒是记得挺清楚。

孟好听到“外号”几个字，疑惑地问道：“得了吧，您还有外号？有人敢给你取外号？”

萧屿冷哼一声：“差不多得了哈，我没那么恐怖，萧屿哥哥我还是很随和的好吧？你不知道？”

孟好盯着手机，开始刷朋友圈，敷衍道：“哦，晓得了，萧屿哥哥最随和了，所以是什么外号？随和哥？”

萧屿：得，又喜提一个新外号。

萧屿及时喊停：“打住，祖宗，你睡不睡？”

孟好眨眨眼，刷朋友圈的动作暂停，还没来得及开口，“啪”的一声后，耳边就传来“嘟嘟嘟”的忙音。

原来是萧屿挂了电话。

孟好愣了愣。

什么人呀，她还没讲话呢。

孟好嘴里小声骂着萧屿，退出两人的对话界面。瞥到“发现”那一栏出现一个小红点，她点进去一看，居然是萧屿发了一条朋友圈，只有一句话。

真诚提问，有些人是不是给她点颜色就要开染坊了？

孟好心想：这是在指我？有点以偏概全了啊。

一刷新，已经多了许多点赞和评论，孟好转学过来之后便进了班级群，几乎把全班人都加上了，不仅如此，她还加了很多外班学生。

照屏幕上那些点赞人数来看，她和萧屿的共同好友还不少。

孟好有给人备注的习惯，她看到许多在年级能叫得上名号的人给萧屿评论，突然想起来萧屿在一中的人缘好到爆，他向来随和，和谁都能说上两句，又没有学神的架子，很多人特别喜欢找他聊天。

夸张地讲，萧屿这个人，难受的能给你讲开心起来，压力大的能被他讲得无比放松。

总之，这个人在学校受欢迎程度那不是闹着玩的。

好看的皮囊千篇一律，有趣的灵魂万里挑一，还是那么惹人艳羡，萧屿两者皆有。

孟好此刻也忍不住感叹造物主实在太偏心。

评论区很快排了长队。

六班张晓峰：怎么，学神这是经历了啥？说来听听。

艺术班方欣：有些人？女生吗？

舞蹈班凌茜茜：萧屿，你变了，居然会因为女生发朋友圈！

凌翔宇：谁啊谁啊？

孙广：谁啊谁啊？

许心雨：谁啊谁啊？

孟好想了想，也编辑了一行字发送。

孟好不好：我还有个问题想问，你们男生是怎么一到球场就能和陌生人一起打球的啊？不尴尬吗？

孟好再一刷新，发现那条朋友圈直接没了，大概是被萧屿删了。她蹙眉，刚想说萧屿怎么这么玩不起的时候，电话就又打过来了。

孟好："刚刚干吗挂我电话？"

萧屿自动忽略她这个问题，直接回复孟好在她朋友圈问的那句话："有一种球场叫野球场，一般我和凌翔宇他们去打球都去那种地儿，只要是会打球的，来个几场就熟了。还有问题没？没有挂了。"

孟好：你可真是雷厉风行啊。

假期很快过去，周日下午五点，一中已经进入上学状态。可能是因为前几天刚结束的那场摸底考试，班里的气氛有些低沉。

明天是周一，一中要举行升旗仪式，这次的学生演讲轮到三班了，众人都以为跟平时一样，学生代表是萧屿。

翌日，孟好站上主席台的时候，台下的学生都愣住了，纷纷打量台上那个不卑不亢的女孩。

孟好穿着整齐的校服，简单梳了个高马尾，神态自然，即便是站在队伍最末尾的同学也能感受到她身上的那股自信，还有那股子少年人的朝气蓬勃。

早晨七点半的阳光斜斜地打在她身上，底下是数不清的一中学生，也许会有许多人认出她是谁，他们大概会不屑一顾地说，孟好就是一转校生，成绩在年级虽然不错，但也撑不住这种站在六千多人面前高谈阔论的场面。

确实，因为孟好根本没有高谈阔论。

“可能对于现在的我们来说，提分是最重要的，我们会利用排队打饭的那点时间背单词，会利用下课的那点时间整理错题，会利用小课的那点时间请教老师。可能许多人像我一样，只知道铆着劲儿地学习，毕竟高三时间紧迫任务繁重，没有那么多的时间去走神。但现在也算是一个开端，高三的开端，所以我们不妨停下脚步，短暂停留十分钟。”

有些人听出来了，这表面上看是国旗下的演讲，实则是高三生的动员大会。

“我们是为了什么而学习？为了家长吗？还是为了老师？抑或是为了上个好大学？其实这些我觉得都可以。也许会有人反驳我了，应该说我们是为了自己才学习的。但换一个思路也未尝不可，为家长是想看到家长得知我们分数后的笑容，为老师是想听到老师得知我们成绩后的鼓励，为上好大学就更不用多说了，那是你自己对你自己的鼓励。”

孟好的目光直直扫下来，此刻的她无比从容又自信，那大概是一种与生俱来的自信。她人站在那儿，就好像崇山峻岭、无际大海、万丈烟火都是她的背景。

在她身上，自信即巅峰。

萧屿站在队伍末尾，目光穿过人群，笔直地落在她身上。

那一瞬，她就是一位天生的演讲家，创造出一个令人向往的理想国。

不得不说，她很有激励人心的气焰。

“小时候在书上看到一句话，现在想送给大家。

“这世间的青年，无所谓愚智，只要有梦想，皆为花朵。”

演讲结束，孟好大大方方地朝着底下的学生鞠了一躬，随后，学生中忽然爆发出持久且热烈的掌声。

许多高三生受到传递过来的鼓舞与激励，纷纷被感染得热泪盈眶，但毕竟是国旗下的演讲，许多人只能用掌声表达自己的激动。

许心雨站在台下人群中，再一次觉得孟好是真的很帅，同时也很酷。

身旁的队伍中传来窃窃私语声，许心雨听到有人打听孟好。

许心雨抬眼望去，孟好正一步一步地下台阶，后背挺得自然又笔直，不卑不亢，像棵挺立的松柏，令人向往。

那一刻，她同时发现，孟好是发光的。

孟好下了主席台之后便回到三班队伍中，她个子高，站在最后。那时方兴正和隔壁二班班主任闲聊。

二班是小奥班，班主任也是一位年轻教师，叫吴婷，和方兴是大学校友，他们都是从一中走出去的学生。

孟好和方兴以及这位小奥班老师打了声招呼便回了队伍里。

吴婷看了眼孟好，凑过来和方兴讲："方老师，你班上这个转校生看着不一般啊，从哪儿转来的？"

方兴脸上挂着自豪的笑："京北三中，就那个市重点。"

吴婷是真没料到这个转校生来自市重点高中，当下不信："怎么可能？人家京北三中的会来咱们这个小县城？"

方兴叹了口气："她刚转来的时候我也挺惊讶的，但她外婆家在平芜。而且，咱们一中也不差吧？"

吴婷："不差是不差，但也没法和京北三中比啊。"

最后，吴婷意味不明地说了句："我觉得这姑娘最后不会比萧屿差。"

方兴笑了笑："这未知的事情，咱也不能妄下定论。"

吴婷"嘁"了声："别得了便宜还卖乖啊，谁不知道萧屿是故意不来我们小奥班的，他倒是把扮猪吃老虎玩得溜啊，是不是你教的？"

方兴急忙摆手："吴老师别乱讲，分班考试又不是我不让萧屿少考一门的。"

高一那年的文理分科考试，萧屿家出了点事，因此缺考一门，最后被分进大奥三班，没去成小奥班。

吴婷笑眯眯地看了他几眼，没说话，走了。

方兴回到三班队伍后方，看见孟好不知什么时候站在了萧屿身侧，两人有一搭没一搭地聊天。

其实这次学生演讲方兴本来打算让萧屿上的，毕竟萧屿文笔不错，每次的稿子都写得让人赞叹不已，有深度有主题。但放假前，萧屿特地找到方兴，冠冕堂皇地说不能只让他一人表现，该让其他学生也多多尝试站在万众瞩目的地方演讲，稿子他来写。

方兴当时也顺着他的话往下说，问他有什么合适的人选，这家伙直接说："那就让那个转校生孟好讲吧，锻炼锻炼新同学。"

后来，萧屿写了份演讲稿，孟好也写了份稿子，一对比，高下立现。

说实话，方兴也没想到孟好这学生一点也不输萧屿。

学生演讲后，孟好在学校有了些知名度，有时候她去厕所都能听到谈论她的话，话里好坏参半，但她对此倒半点不在意。

某日中午，孟好和许心雨在食堂吃饭，两人占了餐桌一角，边吃边聊。

和孟好相比，许心雨还是少了那么点淡定，她无法像孟好一样对那些投过来的目光视若无睹。

孟好坐在许心雨对面，慢条斯理地吃着饭，丝毫不受外界影响。她挑食，不吃葱一类的食物，正慢悠悠地把葱都挑出来。

"不是说早点吃完回去找老师问问题？你磨蹭什么呢？"孟好忽然朝对面看过去。

许心雨一愣，"哦"了几声，开始专心扒饭。

孟好叹了口气，起身去自动售货机那儿买了瓶水，拧开盖子放在许心雨面前："不是催你吃快点，是让你好好吃饭。"

许心雨停住动作，弱弱地问："你真的没有感受到大家在看我们吗？"

孟好耸肩："看就看呗，你还能把他们眼珠子挖出来？"

许心雨被她逗得"扑哧"一笑，喝了口水把喉咙里的饭咽了才说："其实这些目光也没什么，就是我以前听说过一件事情。"

孟好挑眉："什么？"

"大家都在传萧屿的理想型是那种乖乖女，所以我在纳闷，你不是想跟萧屿成为朋友吗？为啥没投其所好？"

闻言，孟好动作一顿。

生长环境的不同造就每个人思想的不同。

听到许心雨这话，她反应不大，只是稍微愣了那么一瞬，便继续拿筷子挑出葱叶，嘴里的话顺其自然地涌出来："我管他理想型是什么，我孟好跟一个人做朋友，可不是要成为他欣赏的样子，而是让他欣赏我的样子。"

孟好抬头，笑盈盈地继续讲："说通俗点，我不会变成他的理想型，但我会让他的理想型成为我。明白吗？"

话有点绕口，许心雨呆呆地摇摇头，那可爱的模样把孟好逗乐了。她忍不住掐了一把许心雨的脸，无所谓地讲：“欣赏一个人为什么非要隐藏自我去变成他欣赏的样子？那样太不酷了吧？”

许心雨愣愣地问：“那如果他不欣赏你这个样子怎么办？”

孟好对此也没生气，大大方方地讲：“没想过，想那么多干吗？我的世界就该围着我转，没有例外。”

许心雨听明白了，重重点头：“对，作为我的榜样，你就该是这样的。”

这话一出，孟好罕见地变了脸色，神情莫名有些认真：“不仅是我，你也是。

“你的世界也应该围着你转。”

这句话像璀璨陨石重重地砸进许心雨心底，泛起一股股涌着白沫的浪花。

入秋前，平芜下了场雨，一夜之间，满城落叶纷纷扬扬，夏末的燥热渐渐被初秋的凉意代替。

萧屿半夜被渴醒了，他迷迷糊糊地出了卧室，顺手从冰箱里拿出一瓶冰水，正仰头喝着，脚边传来熟悉的触感。

小宝不是没睡就是被他开门的动静吵醒了。

他又灌了几口水，俯身抱起小边牧，把它放到它该待的窝里，转身回了卧室。

他靠着床头，习惯性地捞起笔记本电脑打开，突如其来的冷光有些刺眼，他便顺手开了床头灯。

此时已经凌晨四点半。萧屿睡得早，不到十二点便睡着了，昨天一中给高三放了假，国庆七天假被缩成三天。

这间房子是他爸妈留给他的，三室，平时放假凌翔宇和孙广时不时过来住几天。昨天放学之后，两人便跟着他回了这儿，他俩睡得晚，凌晨两点才睡。

虽然睡意还没消散，但往常的睡眠时间几乎都是四五个小时，萧屿现在怎么睡也睡不着了。

他揉了揉眉心，没打算继续编写之前没写完的程序，于是点开游戏，慢悠悠地打了两把。又是一局结束，他以为怎么着都得五点多了，没想到才过了半个小时，实在没劲，他索性退出游戏。

退出前，他看到游戏好友栏里孟好的头像恰好是亮着的，说明那人是在线状态。

他想也没想地点开微信，随后发了条消息过去：醒得这么早？

从上次聊天之后的半个月里，孟好在学校就对他爱搭不理，也算不上冷淡，用孙广的话说就是，孟好不怎么给他输出那些土味冷笑话了。

起初他只是觉得耳根子清静了不少，但越想越不是味儿，后来他还和凌翔宇说起过这事儿。

凌翔宇当时是这么说的："哎呀，孟好果然有本事，把咱们萧屿大神弄得都开始反省自己了。"

结合着凌翔宇的话，萧屿后来特地观察了孟好几天，发现事实确实像凌翔宇说的那样。

果然，孟好的嘴，骗人的鬼。

孟好熬了个通宵，她来了平芜之后养成了一个坏习惯，也怪一中，放假不在下午，而是在上午上完第二节课之后。

放假后，她一般回了家倒头就睡，一觉睡醒天都黑了。上次放假好歹还有林朝叫她出去吃饭，这次没人约她了，她自然照例睡觉。

白天睡得太多的后果就是晚上睡不着，她挑了几部电影看，国内外的都有，大多是悲剧，她泪点又低，哭得稀里哗啦。觉得不能这样下去了，她又玩了几把游戏，结果把把输，这下悲伤的情绪被愤怒和无语到极致代替。

到最后，孟好愤愤地点开火爆的短视频平台，开始刷视频，整得一会儿哭一会儿笑，她又有在朋友圈发疯的习惯，一会儿一条emo（网络流行语，形容情绪低落）文案，一会儿一个搞笑段子。

收到萧屿微信的时候，她刚好刷到一条经典感人的热评，哭得那叫一个惊天地泣鬼神。

小宇：醒得这么早？

孟好秒回：早什么早，我是一宿没睡。

萧屿甩过来一个震惊的表情包，看得孟好乐了：干吗？

小宇：没事儿。

孟好不好：哦。

过了会儿，孟好见萧屿没再发消息，又转战短视频平台，刷到一个搞笑视频，刚笑了没几秒，萧屿发来一张图片。

孟好点进去一看，是一张截屏，好巧不巧的是她前几分钟在朋友圈发的那些“发疯文学”——

△真的很emo，谁懂?

△救命……为什么世界上会有be（bad ending，悲剧结局）这种东西?

△游戏里抢我人头的那几位，我祝你们买方便面只有调料包没有面。

△爱咋咋的吧，这糟糕的世界。

△我不发疯谁发疯?要不你来替我疯一会儿?我中场休息去上个厕所。

△晚安，这离谱的世界。

孟好盯着图片，刚才发的时候没觉得有多尴尬，但被人这么一截屏，直接成了“社死”现场了。

她面无表情地退出图片，发了条消息过去：你有劲没劲，再截屏我朋友圈，把你屏蔽了。

小宇：你不是中场休息上厕所吗?我替你疯一会儿。

孟好：……

两人又聊了会儿，话题从学习扯到游戏，从京北扯到平芜，最后也不知是谁不耐烦不想打字了，开始发语音。

然后孟好干脆一不做二不休直接拨了视频通话过去，她倒也没考虑大半夜的，孤男寡女打视频够不够奇怪。

微信的默认铃声足足响了半分钟，萧屿才接听。

画面中陡然出现一张俊脸，萧屿身后亮着一盏暖黄小灯，他穿着一件黑色短袖，头发有些乱，似乎是靠着床头，双眼眯了眯才适应手机屏幕的光，整个人慵懒闲散。

美颜暴击到孟好愣了两秒钟。

她清清嗓子：“你怎么等了那么半天才接听，是不是在做什么不可见人的事儿？”

萧屿好一阵没说话。

画面中，他突然直起身子，稍稍前倾，脸距离摄像头很近，但光线因为他的动作变得更暗，所以屏幕中没有出现死亡角度的画面，反而无形之中给他增添了些许神秘感。

孟好不带掩饰地舔舔唇，眼睛一眨不眨地盯着他。

她怎么觉得萧屿这是故意的?

“刚才没穿衣服，去找了件短袖穿。”听筒里突然传出萧屿那低哑的嗓音。

孟好回神，目光带了些审视：“哦，那不正好吗？”

萧屿："正好什么？"

他莫名觉得孟好这张嘴里吐不出什么好东西来，果然下一秒——

孟好一本正经道："听凌翔宇说你有八块腹肌，正好我看看。"

萧屿想直接掐断视频电话。

倏地，听筒里传出小狗的哼哼声，透着一股奶劲儿，但离得有点远，让人听得不是那么清晰。

孟好双眼瞬间亮了，有些兴奋："萧屿！"

萧屿懒洋洋地回道："不给看，想都别想。"

孟好："……谁说这个了？我想说的是，你刚刚是不是在叫？"

萧屿蹙眉，眯眼看向屏幕，语气里带了点危险，又有些不可置信："谁在叫？"

孟好没察觉到他的情绪变化，乐呵呵地说道："你啊，我刚才听到你叫了。"

女孩的嗓音中带着愉悦，也不知是发现了新大陆的快乐还是故意捉弄他的得意。

萧屿咬牙切齿："那是我家小宝在叫。"

孟好一愣："小宝？"

萧屿冷冷地"嗯"了声，起身下床，趿拉着拖鞋去开门，俯身抱起正在用爪子挠门的小边牧，还把它递到屏幕前，无语地指了指，解释道："小宝，是它。"

小小一团出现在画面里，毛色黑白相间，与此同时，萧屿顺手摁开卧室的大灯，室内大亮，一切都显示在镜头中。

或许女生天生就对毛茸茸的东西感兴趣吧，孟好看到小狗狗的时候眼神瞬间变软，音调都嗲嗲的："啊，这就是你养的那只小边牧吧？好可爱，好想摸摸它。"

萧屿上道地把手机支在床头上，又抱着它挪到手机前，好让屏幕那头的孟好看清楚。

"它多大了？好可爱呀！"孟好问。

萧屿用手挠了挠小边牧的头，声线也放柔了："两个月吧。"

自从小边牧进入镜头之后，孟好的注意力便全放在它身上，也顾不上和萧屿聊天了。

萧屿："你不困？"

孟好："还行，昨天放假睡了一下午。"

萧屿：“哦。”

孟妤没理他。

安静了两分钟后，萧屿突然把小边牧抱走，一人一狗顷刻间消失在屏幕中。

孟妤有点蒙，急忙喊住萧屿：“萧屿你干吗？干吗抱走它？”

萧屿冷淡的声音传来：“小宝要睡觉了，你也早点睡。”

此时太阳都要开始工作了，阳光透过窗帘缝隙，倾斜地打在床上。

孟妤撇撇嘴，困意也上来了，但还强撑着精神等萧屿拿手机。

萧屿把小宝放回窝里，顺道喂它喝了点水，去厕所洗了把手才回卧室，一进门便看到支在床头上的手机屏幕里那个昏昏欲睡的小人。

他嘴角上扬，走上前，轻声道：“困了？”

孟妤睁开一只眼，从喉咙里发出一声“嗯”。

“你今天不会要睡过去吧？”

孟妤：“不然呢？”

萧屿盯了屏幕两眼，突然问道：“下午你要不要来看看小宝？”

孟妤精神头起来了点：“好啊，等我睡醒再联系你，困死了。”

萧屿笑了：“嗯。”

电话挂断后，孟妤彻底陷入梦境，临睡前她把床头灯关了，卧室内一片黑暗，避光窗帘遮挡效果良好，此时和深夜没什么两样。

所有的一切都不甚清晰，只是，空气中的那么一丝甜腻暴露了一切。

第 3 章 升温

孟好是早上七点睡着的，一觉睡到下午两点，昼夜颠倒弄得她思绪不是那么明朗，迷迷糊糊地走进浴室，洗澡的时候才想起早上和萧屿的通话。

他居然邀请她去看看小宝？去他家……说实话，她有点激动，毕竟萧屿可不像是那种会随意邀请别人去他家的人。

孟好想到这儿，洗澡的动作都忍不住加快了。洗完澡，她吹干头发，涂上身体乳，开始找出门的衣服。

外面的雨停了，但天空依旧灰蒙蒙的，大街上的人都穿上了秋装。孟好从不是那种要风度不要温度的女孩，她翻出几件秋装，给自己换上。

一切工作准备就绪后，她直接给萧屿拨了电话过去。萧屿接得很快，那头响起噼里啪啦的声音，格外有节奏，不算很吵，但也能听出来有许多人。

孟好愣了：“我醒了，你在干吗？”

萧屿手上动作不停，朝墙壁上的挂钟瞧了眼，发现已经下午三点，随口问：“嗯，敲代码呢，和江淼他们一起，你吃饭了没？”

孟好下意识问：“午饭还是晚饭？”

萧屿顿了顿，觉得好笑：“你说呢？”

孟好：“……我哪知道你问的哪顿饭？”

萧屿被她说得没脾气了，无奈地笑了：“午饭，吃午饭了没？”

孟好：“没，一觉睡到了现在。”

萧屿一心二用：“饿不饿？”

这么一说，孟好还真有点饿意，她“嗯”了声。

萧屿：“想吃什么？”

孟好提起兴致："你做饭吗？"

萧屿快速看了眼周围的环境，餐厅里坐着他和江淼，客厅那儿被凌翔宇和孙广霸占着，就连厨房里都有几个男生，他当下做出判断："下次吧。你想吃什么，我刚好午饭也没吃。"

孟好从他的话里提取出有用信息："咦，萧屿，你会做饭啊？"

萧屿冷笑："不然呢？别废话了，把你家地址发我，我去接你。"

孟好感觉他很忙，也没多聊，挂断电话后把地址发了过去，两分钟后才收到他的回复。

小宇：还挺近，等我十分钟。

孟好不好：OK！

萧屿挂了电话之后直接起身，在电脑上保存好资料，转身拉开厨房的门，对里面的周平和汪磊说："今天先写到这里吧，你们先回去，我一会儿出趟门。"

江淼觉得纳闷："你干什么去？"

"孟好没吃饭，我去接她吃饭。"萧屿大大方方地说出口，没觉得做这事不好意思。

凌翔宇和孙广听到这话，迅速走过来。孙广一脸八卦地问道："哎，你去接她吃饭？可你不都吃了饭吗？"

萧屿没工夫理这两人，扭头对厨房里那两个哥们嘱咐着什么。

江淼见状准备收电脑，却没料到被萧屿制止住动作："你留在这儿。"

江淼有点纳闷："孟好待会儿不是要来？"

萧屿一边收拾着餐桌上乱七八糟的线，一边头也不抬地回他："他俩和孟好不认识，孟好来了会尴尬，你们没事，都是一个班的。"

凌翔宇用手肘捅了捅孙广的胸膛："广，学会了没？"

孙广理不清这些："啥啊？"

凌翔宇恨铁不成钢地"啧"了声，慢慢给他解释："咱学神哥哥怕孟好来了不认识周平和汪磊会尴尬，所以让他俩先回家，然后呢，让你、我，还有江淼留下。因为如果只有萧屿和孟好两个人，他又怕孟好不自在，懂了吗？"

孙广的注意力显然放错了地方："啊？都是同学为啥不自在？"

凌翔宇翻了个白眼："你呀，真是朽木不可雕也！"

江淼听凌翔宇说得头头是道，忍不住插嘴："你哪儿来这么多歪理？"

凌翔宇尾巴都快翘上天了，在那儿扬扬自得道："陪我妈看那些八点档电视剧领悟出来的。”

萧屿收拾好桌子，瞧了他一眼，没吭声。

萧屿提前出门，打车去了孟好家所在的小区。他下车时刚好看到孟好从小区内出来，直接大跨步朝她走过去。

孟好当然也发现他了，不得不说，萧屿私底下的穿搭真的很对她的口味，他不像这个年纪大多数的男孩一样，比如说林朝，一入秋就天天穿那黑色宽松卫衣，配上黑色西装裤，脚上踩着黑色运动鞋，一身黑色，死气沉沉的。在林朝身上只能看到故作老成不自然的成熟感，半点少年该有的蓬勃都找不到。

而萧屿很不同，气温忽然降低，他穿了件简单的棕咖撞色毛衣，底下是条宽松的白裤，配了双板鞋，整个人随性又慵懒。孟好能看出来，他不是刻意打扮的，因为他毛衣里穿了件白色T恤，领口处有若隐若现的白色。

他穿搭自然又不过分张扬，没有凌翔宇那种潮里潮气的花里胡哨，也没有林朝那种千篇一律的纯色。

孟好抿了抿唇，走过去，脸上挂着轻松的笑，故作忸怩地张口：“咦，这是谁呀？还是我在学校里认识的那个学神哥哥吗？”

萧屿静静地看着她演戏，一副习惯了的样子。

孟好自娱自乐了会儿，结果身旁这人不怎么理她，她只好收起演技，闷闷地走在他身侧。

“我们去哪儿吃饭？不会要走着去吧？”

萧屿睨她一眼：“不然呢？”

孟好轻哂，故意抱了抱肩，又打了个喷嚏：“不行，我走不动了。”

萧屿叹口气，从兜里掏出手机，指尖在上面触碰着什么。

孟好注意到他的动作：“你干吗？”

“叫车。”

深色马路被金黄落叶侵占，人走在上面会发出清脆的声音。路两旁间距均匀地种着参天大树，阴天看不到阳光，只有冷冰冰的空气。

饶是这样，孟好也不想闷在狭窄的车厢里呼吸不流通的空气。

她突然想起北二环那里新开了家面馆，招牌面都是她爱吃的口味，便随即说道：“要不我骑车载你？别打车了。”

萧屿停下脚步，用一双漆黑的眼睛盯着她，半晌后同意。

孟好迅速跑回地下室，翻出一个蓝色头盔放在脚下，骑上“小绿”便出门了。短短几分钟的工夫，萧屿身旁便多了几个女孩，几人不知道在聊什么。

真是受欢迎。

孟好骑着“小绿”慢慢悠悠地过去，停在萧屿身前，弯腰捡起脚边的头盔扔给他，阴阳怪气地说道：“哟，忙着呢。”

萧屿瞅她一眼，闷不吭声地戴上头盔，朝她扬扬下巴。

孟好没好气道：“干吗？”

“我载你。”

孟好想也没想地拒绝了：“不要。”

萧屿错愕：“怎么，怕我摔着你？”

他以为孟好是担心他的车技，刚要解释几句，便听到她一本正经地胡言乱语：“不是，你不知道那句话吗？女人，要牢牢握紧手中的方向盘。”

萧屿：“……我只看到了电表盘。”

孟好不耐烦道：“你懂什么？这都一样，再光鲜亮丽的后座，都不如自己紧握电表盘。”

萧屿听得无语。

“快点，本小姐饿疯了。”

“别催。”

“……哦。”

萧屿坐上后座之后，手拽着孟好的包链：“你车技行吗？要不我来开吧？”

孟好轻哂：“啧，话怎么这么多呢？扶好了，萧屿……你拽我衣服干吗？”

两人的对话声惹来一众视线，偏偏孟好对此浑然不觉，直接拧动把手朝前走。

萧屿忍不住提醒她：“前面有人，你看着点。”

孟好起了心思逗逗他，故意装老油条地说：“走路还敢玩手机，我真的服了。”

吃完饭后，萧屿说什么都不让孟好载他了，一把抢过钥匙：“你别想了，我载你。”

孟好撇撇嘴：“㞞。”

萧屿瞅她一眼：“别激我，今天不可能让你载我了。”

孟好无语："行吧行吧，有时候坐在后座看风景也不错。"

兜里的手机突然振动，孟好边走边拿出来看，碰巧非机动车道驶过来一辆机动车，萧屿拽住她的手腕："看路！"

孟好收了手机，颇为无语地看了萧屿一眼："我看着呢，你急什么？我站在该站的道儿上，看谁敢撞我？"

萧屿：自己错了。

萧屿实在受不了孟好这虎里虎气的傻劲儿了，直接揪着她的后衣领往电动车的方向走，语气中有那么一丝咬牙切齿："把嘴闭上，安静会儿。"

孟好被他扯着往前，还不忘偏头去欣赏萧屿的侧脸，突然开口："咦，萧屿，我发现你今天有点不同！"

萧屿看都不看她："闭嘴！"

孟好"啧"了声："今天的你有一点点帅，让我有一点点欣赏。"

萧屿家所在的小区处于平芜市中心，现在刚好下午五点多，赶上了晚高峰，格外拥堵，小区周围摆着许多小摊，卖糖葫芦的、卖烤鸡的、卖干果的，应有尽有。

小区正门口边上有辆小车，上面放着铁炉，最上方码了一圈烤红薯，香甜的气味格外诱人，最关键的是那小贩喇叭里喊的话惹人好笑。

"妈妈我想吃烤红薯。"

"吃，吃大个滴（吃大个的），两个够吗？"

"够老（够了），谢谢妈妈，妈妈真好。"

孟好心道：看不出来，那位卖烤红薯的爷爷还有舞台剧的底子，一个人扛起大旗，演了一出戏。

这虽然有点搞笑，但是激起了孟好的一点想法。

萧屿察觉到孟好一直盯着那个小摊出神，下意识觉得这人嘴里要说出什么惊骇世俗的话，果然下一秒——

"学神哥哥，我想吃烤红薯。"

孟好特地学了那位老爷爷的方言讲话，诡异中透着俏皮，听得萧屿头皮发麻。

萧屿面无表情地说："不，你不想吃。"

孟好："不对，你应该说'吃，吃大个滴，两个够吗'，来我们重新来一遍。"

萧屿没吭声。

孟·戏精上身·好："说啊。"

萧屿无奈，他觉得如果现在不顺着孟好演下去的话，天黑了都回不了家，索性张口："吃，吃大个滴，两个够吗？"

孟·得偿所愿·好听到萧屿这带了口音的话，"扑哧"一笑，双眼眯起来："谢谢学神哥哥，学神哥哥真好。"

路过并观赏完一整场戏的行人十分无语。

最终，孟好手里捧着两个包装好的烤红薯，乖乖跟在萧屿身后走着，得逞的她全程笑眯眯的，安静了短短几分钟，不再作妖。

萧屿家所在的这个小区年代久了，虽是个老小区，楼道是水泥地，但被打扫得一尘不染，没有堆放杂物和垃圾袋，只是墙上贴着许多装修公司和开锁的小广告。

电梯门关了又开，两人等了五分钟才下来一趟，毕竟现在是下班和放学的时候，虽然是国庆假期间，但还是有不少加班族和上课外辅导班的学生。

孟好安安静静地站在萧屿身侧，"叮"的一声，电梯开了，两人走进去。萧屿家在十楼，出电梯时，刚巧碰到同层邻居，萧屿笑着打了声招呼，不动声色地看了对方一眼，直接把家里的钥匙递给孟好："你先回去，家里有凌翔宇他们在。"

孟好纳闷道："你呢？"

萧屿没回她，俯身帮那位大爷搬起纸箱，动作间，衣袖往上挽，露出结实有劲的小臂，青筋凸起，仿佛彰显着少年的力量。

"我帮大爷把东西搬下楼，你先进去吧。"

孟好心里莫名被小锤子轻轻敲打，乖巧道："哦……好。"

堆积的纸箱有些多，大爷笑着对萧屿道谢，又熟络地同他聊天，直到电梯门合上的那一秒，孟好才回神。

一中里关于萧屿的传言是有迹可循的，他确实是个热心肠的人。

等萧屿帮那位大爷把纸箱搬进车里再坐电梯上楼的时候，已经过去了十五分钟，却没想到孟好还在那儿立着。

他莫名有些好笑，走上前拿过她手中的钥匙，嗤笑道："怎么，孟大小姐是不会开门吗？还得要我亲自开才行？"

说着，门被拉开，他侧着身子，拿腔拿调："请吧，大小姐。"

孟好没接萧屿的话，他也不尴尬，挑眉笑了笑，从鞋柜里翻出一双拖鞋放到她脚边。看了眼客厅里的几个男生，他学着孟好之前的调调讲话："大小姐驾到，通通闪开。"

屋里几人听得无语。

换好鞋子站起身的孟好顿住。

凌翔宇那表情不知道怎么形容，他眨眨眼，有些无语："屿，你被孟好传染了？"

萧屿没理他，径直走到冰箱前，拿出一瓶汽水，但又想起什么，倒了杯温水，转身走到孟好旁，递给她。

孟好盯了他手里的水两秒："我要喝冰可乐。"

萧屿没应声。

几个男生和孟好打了声招呼，便抱着电脑坐到餐厅。虽然萧屿带同学回了家，但他们的任务还没完成，甲方公司后天就要成品，他们必须抓紧时间加班。

孟好有些好奇他们在忙什么，问萧屿："他们在打游戏吗？"

萧屿摁开客厅的大灯，顺手把冰可乐递给她："没，在写程序。"

孟好："什么程序？"

萧屿："说了你也不懂，不是要看小宝吗？走啊。"

孟好："你家狗狗为什么叫小宝？"

萧屿挑眉："不行吗？"

孟好解释道："不是，我有一亲弟弟，他乳名就叫小宝。"

萧屿"哦"了声，走过去把小边牧抱过来，放在孟好脚边，慢悠悠地说："这名字不是我取的，是我爷爷取的。"

孟好蹲下身子，注意力一下被小狗吸走，她把手放在小边牧身上，慢慢地顺着它的毛，软乎乎的。小边牧被挠得舒爽，脑袋不停地拱孟好的手，喉咙里还时不时发出奶乎乎的叫声，像是在撒娇。

萧屿看到这景象，心里像是钻进什么柔软的东西，他清清嗓子，说道："其实，我也有一个乳名。"

孟好满心都被眼前小小一团占据，敷衍道："叫什么？"

餐厅里的几个男生听到萧屿的声音，纷纷停下手里的活儿，看向沙发那儿的两人。特别是孙广，一脸鄙夷地看向萧屿，凌翔宇紧随其后，毫不客气地对着萧屿竖起中指。

萧屿浑然不觉自己被兄弟们鄙视了，还在同孟好聊天："我小的时候有些天然呆，然后别人都管我叫呆弟，只是现在长大了，就没人这么喊我了。"

他故意说得委屈又可怜，这才把孟好的注意力拉了过来。

孟好看了萧屿一眼，觉得莫名其妙，张口问道："你乳名叫呆弟啊？"

凌翔宇和孙广恨铁不成钢地看向孟好，都在小声叹气：服了，萧屿太会了。

萧屿点头。

孟好盯着萧屿的表情，脑海里突然闪过什么，顺手松了小边牧的绳子，坐回沙发上。

萧屿半蹲在地上，一手扶着地板，一手扶着沙发保持平衡。

孟好居高临下地看他，说：“其实我也有个乳名。”

萧屿很给面子：“叫什么？”

孟好叹了口气，有样学样：“我小时候说什么话后面都要加个‘吗’字，所以大家都喊我吗咪。”

萧屿十分无语。

孟好扳回一局的方式太给力，惹得凌翔宇和孙广爆笑不已。孙广站起身走到萧屿旁，不管不顾地拍了拍他的肩，笑得脸上横肉乱颤：“哈哈哈……你叫呆弟，她叫吗咪，哈哈哈……”

凌翔宇忍不住给孟好竖了个大拇指，转头嘲讽萧屿：“啧啧，你比不过人家孟好，还是别自讨苦吃了。哈哈哈，呆弟和吗咪，笑死我了。”

萧屿认输，他一个屈肘撑地站起身，居高临下地看了孟好一眼，俯身从茶几上捞起遥控器，径直打开投影，还顺道关了刚开不久的大灯。

“要不要看电影？”萧屿问完也没等孟好回复，就自顾自地拿遥控器找片子。

孟好怀里抱着小宝，仰头看眼前的男生。他个子很高，大概一米八五以上，屋里比室外温度高，他早在刚进门的时候就脱掉毛衣了，现在就穿着一件短袖，白色裤子也被他卷起，露出紧实有力的小腿。

即便是隔着衣服，孟好也能猜到被短袖包裹住的少年胸膛是怎样宽阔硬朗，一如其人。

萧屿有时会像她一样，犯傻乎乎的中二病，但他身上那股蓬勃谁也比不上，即便青涩，但很有力量。

屋内陷入一片昏暗，静谧中，孟好才开始观察这个房屋的构造，装修虽然现代化，但墙角的书架上却堆着许多二十世纪的产物，泛黄的老物件能让人看出房子主人是个念旧又浪漫的人。

阳台上摆了几个盆栽，绿植不衰败，和外面的落叶反差明显，那里有一盏暖黄色调的小灯，照亮一方，旁边还挂着个简易秋千。

他们这群人仿佛掉入了一个异世界，周围一切渐渐放慢，挂钟秒针的“嘀嗒”声好似连接三次元的纽扣，孟好扭头盯着投影上的画面，浮躁不已的心渐渐静了下来。

凌翔宇他们似乎已经完成工作，跑来沙发这边，打破客厅这方小天地的旖旎气氛。茶几上被他们摆满各种小食和饮料。萧屿找了部电影，影片前奏还在对各路赞助商致谢，又臭又长。

紧接着，画面一黑，两秒过后，投影幕布上缓缓显示出几个大字。

地球上的最后一天。

好巧不巧的是，孟好昨晚刚看完这部电影，她向来不喜欢二刷任何影像片段，索性拿起一包薯片撕开，慢慢吃。

“咯吱咯吱”的声音吵得人心烦意乱，在萧屿第N次向孟好看过来的时候，孟好终于停止咀嚼。她抽出一片湿纸巾擦擦手，而后慢慢挪动位置。

她坐到萧屿身旁，和他仅有一指宽的距离。周围太静了，她都能听到萧屿有规律的呼吸声。

孟好伸出小拇指，轻轻碰了碰身旁男生的裤缝。

萧屿收到她的信号，扭头瞥向她。

投影忽明忽暗的光打在男生脸上，孟好察觉到萧屿此时还沉浸在剧情中，干脆一不做二不休，索性伸出食指戳了戳他小臂，碰巧触碰到他暴起的青筋，孟好一愣。

萧屿感受到了那股温热，脸上短暂划过几抹不自然。他用气音问身边这个不老实的女孩：“有事儿？”

孟好指了指沙发靠背，示意他往后靠。

萧屿照做，后背靠着沙发背，双臂垂在两侧。

孟好蹬掉拖鞋，双臂环住双腿，被白袜包裹的脚踩在沙发边缘，身子再一次凑近萧屿。

这一次两人的距离不只是能听到男生的呼吸声，还能感受到男生呼吸的灼热。

萧屿也没戳穿她，任由她靠近自己，只是滚动的喉结出卖了他此刻脸上的平静。

但孟好对此一无所知。

旁人看不到的地方，他们两人像钻进了另一个时空——

一个美好又青涩的世界。

孟好学着他用气音讲话："如果地球最后一天来临，你会做什么？"

萧屿手指敲着大腿，仿佛在打节拍，乌黑深邃的眸子里流淌着不可深究的含义。

他忽然起身，凑到孟好耳边，依旧用气音讲话："凌晨四点起床爬山，在山顶看日出，然后找个小摊吃早饭，再然后回家睡觉，一觉睡到傍晚六点，起床接着爬山，躺在山顶上，看日落，看完日落看星星，最后等待死亡来临的那一刻。"

他的语速放到最慢，气音震得孟好的耳朵酥酥麻麻的，心像是被什么钩子钩住一般，痒痒的，耳垂也慢慢变红。

孟好稳住心神，她并不想在这场名为暧昧的战役中落下风，一板一眼地对萧屿的话做出总结："哦，就是看日出呗，看完日出看日落，看完日落看星星，看完星星就……等死？"

萧屿：当我没说好吧。

女孩还没察觉到自己已经不是落于下风的处境，而是亲自戳破了那些粉红泡泡，她还颇为自得地问："你猜我想做什么？"

萧屿："……做什么？"

孟好再一次一本正经地胡说八道："去祖国的西部地区，即便那里刮着十二级大风，暴雪不断，我也会穿着棉袄，全副武装地摇花手，然后摇着花手回平芜。"

"扑哧"一声，也不知谁憋不住，丝毫不给孟好面子地大笑起来。

萧屿："您可真浪漫。"

孟好笑眯眯地喊口号："严寒酷暑，风雨无阻，水滴石穿，只有浪漫。"

孙广被孟好的气势唬得一愣一愣的，忍不住脑补了一下那个场景，他呆呆地说："……哥们儿，你是真疯啊。"

凌翔宇都快笑岔气了，他躺在地毯上，手握成拳头，不停地敲地面："哈哈哈……萧屿你能不能管管她？我笑得肚子都疼死了，哈哈哈……"

萧屿冷眼瞧着孟好，似乎是无语到说不出半句话一般。孟好还沉浸在自己的世界中，丝毫不知道此时的她有多么天然呆。

果然，孟好和初见的那天没什么不同，就是一虎了吧唧的中二姑娘。

孟好被凌翔宇那笑声吵到，不耐烦道："有那么好笑？"

她觉得挺好玩的，虽然这是她在网上找的段子，但凌翔宇有必要笑成这个样子吗？看人家萧屿，连个眼神都不给她，继续冷静地看电影。

凌翔宇被点名，慢慢止住笑意："不好笑，真的，一点也不逗。"

经过这么一闹，众人也没继续看电影的心思，孟好自己又挑了一部电影，是评分颇高的浪漫电影《爱在黎明破晓前》。

原本安静的客厅被凌翔宇和孙广搅得乱糟糟的，就连萧屿也开始和他们几人打起游戏。

孟好看到这一幕，腿伸直，用脚踢了踢萧屿："啧，你们能不能不要打扰我和江淼看电影？"

萧屿愣了愣。

江淼一脸蒙地看过来，他正昏昏欲睡着，猝不及防听到有人喊他，立马精神。

萧屿挑眉，一脸"谁和你一起看电影呢？别自作多情了，人家睡得好好的，你干吗吵醒他"的表情。

孟好面无表情："……萧屿，你过分了啊。"

萧屿不解：自己又怎么了？

孟好开始各种输出，也不管前言搭不搭后语："俗话说得好，来者皆是客，你一个主人好意思在那儿打游戏吗？还吵得那么大声。我想看电影都看不进去了，能不能考虑考虑我的感受？啧，也是，你多牛啊。屁股，啊不，尾巴翘到天上去找太阳星星月亮了，你能考虑谁的感受？唉，我怎么这么命苦啊，连想看的电影都看不了……"

江淼成功被这紧箍咒催眠得昏昏欲睡。

凌翔宇愣住了，饶是见过孟好的演技，也没想到她居然戏精到这种程度。

孙广心说：臣附议，奥斯卡最佳女演员奖应该给她吧。

萧屿腹诽：您可真能瞎掰扯。

萧屿收了手机，扭头对几个男生讲："想活命就好好陪咱们孟大小姐看电影。"

凌翔宇和孙广讪讪地把手机放到一旁充上电，还贴心地调至振动模式，一人捞起一个抱枕靠在沙发边上，纷纷对孟好露出标准露齿笑，八颗牙齿闪闪发光，齐声道："公主，请吧。"

萧屿忍着笑看向孟好。

孟好小声开口："其实也不用这样……"

萧屿："还看不看了？"

孟好笑道："看。"

客厅里"看谁能尬住谁"的比赛终于落下帷幕。

安静祥和的场景好不容易出现，孟好认真看向投影幕布，这个电影在网上风评尚佳，是系列电影，与另外两部被网友称为“爱在三部曲”。

她之前看过关于三部电影的解说，最喜欢的就是第一部，也就是眼前播放的这一部《爱在黎明破晓前》。

它是最浪漫的，同时也是最大胆的。

男女主角在火车上的邂逅使得不同国籍的两人展开了一段奇缘。

孟好泪点向来低到无可救药，电影播到四分之三的时候，她发现那句火爆全网的台词竟然出自这里。

女主角赛琳手作电话状放在耳边，嗓音温柔缱绻：“I like to feel his eyes on me when I look away（我喜欢我望向别处时他落在我身上的目光）.”

孟好全身心投入在文艺电影中，对周围的种种都毫无察觉。

她没有发现那隐晦的视线默默地投在她身上，她入戏太深，共情到自己仿佛成为电影里的赛琳，为接下来的分别黯然神伤。

三部电影跨越十八年，最后一部面世后，许多人笑称看完这三部，世间再无爱情片。

第一部的结局以一个悬念戛然而止。孟好吸吸鼻子，倾身去捞茶几上的抽纸。客厅诡异般的寂静，几个男生没有浪漫细胞，感受不到片子的独特之处，但看孟好不停落泪，纷纷不敢出声。

萧屿起身去厨房的橱柜里拿了包湿巾，又坐回孟好身旁，手肘支在大腿上，懒洋洋地抬起眼皮，声音有些沙哑：“啧，你喜欢看玄幻片啊？”

孟好一愣，当下反应过来他这话的意思是电影中的情况根本不现实。

她哽咽道：“你对浪漫过敏吗？”

萧屿轻笑，把那包湿巾塞给她，仰靠着沙发背，扬起下巴，姿态散漫：“不是，你多看看《三体》之类的科幻电影，我觉得比这真实多了。

“那话怎么说来着？夜晚让地球人变成期待爱情的傻子。”

这部片子在孟好心中简直封神，她不允许有人这样调侃它，忍不住捶了萧屿一拳：“你再说，再说我给你来个左右勾拳。”

萧屿猝不及防，完全没料想到这姑娘下死手，顺势倒向一旁，有些不可置信，像是在说“赔钱吧，今天我讹上你了”。

孟好微愣，她用的力气也不大啊，怎么萧屿这么菜？可她忘了自己之前捶林朝的时候，林朝那一脸狰狞的表情。

她快速扫了萧屿一眼，朝他伸出手，小声道：“你好弱啊。”

闻言，萧屿的脸瞬间变黑，抓住女孩的手，微微一用力，直接把她拽到自己身前。

孟好被吓了一跳。她的一只手被男生牢牢攥着，他的手真的很大。这个姿势有些尴尬，她只好把另一只手支在身下无比宽阔坚硬的胸膛上维持平衡，心“怦怦”乱跳。

他们沉浸在自己的世界里，完全忘了一旁的吃瓜群众。

孟好不想落下风，即便是声音在发抖，也要说出点什么：“萧屿！你犯规！”

萧屿扯了个笑，眯起眼看她，冷冷地说：“我犯规？你刚说什么了？嗯？”

说话间，萧屿的呼吸都喷在她脸上，勾得人痒痒的，心尖上仿佛被一簇狗尾巴草来回撩拨。

孟好及时认输：“我错了，你先松开我。”

视线不清晰，她没注意到男生那暗红的耳垂，温度能灼伤人。

萧屿松了力道，孟好顺势从他边上逃离，轻哼一声。

萧屿睨她一眼。

孟好清嗓，和他谈判：“萧屿，你刚刚不安好心，我要控告你。”

萧屿没空猜孟好的内心在想什么，起身开了灯，趿拉着拖鞋朝厨房走去，只留下一个高大宽阔的背影。

孟好眨眨眼，这人怎么这么高，和天花板差不了多少了。

已经晚上八点，外面早已全黑，阳台的门紧闭着，但也能看出来外面很冷。

“萧屿！你干吗去？”孟好站在沙发上喊他。

萧屿头也不回：“做夜宵。”

孟好纳闷：这人属蛔虫的吗？他怎么知道我饿了？

萧屿进了厨房重新拉上门，忙活起来。不一会儿，香味便顺着门缝飘到客厅。

孟好玩了把游戏，放下手机四处看着。

啧，她虽说是客人，但也不能像个大爷似的什么也不干，人家萧屿都去做饭了，孙广他们也在干活。

她扫了眼杂乱的茶几，准备简单收拾下残局。只是她刚从沙发上下来，弯腰准备打扫，就听到一旁的喊声——

“大小姐，干吗呢？洗手过来吃饭。”

孟好下意识朝着声源地扭头，发现萧屿站在厨房门口，斜斜地靠着门框，一手拿着锅铲，简直像一个居家好男人。

她内心挣扎着，最后放弃收拾。

反正萧屿一看就特别像会做家务的男生，还是别和他抢活儿了。

孟好洗了洗手，坐到萧屿给她留出的椅子上。餐桌被收拾干净，摆了几个盘子，是萧屿做的小炒菜，都是一些家常菜，并且色香味俱全。

孟好格外给面子地做出闻东西的动作，眼睛在发光：“哇，萧屿，好香啊，你太厉害了吧！以后谁娶了你，啊不对，谁嫁给你真是八百辈子修来的福气啊。”

果不其然，女孩的戏精功力再一次惊到几人，他们也不接话，拿起筷子就吃。

萧屿：“别废话了，快吃。”

孟好：“好耶！”

吃饭途中，孟好也是演技再现，一会儿“啊，这个好好吃”，一会儿“啊，那个也好好吃”，再之后就“哇，都好好吃”，弄得几个男生尴尬不已。

孙广忍不住插话：“孟好。”

孟好停住了。

“差不多得了，我不想得尬病。”孙广幽怨地说。

孟好腹诽：谁像你们只知道吃，连最基本的礼貌都没有，我这是在向做饭的人表达尊敬好吗？

孟好不理会孙广，接着夸：“萧屿，你说，你是不是属蛔虫的？”

萧屿一愣：怎么听着像是在骂人呢？

孟好：“你怎么知道我饿了，还特地做这么多好吃的？”

萧屿冷笑道：“刚看电影的时候也不知道是谁犯了猪瘾，边哭肚子还边叫，像是交响曲，我还以为穿越到大剧院了呢。”

孟好咬牙切齿：萧屿，你够了。

孟好脑海划过什么，把话茬递给默默吃饭的凌翔宇：“你知道哪些名字一听就是狗的名字吗？”

凌翔宇下意识看了萧屿一眼，毕竟这姑娘变脸太快了。他摇头：“不知道。”

紧接着，孟好一副“果然你们这些凡人一无所知，还是本公主大发慈悲告诉你们吧”的表情。

她笑吟吟地开口："太多了，我给你举个特别典型的例子吧。平芜一中萧作作。"

萧屿愣了愣。

"某人不想让我挨饿直说呗，干吗非得拐着弯地让本公主知道呢？太作了。"孟妤把目光投向萧屿，"萧屿，你干脆改名叫萧作作得了。"

萧屿冷冷地睨她一眼："还能好好吃饭吗？"

孟妤眨眨眼，满脸无辜。

萧屿十分无奈。

一顿饭结束，萧屿二话没说直接把孟妤送回家。小区门外，他下了车，把头盔递给孟妤，有些不耐烦："你赶紧回家吧。"

孟妤接过头盔放在脚下，甜甜地说道："那——后天见！"

萧屿表情淡淡的："嗯，早点睡。"

他对孟妤随意挥了挥手后，转身朝着街对面走去。少年身姿卓越，身形挺拔如松柏，脚踩在"咯吱"作响的落叶上。

即便是在萧屿家和他打打闹闹，见到过犯中二病和对她毒舌的萧屿，但孟妤心知肚明，在电梯间随手帮邻居大爷搬纸箱的那个少年，才是真正的他。

一如现在，他看到街边的自行车倒了，也没有装作没看到，而是弯腰顺手扶起，即便是周围空无一人。她明白，他那好公民的行为不是做给旁人看的。

她猜，他没有想那么多，只是觉得这种事情是随手就能做的事而已。

眼下这个，也是真正的萧屿。

孟妤回到家已经快深夜十一点，老太太今天睡得早，她快速收拾完，洗脸护肤，躺在床上，盯着天花板。

窗外的秋风一阵又一阵，吹得落叶漫天飞扬，气温降了不止一点半点。

孟妤感觉浑身凉飕飕的，下床检查了一遍才发现窗户没关，关好之后还是冷得不行，她又翻箱倒柜找出棉被。

终于，睡前准备一切就绪。

但此时怎么也睡不着了，她重新解锁手机屏幕，无所事事地翻着朋友圈，才发现半个小时前，也就是萧屿刚送她到家的那阵，他居然发了条朋友圈。

如果世上有什么奇迹，一定是尽力理解某个人，并与之同甘共苦。

她看到后，没点赞和评论萧屿的那条朋友圈，而是自己编辑了一条朋友圈发了出去。

If there's any kind of magic in this world,it must be in the attempt of understanding someone and sharing something.（如果世上真的有什么奇迹，那么一定是尽力理解他人和与人分享。）

她发完这段英文后，困意袭来，扔下手机准备睡觉。

在大多数人眼中，秋天往往和悲伤挂钩，毕竟自古逢秋悲寂寥，秋风虽不似冬风刺骨，但也沁人心凉。

孟好在秋天皮肤格外干燥，不仅如此，还容易上火。

那天半夜，她被渴醒，起床喝了杯水，下意识地解锁了手机。

已经凌晨三点了。

不知是什么牵动着她，点开了微信，“发现”那一栏上面显示一个红点，点开一看——三个小时前，小宇点赞了你的朋友圈。

三天假期后，高三学生提前回到了学校。开学那天下午，学校临时通知周三要进行模拟考试，严格按照高考模式实行，但试卷是由一中高三教师组命题，难度可想而知。

平芜的高考试卷是全国一卷，和一中教师出的试卷相比，后者难度更大。

平芜所在的省份是高考大省，高考人数在那年突破了五十万大关。几乎学生们一进入高中，各科老师就开始反复强调这个事情，毕竟这意味着考大学不容易，考本科大学更不容易，考重点高校更是难上加难。

平芜一中作为重点高中，在省内是排得上名号的，它所容纳的学生不只有平芜本地的，有五分之一的学生来自外地。

临时穿插考试的通知一下达，学生们叫苦不迭，纷纷抱怨一定是放了三天假的原因，学校拐着弯地严惩学生。

周三上午十一点半考完语文，孟好吃完饭去办公室找方兴。

十二点十分，办公室里的老师不多，有几个问问题的学生在，略有些嘈杂。

方兴和孟好聊了点学习上的事情，之后便是对她嘘寒问暖，都是一些习不习惯一中作息、每天几点睡几点醒的日常小事。升入高三，班主任老师更加辛苦，不仅是老师，更像是学生的“妈妈”。

这一唠叨就过了十分钟，直到午休的预备铃响了，方兴才让孟好回教室。

“我的天，吓我一跳，这做得太真了吧！”孟好刚准备走，闻言脚步一顿，望过去，只见角落一位老教师正盯着手机看，嗓门格外洪亮。

“老师，这是特效，不是真的。”他边上站着的一个女生说。

那位老教师一看就和这个女生关系很好，睨了她一眼，冷笑道：“谢谢你啊，不然我就被蒙在鼓里了，成了那个什么……蒙鼓人。”

孟好心想：老教师也喜欢玩梗啊。

那个女生夸张地开口，姿态有点孟好平常犯戏精瘾时的感觉了：“老师，看不出来啊，您懂的梗还挺多。”

“南美清！都几点了，你还不回教室？”老教师发话了。

这个叫南美清的女孩连连求饶：“这就走，这就走。”

孟好被那女孩作揖的模样逗得忍不住笑了，笑声引来那女孩的目光，孟好顿住。

完了……

孟好尴尬地笑了笑，立马溜出办公室。见那个女孩没追上来，她松了口气，刚要转身走进教室，身后便传来一声——

“孟好！”

孟好顿时呆愣在原地，缓缓回过头。

北方地区的高中大多是封闭楼道，午时阳光透过楼道尽头的窗户打进来，照亮整个楼道，虽然不能和南方的露天走廊相比，但也颇有一番滋味。

那个喊住孟好的女孩逆着光跑来，高马尾一起一落，格外青春靓丽。孟好知道她的名字，她叫南美清，是个舞蹈生。

学校不强制艺术生穿校服，所以女孩穿的便服。

孟好发现，两人私下穿搭风格格外相似，南美清穿着黑色修身铅笔裤，一双腿又细又长格外匀称，上身是一件简单宽松的白色外套，细白脖颈处露出黑色高领的打底衣。

南美清快速跑到孟好面前，熟络地说：“你怎么跑这么快？”

饶是孟好这么外向的人，也忍不住开口问：“你认识我？”

南美清“啧”了声：“当然，那次国旗下的演讲，你太酷了。”

孟好愣了愣：为什么御姐长相的你却给人一种萌妹的感觉？

孟好觉得这种事被人这样说出来有些尴尬：“哈哈哈……是吗？你也

好漂亮。”

两人莫名其妙地进入商业互夸模式。

南美清：“真的吗？”

孟好：“……真的。”

妈呀，好尴尬。

但这小姐姐真的和她一样漂亮。

南美清毫不掩饰对孟好的喜欢，后知后觉地开始自我介绍：“我叫南美清，舞蹈生，很高兴认识你……那个，我听孙广说你一来一中就想和萧屿做朋友？”

孟好心情复杂：这个事情已经传到艺术班了吗？那是不是意味着我该收敛点了？

“你别害羞，萧屿那人我熟。”

孟好没说话。

南美清及时解释道：“他是我表弟。”

孟好笑了笑，依旧没吭声。

在今天以前，孟好一直以为南美清也像大多数女生一样崇拜萧屿。

并且她也是前不久才得知，萧屿在一中的出名程度简直无法想象，欣赏他的女孩很多。

恰好此时萧屿和一帮男生正上楼回教室，孙广格外眼尖地看到南美清，立刻屁颠屁颠地抛下几人，三步并作两步地跑到南美清面前：“女神，你怎么来了？”

南美清瞬间恢复那副高冷样，给了孙广一个眼神：“找人聊天。”

孙广疑惑地看向孟好：“你们认识？”

孟好刚要开口，就被南美清抢先：“当然。”

南美清又扭头对孟好说：“孟好，我也是走读生，晚自习放学后我来找你啊，我们一起走呗？”

等孟好答应之后，她斜睨萧屿一眼，那眼神用语言无法形容，然后直接走了。

孙广作为护花骑士，自然也跟在他女神身后走了。

“喂，孙广，马上午休了，你去哪儿？”凌翔宇对着孙广的背影喊道。

孙广摆摆手，连头都没回。

孟好看得无语。

凌翔宇一脸恨铁不成钢地说道：“我的天，你能不能别老追在南美清屁股后面？她都快烦死你了。”

孟好：这么直接真的好吗？

萧屿更无情，拍了拍凌翔宇，并毫不留情地讽刺：“管他干吗？”

孟好：好吧，当她没说。

不对，当她没想。

孟好转身回了教室，因为要布置考场，许多学生的桌子被搬到楼道，此时教室内大多数是两人或者三人一张课桌。

现在教室里的学生不是很多，有些人干脆坐在楼道，毕竟清静，只是有点冷。

孟好翻开试卷，下午考理综，她就想着复习一下生物，查漏补缺。看了几分钟，发现遗传题是真的真的很难，最后她干脆放弃，破罐子破摔地开始哼歌。

“而我紧绷的外表像上紧后的发条，等她的答案揭晓……”

萧屿搬着木板凳刚好经过孟好的座位，听到了她的哼唱，偏偏这姑娘还沉浸式唱歌，盯着试卷唱得声情并茂。

“她的睫毛弯的嘴角，无预警地对我笑，没有预兆出乎意料，竟然先对我示好……”

萧屿站在原地，顺手把凳子放在孟好身边，清清喉咙。但孟好似乎沉浸在自己的世界里无法自拔，没听到萧屿故意弄出来的声响。

女孩大概天生没有音乐细胞，但好在歌词都在调上，听着还有点俏皮的可爱。

“她的睫毛弯的嘴角，用眼神对我拍照，我戒不掉她的微笑，洋溢幸福的味……”

萧屿嘴角一抽，这姑娘真是……不知道怎么形容，怎么对着试卷都能唱得这么深情？

最后一句歌词唱完，孟好还像戏剧演员谢幕一般，准备仰着头夸张地来个鞠躬。只是，她扬起下巴的那一秒，眼前映出一张脸，那无奈的表情中透着无语。

孟好眨眨眼，保持仰头姿势不变。

完了！谁能救救她！

“唱完了？”

孟好只是短暂地尴尬了那么一秒，之后又装作无事发生的样子，自然地说道：“嗯，你站这儿干吗？”

她瞄了一眼萧屿的凳子，装作恍然大悟道：“没地儿去了啊？那本公主大发慈悲收留你怎么样？坐吧，萧作作。”

萧屿咬咬牙。

他坐好之后，余光发现孟好一脸苦闷地看着上周的生物周测试卷，随口问道：“有不会的？”

孟好恹恹道：“嗯，感觉遗传题好难。”

她叹了口气，放下手中的笔，呈四十五度角仰望教室天花板，一副忧郁的样子：“唉，萧作作，你说年满十八岁的女高中生可以住进养老院吗？”

萧屿愣了愣。

孟好摆摆手：“算了，你不懂，不懂我每天怎么费劲起床的。自从转到一中上学，我的生物钟把我逼得不正常了，每天清晨五点脑子准时运作。”

萧屿：“……我不也一样？”

他从孟好胳膊下扯过试卷，无语道：“行了，哪道题不会？”

孟好指了指最后一道关于遗传的选择题：“这个。”

萧屿看了两眼，不耐烦道：“无中生有病为隐，生女患病为常隐。这个你在京北的学校没学过？”

“学过啊，可是这道是压轴选择题哎，不可能那么简单。”

萧屿被她气笑：“你是不是想太多了？用我刚才说的往里套。”

孟好：“哦……”

两分钟后，孟好在萧屿的意料之内做对，她笑眯眯地仰头：“学神哥哥，谢啦。”

萧屿没吭声，只静静地盯着她。

也不知是不是孟好再一次想太多，她从萧屿脸上看出了一句话——你就这么谢我？

她下意识说道：“差不多得了，是不是我还得给你磕个头？”

萧屿：“也行。”

孟好不知怎么接话。

午休早已开始，但教室里趴桌上午睡的人很少，大部分学生都在争分夺秒地复习。上午的语文试卷难度达到了一个无人可以翻越的高度，弄得大家格外紧张。

孟好和其他人一样，也忍不住开始忧虑下午的理综。但她发现，萧屿一点都不紧张，仿佛他的字典里就没有“紧张”这个词。男生正低头认真刷题，那题目难到孟好看都看不懂，一猜就是竞赛题。

萧屿垂着眼睫，孟好盯着他的眼睫赞叹了下，又不老实地起了逗弄的心思。

“萧屿，别做了，我们聊会儿天呗。”

“你说。”这人头都不抬。

“就是，我来一中这么些时间了，每天和你朝夕相处，然后你快乐吗？”

萧屿真的想看看孟好脑子里都装了些什么，这种话真的适合当面问出来吗？但或许是她的字典里根本没有“害羞”这个词。

他抬头，状似没听清：“什么？”

孟好把刚才的问题简单化：“我说，你快乐吗？”

萧屿：“我快死了。”

孟好腹诽：那你死去吧。

两天的考试来得急切，结束得也迅速。

这次的试卷真的是难出了一个新高度。以前每次考试，只要结束一科，就会有人忙着对答案，为了不影响下一科的发挥，老师明令禁止过，只要还没全部考完，就不能对答案，可依旧有人“顶风作案”。

但这次考完后，原本会吵闹的教室现在变得无比安静，大多数学生大约摸清了自己的水平，也没人争着抢着去找老师要答案了。

一中高三生有三节晚自习，第一节是自习，后两节都按课表来，老师像白天一样上课，但很少教新课，一般都是讲练习册。而考试过后的晚自习，不出意外便是对答案。

英语晚自习，老师直接让课代表把选择题的答案抄到黑板上，就忙着去批阅试卷了。

英语试卷的选择题向来占很大比重，可以说是选择题一对完答案，学生的分数便能估出个大概。

此时班里一片死寂。要搁以前，考完试的那个晚自习往往是学生最疯狂的时候，大家都暴露了爱玩的天性。就连萧屿他们那一群人也不例外，一考完试，抱着篮球就朝着篮球场跑，预备铃响了都不着急回教室。

可今时不同往日。

窸窸窣窣的翻页声传来，孟好瞥了眼许心雨试卷上的红叉，尤其是完形填空那里，那叫一个战况惨烈，估计错了三分之二。

其实孟好也好不到哪里去，选择题错得也很多。英语选择题满分100，往常她的得分区间是90分到95分，但这次考试居然才刚过80分。

唉，估计总分上不了140分了。

许心雨听到孟好的叹气声，凑过来看了眼她的试卷，惊讶道："孟好，你这么高分还垂头丧气的啊？"

孟好开始对卷二的答案，敷衍道："这么点分还不值得我垂头丧气吗？"

许心雨：算了，普通学生和学霸有隔阂。

孟好同往常一样瞥了眼过道那一侧，随口问："萧屿，你多少？"

萧屿也不知道在忙什么，直接把试卷扔给她，发出"哗啦"一阵响，吵得人烦躁。

孟好拿到学神的试卷，翻了翻。

什么啊，这人懒到这个程度了吗？连答案都不对？

她好奇这么难的试卷，学神会得多少分，当下扭头对萧屿说："萧屿，我帮你把答案对了哈。不用谢我，如果非要谢的话，那下课给本公主买根雪糕就行。"

听到这话，萧屿终于抬起头，冷笑："这么劳烦公主是不是不太好？要不您还是大发慈悲把试卷还给我吧？"

孟好笑眯眯地说："就按我刚才说的那样。"

笑话，哪有到手的鸭子……不对，试卷还会飞走？

她不允许。

扔下这句话，她也不管萧屿什么表情，直接拿起红色中性笔，开始在学神的试卷上"一展宏图"。其实她是想嘲笑萧屿一把的，词儿她都想好了——"学神也不过如此"。但真没想到他根本不是人，分数和以前考试没什么区别，选择题的部分竟然过90分了。

这人有毒吧？太吓人了。

几分钟后，卷一卷二对完答案，加上作文，估计这位学神的总分过140分了。

孟好轻哂，把试卷扔给萧屿，忍不住问："萧屿，你实话实说吧，你到底是不是人？"

萧屿一头雾水。

"为什么这么难的卷子，你都考得这么好，也就听力多扣了几分而已？"

这次考试听力部分的背景音格外嘈杂，听着像是盗版音频。不仅如此，几个播音员也像是纷纷卡痰一样，还带了点口音，格外粗犷。

萧屿拿起试卷，随意翻看几眼，又放在一边，头低着继续写东西，一心二用地同孟好聊着："这次考试很难吗？"

孟好忍了忍，咬牙切齿："你说呢？"

萧屿听到女孩这语气，倏地一笑，连头也没抬："之前方兴不是说过？高考前的一切模拟考试难度都很大，但即便再难，考的也是基础，其中基础题占百分之七十……"

最后那句话，萧屿斟酌着还是讲了出来："你觉得难，那可能是你基础不行。"

虽然孟好成绩不错，但就这一个小考试都能让她和往常成绩差了一大截，说明她的基础还是不行，得让她认清这点。

孟好抬手制止："停，我虽然乐观，但也受不住降维打击。"

萧屿闻言，瞅她一眼，懒洋洋地问："你选择题得了多少分？"

孟好直接蔫了："不告诉你。"

萧屿一看她这备受打击的模样，忍不住想和她聊两句："不至于，这次考试用的试卷你知道是哪里的吗？"

孟好纳闷："不是咱们老师出的题？"

萧屿哼笑，索性扔了手中的笔，一手支在桌上，歪头看过来，两人就这样隔着一条窄小的过道闲聊。

"卷子是隔壁省去年的一模试卷，你不清楚那儿的试卷出了名的难？其实年级组本来打算直接用苏省的试卷，但那毕竟是南方，高考改革早，试卷跟我们这边还是不太匹配。"

孟好盯着萧屿看，觉得他好像有股魔力，居然能把这种类似于八卦秘辛的事情讲得有理有条、头头是道，听着就让人信服。

啧，就像古时候酒楼里的说书先生。

后桌两个男生刑武和赵伟也凑过来。刑武是物理课代表，理科思维好，物理单科成绩在年级排得上名次，但英语成绩怎么也提不上去；赵伟担任三班学习委员，平常和萧屿这种全科发展的学神是一个等级，但这次的考试让他感觉到自己和真正的学神之间还是差了不少。

虽然学霸、学神、学渣这种说法都是学生瞎搞的，但他们也能感觉到萧屿的不同。

刑武膜拜地问："萧屿，你从哪儿知道这么多的？"

萧屿漫不经心地把目光扫过去，随口掠过这个话题："瞎猜的。"

孟好不动声色地看他一眼，没吭声。

这时，英语老师回了教室，班里的窃窃私语顿时一收，整齐得像是乐队看指挥一样。

下课后，孟好喊住准备出教室的刑武和赵伟，好奇地问："萧屿平时考试在年级排多少名啊？"

刑武疑惑道："你不是参加过一次咱们这儿的考试吗？还没看出来啊？"

孟好不解，上次考试萧屿确实是班里第一，但年级名次也不怎么样啊，也就前十，她还以为萧屿是一直稳居年级第一的大佬呢。

刑武解释道："上次考试是全市联合考试，可能是因为一中的班级是流动的吧，萧屿才没在年级里占得对他来说的好名次。"

孟好纳闷："什么班级流动？我没懂。"

赵伟解释道："其实上学期萧屿的成绩几乎都稳居年级第一，这还是算上小奥班的尖子生排出来的排名。但一中有班级流动这个规则，意思就是，像上次考试，萧屿如果是年级前三，就会被分进小奥班。"

孟好："那他如果不想去呢？"

赵伟叹了口气："不想去也得去，不仅萧屿要进入小奥班，小奥班原本的倒数第一还会被分到咱们班。"

孟好顿觉无语，这是什么逻辑？制衡之道吗？按一中的"内卷"程度，准高三学生就要开始提前紧张。

孟好："一中干吗要这样规定啊？"

说到这个，赵伟就来了劲："还不是被隔壁那个高中逼的。而且咱们省高考人数在全国所占比重最大，两种因素混在一起，一中可能碍于上级压力吧，必须得出个市状元，说白了也是迫不得已。"

许心雨也听得起劲儿，喃喃道："怎么有点揠苗助长那味儿了？"

赵伟摇摇头："但这也不关咱们这种普通学生的事儿，我现在就希望我高考稳定发挥，不求重本，一本我就知足。"

孟好搞不懂了，赵伟的成绩在三班仅次于萧屿，至于这么垂头丧气吗？但她也没多问。

赵伟又宽慰道："但就在这种制度下，萧屿依旧没有被分到小奥班，而且除去按名次进行流动的几次考试，萧屿都稳稳当当地在年级排第一，而且超过第二名三十分。"

一说到萧屿的风光时刻，孟好就来了精神。

赵伟也差不多把萧屿标榜成偶像，说得还挺邪乎："第二名那哥们可是小奥班班主任的王牌学生，但好像一直被萧屿压在下面，大家都管他叫千年老二。当然，那哥们也有占第一的时候，但大家都心知肚明，他每次得年级第一，那次考试绝对是要进行流动制度的考试，而且也是萧屿掉出年级前三的时候。"

许心雨第一次知道这么多内情，忍不住替那个小奥班的千年老二惋惜："他好惨啊，每次得第一的时候大家都知道是萧屿让给他的。唉，萧屿也太神了吧，控分控到这种地步啊？"

孟好笑了："这有什么？自古以来，成王败寇，人家萧屿的实力摆在那儿了，就得承认他的厉害。"

萧屿一进教室便听到孟好这狂妄的话，实在没忍住笑出声，但也没反驳什么。没什么好反驳的，他本身就是像赵伟说的那样，也没必要去虚伪地谦虚。

上课前，孟好借着两道上课铃之间的那点空当问萧屿干吗不去小奥班，虽然她之前问过一次了，萧屿那时候说的是没兴趣。

可当时他们毕竟交情不深，现在不一样了，她好歹去过他家，和他一起看过电影。

"真想知道？"萧屿斜斜地看过来，眼里噙着笑，坐姿有点吊儿郎当。

孟好格外上道地配合他点头："嗯！当然想！特别想！超级超级超级想……"

"停。"萧屿无语地打断她的话。

孟好眨眨眼。

萧屿叹了口气，语速比平常慢了点："其实也没什么原因，我就是不喜欢学校那种制度。先不说我，就说那小奥班的学生，整个班都是从高一高二一起上来的，感情比普通班的还要深，人家一起经历过各种竞赛，各种比赛，那团结程度和默契你都没法想。你说，我一个外班生插进去干吗？"

孟好想过许多种原因，但愣是没想到这点。

抛开种种，萧屿和她，还有许多同龄人都一样，说白了大家都是少年人。而现阶段的他们，最注重的除了高考就是感情。

按萧屿的话来讲，小奥班的同窗情谊或许无比深刻，深刻到许多年后他们聊起高中，聊起年少，都能想到他们来自最出名的小奥班，一起经历过数不胜数的比赛，一同看过深夜的月亮，一齐探讨过数理化的难题，一块儿为高考奋斗。

那些时光，是最为深刻的，也是最为难忘的。

孟好回神，还是忍不住问：“可那些考试你明明可以拔得头筹……”

萧屿冷不防打断她：“没必要，名次的事儿谁说得准，你觉得我一直是第一，可如果有黑马呢？而且我那几次考试也不是没考好，只是不像往常一样严谨。我也不想被调到小奥班，那里的学习氛围不适合我。”

孟好不再多说，扭回身子坐好。

也是，萧屿什么都懂。

但他不妥协。

少年知春生秋悲，亦知夏燥冬寒。

但也不惧一切，化悲为生，转寒移燥。

这次考试虽然算是模拟高考，但总体来说还不能算是真正的高考，所以阅卷不是采用电脑阅卷，和往常一样，由年级老师阅卷打分，时间便有些久。

成绩正式公布是在周五下午，那天从早上开始，整个高三年级的学生格外浮躁，有性子急的学生上午悄悄钻进办公室想提前偷看成绩，但被年级主任轰了出来。

紧接着，方兴趁着上午的小课开了个短暂的班会，他看起来有些生气：“看看你们现在浮躁成什么样子了，这次考试就是个模拟，成绩也就是参考，一个个的至于跑到办公室缠着老师问分数吗？啊？”

有人小声接话：“至于。”

方兴顿了顿，又道：“行了，成绩下午就出来了。但是这个上午都给我安静地待着，别再让我在办公室看到咱们班的人了。

“听到没？”

班里学生稀稀拉拉地说：“知道了……”

但学生想提前知道成绩的好奇心是斩不灭的，所以中午一放学，好多人没吃饭便奔向办公室。

孟好本来想喊许心雨一起吃饭，但她一下课就跑没影了。

也是，都这时候了，谁还想着吃饭啊？

孟好无奈，她快饿死了，索性一个人去了食堂。

食堂就算少了很多高三生的加入也无比拥挤，孟好好不容易打完饭，找了半天也没看见个空座儿，身后忽然传来一声：“孟好！”

她一回头，发现是之前那个体育生郑磊。

郑磊和几个身高腿长的体育生坐那儿，他怕孟好看不到，特意站起身招手："这儿！"

孟好顿了顿。

最后，她在周围实在找不到座位，不是被占了，就是替人占了，她也不扭捏，端着餐盘去了郑磊那桌，笑着打了声招呼，又道过谢，便自顾自地低头吃饭。

坐在郑磊身旁的那几个体育生看到孟好之后，眼睛都直了。

发现几人开始眼神交流，郑磊用眼神警告那几人别没事找事儿，但其中一个男生接收不到郑磊的信号，率先清嗓："孟好，你怎么一个人来吃饭？"

孟好抬眼，语气没什么情绪："我半个人来吃饭你不害怕吗？"

那个体育生："……哈哈哈，你还挺幽默。"

他们这群体育生有股越挫越勇的傻劲儿。

孟好没吭声，继续吃着盘里的菜。

郑磊注意到孟好挑菜的动作，而且照她挑菜的程度，几分钟后估计餐盘都挑干净了。他的话也没过脑子，直接说了出来："孟好，你别夹了，要不吃我盘里的吧？"

孟好抬起眼皮，睨了坐在对面的郑磊一眼，眼神没什么温度，仔细瞧还能看出那么点震惊。

你没事吧？

我挑菜关你啥事？

她冷冷道："不用了，谢谢，我有洁癖。"

"扑哧"一声，左手边忽然传来憋不住的笑声，孟好下意识看过去，才发现萧屿和孙广几个人端着餐盘，估计是刚买好饭。

郑磊也发现了萧屿，脑子里的警报声嗡鸣，他瞬间把萧屿当作敌人看待。

"旁边这几个座位没人吧？我叫他们坐过来可以吗？"孟好问道。

那几个体育生也没看到他们兄弟表情都变了，以为孟好的朋友是女生，直接替郑磊回答："当然没人，让你朋友坐过来吧，正好认识认识。"

直到萧屿他们几个身高腿长的男生走过来，把餐盘放在桌上的时候，那几个体育生直接傻在那儿了。

孟好指了指身旁这几位，按顺序介绍："萧屿，孙广，凌翔宇。"

几个体育生尴尬地笑了笑，没吭声。

孟好接着说："喂，萧屿，周围都没位置了，这是人家体育生占的，你们不礼貌点道个谢什么的？"

萧屿还挺配合她，撂下筷子，无比正经地说："谢谢。"

孟好憋着笑，盯着那几个体育生。

他们急忙扒完最后一口饭，端着餐盘走了，只剩郑磊一人。

郑磊也没觉得尴尬，明明餐盘里的饭已经见底，但他依旧慢悠悠地吃，根本不着急。

凌翔宇看乐了，笑着说："哥们，你不着急啊？"

郑磊不解："着什么急？"

凌翔宇："马上十二点半了，你下午不需要训练吗？"

郑磊没搭理他，继续慢悠悠地吃饭，还时不时地插进孟好和萧屿的聊天中去。

孟好："哎，萧屿，你居然买到鸡腿了？"

萧屿没理她。

郑磊："你要吃吗？我去帮你买？"

孟好摇摇头。

过了一会儿。

孟好拿肩碰了碰萧屿："你怎么不吃那个鸡腿啊？用不用我帮你消灭掉？"

郑磊疑惑道："你刚刚不是说你有洁癖吗？"

孟好眨眨眼："有吗？我忘了。"

郑磊后知后觉，人家哪儿是有洁癖啊，人家分明是嫌弃他。想到这儿，他感到一阵挫败，但依旧起身，去窗口买了个刚出炉的鸡腿。

与此同时，萧屿也起身，从一旁拿了双干净的一次性筷子。

孟好不解："你干吗拿新的？"

萧屿用那双新筷子夹起鸡腿，睨她一眼："你不是要吃鸡腿？"

坐在一旁的孙广和凌翔宇憋不住笑了。

孟好沉默。

萧屿蹙眉，冷淡道："还吃不吃了？"

孟好立马张口："吃。"

郑磊回来碰巧撞见这一幕——萧屿夹着鸡腿放进孟好的餐盘中，孟好则是满脸带笑，一副满足的样子。

顿时，他就觉得自己像个跳梁小丑一样，手中包装袋里的热乎鸡腿变得格外灼手。

孟好一抬眼，发现郑磊站在几米外，脸上满是受伤的表情，她下意识偏头去看身旁的萧屿。

果然，萧屿眼里仿佛写着几个字：自己惹的自己处理。

孟好叹了口气。

唉，她的人格魅力大到这种地步也是一种困扰。

萧屿听到女孩的唉声叹气，眼皮一跳，也猜出她心中所想，忍不住拿脚尖碰了碰她。

孟好看过来。

“别自我欣赏了，人家已经过来了。”萧屿小声说。

两秒后，郑磊坐回原位，把鸡腿推到孟好面前。

孟好嘴角一抽，感觉周围气温降了不少，那道投在她身上的视线格外冰凉。

但她也不敢看，率先开口：“郑磊……”

郑磊打断她的话：“不用说，我懂了，我这就走。”

等人走后，孟好发现萧屿格外沉默。她眨眨眼，想逗逗他：“萧屿，看到没？我好像蛮受欢迎的。”

萧屿头也不抬，继续低头吃饭，他像许多男生一样吃饭很快，但又很斯文，愣是给人一种说不清道不明的错觉，那错觉孟好也无法形容。

萧屿吃完最后一口饭，慢条斯理地拿纸巾擦嘴，嘴边噙着笑：“炫耀啊？”

孟好摆摆手：“也没有啦。”

萧屿冷哼一声，恢复那副生人勿近的模样：“有这个时间呢，不如好好琢磨下怎么夯实下基础，提高一下分数。”

孟好：“寒碜我呢？”

萧屿睨她一眼，冷冷道：“我可不敢。”

孟好后知后觉发现萧屿在讽刺她：“萧屿，你这就没意思了啊。”

萧屿不解。

“你怎么这么作啊？嫉妒我受欢迎就直接讲出来呗，我又不嘲笑你。”

萧屿无语了：“懒得理你。”

几人吃完饭回教室，一路上萧屿也不知道为什么，就是很少理孟好。

孟好觉得萧屿虽然看起来格外清醒，但骨子里也就是个中二直肠又喜欢作的男生。

出乎意料的是，成绩提前出来了，班里吵吵闹闹的，像个菜市场，各种哀号声此起彼伏。

讲台那儿围着一圈人，大家都在看成绩。孟好好奇因子被勾了起来，也走到讲台那儿，但人太多，把成绩单围得水泄不通，也没法儿看。

“想看成绩？”萧屿不知什么时候站在孟好身侧，仗着身高腿长能瞅见成绩单的边角。

孟好情绪来得快消散得也快，大大方方地说：“嗯，麻烦萧大班长帮我看看呗？”

平常班里很多人也经常喊萧屿“萧大班长”，孟好倒是第一次这么喊他，但听着总有股阴阳怪气的味道。

萧屿来不及多想，孟好就催促道：“快看啊，一会儿老师来了。”

“总分 533，班级排名 30，年级排名 250……”

“萧屿，你骂谁呢？”

萧屿好笑道：“给你报成绩呢。”

分数低得有点超乎想象了，孟好心理落差大，有点沮丧。

此时，周围突然响起一阵带着膜拜的赞扬声。

“屿神这次绝了，这么难的试卷总分都能上七百，这还是人吗？”

萧屿闻言，开玩笑说：“不至于啊，考得好点就不是人了？那下次你考好了我也这么说你。”

赵伟看到萧屿这副对成绩提不起兴致的样子就来气，或许也不是萧屿对成绩提不起兴致，而是人家学神习惯了这种成绩。

萧屿手搭靠着第一排学生课桌的桌沿，双腿一前一后，漫不经心地站着和身旁的人聊天，但又好像在认真查看成绩。

赵伟是真的羡慕又崇拜萧屿，毕竟如果他是这次考试那个整个平芜唯一一个总分上七百，并和第二名拉开五十分差距的学生的话，他都不知道自己能嘚瑟成什么样儿。

但萧屿没有。

萧屿被大家众星捧月地围在其中，有人问他怎么一点都不激动，他则是开玩笑地说：“激动什么？实不相瞒，我鸭动。”

孟好也被挤进人群中，她仰头去看萧屿，这个角度只能看到他线条绷紧的侧脸，他虽然人被围着，但心思放在成绩单那儿。

“这次咱们三班真扬眉吐气啊，小奥班也参加这次考试了吧？”

“对，因为这次考试难度大，所以他们也参与了。”

“嘁，平时一个个高冷得跟大爷似的，现在不还得被我们班的屿神压着？”

萧屿脸上的表情收了点，冷淡地说：“别吹了，没看到牛皮破了吗？”

众人笑着岔开话题。

孟好忍不住笑了，凑过去和他耳语：“你想看成绩怎么不把成绩单要过来？”

萧屿弯了弯膝盖，身子压低，扭头笑着回视她：“你要看？”

孟好摇头：“不是，我看你脖子一直往那边转而已。”

萧屿哼笑：“还不是替你看的？”

孟好心跳“扑通扑通”，装作镇定地回道：“那谢谢萧大班长。”

“不谢。”

中二直肠又忍不住作的那个人是谁？现在答案不言而喻。

貌似是她。

再这样闹下去，午自习什么也别干了，方兴回了教室，直接把堵在讲台和门口的学生驱散：“是不是都考得挺好啊？”

有人起哄：“可不是，老方，咱们班这次有个年级第一哎，你不高兴吗？”

方兴瞅他一眼，顺手关上教室门：“说得好像以前没有似的。”

“那不一样啊，这次卷子那么难，平均分那么低。况且最重要的是，平常小奥班都不和咱们一起考试的。”

方兴摆摆手：“知道这次平均分低还不好好学习？”

嘿，这老师真不会抓重点。

方兴也不打扰学生的午休时间：“中午都趴会儿啊，不然下午该犯困了。这次考试确实和往常模拟不一样，虽然大家的分数普遍比往常低很多，但是……”

众人低头开始忙自己的事儿，也没人接他的话。

“但是出现了一个希望啊，出了个上七百分的学生，说明什么？”

无人应答。

孟好憋着笑，悄悄抬头看了眼站在讲台上讲得神采奕奕的方兴，也是倒霉，她居然和他对视上了。

她猝不及防心里一“咯噔”。

完了。

果然——

“来，孟好，你说说这说明什么？”

孟好：如果那个上七百分的人是她，她或许知道点，可她这次才考了五百多分，连六百都没上。

她瞥了眼挂在墙上的一张张名言警句，收回视线的时候发现萧屿正盯着她笑，她这下被他笑得没了窘迫，张口就来：“说明什么呢？那当然是祖国的花朵能改变世界，改变一切啊。”

果然，萧屿脸上的笑刹那间凝滞住了。

孟好还头头是道地继续说：“题目这么难都上七百分了，还不是普通花朵，必须得是霸王花级别的！”

萧屿听得无语。

方兴招手示意她坐下，花朵不都是用来形容小学生的吗？用在这儿有点不合适了。

希望处处都是，只要肯抓住。

这次考试或许才是高三真正意义上的开端，大多数人因为这次考试成绩纷纷开始奋发图强，各自定了目标，只是目标不再是理想院校之类的鸿鹄大志，而是一步一个脚印地进步。

比如，孟好的目标便是下一次考试的分数要过 580 分；许心雨的目标是物理学科及格；凌翔宇的目标是数学争取上 145 分；孙广和刑武都是理科思维好到爆，但英语落后，所以他们的目标是英语争取上 110 分；江淼和赵伟则是全科发展的学生，目标是年级前三十，有点难，但只要努力也可以做到。

可以说，这次萧屿的成绩给很多人带来了希望。

高考试卷其实难度不大，但胜在灵活，它考查的知识往往会拐着弯儿地考你，所以很多人都会掉入“陷阱”。

这次考试难便难在这点，知识点还是那个知识点，只不过它表面披上了太多华丽的外衣，给人一种很难的错觉。真正难的其实只有最后一道压轴大题。

在灵活性与真正的难度相结合下，萧屿硬是考出了高分，这种情况或许会有，但实属凤毛麟角。

所以说萧屿给所有人带来了希望，让许多与难题奋战到凌晨三点甚至通宵达旦的高中生都觉得前途就在那儿等着他们，未来是值得期待的。

但现在，这个给无数学子带来希望的人开始受到校领导的高度关注。

其实这种事儿是不可避免的。

试卷是联考的试卷，参加这次考试的学生全省大概有两万人，最后总分上七百的只有不到五个人，其中三个人是刚巧七百出头，剩余两个，一个是萧屿，总分721，另外一个貌似是隔壁市的学生，也是个男孩，叫陈信，和萧屿仅有三分之差，718分。

第一轮复习进入冲刺阶段，这段时间各种考试层出不穷，孟好全身心都扑在学习上，每天的日常就是搞搞学习，逗逗小狗。

哦不对，是逗逗萧屿。

孟好："你知道现在的年轻人怎么想的吗？"

萧屿连个眼神也没给她，低头忙着自己的事。但过了许久，他发现孟好再没发出半点声音，便慢慢抬起眸子，这才发现孟好正满脸怨气地盯着他看。

他顿时乐了，这才开始接孟好的话："怎么想的？"

直觉告诉他，孟好不会有什么好话，估计不是冷笑话就是冷笑话。果然下一秒耳边传来一声："你不是年轻人？"

那声音听起来稍稍带了些故意的嘲讽，但又不是让人很难受。

萧屿"哼"了声，拖着腔调说："您是我就是。"

孟好只觉得没意思，小声哼哼："你个山顶洞人。"

萧屿也没看她，低着头注意力看似都在试卷上，嘴却没闲着："说啊，年轻人怎么想的？"

孟好这才觉得自己有了那么些存在感，她做作地清清嗓子："你别管，和你没关系。"

萧屿：自己早该想到的。

孟好支着下巴偏头看，估计是恶劣心理的缘故，她对萧屿这副吃瘪的样子有着说不上来的喜欢。貌似从两人认识以来，萧屿就一直是随和的样子，情绪没什么波动，她还没见过这人生气的样子，还真挺好奇的。

"我说，许心雨你能不能向你同桌学一学，孟好这次考试也没考好，但你看她，一点事没有。"凌翔宇隔着过道冲许心雨嚷嚷。

闻言，孟妤看过去，才发现她这小同桌估计是被成绩打压得有些抬不起头来，正无精打采地趴在桌上。

孟妤叹了口气，凑过去安慰许心雨：“这次考试本来就难，都考过了，就别想了。”

“嗯，别想了，说真的啊，许心雨，你该向你同桌学学，照孟妤这乐观程度，我估计她被绑架了，绑匪让她别废话，她都得给绑匪头子整两句冷笑话。”凌翔宇走过来，随便找了个凳子坐在过道上。

孟妤瞥他一眼，不吭声。

“我说得不对？你这次考试都掉出年级两百名了，还在那儿逗萧屿玩儿。”凌翔宇回视她。

孟妤抓不住重点：“你说我得给绑匪头子整两句冷笑话？什么冷笑话？说来听听。”

萧屿和许心雨陷入沉默。

凌翔宇：“……呃，绑匪让你闭嘴上车，你说你晕车想坐副驾。绑匪威胁你再出声直接撕票，你问车载蓝牙可以连你的歌单吗？到最后绑匪都得被你整得怀疑人生，早知道不绑架你了。”

孟妤：“……你埋汰谁呢？我还没心大到那个地步吧？”

萧屿哼笑：“也差不多了。”

孟妤瞅了两眼许心雨，发现这姑娘已经不再是刚才那副伤春悲秋的模样，于是松了口气，拿出下节课要用到的课本。

进入十二月，平芜的气温降至冰点，清晨的室外已经结霜，路面上还未被清理的积水也早已结冰。

入冬后，教室里的供暖系统开始工作，窗户长时间关闭导致教室内不通风，许多老师一进教室的第一句话便是：“你们班里这是什么味儿啊？”

那种气味儿孟妤也形容不上来，估计是全国高中生的通病，完全可以纳入世界十大未解之谜。

她闻不了那味儿，每次大课间她都得拉着许心雨去室外转一圈，美其名曰放放风。

然而每次出去她们都能碰到萧屿和那一帮男生。

一中的小卖部。

孟妤买了根棒棒糖便出了超市，许心雨还在里面挑文具，她本来是可以快速挑完赶紧回教室的，但好巧不巧地碰上凌翔宇他们几人了。

估计几个人又得磨蹭一阵。

孟好蹲坐在台阶旁，边哈气边吃着棒棒糖。

忽然，身旁传来脚步声。

孟好都不需要看便猜到来人是谁了。

“坐地上不冷？”

孟好“啧”了声，慢悠悠地抬头。

萧屿本来就是高个子，现在这个角度更是显得他有些可望而不可即，孟好忍不住皱眉：“萧屿，你蹲下点，太高了，我看不到你的脸。”

萧屿被她的要求整乐了，但也顺从地半蹲在她身旁。

孟好伸手想去碰碰他的头发，但突然想到男孩的头是不能随便让人摸的，便讪讪地收了动作。

萧屿蹙眉：“干吗？”

孟好摇头，张口就来：“没事，就是以前听人说摸一摸学霸的头能考得好点，这不是下节课要周测吗？我心里没底。”

萧屿冷笑：“无稽之谈。”

孟好撇撇嘴：“还不允许人家迷信一下了？”

萧屿没理她。

孟好等得有些不耐烦了，回头扫了几眼超市大门，喃喃道：“是不是凌翔宇又逗许心雨了？怎么这么磨叽啊？”

孟好最后像是妥协了，岔开话题：“萧屿，你说，我们最后能考上好大学吗？唉，算了，我问你一个准状元这问题干吗？你知道吗？从上次考试之后，我就焦虑得睡不着觉，感觉前路一片渺茫，觉得高考好难，但又不是那么毫无希望，总之信心不大。”

孟好继续坐在原来的台阶上，也不管它的冰凉：“我听说有人只要一迷茫就会找你聊天对吗？好像你还挺会开导人的，那现在你也来开导开导我呗？”

萧屿站起身，单手从兜里掏出一个暖宝宝，撕开后递给孟好。

暖宝宝发热又快又猛，没一会儿，孟好的手心变得无比灼热。

“谁说我是准状元了？”萧屿觉得好笑。

“这不是公认的吗？”孟好不想在这种细节上和他掰扯，“看不出来你还挺妄自菲薄的？”

萧屿忽略这个话题，而是问她：“你失眠了？”

孟好叹气道：“也不是，就刚出成绩那几天有点焦虑。”

“怕自己就这水平了？怕自己高考也考这么点分？”萧屿一针见血地指出孟好的问题。

孟好垂着头：“差不多吧。”

“那真不至于，现在离高考还有六个月。六个月是什么概念？足够让一个骨折患者恢复利索地参加短跑比赛了。”

孟好被他的形容逗笑。

“离高考还有六个月，你在这儿感伤个什么劲儿？还有，高考对现在的我们来说确实是最重要的，但人生漫漫，可以和高考相提并论的选择多到数不胜数。

“所以没必要提前忧虑。还前路一片渺茫，因为一次小考试，至于让你这样？”

萧屿这副洒脱又坦荡的姿态简直碍到孟好眼了，她有点看不懂了，明明都是同龄人，为什么萧屿可以活得这么通透，这么清醒。

孟好戳了戳他的胳膊：“萧大班长活得精彩啊！”

萧屿不是没听出她的嘲讽，弹了下她的脑门：“有没有良心？不是你让我开导你的吗？”

孟好撇撇嘴。

“我们都有一万种可能，生在最好的时代，我们也必须成为最好的那一种可能。”

第 4 章
进一步

时间仿佛静止了一般，周遭瞬间静了下来，冷风呼啸着，空地上忽然落了星星白点，只是眨眼间就消失不见。

下雪了。

孟好伸手去接雪花，绿豆般大小的雪花落在掌心，只存在一瞬，白色冰点接触到掌心的温热瞬间化为水滴。

“我刚才的话白说了是吧？”

“萧屿！下雪了！”孟好噌地站起身，满眼闪烁着惊喜，亮晶晶的眼底比那初雪更惹人注目，“我知道！我们不是转瞬即逝的光，我们是永恒不灭的光！”

孟好或许就是生活中那些见到雪就走不动道的人，从她看个电影都能被感动哭了那件事就能看出来，这姑娘骨子里的浪漫细胞少不了。

萧屿听到孟好脱口而出的话，愣了一瞬，笑道：“文采不错啊！”

孟好回头，故作谦虚：“一般一般，世界第三。”

回教学楼的路上，萧屿看着这个兴高采烈地走在前方的女孩，忽然觉得刚才那个垂头丧气的孟好是她演出来的。怎么只是下了场雪，这姑娘就自我调节完了？

这姑娘的自我调节能力和他有得一拼啊。

但从某种程度上来说，他和孟好太像了。孟好可以说出“我们不是转瞬即逝的光，我们是永恒不灭的光”，这种程度的自信正是现在少年人少有的，自我欣赏，没有过分的自负，有的只是相信自己。

她不会轻易妄自菲薄，不会因为一场小小的考试便否定自己；她不妥协，即使行到水穷处，也会坐看云起时。

萧屿看了眼孟好。

他们走的是同一条路。通俗来讲，这个世界上可能没有理想国，那他会造出一个理想国。信仰崩塌，那他就只信自己。找不到方向，那他自己便是指路人。

她和他一样，绝对强大到完全可以做自己的避风港。

“哎，萧屿。”回到教室不久，孟好突然凑到萧屿身边。

萧屿斜睨她一眼：“有事儿？”

“你的理想型是什么样儿的啊？”孟好眨眨眼，脸上透着浓浓的好奇。

萧屿不明白，怎么突然扯到这上面了？他抬手扶正孟好歪过来的脑袋，面无表情道：“老师快来了，你就不能坐好？”

“不能。你说不说？”孟好开始刨根问底。

萧屿毫不留情：“不说，能怎样？”

孟好“嘁”了声：“没劲，我可听说了，你的理想型是乖乖女。”

萧屿被她的语气整得眼皮直跳，觉得离谱：“我怎么不知道我的理想型是乖乖女？”

孟好一听这话，双眼便亮了：“原来传闻是假的啊？”

要是再听不出孟好这是在故意套话，萧屿就白活十八年了。

“你故意的是吧？”

孟好开始装傻：“没有啊，我怎么了？”

萧屿第一次不知道该拿一个人怎么办了，索性不再理她。

也是赶巧，这时任课老师走进教室，孟好只能乖乖坐好准备上课。

中午放学后，孟好在教室外面遇到南美清，两人聊了一会儿，也是在这天，孟好从她口中知道了许多关于萧屿的趣事。

萧屿从小是跟着爷爷奶奶长大的，也就是南美清的外婆外公。南美清还有个正在上小学三年级的弟弟，叫南鹤一。

“南鹤一和萧屿的关系特亲近，我这个亲姐都比不上。但有一次特逗，萧屿正在洗澡呢，南鹤一突然溜进浴室了，我们都不知道，后来直到南鹤一哭着被萧屿赶出来的时候，我们才发现。

“我问他，你哭什么？这小鬼边哭边喊‘哥哥不爱我了，都不让我给他搓澡’，然后我看了眼这小鬼手上拿着的东西才明白。这小鬼竟然想拿刷锅用的钢丝球去给萧屿搓澡。”

孟好听完，觉得挺逗：“你弟弟太好玩儿了吧！”

“还有呢，前几天刚发生的事儿，萧屿新买了块表，被那小鬼盯上了，奶里奶气地去和萧屿商量，他说‘哥哥，你死了这表能送给我吗’，你猜萧屿咋说的？”

孟好来了精神，问：“他怎么说的？”

南美清忍着笑讲完：“萧屿当时就把那表摘下来，给那小鬼戴上了，说‘你别急，哥哥现在就给你，哥哥争取明天就死’。”

孟好忍不住了，笑个不停：“看不出来啊，萧屿还挺有幽默细胞的，哈哈哈。”

南美清把她知道的有关萧屿的事全抖搂出来了，没别的原因，或许是天生的磁场碰撞吧，就觉得孟好这姑娘很对她的口味。

孟好很特别，特别到她这种挑剔一切的人都喜欢、欣赏。

“哎，对了，别看萧屿平常偶像包袱那么重，但说白了他就是一个中二少年，喜欢打游戏，喜欢收集球鞋，还喜欢唱歌。他唱歌还不错，有机会可以让他给你展示两首。”

两人聊了好一会儿才分开，孟好正准备去吃饭，手机响了一下，是许心雨给她发的语音，说是今天的雪太大，给学校食堂运送蔬菜的货车被堵在了半路上，这就导致学校的菜不够学生吃，所以主任便通知门卫打开校门，今天中午允许学生校外就餐。

许心雨和班里的几个女生也都出了校门，只不过她们是跟着出去打雪仗玩的，毕竟学校的场地限制了这群人的发挥。

长长的语音条播放到最后，孟好便得知萧屿他们也出了校门。

此刻室外的雪已经算是很厚了，孟好出了校门便直接定位了许心雨的位置，发现也不过三百米远，她便打算走过去。不远处的空地上站着几个人，而许心雨和班里的几个女生也站在那儿，那阵势看着像是许心雨她们被那几个人堵住了一样。

孟好走过去，但映入眼帘的不是熟悉的面庞，而是几个陌生人，看起来像是小混混——孟好是从他们的着装猜出来的。

毕竟这大冷天，哪个正经人会只穿着一件完全没有御寒功效的黑夹克？

只是，他们摆出这副阵仗干吗？

“刘爽，是不是那女的欺负你？”一个头发染了暗青色的男生指了指孟好。

孟好听到这个名字，恍然大悟。

刘爽从几个混混装扮的男生身后走出来，脸上挂着刺眼的得意：“对！就是她！”

孟好冷笑一声，浑身莫名散发出一股不好惹的气场。

许心雨的小姐妹一见这情形不是闹着玩儿的，急忙偷偷跑回学校去喊救兵。毕竟刘爽的名号在年级也算出名，是那种经常上处分单的问题学生。

打头那位小混混直接大摇大摆地走到孟好面前，注意到孟好的脸上并没有想象中的害怕后，他皱了皱眉：“这位妹妹，是你闲得没事和刘爽作对吧？”

孟好也不慌，翻了个白眼：“谁是你妹妹？怎么现在的人一上来就喜欢攀亲戚？”

人群中有人被孟好的语气逗乐，但接触到刘爽那吃人的目光后，急忙捂嘴。

“行。但我听说，你和刘爽之间有矛盾啊？”打头的小混混继续说。

孟好“啧”了声：“或许吧。”

小混混忍不了孟好这狂到没边的模样，打算直接上手：“谁教你这么和我说话的？”

孟好有些无语，后退一步，没让自己被面前的人碰到：“那不然怎么和你说话？用脚吗？”

小混混被噎得失语两秒：“行，我不和你掰扯那么多，今天我们来没别的事，你只要当着这么多人的面向刘爽道个歉，就没事了，懂吗？”

孟好被这强盗般的话整得再一次无语：“凭什么？”

“凭你让她不高兴了！”

孟好嗤笑：“那你还碍我眼了呢，要不你也给我道个歉？”

小混混被她讲得烦了，直接抬手攥住她的手腕：“废话怎么这么多呢！让你道个歉就道歉呗！”

后面不远处突然传来一阵窸窸窣窣的声响，在安静的雪地中极为明显。

“——你算哪根葱？”少年清朗的声音中透着几分隐忍的怒火。

众人循声望去。

只见萧屿站在不远处，乌黑头发上沾染了些许未融化的雪花，一看就是刚从酣畅淋漓的雪仗中脱身。

萧屿三两步走到孟好前面，不动声色地隔开那位小混混，浑身散发的怒气再也抵挡不住地朝外涌。

他一个抬手，生硬地把小混混搭在孟好手腕上的手打落，强势地把孟好护到自己身后。

饶是孟好完全不需要萧屿此刻的英雄救美，但心里依旧为他这举动而变得暖暖的。

小混混似乎也没想到竟然有人不怕死地为这女生出头，他眼神变了味道，语气轻浮："哟，毛还没长齐的臭小子逞英雄呢？"

孟好听到这不正经的声音，下意识去看萧屿的反应。

班上几个男生赶过来，纷纷围住这边。看这阵势，貌似是一群青涩但最有力量的学生和几个校外的混混杠上了，打头的那个男生把一个女生护在身后，颇有股守护公主的骑士那味儿了。

"长没长齐就不劳你操心了。"萧屿随口道，"你还是操心操心自己吧。"

小混混被萧屿这不客气的样子气到，偏头啐了口："你是什么东西，敢跟我叫板？"

萧屿冷笑，从裤兜里掏出手机，长指随意点了几下，把手机放在耳边："秦警官，您来了吗？有街头混混在学校周边闹事。"

小混混一愣。

孟好伸手去够萧屿，用食指勾了勾他的手，小声问："萧屿，你不会真报警了吧？"

萧屿冷淡地"嗯"了声："我过来之前已经报警了……"

这时，警笛声戏剧般地炸开，毫无预警地打断萧屿未说完的话。

但没人疑惑的是，警笛声为何如此震耳欲聋。

几个社会青年估计是派出所的常客，一听到警笛声脸色顿时变了。小混混直接快进到放狠话的步骤："你们给我等着！我一定还会回来的！"

萧屿声线依旧平静："随时恭候。"

孟好听到从社会青年口中蹦出一句独属于灰太狼的经典台词"我一定会回来的"，忍不住乐了。

"扑哧……"

众人一愣：大姐，你还笑得出来？

令人心惊胆战的场面没有出现，那群来势汹汹的社会青年也灰溜溜地跑了，连带着刘爽一起，这让在场的人都松了口气。

有人心想，好像混混们也不是那么厉害啊，听到广播里的警笛声就这么𡎷了？

萧屿没报警，他听到有人找三班学生麻烦的时候正和凌翔宇他们玩雪，当时没想到会是孟好被人找麻烦，但几乎是听到出事儿的一瞬间，他便朝着这个方向跑来，不顾身后的叫喊。

他这么做没别的原因，如果非要找个理由的话，那可能是因为——

他是三班班长，即便是个没有实权的副班长。

站在原地等了五分钟，孟好才缓过劲儿来。她偏头，见萧屿还站在跟前，正低头盯着地面，也不知道在想什么，男生的脚尖正有节奏地敲打地面。

她眨眨眼，凑过去问："萧屿，你没报警啊？"

不等萧屿回答，便有人接话："你没听出来警笛声是从后面音响里传出来的啊？"

这群人的身后不远处摆着一个小型音响，大概是被人挡住了，所以刚刚那群混混根本没有注意到。

孟好一愣，内心直呼：萧屿的鬼点子真多，怪不得刚刚那阵警笛声那么震耳朵。

但现在这个鬼点子多的男生也不知道受了什么刺激，愣是不理她，也不知道在作个什么劲儿。

孟好有些疑惑，换了个方向站到萧屿跟前，仰起头看他，脸上的表情无辜又委屈："萧屿。"

萧屿眼珠都不带动的。

孟好蹙眉，咬紧下嘴唇，脑子里灵光一现，与此同时感觉上头，她忍住打喷嚏的欲望，眼底的泪控制不住地朝外涌。

萧屿一抬头便看到这一幕。

面前的女孩好像受了天大的委屈，眼尾泛红，泪珠不要钱一样往下砸，砸得萧屿都蒙了。

萧屿脑子里一闪而过南鹤一受委屈就爆哭的画面，肌肉记忆觉醒，他忽然对孟好招招手，轻叹一口气，透着无奈："过来，别哭了。"

孟好如愿以偿，装作委屈巴巴地走到萧屿身边，在旁人看不到的角度，嘴角偷偷勾起一抹弧度，眼底的委屈消失不见，取而代之的是得逞。

孙广把音响收了起来。

"萧屿可真损啊，但那群挑事儿的也真㞞。"他一边吐槽，一边搓着双手取暖。

凌翔宇瞅见他这模样就忍不住乐了："损是真损，但我挺好奇一事儿的。"

孙广给双手哈气："啥啊？"

“你怎么和别的胖子不一样？身上的脂肪不能给你带来温暖？”

闻言，孙广低骂一声，抬起胳膊，三下五除二地给凌翔宇来了个锁喉，还咬牙切齿道：“爷爷说了多少遍了，最近在减肥。”

凌翔宇皱眉，添油加醋地说道：“南美清嫌弃你了？我数三个数，快把你爹松开。”

“去你的。”孙广松开凌翔宇的同时不忘用力箍了一把。

胖子的力气向来大，这一下让凌翔宇没站稳，差点撞上走过来的许心雨。

许心雨也不知道看到什么画面了，格外兴奋：“凌翔宇！你不长眼啊！”

凌翔宇下意识说道：“不好意思……哎，等等，你干吗呢？鬼鬼祟祟的。”

孙广嘴里嘟囔着“莫名其妙”，和凌翔宇哥俩好地勾肩搭背，一同抬头把目光移向前方。

大多数人早在那群社会青年溜走之后便三五成群地回学校打雪仗去了，此时大树旁还站着两人，一男一女，女生的身高还没到她旁边的男生脖子那儿。

有些近视的孙广一看这个来了精神：“这哥们是谁啊？在这儿这么光明正大？”

许心雨一脸无语，小声说：“你能小声点吗？那是萧屿和孟好。”

“我的天？”凌翔宇来劲了，“他俩干吗呢？”

许心雨被眼前两个蠢货噎到说不出话，表情一言难尽。

“你什么时候这么好心了？还替人掩护？”凌翔宇注意到许心雨那看智障般的眼神，不爽地问。

许心雨忍住给他一拳的冲动，没好气地说道：“你说呢？孟好是我好朋友！”

凌翔宇“啧啧”两声，有些欠地问：“行吧。去不去打雪仗？”

站在树边的两人适时地走过来，孟好注意到许心雨脸红的模样，皱眉看向凌翔宇和孙广，语气不善：“你俩又欺负许心雨了？”

孙广一脸蒙，凌翔宇也好不到哪里去。

许心雨闻言回头，想起凌翔宇刚才类似于邀请的问题，眼里涌上期待，完全没了刚刚的嚣张跋扈，整个一孟好的小迷妹状态：“孟好，我们去玩雪好不好？”

凌翔宇腹诽：服了，这小姑娘还有两副面孔呢？

孙广叹了口气，一副被女生伤到的模样：哥们，你刚发现啊？女人太善变了。

萧屿注意到两人的眼神交流，无语至极，嘴角一抽。

回学校的时候，孟好和萧屿被旁人落下，走在最后方。

孟好控制不住疯狂想玩雪的心思，手刚碰到雪，一激动打了个喷嚏。

她吸吸鼻子，抬手抹了一把涌出的泪珠。

这细微的动作被萧屿察觉到，他走至孟好身侧，低声问道：“又哭了？”

孟好鼻塞严重，鼻音浓重：“没有啊。”

萧屿以为是她嘴硬，轻叹一声：“别哭了，要不我给你唱首歌？”

孟好一愣，还有这好事儿呢？

她仰头，恰好眼尾的泪珠顺着太阳穴滑落到乌黑的秀发里。

萧屿脚下一顿，内心挣扎几秒，最后还是抬起手，用冰凉的指尖轻轻触碰女孩的脸颊。

他指腹一抹，孟好脸上的泪痕眨眼间消失不见。

嘈杂的街道上，充斥着各式各样的声音，脚步声夹杂着欢声笑语。

萧屿低眸瞧孟好，安静地站着，整个人像被钉在原地，动弹不得。

他平静面容下翻涌着巨浪，浪花层层翻滚，吞没了左右心房，然后在血液里横冲直撞。

“萧屿？”耳边忽然传来一个极轻的声音。

那感觉就像有一片羽毛不停地在耳后挠刮，渐渐地，萧屿耳根发烫。

他如梦初醒。

“不是要唱歌吗？”孟好纳闷道，“你发什么呆？该不会想赖账吧？”

三秒过后，孟好还没听到萧屿的声音，失去耐心，抬起眼皮，目光在撞上少年那极其干净的瞳孔时顿住。

还未等她再次开口，便听到萧屿清了清嗓子，下一秒，低沉动听的嗓音在耳边响起。

不要哭了吗？
该哭的人是我吧？
你都坦白爱上了他，我有什么办法？
我也同意啦，

既然你提出想法，
我们不要拖拖拉拉，
就从明天开始吧……

孟好忍了忍，最终实在没忍住：“要说多少遍，我现在没哭，你……”

嘴边的话被萧屿的歌声打断，她其实想说“你干吗内涵我，像个小学生一样”，但不得不说，萧屿唱歌确实好听，嗓音清洌干净，就像他这个人一样。

那就这样吧，
再爱都曲终人散了，
那就分手吧，
再爱都无须挣扎。
不要再问我，
怎舍得拱手让他，
你走吧，到了记得要给我通电话……

孟好站在萧屿的下一级台阶上，正仰头盯着他，目不转睛。

萧屿的目光也是放在她身上的，两人隔着几厘米的距离对视着，冷空气都被感染着升了温，那种感觉像是滚烫的雪，矛盾又热烈。

“萧屿。”孟好的声线和往常没什么不同。

“嗯？”萧屿声音含笑。

孟好也莫名笑了：“你是不是内涵我？”

萧屿轻哂：“没，我哪敢？”

“萧屿！孟好！你俩磨蹭什么呢？快来玩雪，我快被许心雨打死了！”凌翔宇的声音打破这有些奇怪的氛围。

见大家已经玩得热火朝天，孟好落后萧屿几步，有些发愣，是谁说北方人打雪仗很温柔的？谁能告诉她拿着盆装雪的那货是何方神圣？不仅如此，各种道具齐齐登场，水杯、簸箕、洗脸盆、垃圾桶，更要命的是还有奇葩拿塑料袋装雪，装满一兜子就往人头上灌。

有些吓人，孟好望而却步。

但看着萧屿人高腿长的背影，孟好起了坏心思。她蹲下身，双手抓了一捧雪，三两下团成雪球，轻手轻脚地往前走。

“萧屿——看球！”

脆生生的嗓音响起。

萧屿回头，眼前的雪球擦着脸颊飞过，最后落在地上，发出一声闷响。紧接着，他的脸被人拿冰捂住，凉飕飕的。

抬眼望去，罪魁祸首早就跑远了，还美滋滋地冲着他笑得开怀。

女孩含笑的声音乘着风吹进耳膜——

“你不行哪，一点防备心都没有，啧啧，不是我说你，太菜了。”

萧屿被气笑了。奇怪，明明脸上凉飕飕的，心间却暖烘烘的。

他抬起眼皮，眼前是个冰天雪地的世界，树枝被雪压弯了腰，远处孟好混入一场恶战，有南美清、许心雨、凌翔宇和孙广，他看到孟好被人偷袭，身上沾满了雪，狼狈到不行。

孟好朝着萧屿的方向大喊：“萧屿！快来救我！”

这时候她倒是想起自己来了。

他倒也没记仇，双手插兜气定神闲地大跨步走过去。

凌翔宇注意到他的身影，心里一慌，急忙和孙广联盟。两人拿起一旁不知被谁丢弃的簸箕，开始铲雪。

孟好一看，顿时慌了，声线里的兴奋不翼而飞：“萧屿！你能不能走快点！”

萧屿双手背在身后，走到孟好跟前，变戏法似的掏出一个小塑料盆，利落地蹲下身，开始装雪。

孟好看着他这略显中二的样子呆住了，谁说萧屿有偶像包袱了？眼前这个拼命装雪的人她不认识。

凌翔宇和孙广注意到萧屿手里的盆，气到失语了：“萧屿从哪儿找到的盆？”

真是服了，都玩疯了。

又是一场混战，一群又一群的少年人加入这场“恶战”，他们分不清敌我，只是玩儿。此刻的他们尊崇小小世界，开心至上的宗旨。

那一瞬，没有做不完的试卷和刷不完的题，没有老师家长的施压，没有高考前的紧张，只有无尽的快乐和无忧无虑。

他们会永远年轻，永远热烈，永远大笑，永远与众不同，青春是一场伟大的冒险，他们沉醉其中，不分彼此，不舍昼夜。

有些事情或许真的是十几岁限定，哪怕幼稚，哪怕可笑。十八九岁的他们不会管，他们只会说，“管那么多干吗，开心最大”。

那天，玩到最后，所有人的头发上、身上都沾满了雪，每个人都无比狼狈。上课铃响前，一群人朝着教学楼的方向走。踏上台阶前，孟好回头看了眼堆满积雪的操场，心里那股矫情又浮现出来。

她向来不管不顾，但此刻罕见地腼腆了，她偷偷瞧了眼身边的几人，在心底小声说——

希望我们都能成为自己最想成为的人！

我们崇敬世间万物，我们热爱自由。

我们立足世界之巅，永远相信热泪盈眶！

晚自习放学后，孟好走到教学楼一楼大厅。

到处都充斥着放学的欢乐，整个校园都沸腾了，空中又飘起小雪，特别是路灯下的星星白点，梦幻又迷人。

孟好眼尖地发现萧屿和凌翔宇他们一群人从车棚走出来，估计是因为雪天地滑，他们没打算骑车回家。

她走过去，还差几步就走到几人面前。

几个男生玩兴大发地开始在地上滑冰，看这架势貌似在比谁滑得远。

孟好心想：真是一群幼稚的小学生。

率先出场的是凌翔宇，滑得不怎么样，摇摇晃晃要摔倒似的，目测滑了五米。

孟好悄悄地走过去，站在萧屿身后，出其不意地说：“一群小学生。”

萧屿猝不及防，被她吓得要死，回头：“你走路都不出声的？”

孟好瞅他一眼，仔细去瞧还能看到他眼底稍稍带了那么点嫌弃：“你不知道吗？仙女的脚步一直都是这么轻盈的。”

萧屿不知怎么接话。

孟好的声音不小，脆生生的，吓得孙广一个没站稳，“砰”的一声倒在冰面上。

萧屿摇头，点评道：“地动山摇。”

孟好紧随其后：“年轻真好啊，倒头就睡。”

孙广：这两人一唱一和，跟唱双簧似的。

孟好看了看萧屿，扬起下巴，嘴朝前努着：“你不来一个？”

萧屿一愣，随即反应过来，挑眉：“挑衅啊？要不比一比看谁滑得远的同时姿势更帅？”

孟好听到这话，白眼都要翻到天上："萧大班长，您能再幼稚点吗？"

萧屿冷哼："尿就是尿。"

这下戳中孟好的命门，天知道她最受不了激将法，当下大大方方地对着萧屿竖了个中指，三两步站到冰面前，左脚前右脚后，微微一借力，身子便跟着往前滑，动作利落，潇洒帅气又朝气蓬勃。

孟好身上还背着书包，但给人很轻盈省事的感觉。

她回头，笑容明媚："萧屿，我滑得比凌翔宇还远，你要不直接认输吧？"

萧屿看着她，也笑了。

说不上来怎么形容，他只是感觉孟好很与众不同。她时而搞笑，时而正经，浑身充满生命力，也有中二病发作的时候，比如现在。他之前觉得他们是一种人，但现在又觉得自己比不上她，没她有趣好玩。她活得肆意直白，无忧无虑没烦恼，永远明媚，人人爱。

他好像遇到了一个宝藏，浑身散发光芒的宝藏。

这时候处于放学高峰期，四周被笑声萦绕，格外吵，但又不会让人心生躁意。身边人的对话声格外清晰，无非是在嘲笑凌翔宇，但萧屿都下意识忽略掉了。

他必须得承认，自己内心有什么东西瓦解掉了。

平芜初雪那天是十二月二十九日，碰巧赶上阳历新年。一中放假时间是在三十一日上午，三十号正常上课。

肆无忌惮打雪仗的后果便是孟好生病了，她当天夜里发起高烧，之后的两天都请假在家。

三十一日上午，一中按时放假。

萧屿收拾完东西和凌翔宇几人说了声就先回家了，因为明天是元旦，他今天还要去趟疗养院。

到家后他先换了身衣服，把校服扔进洗衣机，然后拿上手机，出了门。

平芜的初雪下得不小，此时路面的积雪还没被清理干净，不太方便行走。

萧屿上了出租车之后，刷了刷朋友圈，没看到那个熟悉的头像。他"啧"了声，不应该啊，照之前这姑娘刷屏那架势，这两天生病请假不是应该在朋友圈霸屏吗？怎么这么安静？

他想了会儿，最后还是点开那个聊天界面。

xy：在吗？

孟好油：不在，快死了。

萧屿看到这几个字，忍俊不禁。

xy：不就是发个烧？至于吗？你是不是太虚了？

萧屿故意学着孟好之前调侃他的语气讲话。果然，不出两秒，电话打了过来。

萧屿接听，声音里含着说不出的愉悦："喂？"

"萧屿，你别太荒谬，你才虚。"孟好的声音听起来确实有些虚，但她不承认。

萧屿蹙眉："怎么都第二天了，你还这样？没去看医生？"

"看了，在输液呢。"

萧屿"嗯"了声："孟大小姐躺着呢吧？记得盖好被子，别再着凉了。"

"咦，不错啊，我们萧作作会关心人了。"孟好生病都不忘调侃他。

"啧，过了啊，孟好。"萧屿偏头看向窗外，"我一直挺好奇的，我在你心里到底是个什么样的人？"

萧屿手搭在运动裤的裤缝上，指尖不停摩挲布料。他咽了几下口水，突出的喉结不停地上下滚动。或许是等答案的那点时间浑身起了躁意，他鬼使神差地降了点车窗，直到冷风灌脖，起了鸡皮疙瘩，他才在司机那像看神经病的眼神中关了车窗。

"你是不自信了吗？"

孟好这一句话成功让萧屿破防。

他有些不耐烦，又好像是在遮掩什么："您觉得可能吗？"

孟好纳闷道："那你问我这个干吗？萧屿，你说实话，你是不是对本公主心动了？"

萧屿笑了："我对你心梗了算吗？"

孟好：现在自己比不上萧屿能怼人了。

唉，功力退步了。

孟好扫了眼挂在木架上的吊水瓶，唉声叹气："你怎么也不问问我输了什么液？"

萧屿那边顿了几秒："不就是抗生素？还能输什么液？难不成你这种仙女要输空气？那不成。"

孟好"啧"了声，暗骂萧屿真的越来越会怼人了，自己马上要处于劣势了。

她急忙道："什么啊？你瞎说什么？"

萧屿懒洋洋地问："那你说是什么？"

孟好想到前两天刷的土味情话，声线变成自认为很甜的那种：“当然是——想你的液了。”

电话那头迟迟没发出半点声响，孟好在心里比了个耶，赢了。

萧屿盯着窗外的建筑屋顶，失了神，和孟好论脸皮厚度，他甘拜下风。

两人又聊了会儿，想到什么说什么，孟好给萧屿讲自己这两天在家多无聊，萧屿也礼尚往来地告诉她：“你知道吗，你的课桌都被卷子淹了。”

孟好一听，瞬间不想回学校了：“啊，萧屿，你真的好扫兴。”

出租车停在巷口，萧屿下了车，冷风不断吹过来，冻得他直接扣上羽绒服自带的帽子，急忙把没拿电话的那只手塞进兜里取暖。

“那不很正常？”萧屿感觉接电话的那只手冻得厉害，又换了另一只手，不断重复这个动作。

这情景要被凌翔宇看到肯定得骂他傻，把电话挂了得了。

孟好瘫在床上，目光飘在天花板上，有气无力地控诉他：“萧屿，你知道吗？你把我要回学校的心给扼杀掉了。”

闻言，萧屿被她逗乐了。此时他正走在一条年代久远的巷子里，红墙上都彰显着岁月的流淌。

他一步一个脚印，鞋底踩在雪上发出“咯吱咯吱”声：“行，我是罪人好吧，那小的给你唱个歌赔罪，可以吗？公主。”

萧屿的声音本就好听，此时通过电话听筒传到耳朵里，更添了几分磁性，孟好听得耳朵酥酥麻麻的。

孟好咬了咬唇瓣，拿腔拿调：“那好吧。”

萧屿嗤笑了声，似乎在笑她蹬鼻子上脸，但蹬鼻子上脸，他还是唱了。

我想要带你去所有的地方，
把所有美好都撒在你脸上，
我想把你的世界全部都照亮，
填满在你最灿烂美好的时光……

清唱最能听出一个人的唱歌功底，很明显，萧屿通关了。

那些事情全因为你，
我想和你赏最美的风景，
看最长的电影，
听动人的旋律，
是因为你，

喔……我才会陪你到下个世纪，
那是多么的幸运……

慢慢地，孟好听出这不是同一首歌了，只是这首歌比较小众，她没听过，但还挺好听的。

我在你的身边安静地等待，
直到我们都两鬓斑白，
时间过得太慢却总又太快，
我出现在你每个未来，
时间过得太慢却总又太快，
我停留在你的未来……

萧屿的歌声透着独属于少年的干净清冽，听得人心口发热。给孟好的感觉就像山泉水敲打在岩壁上，仿佛能让她闻到青山的清新空气，心旷神怡。

萧屿把手机拿离耳边，手机屏幕上的歌单排列着三首歌，分别是：《我想》《和你》《再一起》。

冷空气肆意地侵袭平芜各处，越往巷子深处走，人越稀少，即便此时正处于晌午时分。

可萧屿却丝毫感觉不到冷意似的，还懒洋洋地和孟好通话。

“萧屿，有人说过你唱歌要命吗？”孟好音调中透着几分不正经。

萧屿听完这话，脚步一下子止住了。唱歌要命？确实没人这样形容过他的唱功。

“很难听？”

孟好从他的话里莫名感觉到几分不自信，精神头瞬间来了。

“不是呀，是要我的命——好听到要我的命那种。”她笑得开心，也不顾萧屿七上八下的心。

有人教过她讲话不要大喘气吗？

萧屿也不打算朝前走了，斜斜地靠着路灯，抬起眼皮瞧了瞧四周，忽然笑了：“你别太荒谬啊，有你这么夸人的？”

孟好：“怎么没有？我不就是吗？”

萧屿语塞两秒，不想把时间浪费在这种无聊的事情上，当即问道：“你退烧了吗？”

孟好坐起来，摇了摇头，并没感觉到那股眩晕，随口答道：“退了吧。”

“用体温计量过了？”

“没，不过刚才我晃了晃头，不晕了。”

“服了你了，”萧屿看了眼时间，不早了，“测下体温，要是退烧了告诉我一声。”

“干吗呀？”

“你不是被憋了好几天了吗？”萧屿问。

一说这个孟好便无奈：“那不是没办法吗？”

“没事，”萧屿清清嗓子，“如果你退烧了，学神哥哥晚上带你出去跨年。”

孟好愣住，这还是萧屿第一次自称“学神哥哥”呢，要搁别人说这话，她一定会说“注意点，油都溅我脸上了”。

但这四个字从萧屿嘴里蹦出来，莫名其妙地多了几分苏感，以及——

心悸？

孟好垂下眼睫。

可能因为他上辈子是个去油的洗洁精吧。

听筒长时间处于安静状态，萧屿忍不住问：“傻了？发个烧还把语言系统烧坏了？”

孟好回神，罕见地害羞起来：“哪有……”

萧屿听这语调，嘴角勾起一抹弧度：“挂了，傻子。”

悠长的小巷深处，冷白的阳光照耀着男生高大的身影。电话挂断之后，他揉了揉冻到发红的手背，凑到嘴边哈气，但脸上的表情出卖了他此时的好心情。

而另一头，孟好还没醒神，电话里便传来“嘟嘟”声，身上的力气像是被抽掉般，手机擦着脸颊滑落在床上，发出一声闷响。

而她也莫名笑了起来，腿在棉被里胡乱蹬了几下，感觉有一头梅花鹿撞上心脏，“怦怦”乱跳。

上午十点的疗养院正是热闹的时候，更何况阳历新年将要来临，很多家属来看望自家老人，带着各种补品以及美食。

萧屿也不例外，只是他是来接老人回家的。

“哟，小屿来了？”一位女护工和他打了声招呼。

萧屿礼貌地点头。

“梅姨和萧叔正在后院打麻将呢，还有你陈奶奶，快去吧。”护工大概是有急事，说完这话便走了。

萧屿挑眉，转身朝着后院走去，还没走到，就接到南美清的电话。

她那头热闹无比，各路声音一齐出现：“接到外婆外公没？你不会还没出门吧？”

萧屿“啧”了声：“他们在打麻将呢。”

电话那头像是猜到了，又或许是被无语到：“行吧，别忘了来我家吃饭。哦，对了，没带新年礼物不让进门。”

萧屿沉默。

紧接着，听筒里传来南鹤一那稚嫩的声音：“哥哥，你骗人，奥特曼已经欠了我好多好多天了，什么时候给我？”

萧屿笑了：“还记着呢？”

“嗯！”

萧屿随口答应：“买，一会儿我就去给你挑一个，行不行？”

“好耶，但不用挑了。”

“不用买了？行，过了个年长大了一岁，懂事了，知道给哥哥省钱了，不错，南鹤一就是好样的。”

那边南鹤一听到萧屿的长篇大论，一时有些无语，他身旁的南美清倒是毫不留情地笑了起来。

他不去管亲姐那放肆的笑容，皱眉：“哥哥你在说什么啊？我已经挑好了要带哪个奥特曼回家了。”

萧屿闻言，了然地“嗯”了声：“行吧，你想把谁带回家？”

“赛文，杰克，艾斯，泰罗，阿斯特，乔尼亚斯……”南鹤一在那头清点着，那架势似乎想给所有奥特曼一个家。

南美清及时制止住他，弯腰从他手里夺过手机，不理会他的“吱哇”乱叫，对萧屿说：“买两个意思意思得了啊，不用都买。”

萧屿：“嗯，你别管了。”

“这小鬼说的那些你都认识？还要我别管。”南美清哼哼。

萧屿张口就来：“废话。”

南美清腹诽：你好厉害哟，你们都相信光，行了吧？

萧屿到后院的时候，老人们已经没有打麻将了，只是坐着聊天。他已经提前给二老打过电话了，此时便走过去，对周围的人礼貌性地打了招呼，就准备带着两个老人去南美清家。

“小伙儿挺帅，在一中读高三对吧？”陈娟看了萧屿几眼，越看越喜欢。

萧屿正帮忙收拾桌子，等桌面清理干净之后才抬头，对上老人家的眼神，才知道说的是他，当即笑着点头：“对。”

“我家畅畅也是，这学期刚转到一中读高三。”

在一中，不是没有半路转过来的高三生，但今年貌似只有一个，那就是孟好。想到这儿，萧屿感觉不会这么巧，况且听名字感觉说的也不是孟好，也就没多问什么。

等爷孙三人走后，陈娟身边的护工疑惑地问道：“怎么都高三了还转学啊？”

陈娟笑着说：“一中的教学出了名的严厉，畅畅她妈妈一直想让她改改那副吊儿郎当的样子。”

年轻护工喃喃道：“有吗？上次见了畅畅，感觉她的性格特别好啊。”

陈娟没再接话。

跨年夜这天，晚上七点的平芜不再像以往那样安静，热闹非凡，天空中升起了数不胜数的璀璨烟花。

孟好晚饭是和陈娟一起吃的，她已经退烧，只是还有些轻微的症状，但也没多在意，饭后吃了药就回房收拾准备出门。

这几天格外冷，但毕竟是跨年夜，谁都想漂漂亮亮的，所以此刻她在温度和风度两者之间果断地选了风度。

短裙搭配超自然的光腿神器，孟好没有选择暖和的羽绒服，而是套上了呢绒大衣。出门之前她快速和陈娟说了声，动作格外迅速，似乎是怕陈娟看到她的穿搭就不让她出门一样。

出了小区，她恰好接到萧屿的电话。

“我刚出门，对了萧屿，跨年夜……就我们两个吗？”孟好钻进一家便利店，买了杯热饮暖暖身子。

此时的萧屿也刚好走入他家小区附近的一家超市，听到孟好的问话，随口说：“嗯，你还想和谁一起跨年？”

孟好愣住，特意看了看电话是不是萧屿打来的。

手机屏幕上明明是“小宇”两个字。

没错啊，萧屿是怎么了？

怎么今天这么会讲话？

萧屿没听到回应，下意识问：“喂？你干吗呢？”

“在思考一件事。”

萧屿挑眉，顺手拿起几个暖宝宝：“什么？”

“你真的是萧屿本人吗？”

萧屿动作一顿，被噎得说不出话。

方然走进超市看到萧屿的那一秒，顿时有些傻眼，脑子转了几圈才想起来，萧屿家所在的小区貌似就是边上那个小区。

男生人高马大地站在冰箱前，穿着简单款式的黑色棉服和灰色运动裤，大街上随处可见的穿搭套在他身上，愣是穿出了一股男明星的味道。

萧屿没注意到门口的方然，从冰箱里拿了一听可乐，转身走到收银台。他戴着蓝牙耳机，声音没有以往在学校时那股懒洋洋的劲儿，反而多了些温柔：“废话，到哪儿了？需不需要我去接你？”

方然站在门口，眼睛一眨不眨地盯着男生，都忘了迈进超市，这动作导致门口处的“欢迎光临”不停地响，吵得人心烦。

收银员瞥了方然一眼，刚刚见到帅哥的好心情一下子被打破，语气不算友好：“您好，是要买东西吗？”

方然这才回神，恰好对上萧屿那双清冷的眸子，顿觉尴尬，整个人像被钉在原地，打招呼也不是，不打招呼也不是。

今天白天她在学校对他说过一些隐晦的话，但被他无视了。

萧屿倒是没什么表情，只是笑了下：“这么巧？”

方然愣愣地点头，小声道：“是啊……这么巧。”

方然站在距萧屿不足五米的位置，蓝牙耳机不漏音，她听不到电话那头在说什么，但从萧屿的回话中也能听出来那边的那个人大约在问他和谁讲话。

她有些好奇电话那头的人是谁，毕竟这好像是她认识萧屿这么久以来，第一次在他脸上看到……宠溺的表情。

心酸和苦涩回荡在心间，方然压下一切情绪。

萧屿付完账，走之前不忘和她说：“新年快乐。”

方然看着那个背影，再一次感叹，萧屿和别的同龄男生真的很不一样。

令人难忘。

孟好出了便利店之后和萧屿的通话还没挂断，两人一直在聊天，东拉一句西扯一句的，聊的都是没什么营养的话题。

“萧屿，外面好冷啊，我们去哪儿玩？”

“怕你憋坏了，带你去玩点刺激的。”

“什么啊？”

“保密。”

“喊，那去哪儿啊？”

“我家。”

过了会儿，孟好觉得冷，吸了吸鼻子。

萧屿捕捉到，蹙眉：“很冷？”

孟好哈出一口气：“废话。”

“你今天穿的什么？”

“问我的 OOTD 干吗？”

“OOTD？什么玩意儿？”

孟好无语片刻：“就是今天的穿搭，网络用语。”

“所以呢，你穿的什么？”

此时刚好经过一家商店，门是半透明的，和照镜子一样，孟好直接给萧屿拍了张全身照过去。

萧屿收到照片后，音量不自觉地加大：“你别告诉我，你没穿裤子。”

孟好吐槽：直男的眼睛都是摆设吗？

“啧，你知道世界上有个东西叫光腿神器吗？”

萧屿安静两秒：“所以呢？”

孟好：“……我穿着肉色的棉裤呢！萧屿，你今天真的好烦！”

听筒里传来低沉的笑声，震得孟好的耳朵一阵酥麻。

前方的路灯似乎是坏了，一整条街道黑得不见五指。孟好皱眉，思考要不要穿过去。平芜的治安好像一直都很好，很少看到女孩走夜路遇到坏人的新闻。

她跺跺脚，听到萧屿的声音，丢失的勇气慢慢溜了回来，索性继续往前走着。

“到哪儿了？我在花银街路口等着你呢。”

孟好估了下距离：“今晚堵车严重，我没打车，估计再走个几百米就到了。”

萧屿皱眉：“打开位置共享，我去接你。”

孟好乖乖听话，没再“口嗨”。

毕竟这条路真的太黑了，而且周围也没什么人，静得可怕。

萧屿在看到孟好所处的位置之后便扫了辆共享单车，迅速朝目的地而去，也没管寒风是怎样狠命地在他脸上拍打。

孟好自然也听到萧屿那边呼啸的风声，她眨眨眼：“萧屿，你骑慢点，注意安全。”

萧屿轻笑：“那不行。”

孟好：？

“你学神哥哥车速就没慢过。”

孟好翻了个白眼，服了。

“口嗨”是会传染的吗？

她听萧屿讲这些尬里尬气的话为什么像是在照镜子？

萧屿即便在骑车，也不忘和孟好聊天。

孟好打开手机的手电筒，慢慢走着，身后忽然传来“咯吱”声，像是鞋踩在雪里的声音。寂静的街道上莫名发出声响，不免引人注意。

可能有人经过吧？孟好这样安慰自己，继续小步朝前走，还分神去回答萧屿的话。

但渐渐地，身后那“咯吱”声越来越近。

孟好咬了咬唇瓣，攥紧手机，慢慢回头瞧了一眼，黑灯瞎火的，她起初没看清，但恰好远处一束烟花炸开，她看清楚了一切。

那是一个穿着一身黑的男人，身形消瘦，戴着帽子，双手插兜。

和她的目光撞上，那男人率先移开视线。

孟好心里发慌，步子加快，和萧屿的聊天未曾断过。

“萧屿，你马上到了？”

萧屿听到女孩的音量骤然放大，察觉出不对劲：“马上，还有一个红绿灯。怎么了？”

孟好的心坠了坠，不敢再回头，继续说：“啊，你和他们都来了啊？我面子好大哦，哎，那个是不是你？”

果然，这话一出，身后的脚步声停了。

孟好短暂地松了口气。

“有人跟踪你？”萧屿问。

孟好扬声道：“对啊，这条街路灯坏了，你要不打开车灯？”

萧屿蹙眉：“你继续走你的，像没发现他一样，我先报警。别怕，我马上到。”

“啊……好。”孟好揪住大衣下摆，心慌到牙齿都在打战。

身后那个男人或许是察觉到她在虚张声势，但又不敢贸然前进，脚步停住了。

孟好不清楚他到底走没走，只好继续按原来的速度走着，耳边的通话也因为萧屿打电话报警而断开。她脑海里后知后觉地钻入许多曾经看到过的新闻，眼皮直跳。

好在还有几米便彻底走出街道，与此同时，萧屿的电话也很快打了过来。

“还有五十米，我马上到，那人还跟着你吗？”

孟好下意识回头，却不料撞上一张无比猥琐的脸，吓得她大声尖叫起来。

也是这一刻，街口的警笛声响起，警察到了，萧屿也到了。

孟好被吓得直接瘫坐在地上。

平芜派出所。

结束笔录之后，孟好坐在大厅的长椅上等萧屿。没多久，萧屿便和一位年轻警察从拐角走出来。

看着萧屿，孟好一阵恍惚，头顶的白炽灯光打在地上，反光晃得她有些睁不开眼。

“已经审过了，那个男人是临时起了歹意。”年轻警察走到孟好跟前，不着痕迹地打量了下女孩的穿着，“你一个女孩以后出门在外小心些，大冬天的尽量别穿奇装异服。”

萧屿听到这话，皱眉。

一位老警察走过来，敲了下那位年轻警察的头：“说什么呢？”

孟好站起身，但腿软到下一秒又跌坐回长椅上。

萧屿见状直接走到她边上，将她扶了起来。

他的表情是从未有过的认真：“您是不是说错了？”

年轻警察看了他一眼，好像不明白他在说什么。

那位老警察忍不住踹了年轻警察一脚，抱歉地说：“这小子刚来实习，姑娘，你没事吧？”

孟好没回答他的问题，只是默默地盯着萧屿，身边是熟悉的人身上的气味，一下子把她的后怕赶跑了不少，心也渐渐安定下来。

“难道因为她是女生，平时出门就要小心点吗？”

萧屿的这个问题像是炸弹，弄得气氛有些尴尬起来。

“您也说了，那男人只是临时起了歹意，那就是说不是别人的穿着就能勾起他的犯罪欲望。”萧屿的表情是以往没有过的冷硬，“现在很多女孩都因为生活中有那种人，所以出门要带着防狼器械，独居女孩还要费心地把家里弄成有男人的痕迹，而现在您居然说还要女孩保护好自己。

“都说女孩要保护好自己，可事实上不该是男生要学会如何做人吗？”

年轻警察脸上渐渐有些难看，他一个二十多岁大学毕业生还没一个高中生的思想有深度，说出去都丢人。

“没有人想战战兢兢地担心那些无妄之灾，所以，不是女孩出门要保护好自己，而是那些有犯罪欲望的人渣该管好自己。”

萧屿很少用这种说教的语气说话，但看到孟好被吓到站不直的那一刻，他不想管那么多了。

出了派出所，萧屿直接打了车回他家，毕竟现在孟好这个状态回家也会令家人担心。

孟好坐在摇椅里，在略显拥挤的阳台上吹着冷风，身上披着萧屿递过来的毛毯，手里捧着热茶，脑海里还是刚才在派出所的画面。

一直以来，她都没想过自己未来的路，只知道要努力学习，高考考个好分数，但高考之后的路，她好像从没认真思考过一次。

但现在，她心里隐隐约约有了个雏形。

“啧，今天化妆了？”萧屿突然问。

孟好回神，偏头去看，萧屿正蹲坐在一旁的矮凳上，看起来有些可怜巴巴的。

“还挺好看的。”萧屿又开口。

孟好眨眨眼，这还是萧屿第一次这样夸她呢，她笑了：“谢谢。”

“这么客气？”萧屿挑眉。

孟好喝了口热茶：“学神哥哥都夸我了，多罕见啊。”

萧屿笑了：“行。”

“哎，”孟好突然想起一件事，“你说带我玩点刺激的，是什么啊？”

萧屿掏出手机，从身后递给孟好一个平板：“‘吃鸡’玩不玩？”

孟好垂眼看了下那骨节分明的手指捏着的平板：“……合着就这个啊？”

萧屿抬头：“那不然？”

孟好接过平板，没吭声。

萧屿眉心一跳，把手机放到一边，盯了孟好几眼，从她的眼神里再也找不到刚才的恐惧，才松了口气。

孟好用平板登上自己的游戏账号，和萧屿一起进入图书馆竞技模式，酣畅淋漓地同他打了两局之后，眼眶渐渐发酸，便不再继续。

她用毛毯严严实实地裹住自己，后背陷入毛茸茸的吊椅中。

萧屿听到窸窸窣窣的声音，偏头问：“冷了？那回屋？”

孟好摇头：“不用。”

意识一旦陷入空白，孟好脑海里便不由自主地浮现出今晚的事情，特别是那猥琐男的眼神，让她后怕不已，胆战心惊。

“高考后你想去干吗？”萧屿知道孟好又沉浸在今晚的恐慌里了，随口找了个话题。

孟好茫然地看他一眼，发现他此时孤零零地坐着矮凳，矮凳又冷又硬，他还只穿了件完全没有御寒功效的毛衣，莫名感觉还挺可怜的。

阳台仅摆放了一个吊椅，但依旧能让人觉得萧屿这人懂生活会享受，毕竟谁家吊椅有这么大的啊，目测都能坐三个人。

孟好垂眼扫了下身边的空地儿，没回答萧屿方才的问题，小声道：“萧屿，你坐在那儿冷不冷？”

萧屿愣了下，刚要回答，便听到女孩坦坦荡荡的话。

“要不你坐过来吧，吊椅还空着这么大的位置。”

这声邀请一出现，好像直接把周围的生物干趴下了。萧屿慢慢抬眼去看她的脸，对上她无比真诚的眸子，忽地笑了：“你确定？”

孟好舔了舔唇瓣，一阵口干舌燥：“当然……”

“说实话，你是不是想占我便宜？”萧屿莫名其妙地问了句。

孟好：？

我脸上的真诚你装看不见是吧？

“是啊，被你看出来了，不好意思呢。”孟好不露怯，笑盈盈地与他对视。

萧屿“啧”了声，舌尖抵了抵下颚，慢吞吞地站起来，灯光随着他的动作被掩盖得干干净净。

刚才萧屿坐着矮凳，孟好一直都是低头和他讲话，现在他站了起来，给人高大无比的感觉，尤其是他站到孟好跟前的时候，她还得仰着头看他。

“从小吃什么长大的，怎么长这么高？”孟好小声讲话，却都被萧屿听得一清二楚。

孟好大大方方地挪了挪屁股，给他留出一大块地方，还心善地分给他一点毛毯："喏，姐姐是活雷锋，不用谢。"

这都不忘占便宜。

服了。

萧屿轻笑一声，坦荡无比地坐在她身侧。男生占的位置宽，即便是空位大现在也剩不了多少了，两人之间的距离不足两拳。

今晚的夜色很美，星星毫不吝啬地挂在夜空，月亮也随之出现，一切都格外顺其自然。

"高考后你想去干吗？"萧屿接着之前的话题。

孟好见他没盖毛毯，便默默地自己把毛毯全包了："旅游吧，还没想好去哪儿玩。"

"嗯，"萧屿也没看她，"以后想学什么？"

"传媒吧。"

"喜欢这个，还是因为现在这个挺火的？"

孟好靠着吊椅，盯着萧屿的后脑勺看："都不是。"

萧屿感到惊讶，回头看她，这一回眸便对上她那仿佛装满星空而显得无比漆黑的眼睛。鼻尖传来好闻的香气，也不知道这姑娘用的什么沐浴露，居然这么清新好闻。

"我如果说是为了普通人发声，你会不会觉得我很假？"孟好声线忽然放低。

萧屿纳闷："说来听听。"

"其实也不是为了普通人发声，就是感觉现在新闻报道的角度不太规范。"孟好说。

萧屿也慢慢靠着吊椅，学着她仰望天空："比如呢？"

孟好偏头，第一次那么认真地同他讲关于未来："就新闻标题误导性太强，或者主语不恰当。"

"因为今晚吗？"这还是萧屿回来之后第一次重新提这件事。

孟好知道什么都瞒不过他，当下便答："是。"

月光冷白皎洁，遥远非常又近在眼前，照亮一切。

萧屿低头，淡淡地说："因为现在很多新闻标题是某女性遇害，而不是某男性侵犯了某女性，对吗？"

孟好没吭声。

"因为主语不同，切入点不同，角度不同，个别媒体消费受害者，把受害者推向大众，让无辜的受害者成为众矢之的，从而间接地隐去施暴者。

对吗？”

孟好依旧垂着眼，没有回答他的问题。

那些悄悄生长的暖意在不知不觉中消散，冷清的月光洒落人间，即便是有短暂的烟花出现，周围也是冷的。

“以前经常有人讲我们这一代人生活富裕，说我们是温室的花朵，风吹不得，日晒不得，批判我们不晓得美好生活来之不易。但现在来看，并不是的。未来有咱们孟大记者这种肯为百姓发声的媒体工作者，那怎么说我们这一代也不可能是垮掉的一代吧？”

孟好猝然抬眸。

萧屿笑着垂眼看她，清冷眼眸中的星河无比壮观，让孟好仿佛陷入斗转星移的异次元。

此刻，他身上那股抓人心挠人肺的劲儿又不自觉地散发出来，惹得孟好心尖痒。

“还记得我之前说过的吗？”萧屿两手撑在身后，整个人半仰着，眼神直勾勾地盯着孟好。

这人说过的金句真的太多了，她哪儿清楚他指的哪句。

见她说不上来，萧屿也不气，身子渐渐前倾，笑得肆意：“啧，你学神哥哥的话都不好好记着？”

孟好学着他轻哂一声：“哪句？”

萧屿忽然偏头，目光直直地看向天空：“生在最好的时代，我们有着千万种可能，但我们也必须成为最好的那一种可能。”

孟好盯着眼前这个人，平静的面容下，内心波涛滚滚，只有那眼波中疯狂卷起的涟漪出卖了她此刻的镇定自若。

萧屿究竟是何许人也，狂妄的话说得理所当然，让陷在深渊中的人听了也能生出无限希望。

孟好岔开视线，学着他去仰望夜空。

她都忘了，萧屿在一中可是状元级别的存在，那次考试，他的脱颖而出不是也震慑到她了吗？

孟好莫名笑了，声音清脆：“是哦，我们才不是垮掉的一代。”

马上深夜十二点，远处的烟花又“砰砰”炸开，一声接着一声，夜空变得通亮，倒计时的大屏也随着烟花一同闪亮，无数的光从天而落，颇有股文曲星下凡的感觉。

那一瞬，两个少年人借着不断炸开的烟花都看清了对方眼中的期待，期待新年的到来，期待未来生活的美好。

心跳像是听到合奏，两个有趣的灵魂碰撞到一处，从而绽放开许许多多的美好因子。

“想什么呢？”萧屿忽然凑近，轻声问。

孟好眨眨眼，笑着说：“感觉学神哥哥是人间稀品，帅爆了。”

萧屿哼笑，忍不住屈起食指敲了她的脑门一下：“帅哥从不是稀品，不下头的帅哥才是。”

这话逗得孟好直乐。

突然，烟花声和外面的欢呼声越发刺耳。

孟好眼神翻涌，鼻腔里全是萧屿身上那好闻的洗衣液香气，耳边是他不加掩饰的呼吸声，以及一道低沉的声音——

“新年快乐。”

第 5 章
新年快乐

一切归于寂静，萧屿把孟好平平安安地送回了家，起初他还想着把人送到家门口，但孟好不让，一个劲儿地催他回家睡觉。

萧屿被她推得差点没站稳，气笑了：“不是我说，你劲儿真大啊。”

孟好满脸写着不可置信：“我力气很大？有没有一种可能，是你太虚了？”

萧屿：“谁虚了？抽你信不信？”

他作势吓唬孟好，胳膊一下子搭在她肩上，看起来是想给她来个锁喉。

孟好眼珠一转：“逆子，还不快松手？”

话一说出口，孟好觉得身上的重量好像加重了，后颈被压得向下。她无语地说：“萧屿，你好幼稚啊，想压死我吗？”

萧屿真的受够孟好这张嘴了，明明生得漂漂亮亮的一姑娘，非得天天占他便宜。想到这儿，他有些不爽，但又想到貌似没见她占过别人便宜，心里那点不爽竟奇迹般地没了。

真是疯了。

萧屿忽然笑了一声。

“服了！萧屿你真是的，笑什么呢？赶紧松开，我要喘不上气了！”孟好想推他，无奈两只手都被他禁锢住，也不知道这人吃什么长大的，力气那么大，一只手比她两只手的力气还要大不少。

萧屿偏不，开始幼稚地和她谈条件：“辈分搞清楚，你叫声哥哥我就松开你。怎么样？划算吧？你都占了我那么多次便宜了。不行，我也要占一次你的便宜。”

路灯下，地面的积雪被照得一清二楚，像是一层又一层的糖霜。

现在已经快凌晨一点，这条街上没什么人，只有他俩搁这儿无比幼稚地占对方便宜。

两人都没注意到，二十米外缓缓驶来一辆黑色卡宴。

“想占我便宜？下辈子吧。”孟好笑眯眯地仰着下巴去看萧屿。

萧屿又弯下身子，两人之间的距离拉得极近，孟好都能看到萧屿脸上的好皮肤。按理来说，萧屿平常过得应该也挺糙的，不会好好护肤，一块香皂就能对付一个月的那种，可人家就是皮肤好。

真是奇怪。

“你不叫？那咱俩就这么待一晚上吧，别回家了你。”萧屿张口就来。

孟好睡意本就匮乏，此刻被萧屿勾得好胜心上来了，说什么也不肯张口。

孟好的手被他捆着，但脚完全自由，她一伸腿儿，拿膝盖去顶萧屿。

萧屿余光注意到，吓得倒吸一口气，立马松开孟好：“你……”

孟好也缓过劲儿来她准备顶的是人家哪儿，心虚后知后觉地涌上来，尴尬地笑了笑：“错了，我错了，哥哥。”

这声“哥哥”听得萧屿心尖像是被一簇狗尾巴草拂来拂去，格外痒。他眯眼去看孟好，忽然笑了：“现在才叫，晚了，看我不收拾你。”

孟好刚想问他要怎么收拾自己，却不料，一道熟悉但又不是十分肯定的声音从两人身后响起：

“畅畅？”

孟好心里一“咯噔”，目光越过萧屿，看向他身后的人。

萧屿猝不及防听到一道男声，也跟着回头瞅。

一位中年男士站在小区正门口，在他身后，恰好走来一位中年妇女，女人牵着一个身高还没她腿长的小屁孩，小孩裹得严严实实的，只露出一双瞪得大大的眼睛，十分可爱。

“姐姐！”那小孩看到孟好之后直接大喊，还甩开女人的手，迈着不太稳的步子向孟好冲过去。

姐姐？孟好还有弟弟？那这两人是……

像是看出萧屿心中的疑惑似的，孟好慢慢开口了：“爸，妈，你们怎么来了？”

那一瞬间，萧屿的脑子已经转得快到冒出火花的地步。在对上中年男人眼眸的那一刻，萧屿心中只有四个字——

见了鬼了。

这个点，陈娟早就睡了，一家四口也没回去，免得吵醒老人家。孟成杰早订了个民宿，刚下高速的时候本来打算先来看看孟好，谁承想在小区门口撞见她了，还是和一个男生待在一起。

想到这儿，他偏头瞧了眼副驾驶上的冯颖，也不知道她心里咋想的，面上看着倒还算平静。

车内一阵安静，小宝回了车上就犯困，早就窝进孟好怀里睡着了。

孟好朝后视镜里看了眼，刚巧对上孟成杰的目光，她马上使了个眼色。

孟成杰轻咳一声，笑着打破僵局："呵呵，畅畅今晚是不是去和同学跨年来着？刚才那是你同学啊？还特地把你送回家，别忘了谢谢人家。"

三言两语，孟成杰便给孟好想好退路。

父女俩默契十足，孟好当下接话："哦……好。"

她拿出手机，装作发消息的样子，自然地开口："妈，你们怎么这么晚来平芜了？"

"这不你生日吗，你前两天又发烧了，你妈不放心，毕竟冬天是流感高发季，就来看看你。"孟成杰说。

孟好笑了笑，轻轻把弟弟孟思周放到一边，挪了个位置，坐在副驾驶后面，张开双手去环抱冯颖，放软了嗓音："妈咪，是不是想我了？"

冯颖看了孟成杰一眼："好好开你的车。"

孟成杰莫名被妻子训斥一声，连话都不敢讲，只递给孟好一个"爸也无能为力，你还是自求多福吧"的眼神。

孟好：背叛组织的人是会被惩罚的！

"妈，你要不睡一会儿？"孟好试探性地开口，"今晚小宝和我睡，您就安安心心地休息吧。"

冯颖平静地开口："小宝现在能自己一个人睡了。"

孟好语塞："啊……这小子这么厉害了？啧，那妈咪辛苦啦，你想不想我？"

"别来这套，刚才那男孩是谁？"

孟好顿住，索性也不装萌了，小声道："就是我同学啊，我们之间真的是很纯洁的同窗情谊。"

冯颖回头瞥她一眼，忽然叹了口气："畅畅，我把你转回平芜是想让你在这边好好学习，你之前在京北读书时的那些同学现在几乎都拿到国外名校的offer（录取通知）了。我知道你想参加国内高考，所以从小就没逼着你上各种补习班。现在离高考满打满算只有六个月了，这个学期，你静下心来了吗？是不是又把时间都浪费在交朋友上了？”

车稳步朝着民宿开，暖风呼呼地打在孟好脸上，但冯颖的话直接钉在孟好心里了。

“我没有……今晚是跨年夜，我和同学约好了的。”孟好小声解释。

“那好，妈不说今天了，就说以后，你能把心思沉淀沉淀吗？你们这一代人比起我们那时候多享福啊，我知道，我和你爸刚创业那阵忙得不可开交，把你放在平芜上小学让你受了委屈，我们虽然没能给你太多陪伴，可物质上从没亏待过你吧？”

又来了。

孟好浑身松了力气，后背靠着真皮座椅，偏头望着窗外发呆。

“你应该好好读书，争口气吧，况且你们这代人什么都是最好的，我和你爸上学那阵哪有这么好的生活条件啊？现在你们又是整跨年夜，又是过平安夜，我看啊，就是该让你们吃吃苦，或者把你们扔到部队里生活几天，你们这代人就是太懒散了。”

孟好在心底小声反驳：不是的，我们这代人未来就是最好的。

“他说过的，”孟好竟然把心里话低声说出来了，“我们从不是垮掉的一代。”

冯颖没听清她的前半句：“什么？”

孟好摇摇头：“没什么。”

到了民宿，孟好第一时间给手机充上了电。刚才在车上的时候，手机自动关机了，现在充上电之后，消息提示音响个没完。

孟好不在意地瞄了一眼，发现是萧屿的来电，后来或许是他怕她不方便接电话，改成发微信了。

小宇：还活着吗？

小宇：你家人平时住在京北？那你是一个人住？

小宇：那你平时注意安全。

两分钟过去。

小宇：睡了？

小宇：对了，你小名叫畅畅？

小宇：你还有个弟弟？还挺可爱的一小不点，比南鹤一那小鬼可爱多了。

又过了两分钟。

小宇：真睡了？

小宇：那晚安。

孟好盯着满屏的聊天记录，眼眶莫名发酸，心里堵得慌。她关好门窗，躺在床上，直接拨了个电话过去。

电话倒是被接得挺快，只是率先涌入耳朵的是那呼呼的风声。

孟好纳闷道："你还没回家？"

萧屿牵紧手中的狗绳，吸了吸鼻子："遛狗呢，小宝非要出来。"

孟好躺在床上，盯着天花板发呆："干吗？大半夜的出门拉屎啊？"

萧屿耳尖地听出孟好声音中的不自然，随口道："……屋里太闷了，不遛它，它闹腾得欢。"

"行吧。"孟好想起什么，"那它不冷吗？"

萧屿下意识垂眼，片刻后笑了："冷的是我，快冻成狗了。"

孟好被他逗笑了："是吗，那你叫两声。"

萧屿还真就"汪"了两声，只是听着没什么感情。

孟好蒙了，反应过来之后笑个不停，眼泪都要笑出来了："我开玩笑的啊，你还真叫了？"

萧屿蹲下身，给小宝拽了拽身上的衣服，抬头望着不远处的一扇红色大门，耳边是女孩那没心没肺的笑声，在心里暗道：值了。

学两声狗叫能换来她的笑，很值。

他不知道孟好家人对她说了什么，是否因为他的出现去责怪她。

他只知道刚接电话的时候，孟好的声音与以往不同，和刚才两人在小区门口闹腾的时候很不一样。

只有他知道，刚才在小区门口，自己陪着孟好玩，说想占她便宜什么的，只是想把她逗开心。

他想不了那么多。

只是想让女孩睡觉前是笑着的。

孟好瘫在床上，忽然翻了个身，侧躺着去望窗外的月亮。

月亮悬挂在天上，可望而不可即，清冷又令人向往。冷白色的月光落向人间，像是撒下一层又一层糖霜。

听筒那边是不断的风声。

"小宝还没遛完啊？"孟好问。

萧屿低头看了眼正打盹儿的小边牧，伸手顺了顺它的毛，冷白的手背被冻得发红，但他好像浑然不觉："快了，正走着呢。"

孟好"嗯"了声："行吧。"

"你怎么了？"萧屿皱眉，"不开心？"

已经半夜两点，孟好却半点睡意都没有，冯女士的话不断地在她脑子里翻来覆去，弄得她心里莫名增添了数不清的负罪感。

好像……就是因为她现在的身份是学生，就必须全身心投入学习里，必须要像个学习机器那样没日没夜地转。

"也不是，"孟好叹了口气，"你这种学神不懂我们这种普通学生。"

萧屿被气笑，抬眼瞧了下远处的那扇红色大门，里面一片黑，主人家估计早就睡着了。他撑着膝盖站起来，拽了下狗绳。

"别把我说得那么神，哪有那么邪乎，我也就是一普通人好吧。"

"行，那普通学神哥哥什么时候回家？别遛狗了，外面好像风很大。"孟好短暂收拾了情绪，从床上起来，打算去洗手间洗漱。

萧屿抬头远远地瞧月亮，低声道："快到家了，你先睡。晚安。"

萧屿回了家，刚巧碰上起夜的老爷子。萧屿在玄关换了拖鞋，对上老爷子那尚未清醒的眼神，指了指一溜烟跑走的小边牧，挑眉笑着说："刚才它闹腾得欢，不遛不行。"

萧老爷子被他这副没正行的样子激得醒了神："放屁，谁家狗大半夜的让你去遛？"

萧屿还是那个样子，走到茶几前倒了杯热水，仰头灌了几口，说："您家的呗。"

"赶紧睡觉去，你也不看看都几点了，是不是又和凌翔宇他们鬼混去了？"

萧屿唇边还挂着水珠："真没，大半夜的我找他们干吗？"

"别贫，你小子嘴里就没实话。"

萧屿没接话，径直坐到沙发上，表情冷淡地盯着茶几，像是发呆，但眼神依旧清明。他掏出手机，食指有节奏地敲打着手机侧面，也不知道在想什么。

萧老爷子出了厕所，看到的就是这番场景。老人觉少，睡得又早，本就溜得差不多的瞌睡虫这下完全没了。

萧屿看到他走过来只是瞥了一眼。

“小屿，想什么呢，不回屋？”

萧屿从小住在爷爷奶奶家，后来南义峰，也就是南美清的父亲，萧屿的姑父，觉得两个老人不容易，还得带着一个小孩，便把萧屿领回了家。

萧老爷子起初觉得萧屿和南美清都是同龄人，相处得也不错，就随南义峰去了。可萧屿刚上初中的那年腊月二十九，萧老爷子和老伴儿去了外地看望老友，也是第一次没在萧屿身边过年。两人刚出车站，就接到南义峰的电话，南义峰在电话那头支支吾吾的，话也说不利索。

梅心，也就是萧屿的奶奶，急得不行，生怕南义峰虐待萧屿，第一次对她那十分喜欢的女婿发了火。南义峰被骂得脸色发青，最后还是萧屿接过电话，乖巧懂事地对梅心说：“奶奶，您和爷爷不用担心我，我在姑姑姑父家挺好的，南美清都把玩具给我玩儿，你们玩好，注意安全。”

梅心一听萧屿这话，眼眶瞬间红了，嘴里还嚷嚷着要回家陪孙子过年。结果还是萧屿哄了她许久才哄好她。

萧老爷子心里也不是滋味，索性把原本一周的旅行缩短成三天，他们买的是特价机票，没法改签，两个老人索性重新买了火车票，坐了十几个小时的硬座回了平芜。

回了平芜这才发现，萧屿前几天被南义峰带去了饭局，误打误撞喝了半斤高度数白酒，回家当晚高烧不退，最后叫了救护车送去医院，被诊断为酒精中毒。

南义峰打电话那阵儿，刚好是萧屿醒了，脱离了生命危险。

萧老爷子二话不说直接把萧屿接回了家住，和老伴儿细心呵护照料他。萧老爷子知道，萧屿这孩子从小就懂事，不给别人添麻烦。

同龄小孩没心没肺在外滚泥潭玩得开心的时候，萧屿就自己一个人在家乖乖写作业。

因为他知道，别的小孩回家有爸妈，即便是被指责也没事儿，但他没有。

电视里的早间新闻声把萧老爷子的思绪从回忆中拽了出来，这孩子没变，即便是读高中之后接触了编程，卖了几个程序有了点小钱之后，也没忘自己的身份是学生。

高一那年，萧屿自学计算机，和他爸一样有天赋，他爸曾经的合作伙伴看他可怜，提出买他自创的小程序，谁料他有志气，从不接受施舍。

最后也不知道他怎么找到的买家，在高二那年硬是在不靠任何人的情况下，把他那几个程序卖了个高价。

然后他用自己赚来的钱，把萧昆和梅心送进了平芜疗养院，雇了专门的护工照顾两个老人。

萧昆在疗养院没少听人说：

“萧叔，您这宝贝孙子真争气啊，小小年纪就懂得赚钱了，还把您和梅姨送到最好的疗养院来，萧屿真是前途无量啊。”

确实争气。

他也时常因为萧屿而感到自豪无比，但更多的是心疼。

“回去补觉了，您做早饭别做我的了，我不吃。”

早间新闻翻来覆去还是那点事儿，萧屿困劲儿上来了，和萧老爷子打了声招呼，就回了卧室。

回了卧室，萧屿躺在床上，盯着天花板发呆，没一会儿便睡着了。

萧屿一觉睡到下午三点，醒来的时候头还发疼，眼皮跳了跳。萧屿出了卧室，喊了两声，没听到回话，猜想两个老人估计是回疗养院了。

他走去厨房，见锅里还有点米粥，便插上电热了热，他也没什么胃口，能对付一下。

萧屿刚盛好粥，还没喝几口，就接到凌翔宇的电话。

“昨晚就你没来，你不知道孙广多厉害。”凌翔宇咋咋呼呼的。

萧屿舀了口米粥往嘴里送，含混不清地回：“他干吗了？”

“孙广跟喝了假酒似的，居然有胆向南美清吐露心声了。哎，那场面壮观得不得了，你是没见到，啧啧，简直了！”

萧屿难得被他这形容激起好奇：“他俩成了？”

“那倒是没，你也知道，美女看不上猪头哈——”凌翔宇那头估计是孙广在旁边，话刚说出口，屁股就挨了狠狠一脚。

“找抽是吧你！”孙广有些气急败坏。

凌翔宇难得服了软：“哥，哥，松开点。”

萧屿气定神闲地听了会儿两人闹腾的声音，心里那片空白慢慢被填上。他直接把手机开了免提放在一边，三两口就把那碗粥喝完了。

“人呢？萧屿！”那边估计是告一段落，凌翔宇喘着粗气问，“刚吃饭？你不会刚起床吧？昨晚到底干什么去了？”

萧屿咽完嘴里的粥：“陪人跨年。”

那头静了几秒，紧接着是铺天盖地的惊叹声，听着还挺壮观。

“和谁啊？孟好？”凌翔宇问。

萧屿表情冷淡：“嗯。”

“我的天！”凌翔宇没忍住，“不是吧，你……”

“你们在哪儿？我去找你们。”萧屿冷不防打断他的话。

“孙广家待着呢。”凌翔宇说。

“行。”

挂了电话后，凌翔宇和孙广面面相觑，还是江淼率先反应过来，他问两人：“萧屿和孟好跨年去了？”

凌翔宇愣愣地点头，孙广也被吓得不轻。

“萧屿这是走出来了啊？”江淼纳闷道，“孟好这么厉害？”

周平和汪磊不如他们认识萧屿的时间长，听着三人打哑谜，有些纳闷：“什么走出来？”

凌翔宇摆摆手，敷衍道：“没啥。”

他转过头去，心里翻起巨浪。

萧屿和他们三人光屁股一起从小玩到大的，家里那点事儿也都互相清楚。当年萧屿的父亲是在跨年夜走的，从那之后，萧屿一到跨年夜就把自己关在房间里，也不知道在里面做什么，总之那晚的灯是彻夜不灭。

但现在，他竟然会过跨年夜。

“疯了。”凌翔宇喃喃道。

萧屿是提着电脑来的孙广家，到了之后，他便和一众人开始敲代码，偌大的客厅里全是键盘的敲击声，也没人打断这一切。

过分的安静，又带了些诡异。

直到一通电话打破这一切。

是萧屿的手机响了，看那样子是孟好打来的。

萧屿拿着手机起身走向阳台，没注意到凌翔宇和孙广的眼神交流。

孙广：这次该你问了。

凌翔宇：那你把键盘还给我。

孙广一脸不可置信：那都是多久的事儿了，你还记着呢？抠死你，光说没人能看上你。

凌翔宇从桌子下踹了孙广一脚：走开，昨天被自己女神拒绝的猪头是哪个孙子？

孙广忍了忍：一星期的饭你包了。

凌翔宇气笑了：行。

另一边的阳台上。

萧屿接了电话：“喂？”

“睡醒了？我还以为你要睡到晚上呢。”孟好问。

萧屿笑了声：“那倒不至于，我又不缺觉。”

“行吧，我是想问你今晚有空吗？”

萧屿愣了会儿，以往的元旦他都蹲家里不出门，卷子也不做，代码也不写，就瘫在床上。

“萧屿？你干吗呢？给个信儿啊，晚上有空吗？想约你吃饭。”孟好的邀请倒是不带扭捏，大大方方，坦荡无比。

萧屿回神：“说不准呢。”

孟好拿着手机的手一僵，皱眉，稀奇啊，这还是萧屿自两人关系拉近后第一次拒绝她。

她点头，不在意地说：“那行吧，我去约别人。”

这话不是在挑衅，就是孟好的一个说话习惯，但萧屿却听出了点要脾气的味道。

“生气了？”萧屿问。

“啊？生什么气？”孟好蒙了。

她脾气也不至于这么大吧？

“啧，生气就承认呗，晚上几点？我去接你。”萧屿看向远方。

孟好还蒙着呢，顺口报了个时间。

萧屿快速算了下还剩多少可供他支配的闲暇时间，最后说：“行，那一会儿我去接你，挂了。”

拉开阳台门，萧屿走了回去，待会儿要出去，所以干活效率也跟着提高了不少，键盘敲得飞起，弄得孙广都不敢打扰他。

敲下最后一行代码，萧屿扔下键盘，伸了个懒腰。收回胳膊的时候，他瞥到孙广那做贼般的眼神，嫌弃道：“不干活干吗呢？小心过年没你红包。”

孙广见自己被发现，索性不再装了，他摆出一副被渣男伤到的表情：“昨晚被人拒绝了，唉。”

萧屿：“我知道啊，凌翔宇说了。”

孙广沉默。

萧屿：“虽然南美清是我表姐，但这种问题我可帮不了你，兄弟。”

孙广瞪了一眼凌翔宇，后者耸肩，腹诽：怪我喽？

萧屿看了眼时间，不早了，该去接孟好了，当下催促道：“有话就说，我待会儿还有事。”

他又转向凌翔宇，问：“你们开车来的吧？借我开开。”

“你去干吗？”孙广问，“平芜还有值得开车去的地儿？一辆共享单车不就齐活了？”

萧屿起身，瞄了他一眼：“大冬天的，你让女孩陪你吹冷风啊？”

这话一出，剩下那几个正忙着的男生也从电脑前抬起头，一个个八卦得不行：“天啊，你去见女孩啊？”

凌翔宇也问：“孟好啊？”

他在桌下踹了踹孙广，让孙广赶紧问。

孙广见缝插针：“萧屿，你到底怎么想的？”

萧屿出了餐厅，走到沙发边拎起凌翔宇的外套掏了掏兜，果然摸到了钥匙，他扬了一把：“拿走了。”

钥匙碰撞发出清脆响声。

孙广不死心地问：“说啊。”

萧屿正毫无包袱地坐在玄关那儿的地板上穿鞋，他盯着鞋带，笑道：“什么时候这么关心我了？”

孙广低骂一声：“行，服了你了。是不是和孟好待久了，那么喜欢占人便宜？”

萧屿起身，走到几人面前，拿起背包随意背上肩，垂着眼皮：“也没怎么想，就是觉得那姑娘挺有意思的。”

凌翔宇控制不住低声啐了口。

萧屿纳闷地看向他，眼里多了些玩味：“你吃醋？”

“走远点。”

萧屿笑了，转身走回玄关：“走了。”

萧屿走后，凌翔宇问孙广：“那来两把游戏？”

“行吧。”孙广的语气还挺勉强。

游戏一开，两人边打边闲聊。

“你那么关心萧屿干吗？”孙广问。

凌翔宇一心二用，手指在屏幕上飞舞：“谁关心他了？我是好奇孟好的魅力到底有多大。”

“可别好奇了，萧屿知道了该揍你。”孙广哼笑。

“我怕他？”凌翔宇开始吹嘘。

孙广睨他一眼：“行，你不怕，你最牛行了吧？”

“走开。”凌翔宇受不了他说话这调调。

“说真的啊，围着萧屿的人那么多，他怎么就对孟好不一样？就因为她是转校生？”孙广还是好奇。

“这你就不懂了吧？”凌翔宇笑话他。

孙广嗤笑：“你懂你讲讲呗。”

刚巧一局游戏结束，凌翔宇扔了手机，双手枕在脑后，整个人瘫在沙发上，慢悠悠地说：“认识萧屿这么多年，你没看出来萧屿需要的是什么？”

“什么？”

“你也知道萧屿从小就不容易，叔叔阿姨走了之后，他被送到南美清家住了一段时间，差点出大事儿……”

听到这里，孙广又想起往事，也是气南美清的父亲南义峰那做法，干吗把一小孩带去饭局，南义峰接触的人鱼龙混杂，饭局上什么人都有，万一出了事儿谁负责？

“而且寄人篱下的生活不舒坦，虽然他姑姑姑父对他不错，但毕竟不是他亲爸亲妈。更何况萧屿那性子，不像咱们几个神经大条，他肯定缺少安全感。我其实也能理解萧屿为什么单单对孟好不一样了。”

话说到这份上，都是认识这么长时间的兄弟，孙广也就没让凌翔宇继续往下讲：“行了，别说了，还是干活儿吧。”

孙广盯着黑色屏幕上的白色字母，渐渐懂了，不是孟好魅力大，而是萧屿的原因。

他这兄弟敏感，缺爱，需要那种大声说出口毫不吝啬又永不躲避的示好，孟好做到了。

萧屿直接把车开到孟好家小区对面，也没将车熄火，把暖气开到最大才给孟好发消息。

xy：到你家楼下了，车牌号给你发过去。

孟好油：你打车来的？

xy：开的车。

孟好油：咦？你什么时候考的驾照？

xy：十八岁生日之后就考了。

孟好没再发消息过来，萧屿也没催她。等了五分钟，他下了车，朝小区内看，正好走出来一个女孩。

孟好还没过马路就注意到萧屿站在一辆黑色轿车旁，穿得还挺帅，浅灰色短款羽绒服配蓝色牛仔裤，脚踩一双棕色马丁靴。

孟好快速走过去，盯了两眼萧屿，“啧啧”道：“你今天怎么这么……”

“嗯？什么？”萧屿问。

孟好想了个词：“像个孔雀，开屏了。”

萧屿忍住弹她脑壳的冲动：“夸我还是损我呢？”

孟好笑眯眯的：“当然是夸你，学神哥哥好帅。”

萧屿也笑了，打开副驾驶座的车门：“赶紧上车，冻死了。”

孟好撇撇嘴：“谁让你大冬天穿这么薄，该！”

萧屿摸摸鼻子，心想：那不是知道你是个颜控吗？要不是为了在你面前耍帅，谁会穿这么少？

车内暖风吹得孟好头昏脑涨：“萧屿，你把暖风调低点，我受不住。”

萧屿瞥她一眼，将风口换了个位置：“想吃什么？”

“当然是火锅！”

萧屿被她的大嗓门吓了一跳，脑海里过了一遍平芜排名靠前的火锅店，心里有了答案后直接驱车前往。

“怎么突然找我约饭？今天是什么好日子？”萧屿单手撑着方向盘，骨节分明的手格外赏心悦目。

孟好眼睛一眨不眨地盯着，随口道：“今天我生日啊。”

萧屿没料到是这答案，被噎住：“你生日？今天？元旦啊？”

孟好瞅他一眼：“不可以吗？”

萧屿笑了笑：“可以。”

火锅店生意不错。

估计是元旦放假的缘故，平芜街上到处都是人，彩灯环绕着大树，五彩缤纷的。

孟好站在路边，感觉天还挺冷的。她双手搓了搓，吃完饭后萧屿就说让她等着，也没说去干什么。

街上人来人往，大多数都是年轻人，孟好看了一会儿后找了个早早打烊的店铺，也不管店铺前的台阶脏不脏就直接坐下了。

几米远外有卖糖葫芦和糖炒栗子的，还有手里攥着几十只气球的小贩，他脖子上挂着收款码，浑身包裹得严实。

确实，这么冷的天还出来卖东西，估计是为了养家糊口。想到这儿，孟好耳边突然窜出冯女士的那些话。

“畅畅，如果高考太难，你想出国留学妈妈也同意，只是现在高三准备这些可能晚了点，但你都不用担心，只要你有目标，我和你爸就是砸锅卖铁也会供你读书。”

话听着是温暖人心，但孟好只觉肩上压了座大山，虽然还没到呼吸困难的地步，但总归来说不好受。毕竟她觉得，人生在世，身体健康除外，那就是快乐最大。她以前确实吊儿郎当，冯女士每次问起她以后想当什么，她都会以“不知道”“没想好”之类的话搪塞过去。

所以每次她敷衍冯女士的时候，那些听到耳朵生茧的大道理就又会从冯女士嘴里蹦出来，甚至下一句的台词她都能接上。无非是像昨晚那种，先是明里暗里地批评她，再讲一讲老一辈的艰苦岁月做对比，最后就是做出总结：你们这一代人不行。

直截了当地给她下了定论，否定她所有的努力。

如果在以前，孟好没准儿会反思自己，是她安逸日子过得太久了吗？可她平时也在努力学习啊，只是不会死学，她懂什么叫劳逸结合，而且这种学习方法适合她。如果让她像个学习机器一样没日没夜地学，她会疯的，这是真的。

但现在不一样了。

因为有个人对她说过：“生在最好的时代，我们有着千万种可能，但我们也必须成为最好的那一种可能。”

这是萧屿的原话。

不仅如此，他还说：“我们从不是垮掉的一代。”

孟好盯着一处发呆，她不知道萧屿以前的经历，但能说出这种话的人就是给了人希望。

而现在那个给人希望的男生，怀里抱着一箱烟花。他确实力气大，一条胳膊屈着把那箱看起来挺重的烟花夹在胸膛前，另一只手还不忘揣兜里，也不知道是手冷还是在耍哪门子的帅。

孟好盯着他，心里有什么东西正在翻涌、升腾。

路灯的光虽然亮，但架不住现在的他们是逆着光待着，所以萧屿对孟好那眼神浑然不觉，心里还高兴着呢，但一想到刚才在火锅店，他偶然间一瞥，就注意到孟好拿着手机在看些什么。

孟好居然在看男模。不仅如此，萧屿发现她的关注列表没有锁上，他就是抱着试试的心态点开，结果还真就对上了他内心所想。果然，两百个关注，一百个是帅哥，剩下一百个除了美妆就是好物分享博主。

他当时就想说一句话：你真好样的，孟好。

想到这儿，萧屿表情冷淡地走过去，声音没什么情绪：“起来了。”

孟好自然也感受到萧屿话里的不对劲儿，但也没多想，站起身就朝着停车的位置走，也不管身后的萧屿跟没跟上，毕竟车钥匙在她手里——刚才萧屿怕她冷先让她上车等着，她没上去。

萧屿愣了下，眼神幽深冷淡地盯着孟好的背影，又扫了眼怀里的箱子。

行，连问都不带问的。

这个没良心的。

上了车，萧屿开了暖风之后，孟好看到后视镜里打过来的光，才想起来问他：“萧屿，你买了一箱烟花？”

萧屿帅气地打方向盘，连看都没看她，冷冷地回道：“嗯。”

这么冷淡？

孟好眼神瞄向他，眨眨眼：“买烟花干吗？”

萧屿从鼻腔里“哼”了一声：“吃。”

孟好蒙了：“你吃个火锅还能把自己吃傻了？”

萧屿没理她，眼神直直地看向前方。

孟好这才回过神来，拽了拽安全带，向他的方向倾身：“你别扭什么呢？”

萧屿在心里冷笑一声：您的反射弧都快要比地球赤道还要长了。

孟好笑着盯他几眼，发现他唇线紧绷着，就是不开口说一句话，又坐了回去，半点没给人顺毛的自觉，但也不怪她，毕竟她是真看不懂他在作什么。

“怎么了，你倒是说啊，你那嘴是给五官充数的吗？萧屿，你到底在作什么啊？”

萧屿踩了油门，用车速来告诉她一切。

因为惯性，孟好的后背撞到椅背上，但她也没恼，反而笑得更欢了，但她没注意到车已经开到外环了。

“哎，萧屿，你飙车呢？”她故意叫道。

萧屿这才扔给她一句：“这车速叫飙车？”

孟好笑出声来：“你肯理我了？”

萧屿又开始装哑巴了。

“学神哥哥，今天我生日哎，你可有点不尊重寿星啊。”

“你平时在手机上都看什么？”

孟好被这问题砸蒙了：“什么啊？”

车被开到一处荒地上，四处杂草不生，寂寥非常，透着几分诡异的安静。

萧屿将车子熄了火，扫了孟好一眼：“先下车。”

孟好这才发现周围的场景，当下脱口而出：“我的天，萧屿，你拐卖青春美少女啊？”

萧屿瞬间破防，也不冷着个脸了，嘴角勾了勾，径直打开后座的车门，搬下烟花箱子，绕过车身故意经过孟好旁边，还说了声：“拐你能咋的？”

孟好跟在他身后深一脚浅一脚地走着，嘴里喋喋不休：“那不行，是违法的。”

萧屿把箱子放在地上，半蹲着仰头看她，忽然问：“冷不冷？”

孟好吸吸鼻子：“有点，鼻涕都快结冰了。”

萧屿站起身，从裤兜里掏出打火机，随口道：“那就等结冰了再说，你要是渴了还能舔舔。”

孟好想了下那个画面，嫌恶地“咦”了声：“萧屿，你好恶心。”

萧屿哼笑：“我鼻涕又没结冰。”

“是吗？我不信，让我看看。”

萧屿不理她，“咔嗒”一声，塑料打火机发出一声响，一只骨节分明的手探过去，两秒后，引线开始燃烧。

他站起身，回头看孟好，瞥到她还发蒙的表情，乐了，手臂自然地搭在她的肩上，使了点力道拽着她朝远处跑。

孟好回过神来时已经被拽出好几米远了，耳边浮动的是男生那低沉的笑声，肩上那沉甸甸的重量让她浑身烧得慌。

“砰砰砰——”

数不清的烟花在寂静的夜空炸开，黑夜被照亮了，一束束火光直冲云霄，所经之处，白云依稀可见，那一簇簇的火点像一段段经久不息的脉络，生机勃勃。

那些遥不可及的圆点最后炸开，照亮了整个夜空，一声声巨响不绝于耳。

“怎么样，好看吗？”萧屿的手还搭在孟好的肩上，身高原因，他需要俯下身子偏头凑到孟好的耳边说话。

孟好下意识地躲了下，萧屿也意识到两人的距离近得不正常，干脆地松了她的肩，双手插兜站在女孩身后，借着烟花的光去看她脸上的表情。

肩上的重量一下子轻了，孟好还挺遗憾，毕竟萧屿身上那股好闻的洗衣液香气没了。她没回头，声线拔高：“好看！”

萧屿用肩轻轻地撞了撞她：“许个愿。”

孟好刚想说他幼稚，但一回头，看清楚了他眼底那迸发的光，像是火焰，也像是不远处的烟花映出来的，让他那双眸子清明无比。

“看傻了？许个愿吧，毕竟过生日呢。”

孟好嘴角勾了勾，随即闭上眼，双手合十举到身前。孟好都没发现自己的心跳声如擂鼓，掌心全是汗。

拜托你大声怒斥我的名字，
我要赌气向远方跑去。
如果没有这些声音，
我还搞不清多远才算是离开的距离。
在死缠烂打的青春日子里，
无非挣扎的也就那么几个问题……

孟好的心莫名其妙被揪住了，男生哼唱的歌声盖过了烟花的巨响，回荡在耳边，以往他的音色格外干净，但此刻多了些沙哑，透着说不出来的性感。

孟好忽然睁开眼，仰头与他对视上。两道目光在空中交会，像是两道闪电撞到一起，噼里啪啦的，一片狼藉，还冒着烟。

烟花燃放的时间格外长，孟好没觉得不耐烦，笑着大喊道：“萧屿！”

女孩清脆的声音撞进萧屿心尖上，他低头笑了，故意有点欠地揉了揉耳朵：“还活着呢，那么大声叫魂呢？”

孟好冷不防给了他一拳：“笨蛋萧屿。”

萧屿发出一声闷哼，这话听着让人脸红心跳。他揉了揉胸膛被孟好捶打的位置：“笨蛋萧屿听懂了。”

这声一出，孟好瞬间抬起眼皮看他。

——拜托你大声怒斥我的名字。

——萧屿！

元旦过后，一中的高三生进入“走火入魔”期，数不清的考试接踵而至，日子过得飞快。那段时间孟好的脑子里被化学公式和物理压轴题占满了，等回过神来的时候，已经到期末考试前夕了。

期末考试定在腊月十五和十六这两天，一般来说，期末考试结束便正式放假，但高三生嘛，没有不补课的，所以即便是考试结束后，一中也没安排高三生放假。

成绩出来那天是腊月二十，高一高二的学生返校领取成绩单和寒假作业，住宿生也搬被褥回家，校园里格外热闹，唯一无比安静的只有高三生的教学楼。

期末考试难度只有三颗星，估计是学校想让学生们过个好年，就没有狠命出难题，所以大家的分数普遍比以往高。

出人意料的是孟好的成绩，她都没想到自己的分数居然破了六百大关，毕竟上次考试她的分数还卡在五百七那个区间。

办公室内，一众老师讨论着这次考试学生的成绩排名。

“这次考试难度是最趋近于高考的，这群孩子还挺争气，按往年的本科一批录取分数线来看，我们班几乎上了五分之三，除了萧屿，分数能够到双一流高校的也有十几个了。”

方兴拿着成绩单，眉眼里的欣慰清晰可见。

四班班主任拿着万年不变的保温杯去接水，也笑了笑：“三班有萧屿，那还是稳的，不用多说，就是那个转校生挺让人意外的。”

小奥班班主任吴婷一进办公室就听到这话，她看向方兴，挑眉笑着说：“还是那句话，方老师提前准备好红包吧，黑马预备役现在都开始崭露头角了。”

四班班主任没听懂她的哑谜，问了句：“什么啊？”

方兴笑了笑，没接话。

办公室内尚且还算平静，可教室里却闹翻了天。

萧屿这次的分数倒是没半点收敛，像外面的参天大树一样，高出第二名不少，直接出现了断崖式的截断。

但这位成绩引起轰动的人此刻估计在忙着打篮球，怕是连分数出来了都不晓得。

班里有个男生特地去篮球场，想把他叫回来，没一会儿那男生跑回来喘着粗气讲：“服了萧屿，什么时候了还有心思打篮球，他也不怕冷，冰天雪地的竟然套了个短袖短裤就跑向篮球场了。”

“你以为谁都和你一样虚啊？人家萧屿可是正儿八经的少年，火力足不行吗？”有个女生忍不住呛他。

那个男生也不在意女生的语气，毕竟萧屿人缘好，刚才他就是开玩笑，没半点贬低的意思。

孟好趴在暖气旁取暖，隔着几张桌子看着那些人聊天，讲台那块地儿被人围得水泄不通，大家都挤在那儿看成绩单。孟好不想挤，索性等会儿再看。

可身后的窗户好像没关紧一样，漏风，冷风直冲着她脖子里钻，冰冰凉凉的，但还挺让人清醒。

“孟好，你怎么不去看成绩？”许心雨进了教室就看到孟好落单似的坐在暖气旁，她的双手还塞到暖气片里面去了。

孟好被热气吹得犯困，又被窗户透过的冷风弄得清醒，脑子有点转不过弯儿来：“等会儿不挤了再去看。”

“行吧，”许心雨注意到孟好那昏昏欲睡的样子，“算了，你睡吧，我帮你去看。”

“谢了，爱你。”孟好比了个心给她。

许心雨笑着摇摇头，转身走向讲台。

此时，楼道忽然响起一阵喧闹声，由远及近，越发清晰，孟好耳尖地听出其中的对话声。

“孙广，打个赌，萧屿上七百了你请我吃饭。”是凌翔宇的声音。

“走远点啊，你怎么不说萧屿上七百了你请我吃饭？”

“那行。”凌翔宇对另一个人说，“你上七百了请我们大家吃饭。”

那个人笑了声：“我欠你的？”

孟好清醒片刻，听出那是萧屿的声音。

一阵脚步声，连带着那阵对话声，更近了。

不知为何，孟好的心忽然像被攥紧，讲台那边的吵闹也越发震人耳膜，引得她头皮一阵发麻。

“我的天！萧屿……这次考得这么好？各科分数都接近满分，真是不给人留一条生路。”

同一时刻，教室后门被人推开，走进一大群男生，首先映入眼帘的便是那个众人口中各科分数接近满分，不给其他学生留活路的人。

孟好的瞌睡虫一下子被赶跑了，不仅如此，她鸡皮疙瘩都起来了。

讲台上的学生注意到从后门走进教室的萧屿，看到他怀里还抱着个篮球，估计是打完篮球换了身衣服，最近查校服查得不严，况且是冬天，大多数人套着长款羽绒服，长度盖到膝盖处，就露出一小截腿，穿不穿校服也没什么两样。

有人撞了撞萧屿的肩，笑着同他插科打诨：“屿神，是不是又破纪录了？完全不给普通学霸一点活路啊。”

在场有三班的，还有几个经常和萧屿一起打球的外班学生，其中还有小奥班的人。孟好也是纳闷，萧屿的人格魅力都大到吸引小奥班的人和他一起打球了吗？

她这也是第一次亲眼见识到萧屿的人缘究竟好到什么地步。

也是，他成绩好，为人随和，没有半点架子，不是趾高气扬的高傲者，所以三班人常说，班里有这么个神仙人物，得供起来。但人家萧屿当时笑着讲：“可别，再让我多活几年吧，请问供起来的人物有活着的吗？”

旁人笑着糊弄过去，也不再提这茬，只是也都看清了萧屿的为人处世，所以从那之后，堵着他问习题的人更多了，本班的学生和外班的学生都有。

被人围堵着，萧屿还有点蒙。他虽然高，但也架不住一群人围着他。

有人起哄：

“上次怎么说的来着？期末考试过了七百分大关的话，寒假就请客吃饭吧？是不是有这回事儿？”

“好像是，怎么着，屿神还记得吗？”

萧屿站在那儿，一副根本记不起来的样子，还格外欠揍地笑了笑：“有这回事儿吗？我还真忘了。”

果然，他这话说出口，周围到处都是“嘁”声。

还有和他关系好的男生钩住他的脖子：“萧屿忘了，咱们得让他想起来啊？”

萧屿脖子被压得往下，实在不想跟他们多费口舌。

他当即开口：“那我好像记起来了。”

众人一愣，紧接着是铺天盖地的哄笑声：“屿神怕了？啧啧，是不是㞞了？”

萧屿慢悠悠地开口：“对，㞞了。”

众人没想到萧屿会大大方方地承认。

认输也是别具一格，不愧是萧屿。

萧屿笑了声，心想：笑话，待会儿让孟好看到我的窘样还活不活了？那姑娘虽然爱玩儿，但可是个颜控，我要是丢人的话，她指不定怎么嘲笑我呢。

上课铃响后，众人只是又和萧屿说了几句，便都回自己班了，教室恢复一片安静，孟好也起身坐回自己的位置。

“还没看够？都看多久了，再看收费。”

耳边忽然传来这么一句有些欠的话，孟好回神，才发现自己正盯着萧屿看了好一会儿。

上课预备铃打响之后，任课老师还没进教室，班里不算安静。毕竟今天也算放假的日子，分数下来之后，大家本就不平静的心变得更加浮躁了。

萧屿右手拄着脖子，歪头瞅过来，眼皮懒懒地耷拉着，嘴角翘起一抹弧度。他已经脱了外面套着的羽绒服，灰色套头卫衣在一众校服里格外扎眼。

“还看？”萧屿倾身，仗着胳膊长把手伸到孟好眼前，帅气地打了个响指，吓得孟好一激灵。

萧屿长得高，即便是坐着也比别人高出一截，所以他的位置被安排在倒数第二排，以免上课时挡住其他学生。角度原因，他眸中多了些温和，没什么攻击性，但那股精明劲儿还在。他的卧蚕淡了些，皮肤又好，天天熬夜的情况下竟然没有黑眼圈和眼袋。

孟好撇撇嘴，羡慕了。

“看看学神不行吗？”她用开玩笑的语气讲。

萧屿也没想到她提以前的事儿，愣了下才开口：“那必须行啊。”

任课老师走进教室，孟好收了视线，翻开课本，随口道：“那我纠正一下刚刚的话，不是想看学神，是想看萧屿哥哥。”

萧屿低头，腮帮子稍稍动了几下，之后喉结又滚了滚，没接话，但微表情暴露了一切——

孟好的话，他无比受用。

寒假时间本就短，所以高三生只补了一周的课，腊月二十八上午十一点正式放假。

孟好要和外婆一起回京北过年，当天下午孟成杰开车到平芜接两人回京北，傍晚时分孟好才到家。

晚饭结束后，她发现手机电量不足，索性把手机扔卧室充电，拎着睡衣进了房间自带的浴室泡澡。

在平芜生活的那几个月，外婆家虽然条件不差，但浴室里没装浴缸，从小便养尊处优的孟好一直馋得心痒痒。

孟好布置好香薰精油，翻出准备好的综艺，又端来切好的水果，优哉游哉地泡起澡。她这一泡就是一个小时，等出了浴室之后又是护肤、吹头发等一系列事情，忙完所有都已经深夜十点了。

手机上的消息她自然是没看到，一放假，班级群就变得格外热闹，才一个多小时，都已经聊了上百条消息了。孟好粗略地扫了几眼，大致了解到他们今晚应该是狠狠地敲诈了萧屿一笔，平芜当地的学生大多都去了，有些其他县城的学生没去纷纷哭诉，然后平芜当地的学生便发了数不清的视频显摆。

孟好随意点了个视频——一群学生换了校服，有的骑着单车，有的骑着电瓶车，在街上扎堆儿走，队伍浩浩荡荡，傻气十足。但有人给视频配上了个BGM（背景音乐），一下子升华了，感染力强到她都感叹青春肆意真好。

路灯洒下来暖黄色的光，秃得只剩枝干的参天大树下，数不清的少年人骑着单车，一路都是欢声笑语，还夹杂着背景音乐——

我无比庆幸此刻年少，
青春正燃烧，
哪怕这明天一路飘摇，
也挥舞着骄傲；
我无比清醒梦远天高，
却执意得到，
愿再会如期不远万里，
问近来可好……

“叮”的一声，是萧屿发来的信息。

小宇：到京北了？

孟好不好：嗯，刚洗完澡。

小宇：感觉你挺可怜。

孟好不好：？

孟好不好：此话怎讲？

萧屿直接给她发过来一个视频——灯红酒绿的场所，闹哄哄的，大概是在KTV，因为她听到数不清的鬼哭狼嚎，调都跑到火星了。

孟好发了个“好多人啊”的表情包。

小宇：过完年回来？

孟好不好：应该是正月初六，开学前一天。

那头没回复，孟好退出两人的聊天界面，点开群聊。

有人发了个视频，直接把本就热闹的群炸开了。视频刚发出来，朋友圈开始了刷屏，孟好点进一看，果然，萧屿的威力确实大。

视频里的男生坐在长沙发的角落，手机搁在腿上，没锁屏，在昏暗的包厢里发出白光。他手里被人塞了个话筒，刚好悬挂在墙上的音响响起前奏，曲目挺小众的，很少有人听过这首歌。

前奏很短，歌词出来的前一秒，萧屿还在和身边的人聊天，下一秒，他便全身心投入歌曲里。

I can't see you in another dream（我再也见不到你了）
We were seventeen（我们那时十七岁）
In the Grapevine hallway（在葡萄藤走廊）
I can't lose not another sleep（我不能再失眠了）
So can we meet on the 26 highway（我们能在 26 号公路上见面吗）
…………

这首歌确实小众，但好巧不巧，孟好听过，她就喜欢搜罗各种语言的冷门小众歌，萧屿唱的这首歌刚巧是她前不久单曲循环听的那首。

包厢里厚重的蓝红光流转着，照得不清晰。萧屿随心所欲地坐在那儿，室内开着空调，热气烧得人脸烫，他早就脱了外套，上身穿着黑色宽松毛衣，衣领处露出一点锁骨，下身穿着松松垮垮的灰色抽绳运动裤。

孟好眼尖地发现他脚上那双鞋好像是前几天刚出的联名款。

我的天？

萧屿路子可以啊，这都能搞到？

佩服。

视频足足有半分钟，萧屿的嗓音依旧稳定好听，KTV 的麦克风音质一般，但他却能唱得和原唱没差，甚至比原唱还要多出一种无法言喻的感觉。

视频肯定是刚才录的，孟好看完视频想也没想，直接把视频电话拨过去，却没想到等的时间有点长。

萧屿在看到孟好打来的视频电话后直接拎起外套，都没来得及给自己套上，直接冲着门口的方向走。

有人拦住他："萧屿，干吗去？说好的今晚通宵。"

从元旦到正式放假这段时间内，高三生一直被憋在学校，所以他们今天才会这么放肆地玩。

萧屿拉开房门，随口道：“接个电话。”

那人不信邪，接着问：“啧，晚点再打过去就行了呗，怎么，还能是多重要的人打来的？”

“确实是。”

确实是很重要的人打来的。

一到过年，平芜的各家 KTV 客人都爆满，走廊上到处都是人，萧屿本想找个清静的地方待着，找了一圈没找到，最后索性下了楼。

视频接通后，孟好看到他这边的场景，以及听到那车水马龙的声音，疑惑道：“你们结束了？”

冷风吹个没完，冻得耳朵生疼，萧屿干脆戴上帽子：“还没，今晚估计得通宵。”

“好羡慕。”孟好无力地说。

萧屿笑了：“等你回来可以再聚。”

“算了吧，我估计初六下午才能到平芜呢。”

萧屿一愣，算了算日子，大概得有一周见不到她，心里还有点不是滋味。

“你放假都干吗？”他问。

“年前得和这边的同学玩几天，年后估计要被我妈拉去走亲戚，烦死了。”孟好瘫在床上。

萧屿被她的语气逗笑，笑声透过耳机传到孟好的耳朵里，她眨了眨眼：“你笑什么？”

萧屿仰头，无声地哈出一口气，低声道：“没事儿，还挺好奇的，你和你那边的同学都玩什么。”

“就狼人杀、剧本杀什么的。”

“没点室外活动？”萧屿问。

孟好想了想：“有，明天要去滑雪，夏天的时候一般去周边玩水、游泳、冲浪什么的，哦，过几天好像要去泡温泉。”

萧屿笑了：“孟大小姐的生活挺丰富多彩啊。”

孟好学着他的语气说：“一般一般，世界第三。

“萧屿，你呢？放假了准备干什么？不会要学习吧？”

萧屿想了下，随口说：“有个程序没写完，年前写完就没事了。”

“咦，学神放假都不学习的吗？”孟好拿腔拿调地问。

萧屿“啧”了声：“在学校都快学吐了，回家肯定得放松，你真当学神的世界都是学习啊？”

孟好笑了笑，两人又扯了些别的，直到萧屿在外面冻得不行了，孟好才挂断电话。

大年三十晚上，京北某高档小区内张灯结彩，家家户户门上的红对联和福字吉祥无比，年味儿十足。

年夜饭过后，孟思周吵着闹着要放烟花，孟好起初不想下楼，觉得太冷了，还不如在被窝里躺着呢，但架不住孟思周那堪比海豚音的叫声。

她真是服了，下床剥了颗软糖塞他嘴里。

她居高临下地盯着这个堪堪到她腰的小人儿，没好气地说道：“你一个大老爷们儿是怎么练出海豚音的？”

孟思周仰着下巴，眨巴着大眼睛看她，眼神好像在说：你在讲什么傻话，人家还是个小朋友，谁是大老爷们儿了。

孟好嗤笑一声，毫不客气地抬脚朝着他屁股拍了一下：“这么小个人，事儿还不少，拿着你买的炮，跟着姐走。”

孟思周乖乖跑去角落的房间，费力地把花里胡哨的烟花抱出来。

孟好见此场景，半点要帮忙的自觉都没有，老神在在地杵在墙边低头玩手机。她注意到孟思周慢吞吞的步子后，轻哂道：“不是吧，这么点东西都拿不了？”

她弯下身子，翻了翻，发现没她买的仙女棒，皱眉：“孟思周，我的仙女棒呢？”

孟思周好脾气不和她争，屁颠屁颠地回去，抱了一大把仙女棒出来。孟好买的是长款仙女棒，所以此时孟思周都快被仙女棒盖得看不到头了。

从厨房出来的孟成杰碰巧撞到这一幕，忍不住插嘴：“畅畅，你就这么使唤你弟弟？”

孟好一本正经：“我是在锻炼他好吧。”

孟成杰：？

“男友力要从小练起，不然以后找不到老婆咋办？”

孟成杰：我谢谢你，他才四岁。

小区楼下没几个人，天太冷了，估计都在家看春晚呢。孟好看了几眼一下楼就兴奋到爆炸的孟思周，挠了把他的头发，软软的，还挺舒服，问：“你的小伙伴都回老家了，你一个人放烟花有什么劲儿？”

孟思周正拆着穿云箭的包装：“和姐姐玩啊。”

孟好被噎住，盯了他几秒，最后叹了口气蹲下身子帮他拆开，酣畅淋漓地陪他玩了一圈。

将每种类型的烟花都放了一遍，孟思周这才满足，上楼之前还不忘关心她：“姐姐，你不放吗？”

孟好的话里的嫌弃很明显：“你以为谁都像你那么幼稚？赶紧回家，冻死了。”

“好吧。”

萧屿本以为放假后自己的生活可能会枯燥，每天除了写程序就是写程序，大年夜和爷爷奶奶在家吃顿饭，年就过去了。但南义峰大概觉得他们三个人吃年夜饭太孤单了，就把他们接去了自己家里。

年夜饭过后，众人坐在客厅里看春晚，小品逗得大家笑个不停，氛围也还算是温馨。

萧屿靠着沙发，手机捏在手里，心思看起来不在春晚上。

手机忽然传来一声振动，他点进去，看到孟好发来了一个视频，便找了个理由回了卧室，给手机连上蓝牙耳机点开视频。

视频只有短短十五秒，站在中央的女孩双手拿着正在燃烧的仙女棒，火光上方飘着白烟。她穿着白色长款呢绒大衣，大冬天的也不嫌冷，就穿了件黑色短裙，堪堪盖住了大腿。

视频播放完自动停止，萧屿直接给孟好打了语音电话过去。

“仙女棒好玩儿吗？孟大小姐。”

电话通了，萧屿就直接甩了这句话，也不管对方能不能招架得住。

但孟好是谁，不可能处于下风，当下便和他你来我往。

“废话，仙女棒就是给仙女量身定做的，怎么可能不好玩儿？”孟好的语气里隐隐约约有那么点“你在说什么鬼话”的味儿。

萧屿笑了，气息喷洒：“行，您说得对，是小的思虑不周。”

孟好：“知道就行。我那视频怎么样？舞跳得好不好？”

和她相处这么久，萧屿也听出了她声音里的期待，还带了点娇气，似乎在等着他的称赞，比如“沉鱼落雁”“闭月羞花”“仙气飘飘”之类的词儿。

“跳得好看，美惨了，大概能称得上是全世界最美。”

孟好满意了，也赏他一句："你也不错，全世界最帅。"

两人就这么互相恭维。

"视频谁给你拍的？"萧屿骤然转了话题。

孟好："我弟，小宝。"

萧屿被这声"小宝"噎到。

"真是巧，名字都撞了。"孟好阴阳怪气的。

萧屿没接话。

电话是语音通话，手机屏幕是黑的，萧屿怎么看都觉得不对味儿，当下就说："我有点事儿，先挂了，一会儿给你打过去。"

孟好应得干脆："好。"

等她答应之后，萧屿没回过神来，电话就被挂了。

萧屿都被气笑了，腹诽：你还真是雷厉风行啊，都不关心我这大晚上的能有什么事儿？

其实没什么事儿，就是他不想打语音电话了这么简单，想开视频看着她聊天。但这话总不能说出来吧？

视频电话打过去的时候，时间间隔都没超出半分钟，孟好纳闷地接通："这么快就好了？"

萧屿随口道："嗯。"

一个单音节字蹦出来还挺冷淡，有点作。

可孟好没察觉到，她"哦"了声，也没问他怎么这么快就把事儿做完了。她已经钻进被窝，其实有点困了，毕竟房间的灯都关了。

萧屿注意到她打哈欠，看了眼时间，问："还没到十二点就困了？"

孟好随意抹掉眼角冒出的泪花："嗯，今天有点累。"

"行，那睡吧，挂了啊。"

孟好忽然目不转睛地盯了他两眼，后知后觉地回过味儿来："萧屿。"

"干吗？不是要睡觉？"萧屿的语气冷淡。

孟好一听这语气，瞬间来了精神，莫名笑了："你又作什么呢？"

萧屿移开视线，还在嘴硬："什么作什么？你做梦呢？"

孟好就笑眯眯地看着他："喂，别装了，你那嘴噘得都能在上面晾衣服了。"

那头的萧屿坐在阳台的飘窗上，两条腿随意地晃着，低了下头，抬起眼皮看她，双眼皮褶皱因此更加明显。

“别闹情绪了，和我讲讲呗。”

萧屿问：“讲什么？”

“啧，当然讲你不开心什么，说出来让我乐和乐和。”

萧屿心里那点气其实在孟好察觉出他在闹别扭的时候就完全消了，此刻听到她用哄小孩的语气逗他之后，一个没忍住，笑出声了。

“学神哥哥笑起来好帅，以后别闹脾气了。不行，我真困了，睡了啊。”

孟好这话一出，萧屿心里突然变得火热，盯着孟好的脸看个没完，忽然开口：“想听睡前曲吗？”

窸窸窣窣的声音传来，是孟好翻了个身，朝上拽了拽被子，闭着眼含混不清地回道：“想，你唱吗？”

那是不是我们最近的距离，
突然一场雨，
浇透我思绪……

萧屿的音色一如既往的好听，只是声音与往常有些不同，低低沉沉的，又带了些磁性动听，听得孟好心口一热，心渐渐平静下来。

潮湿的空气，
让思念漫溢，
爱情的定律，
要怎么说明，
爱上你心里，
却下了场雨……

平芜的冬天其实不算潮湿，甚至还可以说是干燥，歌是萧屿随便选的，他起初只是觉得旋律好听，但现在唱完才发现，歌词也不错。

——潮湿的空气。

——让思念满溢。

“晚安。”

第6章
我们是永恒不灭的光

农历新年一过，假期基本上就算过半了，之后的几天，孟好不是在走亲戚就是带着孟思周小朋友玩儿，没把她累个半死。要是小屁孩整天只看动画片还好，但那怎么可能，她家的这位小孩儿闹腾得不得了。

孟好只好看着他，认命地陪他玩儿。

有一天在和萧屿聊天的时候，孟好发现他也好不到哪里去，程序做完了，又懒得刷题，就被南美清叫去带小孩儿了，也就是南鹤一。南鹤一比孟思周大了不少，毕竟都已经上小学了，但也成熟不到哪儿去，成天摆弄他的“奥特曼之家”。

这还都是两人视频聊出来的。

后来也不知道孟思周怎么知道和孟好打电话的大哥哥家里有很多奥特曼，就争着抢着要和大哥哥聊天。南鹤一看到比他还小的小屁孩后，优越感油然而生，开始显摆自己坑哥的战利品，也就是那些奥特曼。

就这样，两个小鬼成了网友，还约着“面基（指网上认识的具有共同爱好的朋友，线下见面）”。

萧屿瞅了眼正给电话那头的孟思周小同学兴奋讲解自己奥特曼的南鹤一，忍不住踢了踢他：“挺赶时髦啊，还知道面基这个词儿？啧啧……看不出来。”

南鹤一无比嫌弃地白了萧屿一眼：“因为不是所有人都和你一样过老年人的生活啊。”

视频通话开着免提，这话传进孟好耳朵里，惹得她笑个没完：“萧屿，你竟然无趣到这种地步了吗？”

萧屿十分无语。

当晚，孟好便发现他的朋友圈的个性签名改了——

任何时间，任何地点，超级侦探，认真办案。

孟好：装嫩是吧？

后来萧屿给她打电话聊天，问："我那个性签名怎么样？"

孟好随口问道："酷哥喜欢这种风格？"

问题一出，那头不吭声了，也不知道听到了没。

孟好也没重复，换了话题。她不知道的是，萧屿在听到"酷哥"两个字的时候，嘴角的笑已经灿烂到向日葵都追着跑的地步。

啧，破防得有点快了。

那晚两人的电话打了个通宵，最后因手机没电自动关机而挂断。

那段时间两人的通话格外频繁，长久下去的后果便是，孟好被怀疑早恋。

她当时直接把手机甩给孟成杰，一副任你搜查的样子。

孟成杰见她这么坦荡，也就作罢，只问了句："你天天抱着手机不撒手，忙什么呢？"

孟好敷衍过去："学习啊，现在流行无纸化学习，你不知道吗？爸爸。"

孟成杰不吭声。

自那之后，孟好就学聪明了，从网上淘了个微型蓝牙耳机，这下就可以光明正大地和萧屿打电话了。

日子过得飞快，很快就到了要开学的日子。萧屿这才想起来，之前的一周时间里，凌翔宇和孙广已经喊了他无数次，叫他出去玩，但都被他推了，现在刚好趁开学前维系一下那逐渐疏远的兄弟情。

一群男生约在平芜新开的烧烤店，那会儿正是中午饭点，但店内顾客不是太多，估计是因为过年期间大家都走亲访友去了。

和帅哥交朋友的人长相都不错，简称帅哥的朋友也是帅哥。现在看来确实如此。

萧屿他们一群人没订包间，冬天吃烧烤本来就没夏天吃得起劲儿，要是还在包间里吃那就更没意思了，所以他们选在大堂靠窗的位置。萧屿的座位刚好面朝窗户，背对饭店玻璃门。

吃完一轮，话题也都聊开了。一群高中生，聊的无非就是游戏、篮球，从始至终，萧屿都是听他们讲，很少开口，只是偶尔附和几声。

在一群聊得热火朝天的男生中间，一个冷淡的身影坐在那儿，他时不时给手机解锁，没看到消息就又锁屏。半个小时前，他给孟好发了条消息，问她到平芜了没有。

可惜孟好没回复，估计是已经下了高速，或者是已经到家，在收拾东西了。

孙广凑过来问："干什么？"

萧屿倒是没掩饰，坦坦荡荡的："等孟好回信息。"

孙广鄙夷地看了他一眼。

萧屿把手机往桌上一扔，无所谓地笑了笑。

双开玻璃门被人推开，又走进两个顾客。萧屿这桌与大门离得远，没人注意门口的情况。

又过了会儿，有人饮料喝多了去了趟厕所，回来的时候慌里慌张的。他跑回桌前，看了几眼萧屿，一副有话要说但要说不说的模样。

孙广笑他："上个厕所把嘴给上没了？想说啥就说呗。"

那人挣扎几秒，最后破罐子破摔："我看到孟好了。"

萧屿原本在看手机，听到这话猛然抬头。

孙广纳闷地问："看到了就叫过来一起吃呗，你慌什么？"

那人又不开口了。

一群男生干着急，骂他磨叽。

恰好萧屿的手机亮了，是孟好发来的消息。

孟好油：到了，和朋友吃饭呢。

接着发来一张图片。

"可……她是和一个大帅哥一起吃饭。"那男生结结巴巴地说了这句话。

果然，桌上一片安静，诡异非常，连其余几桌都忍不住看过来，都在纳闷这群小年轻刚才还闹腾得欢，怎么现在突然像傻了似的。

萧屿点开那张图片，餐具确实是这家烧烤店的，只是入镜的还有一只骨节分明、戴了运动手表的手。

他慢慢站起身，环顾四周，最后视线定格在一处角落。

女孩穿着漂亮，正低头吃饭。坐在她对面的男生正细心剥虾，之后把虾扔到女孩碗中，动作虽然随意，但虾肉的汤汁却没溅到女孩身上。

萧屿捞起手机，编辑信息发过去。

xy：和谁吃饭呢？

孟好油：一朋友，你不认识。

萧屿忍了两秒，继续坐在座位上。

他第一次觉得自己像个患得患失的傻子一样，因为孟好的一点热情就跟只哈巴狗似的摇尾乞怜，开心得不得了。

最后他又发了一条消息给孟好。

xy：什么人这么重要，让你连消息都懒得回了？

收到萧屿消息的时候，孟好正和林朝在外边吃烧烤。

这次就她一个人回来的，外婆被冯女士留在了京北。临下高速前，孟成杰本想先直接带她去吃饭，可不料被林朝这小子捷足先登。送她回家的时候，孟成杰还不死心地问她和林朝现在是啥关系。

直到开车回京北的路上，孟成杰还因她那话笑得不行。

孟好当时是这么说的："还能是啥关系，你闺女高中没毕业就给你找了个孙子。怎么样，厉害吧，还是在京大上学的乖孙儿。"

这姑娘，一直没个正经。

放假之后，孟好也断断续续和林朝保持着联系，毕竟过年还得管这位大她两岁的邻家哥哥要红包，但听说他最近的工作不太顺利。

元旦一过，林朝就回了平芜，向学校申请提前进入平芜一家企业实习。他的简历漂亮得很，当时那家企业就痛痛快快地收了他。只是后来林朝才发现，进入社会之后，和能力相比，学历根本不算什么。

一般实习生都会有师父带，带林朝的师父是大专毕业，一路摸爬滚打钻研专业技术，早就在业内混出名堂。不过一听到师傅的学历后，林朝有点不舒服，而之后因为他的疏忽，差点导致公司赔钱，还好师父反应快，这才免于一场事故。

从那以后，办公室里就多了些意味深长的议论。说他一个名牌大学的学生都比不上大专生，也有说他这种小年轻就是吃的苦太少，什么都忍不了……

各种话到最后基本上总结为：

现在的年轻人，根本不行，姜还是老的辣。

孟好听完林朝的诉苦，直接给他倒了杯饮料，戏谑道："得，把我当垃圾桶了是吧？"

林朝知道她在开玩笑，但就是笑不出来，因为那群人的话真的挺难听的，话里话外都是因为阅历而生的优越感和高高在上，好像他们这群年轻人就是垃圾一样上不了台面。

孟好余光注意到他的表情，有些惊讶：“不是吧，这么严重？要不你干脆辞职得了，回学校考虑考研，别受那窝囊气。”

林朝自嘲地笑了笑，端起饮料一饮而尽。

孟好莫名地从他这个动作里看出他的心酸。

把杯子往桌上一撂，林朝又说道：“气都受了，必须得学到点什么，不然白憋屈那么久了。”

“也是。”孟好喝了口可乐，刚吃完麻辣小龙虾就接着喝碳酸饮料，辣得她龇牙咧嘴，“你也别泄气，别听那群人瞎说。以前有人和我说过一句话，对我挺有用的，每次熬夜刷题被化学题烦得睡不着的时候，就想想这句话。”

“什么话？”林朝给自己倒了杯茶水，打算压压憋屈的火。

说曹操曹操到，孟好刚准备开口，那个人就发了消息过来。

回了消息她便把手机放一边，抬起眼皮说：“生在最好的时代，我们有着千万种可能，但我们也必须成为最好的那一种可能。”

林朝被这话唬得一愣一愣的，孟好不管他的反应，接着说：“哦，他还说过，我们从不是垮掉的一代。”

片刻后，林朝忽然笑了：“你这朋友挺狂妄啊，平时肯定是被众星捧月着的吧？”

孟好手指敲了敲杯壁，眼神倒是毫无波澜，可心里像是开了道口子，涩涩的。她现在也明白为什么孙广他们会心甘情愿地跟着萧屿玩了，为什么三班的氛围总是那么让人舒服了。要是她，肯定也会珍惜这个无比强大的朋友吧。

她悠悠道：“狂妄吗？不过人家确实有资本，回回考试断层第一呢。”

听到这话，林朝动作一顿，筷子没拿稳，落在桌上，发出清脆响声。

林朝眼神变了，由衷地佩服又欣赏孟好的那位朋友，开玩笑地说：“你上辈子做什么好事儿了，怎么这辈子我遇不到这种人物？”

孟好正夹菜的手顿住，盯了他几眼，腹诽：你遇不到吗？当初不是你给我讲的他吗？还打赌让我接近人家，现在装什么大尾巴狼？

“他叫什么名字？”林朝问。

无奈兜里的手机响个不停，他掏出一看，是公司的电话。接完电话后，他抱歉地说：“单我买了，公司临时有急事儿，得提前返工了。”

孟好倒没生气，在林朝走之前还不忘安慰他几句。她盯着他离去的身影，第一次不知道她这位发小在想什么。

当初在便利店可是他给她介绍的这位一中校草，才过了多久就忘了。

烧烤店里的人多了起来，吵得不行，孟好吃了几口就没了兴致，捞起桌上的手机，刚解锁屏幕就看到萧屿七分钟前发来的一条消息。

xy：什么人这么重要，让你连消息都懒得回了？

话说得酸溜溜的，逗得孟好笑出声。她抬头望了望四周，终于在店里一角发现了那个酸意十足的人。

烧烤店里的顾客走来走去，他站在立式冰柜一旁，两人隔着五米距离对视，谁都没移开视线。

过了一会儿，萧屿迈着不急不缓的步子走过来。突然，一个小孩没看路，撞到他身上，他把那小孩抱起来，拍了拍小孩身上的土，和小孩说了些什么就放小孩走了。那小孩走之前还不忘多看了这个帅气的大哥哥两眼。

孟好忽然想起之前南美清对萧屿的称呼——孩子王。

萧屿站到孟好面前，低头瞧她。孟好则仰头看着他，没觉得现在两人的状态别扭。

“刚才那人是谁啊？看着还挺帅的。”萧屿忽然开口。

孟好挑眉，随口胡诌：“那是，我的朋友那必须得是人中龙凤。”

萧屿死死地盯着她，咬牙切齿地说：“是吗？”

孟好见好就收：“当然，不过跟你比还是差远了。”

萧屿一脸不屑，刚才那个男生走的时候，孟好分明一脸惆怅，还盯着人家背影看个没完。他想起那个男生就是那次在便利店陪孟好吃饭的人，当时凌翔宇还说那个男生和孟好是死对头，现在看看，谁能和自己看不对眼的人凑到一起吃饭？

他用下巴点了点她对面的座位：“那人干吗去了？”

孟好：“公司有事儿，先走了。”

萧屿一愣，还公司有事儿，合着对方不是个学生，那装什么嫩呢，还穿得那么年轻。

“你喜欢他？”萧屿盯着孟好，好像只要她说出肯定答案他就会生吞了她一样，那眼神怪吓人的。

孟好皱眉，去看萧屿，感受到他满身的怒气，以及那吃人的眼神后，才后知后觉自己这次捅娄子了。

“马上就要高考了，你的心思应该放在学业上，少和这种出了社会的老油条混。”萧屿强忍了半天的怒气，最后没忍住，教训起人来。

但孟好可不是能忍受别人指责的主儿。

“老油条怎么了？人家懂得多，见识广，还……”

“行，孟好，你真是好样的。”萧屿打断她的话。

孟好笑了笑：“还可以啦。”

什么还可以，萧屿觉得自己就是上赶着找虐的，现在自我认知到位之后，心里一抽一抽地疼。

萧屿仰了仰头，试图把鼻腔里那股真正的酸气给压下去，但发现根本压不下去，眼里的血丝也冒了出来，最后索性偏头，喉结滚了滚，问道：“单买了吗？”

萧屿心想：都这时候了，还想着人家买没买单，骨气估计都让狗吃了。

“买过了。”

“也对，老油条考虑周到，走之前不可能不买单，但怎么还抛下你走了？”萧屿忍不住矛盾地呛她。

孟好盯着他：“不都说了吗，他公司临时有事儿。萧屿，你至于这么别扭？”

“至于，以后少搭理我，我别扭得要死。”仔细去听，萧屿的声线不平稳，像在发抖。

萧屿今天反常得过分。

从最初的略显激动到现在的破罐子破摔，仿佛孟好做了什么大逆不道的事一样。孟好就安安静静地坐在那儿，盯着坐在她对面的萧屿。

她忽然想起，自己曾经撞上萧屿拒绝别人的场景，当时的他可是冷淡自持，她也猜出在那之前，他其实和那个女生有过短暂接触，大概就是那种在路上偶遇到会打招呼的程度。但自女生被拒后，萧屿再遇到那个女生，就没再和人家打过招呼，甚至有时也不给回应，又酷又冷。

也就是说，一旦看出女孩对他有意思，他就会立马保持安全距离，洁身自好得不行，简直油盐不进。

这种事估计他之前做过不少，她也能猜出来这位酷哥曾经伤了多少女孩的心。

但今天萧屿的反应着实让孟好大开眼界，她第一次见到他这样失控的一面。所以刚才他那种幼稚的话一说出口，直接让孟好愣住了。

“萧屿，你来真的？”孟好皱眉问。

萧屿没看她，视线一直放在别处，脸上没什么表情，一如初见般的冷淡克制。

孟好轻笑了下："行。"

窸窸窣窣的声音传来，萧屿这才看过去，是孟好穿起了外套，还戴上了围巾，一副准备离开的样子。

萧屿被这动作激到，眼底的故作平静被打破，噌地站起身，揣在兜里的手紧握成拳，声音低哑："你是去找刚才那人对吗？"

孟好扫他一眼，凉凉地说："你这样有意思吗？想说什么就直接说，至于和我你来我往地周旋吗？"

萧屿被噎住。

他要怎么说？直接跟她说自己可能喜欢上她了，见不得她跟别的男生要好？

但是不行，现在时机不对，而且马上就要高考，他也不想让她因为这些问题分心。

"刚才那人是我发小，从小玩到大的那种，懂了吗？"孟好转身前想了想，还是撂下这句话，"不管你信不信，我这人虽然时常不着调，但对朋友百分之百真心。你和他都是我的朋友，我劝你最好不要有那种让我在两人之间做出选择的想法。这种话一旦说出口，就会被我拉进黑名单，这辈子都出不来。"

孟好走之前看了萧屿一眼，眼神坦坦荡荡的，无愧于心。

正月初七，高三生如期开学，整个一中就只有高三生，其他年级的学生还都在家幸福过大年，所以此时的校园显得格外萧条。

自昨天之后，孟好在学校也没刻意不理萧屿，只是很明显变得冷淡起来，交流的几乎都是关于学习方面的事。

而萧屿也一改从前的样子，对孟好能说一个字绝不说一句话，又酷了起来。

两人就这么暗自较劲，看得一群吃瓜群众胆战心惊的，生怕两人气场不对付再干起仗来。也是纳闷，怎么过了个年他们像是变成仇人了一样？

许心雨："你那兄弟是不是欺负我们孟好了！"

凌翔宇："你开什么玩笑呢，应该是你家那位欺负我好兄弟了吧！"

南美清也加入混战："不可能，就萧屿那张破嘴，什么话说不出来啊？肯定是他惹孟好不开心了。"

孙广倒是想让自己隐身，却不料凌翔宇提及了他：“死胖子，二比一了，赶紧给我过来！”

孙广讪讪的：“我觉得应该是孟好欺负萧屿了吧。”

南美清：“嗯？”

孙广立马改口：“萧屿欺负孟好！雷神石锤！”

凌翔宇：“叛徒离开这里！”

其实孙广碰到过两人拌嘴的场面，那时候教室里没几个人，估计都去吃饭了，孟好和萧屿没去，当时萧屿在给孟好讲题，从孙广的角度来看，萧屿确实对孟好凶了点。

那天孟好其实根本没打算让萧屿帮她讲题，她先是去了一趟办公室，没找到老师，回教室后看到萧屿一副守株待兔的模样坐在那儿。看到她过来后，他还挑眉问她：“遇到难题了？用不用我教你？”

孟好本着不听白不听的心理，把试卷甩给他，坐在一旁听他讲。

可萧屿跟吃了炸药包似的，嘴里的话像个机关枪一样突突个没完。

“你家电学知识用力学公式导啊？不怕被电死？

“牛顿要知道你这么想的，指不定得被气得复活。那你可就是全世界的大功臣了。

“诺贝尔物理学奖怎么没给你提名一个？你这开天辟地的解题思路我也是第一次见呢。”

孟好忍了忍，继续听他讲，一道题结束后，他利落地起身，走之前毫不留情地给了他一脚：“萧作作，你可真配得上自己的名字。”

作死你算了。

两人别扭的状态一直持续到正月初十，那天孟好实在受不了萧屿那张嘴了，差点爆发。

午自习的时候，隔壁四班几个男生也不知道抽什么风，大中午的别人都在睡觉，他们就直奔三班找孟好讲题。也是巧了，孟好当时没午休。

因为来的人都是四班的学生，三班和四班又是兄弟班，其实以前也有那种互相讲题的经历，但一般都是班里排名靠前的学生讲，孟好虽然上次考试成绩进步飞速，但在班里也没排到前五名。

讲完题之后，那几个男生又开始向她取经，礼貌地询问学习方法，为什么成绩提升得那么快。

孟好想了想，感觉自己虽然在进步，但也没那么神，因为她基础一直不差，索性就把萧屿那时候说的话一字不差地转达给几人。

萧屿一进教室就看到这番场景——一群外班男生把孟好围得水泄不通，叽叽喳喳地吵得人头疼。回自己班教室之前，那几个男生还不忘朝她道谢，最后出教室的那个男生还说了句："谢谢你啊，大美女。"

萧屿毫不掩饰地皱眉，扫了孟好一眼。

你倒是笑得挺甜，就这么喜欢别人叫你大美女是吧？行，等着。

萧屿回了座位，用脚尖踢了踢孟好的桌腿儿，双手插兜，自上而下地看她。

孟好不解。

萧屿清清嗓子，表情冷淡："借我支笔。"

孟好忍了忍，从桌上翻出一支没拆封的中性笔，递给他。

萧屿接过："谢谢你啊，大美女。"

阴阳怪气的。

午自习下课铃打响，萧屿被吵醒，迷迷糊糊瞅了眼孟好的方向，随手团了个纸团扔过去，还挺有准头，直接砸在孟好桌上，纸团又弹了两下。

孟好偏头瞧他："有事儿？"

她知道萧屿最近像来了"大姨夫"一样，时不时地就找她事儿，作得不行。

萧屿酷得像个大少爷："下节课上什么？"

孟好瞥了眼课表："数学。"

"哦。"

半分钟后，萧屿又砸过来一个纸团。

孟好忍不住了，用力把纸团砸回去："有事就说，老砸人算怎么回事？"

萧屿倒没什么表情，冷淡地说："借个橡皮。"

孟好扔了一块橡皮给他。

萧屿又开始了："谢谢你啊，大美女。"

恰好过道这边都是进进出出的学生，听到萧屿这话，都把目光移向孟好。

这两人又抽什么风呢？

孟好：萧屿的脑子没事儿吧？

她拿着保温杯起身，根本不给萧屿半个眼神，径直朝着饮水机的方向走。

突然，一条胳膊挡住她，顺着方向看，那只骨节分明的手上握着一个玻璃杯。

一道没什么波澜的男声响起："帮忙接杯水，半凉半热。"

孟好：？

萧屿老神在在地坐着，注意到孟好投过来的眼神后，“大发慈悲”地补了句：“谢谢你啊，大美女。”

孟好：没完了是吧？

“以前怎么不见你这么有礼貌呢？”孟好把水杯放在他桌上，去掐他的后脖颈，还故意拿手冰他。

两人扭打在一起，也没注意到几个吃瓜群众的眼神交流。

凌翔宇：“这又是唱的哪一出？”

许心雨：“不知道。”

孙广：“要不要赌一下他俩谁赢？”

许心雨没理他，走过去站在凌翔宇身旁，用脚尖轻轻碰了下凌翔宇的腿，小声问：“还疼不疼？”

凌翔宇得意地笑了笑：“怎么，关心我了？”

许心雨不吭声，注意力全被他那被包扎起来的小腿吸去注意力，眼眶里渐渐蓄了泪珠。

凌翔宇心里一紧，直接站起来了，随手拿过不知道是谁的抽纸，小心翼翼地给许心雨擦了擦掉下来的泪，眼神有些不自在，哄她：“别哭了，我的腿不疼。”

开学第二天，凌翔宇因为许心雨一句无心之语“想吃糖葫芦”，就独自翻墙去买。买好之后翻墙回来的时候被门卫发现，吓得他跳下来的时候没站稳，扭了脚，连同小腿也受了伤。因为是高三生，所以学校只让他写了个检讨就算了。

当凌翔宇拿着各式各样的糖葫芦一瘸一拐地递给许心雨时，她吓了一跳，同时也自责不已。但孟好当时不停劝她别多想了，那傻小子看起来挺结实的，应该没什么大事儿。也是从那之后，许心雨天天跟在凌翔宇身旁，弄得老师都怀疑两人有点什么。

另一边，孟好和萧屿还在继续互怼。

“萧屿，你是小学生吗？”孟好被他激得控制不住自己。

萧屿捂了捂被她凉过的地方：“你管我。”

“作死你得了。”孟好不想再理他，拿起自己的杯子就走。

萧屿喊住她，孟好回头：“干吗？”

萧屿好像要作到无穷无尽的地步：“帮我接杯水呗——”

孟好皱眉，心里生出了捂耳朵的想法。

果然下一秒。

“谢谢你啊，大美女。”

“萧屿，百日誓师大会的演讲稿准备好了没？”

自从凌翔宇脚崴之后，活动范围便被限制住，不过一中学生的课间向来少得可怜，而且现在离高考只有一百来天了，大家也都争分夺秒地复习。一模也快到了，那毕竟是真正意义上的高考模拟，难度可想而知。

明天是百日誓师大会，不出意外，萧屿当然是那个站在几千人面前领誓的学生。

“还没，”提到这个萧屿就烦，“最近事多，忙不过来了。”

凌翔宇还是第一次听到萧屿说这种话，当即扔了笔，凑过去问：“哟，咱们学神哥哥有点虚了吧？是不是不行了？”

“走，离我远点。”萧屿受不了凌翔宇最近一副春风得意的样子，“挺牛啊你，小心乐极生悲。”

凌翔宇这才收敛了点：“羡慕了？谁让你那么作来着？让我算算，孟好是不是已经二十四小时不理你了？”

“走远点，再提这个绝交。”萧屿说。

“你还真是小学生啊？”凌翔宇嗤笑，“怪不得孟好不理你。”

此时正处于下午大课间，教室里的人很少，平芜今天格外冷，又下了场大雪，大家都去操场打雪仗了。

萧屿正写着明天的演讲稿，思绪有些乱，抬头扫了眼过道那边的位置，空空的。

他冷笑一声。

几分钟前的大课间，孟好被隔壁班的那几个男生叫去打雪仗，走之前她都不带瞅他一眼。他也恨自己没骨气，在她出门前还叫住人家，怕她玩雪会冻手，塞给她一副棉手套。

情绪一上头，灵感便迸发，不一会儿，稿子就写完了。

“我去趟综合楼，你自己在教室待着没事儿吧？”萧屿套上外套，站起身。

凌翔宇正刷题呢，头也不抬地回道：“能有什么事？你该忙啥就忙去呗。”

萧屿扫了眼后排的座位，孙广和江淼都出去了。他也说不出此刻自己的感受，就是心悬在半空中，落不到实地上。

“杵着干什么呢？我就是伤个脚，又不是瘫痪了，至于这么担心吗？”

凌翔宇见他还没出门，忍不住犯贱。

萧屿扫他一眼："少自作多情。"

凌翔宇被噎住。

萧屿走后，教室里只剩凌翔宇一人了，他也乐得清闲。

孟好玩累了，双手直接举过头顶，喊投降。

南美清毫不留情地笑她。

孟好也没被激得继续："我真没力气了，买杯奶茶去？喊得我都渴了。"

孟好说完，不管三七二十一，拉着许心雨和南美清朝着超市的方向跑去。

超市对面刚巧是综合楼，孟好打头走进超市，没注意到后面萧屿进综合楼的场景。

但南美清和许心雨发现了，两人小声讨论。

"他俩还闹呢？"南美清问。

许心雨："和好了吧？刚才萧屿还塞给孟好一副手套呢，让她玩雪别冻着手。"

南美清挑眉："那他怎么没下来？"

许心雨摇摇头："不知道，可能是怕没人看着凌翔宇吧？"

"也是，凌翔宇那脚得多少天才能好啊？"

"一周吧，应该快好了。"许心雨拿了瓶水，提起这个她就一脸愧疚。

"你也别担心了，他一个大男生摔一下还能摔坏了？"南美清安慰她。

许心雨点了点头，没再出声。

孟好选好东西，正准备转身去找南美清和许心雨，人群中忽然爆发一声尖叫，各路叫喊声一同出现，原本和谐的场景一下被打破。

"着火了！理科四班着火了！快打 119！"

"啥？教学楼那里？"

"废话！"

"那我刚才怎么还看到萧屿冲进教学楼了？"

"你看错了吧？"

"真没有，我从综合楼里出来碰到他打了声招呼，之后他看到教学楼冒烟了，直接冲进去了！"

"天啊！"

孟好刚一转身，对话声噼里啪啦地朝着她脸上砸过来，心一抖，手上的东西没拿稳，落在地上。

超市里的学生本不算太多，但因为有教室着火的消息，大家一瞬间躁动起来。

孟好都来不及弯腰捡掉落的东西，就被人流挤出了超市。

站在教学楼前的空地上，孟好能看清那滚滚浓烟直冲云霄。四周都是学生的叫喊声、老师维持秩序的声音，以及从远处传来的消防车的警报声。

“据说是四班学生擅自开了空调……”

突然，“砰”的一声巨响，远处的高楼迸发出肉眼可见的不明物。

因为着火时间处于下课期间，又碰巧赶上今天下雪，教学楼里的学生不多，很快就被转移到操场，消防车也迅速到达。

漫天遍地的叫喊声，听得人心里发慌，孟好也是。

理科三班的班牌已经举起来了，班长正在清点人数，有人发现萧屿和凌翔宇不在，立刻上报。

许心雨想起凌翔宇因为脚伤不便下楼，瞬间慌了。

黑烟像形成脉络般地直冲上天，白色教学楼楼体被浓烟包裹，能看到的只有那熊熊大火，翻涌的火苗不断继续着。

“老师！萧屿和凌翔宇不见了！”班长突如其来的一声跟炸弹一样，让本就乱糟糟的人群更加惊慌。

“别闹啊，都这么半天了，这两人不会出事儿了吧？”

“别乱讲行不行！”

孟好站在正对操场入口的位置，面色平静地盯着教学楼，心里实则慌得已经六神无主了。

“不会有事的，消防员叔叔都进去了，刚才我听到主任对消防队长讲现场的情况了，说火灾看着吓人，其实没什么事儿。”

“走开，没什么事儿就不会爆炸了，你当刚才那声巨响是什么？是爆炸声，从天而落的也是窗户上的玻璃。”

“你故意的吧！制造什么恐慌！”

“那你的瞎话说得挺溜的啊？”

危急时刻，往往人的本性都会暴露，无论他是谁，年龄多大。

孟好被吵得烦，但依旧静静地站在那儿。

萧屿不会有事的。

此时此刻她也只能这样安慰自己。

“孟好，你回班里队伍吧。”许心雨过来喊她。

孟好眨眨略显酸涩的眼，转身跟许心雨走：“好。”

就在孟好刚走进三班队伍的那一瞬，身后突然多了许多不同的声音，断断续续的，莫名拂去了她心里的不安和躁意。

许心雨面对着那个方向，目光越过重重人海，看到凌翔宇被萧屿架住的身影，心一下松了。

她急忙去拉孟好：“是萧屿和凌翔宇过来了。”

闻言，孟好下意识地转身。

几米外，凌翔宇的胳膊搭在萧屿身上，被一层又一层的人围住。

凌翔宇几乎是把全身的力量都压在萧屿的身上，萧屿却没半点费力的样子，还不停地和别人聊天，只是额上冒着细细的汗。

孟好什么反应都没了，只是心头涌上了不合时宜不该存在的劫后重生的庆幸。她的嘴唇紧紧抿着，垂在身侧的手牢牢地攥紧，鼻头发酸，眼泪有些控制不住了。

萧屿和凌翔宇好不容易摆脱了一些问话的人，慢吞吞地走过来。早在之前，萧屿就接收到孟好的眼神了，本是想晾她一会儿，谁让她这段时间这么冷待他，但看到那姑娘要落不落的眼泪后，他都想抽自己一巴掌。

让女生为你哭，真行啊你，萧屿。

孟好后知后觉，庆幸感几乎将她吞没，还好萧屿没事。她能猜出萧屿为什么在得知教学楼起火后依旧奋不顾身地冲进去，因为凌翔宇在那里。换句话说，是因为三班教室里还有人，他是班长，即便是个空有头衔的副班长，也必须要冲进去救人。

其实孟好一直觉得自己压萧屿一头，但就目前来看，她是真的做不到萧屿这样。她承认自己是精致利己主义者，不会为了任何人影响自己的情绪，所以即便是和萧屿冷战了几天，她都不会反省自己，因为她真的觉得自己半点错都没有。

但此刻不一样了，她必须得正视一些情感。所以现在，不管山那边是百死一生的悬崖，还是无法跨越的荆棘，她都会帮萧屿挣脱枷锁，摆脱桎梏。

因为，没有什么能够阻挡萧屿。

她也不可以。

消防人员清理完便出了学校，火灾结束后的一中恢复了往日的沉寂。浓烟虽然触目惊心，但幸好火势不大，并没有人员伤亡。

医务室内。

孟好坐在一旁的长椅上，双手插兜地盯着坐在病床上的男生，眼神直接把他震慑住。

医生给萧屿清理完伤口，讲完注意事项又叮嘱他半个小时后再回班里后便走了。

医生一走，小病房只剩下孟好和萧屿两人，这让本就安静的气氛多了几丝诡异。

萧屿摸摸鼻子，猜不透孟好现在心里在想什么："好歹我也算半个病人，你就这么晾着我？"

孟好这才起身，一步一步地朝萧屿走过去。

萧屿看着她，仿佛她的脚步踩进了他心里，让他喉咙一阵发紧，忍不住咽了下口水，喉结上下滑动着。

孟好目光扫过他那被包扎好的脚踝，轻笑一声，接着坐在他身边，故意拿左肩去撞他，讲话却轻声细语的："行，学神哥哥英勇救人，要不要我给你颁个奖啊？"

萧屿目不转睛地盯着她："那倒不用，你学神哥哥家里奖状多的是，不差你那一个。"

两人的目光在空中相撞，孟好笑吟吟地回视他："说你胖你还喘上了？"

萧屿呼吸一窒，率先转移话题："我给你的手套怎么没戴？"

"让许心雨拿回教室了。"

萧屿想到什么，鼻腔发出轻哼："打雪仗好玩吗？"

"没你在，一点也不好玩。"

萧屿顿了顿，扫她一眼："现在会说漂亮话了？"

孟好眨眨眼，满脸真诚："我刚才的话是真心的。"

"信你有鬼。"

半分钟后，萧屿才转过弯来："也就是说，你以前的那些话都是假的？"

孟好没说话，只觉得此时的萧屿万分可爱。

人一旦看清自己内心，就会发生啪啪打脸的事情。正如现在，孟好盯着作劲儿十足的萧屿，心里半点不耐烦都没有，只想揉他的头发。

“笑什么？心虚了？耍我很爽是吧？是不是喜欢看我像个上蹿下跳的小丑啊？”萧屿声音里的笑意还在，但又不像是在开玩笑。

“萧作作，再作可就没人喜欢你了哦。”孟好吓唬他。

萧屿冷笑：“没人喜欢拉倒。”

“那不行。”孟好一本正经的。

萧屿抬起眼皮，睨她一眼：“怎么？”

“这么好的学神哥哥，一定要被全世界喜欢才行！”孟好抬起一只手，如愿以偿地揉了揉萧屿的头发。

萧屿立马奓毛，躲开：“你摸狗呢？”

孟好哈哈大笑，又要上手去摸，萧屿不停地躲。

两人还就玩上瘾了，一来一回，你来我往，全然没意识到门口堵了好些人。

许心雨小声问：“萧屿那是生孟好的气了？”

南美清早就看清了萧屿的本质，就是一条狗：“你见过生气的人还笑吗？”

许心雨看过去，发现确实像南美清说的那样，萧屿的嘴角都快咧到后脑勺了。

“两位，玩够了没？”孙广看不下去，率先出声。

两人这才察觉到堵在门口的众人。

一群人走进小病房，房间瞬间变得拥挤，同时吵吵闹闹的，大家都在七嘴八舌地询问萧屿的伤势。

凌翔宇也算个病号，坐在萧屿身旁，盯着萧屿的脚发呆。其实起火的时候，他是真的慌，当时在教室里看到了火苗和浓烟，风刮得很大，有扇没关好的窗户好巧不巧地被吹开了，窗帘被卷出窗外。他起身想去先把窗户关上，以免火势蔓延到三班教室，但刚走一步，因为着急被桌腿绊了一下，原本就有伤的脚雪上加霜，疼得他直接摔在地上。正当他心头涌起绝望的时候，教室门突然被踹开了，是萧屿跑回了教室。

萧屿二话没说，直接把他架起来。临出门前他提醒萧屿要关窗户，萧屿急得也没想那么多，直接背着他走到窗边。萧屿用手勾窗帘的时候，凌翔宇也想帮忙，却没承想因为自己，萧屿无法保持平衡，脚勾到暖气片，脚腕硬生生地被暖气片划了个血口子。但即便是这样，萧屿都坚持把他背下了楼。

萧屿是因为他受伤的，他真的过意不去。

萧屿本可以告诉消防员来救他的，但萧屿还是自己跑回来了。

忽然间，他还挺庆幸的，能遇上这么一个好兄弟。

课间就十分钟时间，众人看了眼萧屿，知道他活得好好的，就都回了教室，只留孟好一个人在医务室陪他。众人走后，孟好又去把门关上，转身后发现萧屿一直盯着她，眼神好像还在期待着什么。

孟好坐过去，又去牵他的手："学神哥哥，消气了吗？"

她指的是自从吵架后，两人就一直互相冷待对方。

萧屿这次倒是任由她牢牢地抓住自己的手，半点挣脱的意思也没有，像是妥协，但又说："没。"

孟好被气笑了，但也没反驳。

萧屿又道："我想喝水，你去买一瓶。"

孟好任劳任怨地去给这个作精买水，出小卖部前看到一个有趣的玩意儿，也直接顺手买了。

屋内的灯光明亮，萧屿盯着被孟好强行戴在手腕上的卡通图案手表，一时有些说不出话。

"它还有歌唱功能呢，我给你试试。"说着，孟好凑过去，胡乱地点了什么按钮，紧接着一首广场舞神曲就响起来，音量震动整个病房，偏偏孟好没觉得尴尬，还觉得自己捡到宝了，"这个不算踩雷，好神奇。"

"你是我的小啊小苹果，怎么爱你都不嫌多，红红的小脸温暖我的心窝，点亮我生命的火，火火火火火……"

萧屿：谁能告诉他，孟好的口味为什么这么独特？

"怎么样？"孟好问。

萧屿无言以对，把手腕伸到她眼前："你能告诉我为什么 Hello Kitty 配的音乐是《小苹果》吗？这是什么混搭？"

孟好舔舔嘴唇："人家就是这样的，你就别挑了。"

萧屿又把自己的手腕翻来覆去看了几眼，最后妥协地吐槽："给猛男买 Hello Kitty，你怎么想的？"

孟好撇了撇嘴，这个粉嫩的东西确实和他不太搭，想了想，最后试图去摘："那你不想要就还我吧。"

却没想到萧屿直接把手背到身后，大爷一样："谁说我不要了？"

孟好开心了："那你要一直戴着它。"

萧屿：“……行。”

孟好这才坐到他身边，盯着他的侧脸看了几秒，问：“那学神哥哥原谅我了吗？”

萧屿扭身去捞床尾的矿泉水，拧开瓶盖，朝前一递，送到孟好面前，漫不经心地说：“看你表现。”

孟好没想到水是给她的，自然地接过喝了口，嘟着嘴瞪他。

孟好喝了一口水，喝完从萧屿手里拿过瓶盖，故意拧得很紧，然后扔给他，挑衅地抬了抬眉毛：“你要的水，让我喝干吗？你不是渴吗？”

萧屿明白她的意思，低头笑了下，指尖摩挲着瓶盖：“行，我喝。”

“给你买Hello Kitty是想告诉你，这个世界有光。”

——也有奥特曼。

萧屿没反应过来她的话是什么意思，茫然地看她。

孟好眨眨眼，不对啊，难道南美清的信息有误？

她清清嗓子，声音里带了那么点矫情和害臊：“你不是喜欢奥特曼吗？”

萧屿一愣。

我怎么不知道？

孟好注意到他的眼神，没好气地说：“南美清告诉我你喜欢奥特曼，还经常借着给南鹤一买奥特曼的理由自己玩。”

她说完这话，萧屿忽然笑了，心窝里软软的。

还有，心是滚烫的，心跳是震耳的。

孟好爹毛了：“你笑什么！”

萧屿笑得胸腔振动，身子也在发抖。

片刻后，他对着孟好勾勾手指。

孟好顺从地挪过去，仰头盯着他看，眼神在问：干什么？

萧屿嘴角向上翘着，也盯着她。

突然，他双手掐在孟好脸颊两旁，用力地捏了捏。女孩脸上的软肉因此都聚拢到一起，眼睛也眯了起来，像吃饱喝足的小猫。

孟好看在他是个伤患的份上忍了三秒，但最后还是没忍住，骂道：“萧屿，你大爷的！”

高考百日誓师大会受火灾的影响推迟了几天，举办这天萧屿的伤已经好得差不多了。

一中的小礼堂已经提前布置好，中午吃完饭，各班就在操场集合整队。

广播里喊让班长去领新定制的班牌，三班是萧屿去的，毕竟他是男生。领完班牌回操场的那段路，萧屿发现他的视角能把三班的队伍都收进眼中。

孟好在女生堆里算是最高的，所以站在最后一排。一列男生一列女生的队伍，她左边空出了一个位置是留给他的，她斜前方是孙广、凌翔宇他们，她右边则是四班的男生们。

此时，孟好正跟四班几个站在后面的男生有说有笑，人已经快站到对方队伍里了。

萧屿漫不经心地走回队伍，先是把班牌递给班长，然后在走到队伍后面经过孟好的时候直接揪起孟好的后衣领，当然也不敢太用力，怕弄疼她，只是稍稍用了些力道，将她扯回了自己班的队伍。

孟好被扯回来后，盯着萧屿看了三秒："你干吗扯我？"

萧屿不自然地躲开她的目光，语气严肃道："站好，不知道的还以为你是四班的呢。"

孟好笑了笑，心说这人怎么想一出是一出。

但她还是听话地没再往四班跑，只是一个劲盯着萧屿看，看得萧屿浑身不自在。

"你看我做什么？"

"萧屿，能别作了吗？我哄你哄得心累。"孟好故意这样说。

萧屿果然上钩了，他冷哼一声："我作到你了对吗？"

孟好不知怎么接话。

"行，以后你别搭理我。"

唉，哄吧。

孟好往他旁边靠了一小步，偏头小声说："没，你没作到我，刚才和四班男生聊天的不只有我。"

萧屿冷着脸说："那我怎么没见凌翔宇和孙广往人家班上站？"

孟好："差不多得了，刚才我们在聊你。"

萧屿也不是不知道收敛，接话道："聊我什么？"

"聊你帅，聊你学习好，聊你待会儿要演讲。"

萧屿轻哼一声。

"真的。"孟好语气真诚。

萧屿假意"哼"了一声，把自己的手机扔给她："拿着，密码 0101，我去主席台了。"

孟好乖乖点头，笑得灿烂：“学神哥哥就是最帅的！”

萧屿笑了。

“嗡——”主席台上传来一阵刺耳的声音，引得底下的学生有些躁乱。

校长上台维持好秩序后，很快进入主题——校长发言，主任发言，最后是学生代表发言。

台下是一千多名学生，同一时刻都把目光放到主席台那个少年的身影上。

渐渐地，孟好的心里开始澎湃。

台上的萧屿和以往一样，但又多了点与众不同的感觉，好像他站在那儿，就能抵住千军万马，抵住流言蜚语，抵住自暴自弃者的话。

“老师们、同学们，下午好，我是高三理科三班的萧屿……”

萧屿穿着整齐的校服，话筒捏在手里，看起来像是经常演讲，没有半点紧张，神态展现出来的自然让底下的观众觉得他仿佛是在聊天一般，好像这位传说中的学神没有那么遥不可及，他站在那儿，便让人觉得月光照亮一切，照耀你的同时也在温暖着别人。

萧屿就是那个影响力极深的学生，那个能震慑住万千学子的学生，那个值得信服的学生，人们会不由自主地跟他走，被他的人格魅力所吸引。

“我们生在最好的时代，但绝不是垮掉的一代。正如鲁迅先生所说，中国青年需向上走，不必听自暴自弃者的话。冲向历史拐点的掌舵手是我们，干劲满满的是我们，无法被定义的一代是我们，同时为天地立心，为生民立命，为往圣继绝学，为万世开太平的一代也是我们。

“我们的力量如星火一般，渺小却伟大。最终胜利必将属于我们，剩下的九十多天，大家一起加油！”

萧屿的演讲在给同学们传递正能量和鼓励，演讲词几乎都是一些振奋人心的话，放在平时，这或许是场面话，但放在此刻，恰好是给学生带来希望的话。

萧屿目视前方，身上散发的光比深夜的明月还要耀眼夺目。

正当众人都以为演讲就此结束的时候，萧屿又继续发言，不受掌声影响。

“另外，我从不听自暴自弃者的发言，因为有人对我说过这样一句话，现在我想送给大家。”

莫名的，孟好猜出了那句话是什么，眼眶里不由自主地涌上热泪，心尖上的船也翻了，海浪拍打着礁石的巨响和萧屿的声音一同传来——

“我们不是转瞬即逝的光，我们是永恒不灭的光！”

第 7 章
风一直吹

领誓人依旧是萧屿，台下的学生与他一同道出严肃口号——

“十年寒窗，奋起一搏，热血青春，任我翱翔；全力以赴，定能夺冠，无愧自我，永不言败！”

偌大礼堂被无数青年人包围，气氛变得火热，直达巅峰。口号声震天响，数千人热泪盈眶，感染力超强。

那些新青年是光，是火焰，是一轮明月，是峭壁上的一株石上莲，是永远的人间第一流。

确实。

须知少时凌云志，曾许人间第一流。

高考百日誓师过后，高三学生就算是正式开始上战场前的准备。以往七七八八的小情绪都收个大概，孟好破罐子破摔地黏着萧屿，碰到难题就问他，当然她也注意分寸，请教问题也都是在不打扰到他的情况下进行。

三月初，一模如期而至，试卷难度是以往未曾达到过的，对于高三生来说也算是一个致命打击。

但孟好搞不懂的是，为什么在平均分比往常低了不少的情况下，萧屿还是稳居第一的位置。自从这个学期开学后，流动制班级这一规定就取消了，毕竟距高考只剩不到一百天，如果再像之前一样给学生调换班级，改变学习环境的话，校领导也知道会影响学生成绩，最后索性就废了这一规定。

也是从那之后，萧屿完全不被束缚，像一只被囚了数月的雄鹰冲破牢笼般，无论大小考试，都会给人带来意想不到的惊喜。

或许，他生来便是不受控制的雄鹰。

孟好以为学神能高居第一靠的是智商和天赋，但当萧屿不幸病倒后，她才了然，哪有那么多天才，那些优秀的人无非在你看不到的地方也在用功。

考试成绩出来后，萧屿发烧了。

那天早上，他烧得睡过了头，被班主任方兴的夺命连环 call 吵醒后，迫不得已请了假。那会儿他浑浑噩噩的，幸亏睡着前吃了包退烧药，不然病得更严重。

晚自习放学后，孟好给萧屿打了无数个电话，但没人接。想象力超群的她害怕萧屿出什么事，从一中出来后便直奔药房。

她拎了一兜子各式各样的非处方药出来，拦了辆出租车，一路上也不停地给他打电话，可惜都没人接。

就这样，孟好惴惴不安地去了萧屿家。

打了无数个电话，摁了无数次门铃，终于，耐心告罄，她准备直接上手砸门。

万幸的是，这时，门开了。

孟好这才松了口气，胸腔里的火急急地想喷发出来，但看到眼前人的模样后，竟奇迹般地消失了。

萧屿脸颊上泛着不自然的红，头发乱得像个鸡窝，还是母鸡可以直接蹲在上面孵小鸡的那种乱七八糟的鸡窝。

病号萧屿对孟好的腹诽浑然不知，眼睛睁不开似的眯成一条缝，见到来人是孟好后，头疼到炸开了还不忘弯腰从鞋柜里给她翻出一双棉拖鞋。

“退烧了吗？”孟好进了屋，带上门，顺手把一兜药放在玄关的高脚柜上。

萧屿嗓子哑得厉害，没开口，只是从喉间蹦出一个单调的“嗯”。

孟好刚要换鞋，想让萧屿回屋躺着，却是真的没想到这位病号直接大大方方地上手帮她换鞋。

萧屿单膝抵着地板，此时的姿势像偶像剧中男主角对女主角求婚的那种单膝跪地。即便是眼前一片昏暗，他的手也准确无误地握着孟好的脚踝，像照顾小孩一样帮她把鞋脱掉，又给她套上棉拖鞋。

帮孟好两只脚都穿好棉拖鞋后，他才起身。

孟好傻眼了，胸腔里涌动着什么情绪。

萧屿站在她面前，因为身高差距，大部分光线都被他挡住。他蹙眉，清清嗓子，声音嘶哑得厉害：“你怎么来了？放学了？”

他都不知道天什么时候黑的。

“我怎么感觉你又发烧了？”孟好边说边踮脚，双手够上去扶在他脑后，前额贴上他的前额。

还是有点烫。

因为还没完全退烧，萧屿的呼吸灼热，烫得孟好缩了缩脖子。她刚才什么也没想，就一股脑儿地想知道他退没退烧，才把自己的额头贴了上去，也没管动作有多亲密。

所以现在萧屿的呼吸全喷在她脸上，她才反应过来，两人的距离着实过于亲近了。

她刚要松开萧屿，却发现这人估计也神志不清了，手扣在她腰两侧，稍微用了点力，就把她带进怀里了。

少年滚烫的身子包裹着她，灼热的呼吸围绕着她，耳边还是他那强有力的心跳声。

“萧屿，你头还疼吗？”孟好不敢挣扎，直接贴在他耳边问。

萧屿这才像是从梦中惊醒，注意到自己和孟好的距离后，慢吞吞地松开，揉了揉眉心：“有点，刚才抱歉。”

孟好摸摸鼻子，小声说：“没事儿。”

萧屿笑了，睁开一只眼：“害羞了？”

孟好舔了一下干燥的嘴角，没理会他的话，扭头往玄关处去拿药袋子。

“对了，你吃晚饭了吗？不会睡了一整天吧？”

萧屿趿拉着拖鞋往卧室的方向走：“嗯。”

“我来之前点了粥，待会儿喝了再吃药吧。”

“行，听你的。”

孟好看了眼他的背影：“你还要睡觉？”

萧屿头也不回：“不睡，你先在客厅待会儿，我换个衣服，出了好多汗，穿着难受。”

他回了卧室之后，客厅一片安静。

孟好去接了壶水，放在厨房烧着，之后从药袋子里翻出饭后吃的退烧药，一粒一粒地弄出来放在桌边准备好，方便萧屿喝完粥后吃药。

门铃响了，粥到了。

孟好把粥和药都放在餐桌上，扭头对卧室喊：“萧屿，出来吃饭！”

可惜，无人应。

孟好又扬声叫了几次，还是无人应答。

不会又睡着了吧？

她把动作放到最轻，悄无声息地推开卧室的门。果然，就这么一会儿工夫，萧屿又睡着了。睡着之后的他格外平静，没了往日作精的模样，也不再是那个冷冷的酷哥，安静得像个小孩。

孟好又返回餐桌前，拎着粥和药进了卧室，轻轻地放在床头柜上。

她做好一切后，盯着床上那个人，恶劣心一起，凑近萧屿，伸手捏住他的鼻子，想用这种方式把他憋醒。谁承想这人睡着了也不傻，觉得鼻子不通畅就用嘴呼吸。

孟好轻哼一声，用另一只手去捂住他的嘴，把他最后一丝防线击垮。

一开始整蛊萧屿，她忘了床上躺着的是个病号，笑得灿烂，目不转睛地盯着他，想看看他到底能憋多长时间。

她在心里数着，刚巧数了一分钟，萧屿醒了。

准确来说是睁开眼了。

萧屿早在她伸手过来的时候便醒了，之后是装睡的。

两人的目光在空中交会，卧室的窗帘紧闭，头顶的白炽灯光晃眼，一切都无处遁形。

萧屿支起一条腿，左臂忽然从被子里伸出来，放在脑后垫着，眼睛直直地盯着孟好。

他俩谁也不开口说话，任由眼神相撞在一起，呼吸缠绕在一起，心跳声掺杂在一起。

孟好支着下巴，手肘就支在自己的膝盖上，笑得眼里能倒映出璀璨星河，还时不时地眨眨眼，长睫毛来回扑闪着，刮起细小又不易察觉的甜风。

萧屿慢慢抽出自己另一条手臂，也有模有样地学着孟好的动作，支着下巴。

他垂着眼扫了下孟好的衣着，这才觉察出她羽绒服里面穿的居然是紧身短袖，还是露出小腹的那种，领子敞开，动作间，脖子上的银项链在不停乱晃。

抬眼看，孟好笑得狡黠。

萧屿慢慢呼出一口气，偏头移开视线，去看一旁的窗帘。

即便是隔着点距离，萧屿还是能看到孟好眼底的星星点点。他喉咙发痒，心跳也乱得不行，以前运动会参加完三千米长跑比赛都没这么心慌过。他手指轻轻动了动，碰到绵柔的蚕丝被。

“肺活量不错啊。”孟好笑吟吟地看他。

这人捂一个病人的鼻子还丝毫没有愧疚之心。

萧屿垂眼睨她："听你的口气，是不服？"

孟好听完这话，身子往前坐了坐，半点腼腆都没有："不服不行吗？"

她话里话外只传达了一个信号，那就是：我肺活量也不差。

萧屿心里一阵无语，双手撑着床起身，后背靠着床头，长臂一伸，利利索索地自己套上羽绒服，把拉链拉到顶端，好像对面坐着个猛狮野兽。

"服不服你都得服，你离我远点，非得把你也传染上是吧？"

萧屿靠着床头，目不转睛地盯着孟好，又移开视线，捏住被子边缘，手一扬，直接兜住她的脑袋。

"萧屿！干什么啊你！"孟好的声音从被子里传来，闷闷的。

她起身挣脱掉棉被，拢住身上的外套，没了和他闹下去的心思，把拉链拉到下巴处，只露出一双清明晶亮的眼睛，头发也因此乱糟糟的，倒没有显得邋遢，而是多了几分慵懒美。

孟好下巴朝床头柜的方向点了点："你要是不想传染给我就赶紧把药吃了。"

她的语气莫名其妙有些凶，萧屿也猜不透她生没生气，把数好的药粒一股脑儿塞进嘴里，又灌了几口水，吞咽下去。

动作间，男生的薄唇沾染上水珠，喉结不停地上下滑动。

孟好看得出神。

一个枕头闷闷地打过来，力道是被控制好的。

"萧屿！"孟好及时接住枕头，一脸怒气。

这人莫名其妙扔过来一个枕头，虽然不疼，但也不行。

头顶传来萧屿的冷笑："刚刚在看什么呢？"

孟好被他说得心虚，眼神浮在空中，不敢与他对视："哪有……"

"没有吗？你看见我就像猫见到老鼠一样，哈喇子都快流出来了。怎么，我帅到你了？"

孟好手扶着床边，一个屈肘坐直身子，凑到萧屿身边，盯着他的侧脸以及紧绷的嘴唇，忽然叹了口气："嗯，确实挺帅的。"

萧屿倒是没想到她还挺诚实，愣了下："什么？"

"就是可惜是个病秧子。"

若是气人算是一项杀人技能，那萧屿现在早就被孟好凌虐得半点骨头渣都不剩了。

卧室沉入安静，萧屿也不开口了，表情冷淡地盯着孟好。

孟好被他看得心里发毛，开始虚张声势："干吗？你整天在学校不好好吃饭，不好好穿羽绒服，现在感冒发烧了你还有理了？萧作作！”

“作死你算了！”孟好气不过，又弱弱地补了句。

萧屿盯着她，算是看出来这人吃硬不吃软，你要是给她来点软的，她能蹬鼻子上脸，也能上房揭瓦；但你要是直接来硬的，她就熄了火了，连气焰都不翼而飞了。

“萧作作，真生气了？”孟好小声问。

萧屿重新坐回她对面，眼神怎么看都有点破罐子破摔的意思，他二话不说，直接拿起一旁的热水一饮而尽。

之前在客厅里光不是特别亮，但现在卧室的光简直到了闪瞎眼的地步，把萧屿的动作照得清清楚楚，都映在孟好的双眼里。

“唠叨完了吗？‘孟医生’。”萧屿说。

孟好听到这话，总觉得他话里的意思是：再啰唆我就真生气了。

气性可真够大的。

孟好讨好道：“可以了可以了，你别生气了。”

“孟好，你语气还能再敷衍点吗？”

孟好都服了，手放在腿旁，不停地点着床单上的方块儿。

“干吗呢？玩《消消乐》呢？”

孟好觉得今天萧屿的脑子怕是被烧傻了，说出的话都格外呛人。

萧屿其实就是别扭，他总觉得孟好最近变了，说白了他就是神经质发作，感觉对方对他没有以前好了而已，所以才作个不停。放平时，他肯定不这样。

“差不多得了，你不回家了？”萧屿扫了眼手表，马上深夜十一点了，“我送你回去？”

孟好双手拍了拍床，“嘿嘿”笑个不停：“我自己回家就好，你赶紧睡觉吧。”

“到家和我说一声。”

半个小时后，床头柜上的手机忽然亮了。

孟好油：报——本公主到家了！

xy：知道了。

孟好油：你是不是忘了什么？

xy：晚安。

孟好发了个微笑的表情。

xy：。

次日清晨，天蒙蒙亮时，商家就陆续开门，街边小贩也缓缓出摊，小巷里传来广播的叫嚷声，早餐店的蒸汽一层又一层。穿蓝白校服的学生骑着单车穿过大街小巷，直奔学校。

孟好一出小区便看到即便是穿着简单也格外扎眼的萧屿站在街对面，身后停着他那辆黑色单车。

她一边穿过马路，一边兴高采烈地喊："萧屿！"

萧屿估计是还没好透，这次穿上了御寒的羽绒服，少见地围了层薄薄的围巾，下身是校服裤子，简单统一的色调。

但很对孟好的口味。

在离萧屿还有几步远的时候，孟好小跑起来，以至于没刹住步子，还好萧屿接住了她。他又淡淡地嘲讽："看见我这么激动？"

这还是萧屿第一次这样讲话，孟好愣怔一瞬，倒没多纠结这个，扬起笑脸，反问："你不也是吗？"

要不怎么说孟好会说话呢，就这么一个反问，直接把萧屿狠狠地拿捏住，弄得他也不搞情绪了，心里那股子郁气都消了。

"在等我吗？"孟好明知故问。

萧屿扯了个笑，还在嘴硬："想多了吧你。"

孟好"嘁"了声，内心美滋滋的，暗骂他：死傲娇，还不承认。

忽然，她瞅见萧屿背在身后的手拎着一个牛皮纸包装袋，猜着里面是给她带的早饭，便一把拽过他的手凑到他跟前，明知故问："这是什么呀？"

萧屿瞅她一眼："怎么，想当街抢东西啊？"

孟好不知道他大早上哪来的火气，被气笑了："萧作作，咱能坦荡点吗？"

萧屿：？

"早饭是给我买的就拿出来，别作了，再作我可就要打人了。"孟好没心没肺地威胁他。

萧屿的一张破嘴比千年石头还硬："不是给你买的。看见那儿的垃圾桶了吗？过去扔了。"

孟好愣了愣。

她还真就转头瞅了眼，发现四周干干净净，哪儿有垃圾桶的影子？她回头，弯腰一把抢过包装袋，恶狠狠地瞪了一眼萧屿：“萧作作！等着被我暴揍吧你！”

萧屿无所谓地耸了耸肩，笑得吊儿郎当：“行，我等着。”

话说萧屿最近确实作得过头了些，以往都是边作边逗逗孟好，现在却成天气她了，只有他清楚自己到底怎么回事。

昨晚，他闲着没事又翻开孟好的朋友圈，翻到这姑娘高一那年暑假的视频，是一条简短的vlog，没猜错的话，她应该是和朋友去了国外某处网红海湾。

从她的朋友圈便能看出她是个热爱生活的姑娘，不受一切束缚，爱自由。和她一起去的人也有男有女，仔细看还有几个外国人。毕竟孟好以前读的是国际高中，结识外籍班的学生也不稀奇。

往下翻，还有一组照片，是她和朋友去玩了卡丁车，照片的角度看起来像是无人机的俯拍，一行人拿着头盔穿着队服站在跑道上，孟好刚巧站在C位，上衣是蓝白相间的帽衫，底下是一条黑色铅笔裤，修饰得腿细长饱满。

他也第一次见识到，一个姑娘帅得肆意，酷得自由。

实话说，他看到这些后的第一反应是自卑。

原来，不论多优秀的人，在自己喜欢的女孩面前都会自卑。

倒不是因为孟好是有钱人家的小孩，而是每逢寒暑假，萧屿的日常只有敲代码和学习，从没接触过像孟好那样的生活，所以他才会生出自卑的心思。

孟好一模的成绩也令人刮目相看，已经进入年级前五十，在班里排名前十，可以说是进步飞快。

时间也飞速进行，低头早自习抬头吃午饭的日子眨眼间度过，不知不觉到了五月。立夏刚过，蝉鸣早已喧嚣，校园枝繁叶茂，初夏渐渐来临。

离高考只剩一个月了，不论是谁都进入了最后冲刺阶段，即便是吊车尾的学生也知道再不努力就彻底没希望了。所以就连午休时间都没人睡觉，放眼望去，班里所有人都在低头忙着自己的事。

孟好是真撑不住了，这段时间，她完全和萧屿一个作息，每天只睡三四个小时，这谁受得了？她偷偷瞄了眼四周，头点得如捣蒜。

她在打盹儿。

忽然，凳子腿儿被过道那边的人轻轻踢了一脚，吓得孟好一激灵。

她转过头看去，罪魁祸首头也不抬，声音冷淡："想不想去京大了？"

这句话及时地把孟好的火气掐灭了，她狠狠掐了掐自己的大腿，小声吐槽："你不信教，还不让我信教吗？"

萧屿哼笑："瞎扯什么呢？"

孟好盯着书上的数字："我说我信教！"

萧屿："什么教？"

我看看你那张嘴能编出什么来。

"回笼教。"

萧屿被逗笑，这才抬头看她一眼，笔尖触碰书本的"沙沙"声也因此停止："五分钟。"

意思是允许她眯五分钟。

孟好眨眨眼，笑着说："那你待会儿记得喊我。"

看得出来，孟好这次是下定决心了，一定要考进京大的传媒系，也是铁了心地要用高考向冯女士证明自己。

到了下午，原本万里无云的天空忽然变得灰蒙蒙的，貌似要下雨，阴沉沉的天气持续到晚上放学。

"哟，孟好这是学到走火入魔了？连饭都不肯吃了？"凌翔宇揽着孙广的肩朝这边走，虽然话是在调侃孟好，但眼神直勾勾地放在她同桌的位置上。

孟好连个眼神都没给他，挽起许心雨的胳膊就往外走，还煞有介事地唬她："我和你说，嘴贱的男生要不得，他今天敢调侃你，明天就敢抽你，所以，咱们要擦亮眼睛。"

凌翔宇回头瞧了眼萧屿，用眼神示意萧屿：能不能管管？

萧屿笑着拍了下他的肩，一副爱莫能助的表情。

孟好听到动静回头："干吗？找萧屿当帮手没用，没看到他被我怼得说不出话了吗？"

孙广轻哂两声："差不多得了，再不去食堂就真没饭吃了。"

一行人去了食堂，刚好碰见南美清，几个人便一同吃饭。

吃饭的时候，大家倒没唠嗑，估计也没什么心思聊些没用的，都自顾自地吃着自己的饭。

食堂里大多数都是高三生，这几天正是劳动节假期期间，高一高二的学生都放了假。

饭后，几人朝着教学楼的方向走，慢悠悠地走到一半，天空忽然开始掉雨点，豆大的水珠落在地上瞬间洇开，一个接着一个，到最后，雨点越来越密。

倾盆大雨出乎所有人意料。

“搞什么啊，怎么突然下雨了？”

“服了，今天中午刚洗的头发，完蛋。”

不只是他们这群人，还有很多高三生都被截在了半道上，只能硬着头皮冒着雨往前跑。有的人直接脱了校服外套盖在头上，两手支撑着校服往前跑。

萧屿当下也脱了外套，一把揽住孟妤的肩，把她兜在自己怀里，和她一同躲在校服外套下。

“还不回教室？想什么呢？”萧屿一下子喊醒正神游的孟妤。

孟妤打了个哆嗦，身子朝着萧屿的方向靠。

萧屿皱眉：“很冷？拉上校服拉链，别再感冒了。”

孟妤摇摇头。

两人很快跑到教学楼的侧门处，这里常年不开门，所以经过的人很少，但今天估计是他们运气好，轻轻一推，门便“吱呀吱呀”地开了。

萧屿先让她进去，自己胡乱地揉了揉头发，甩了甩水渍，这才进去。

楼道的光线昏暗，这里估计常年不见天日，墙角的灰落了一层又一层。萧屿高大的身影挡在她面前，两人情况一对比，差别明显。

萧屿身上湿透了，白色短袖贴着胸膛，湿漉漉的，近乎透明，把他的好身材朦胧地展现出来。反观孟妤，只有头顶的几根发丝沾了点水珠。往下看，她身上半点雨水的痕迹都没有，只是鞋上被溅了点水珠，但也无伤大雅。

“萧屿。”孟妤轻声喊他。

萧屿睨她一眼：“嗯？”

孟妤指了指：“你身上湿透了，要不把短袖脱了吧？”

萧屿都以为自己听岔了：“开玩笑呢？让我光着膀子回教室？”

“那不行。”

“怎么？”

孟妤：“有点冷，我怕你太虚又生病了。”

萧屿被她这话整笑了，后退两步，这才低头认真瞧了眼自己的状况，最后低声说："确实。"

孟好莫名在这话里听出了让她必须负责任的感觉，便脱了外套送到萧屿面前："要不把短袖脱了，穿上我的外套？"

室外的雨声噼里啪啦，只是普通的暴雨，没有雷电加持，他们站在门后的位置，依稀能听出外面的声音，有欢声笑语和骂骂咧咧，两种截然不同的画风。

萧屿拿过外套，翻了翻："你这太小了，我穿不了。"

孟好立在那儿，直接戳破他的心思："别矫情了，赶紧换吧，至于这样扭捏吗？我的衣服可是香香的。"

萧屿扯了个笑："呵呵。"

孟好：？

阴阳怪气谁呢？

萧屿把外套兜她头上，蒙住她的双眼，双手交叉一抻，短袖就被兜着头脱了下来。他把短袖随手放在一旁的架子上，去拿外套，不等孟好反应过来，就把外套拉链拉到下巴处。

"嘁。"孟好移开视线，"小气。"

萧屿冷不防地抬起眼皮，走到孟好跟前，眼神紧紧地锁着她："我小气？"

"嗯。"她抬头。

外面的吵闹声更大了，孟好忍不住从门缝里往外看，结果看到一群人在雨中狂奔，肆意地踩水，还有些人直接光明正大地举着 DV 机录像，嘴里还在喊着什么，很疯，也很快乐。

反正衣服和鞋都湿透了，索性放肆地淋一场大雨。

孟好莫名笑了，回头招呼着萧屿也来看。身高原因，萧屿站在她身后，和她一起顺着门缝向外望。

天将黑未黑，路灯下的点点雨滴毫不客气地垂落，在地上溅起小水花。越来越多的人加入他们，大家就像去年的那场雪仗一般放飞自我，在雨中宣泄自己。在别人看来，这群人或许傻到发愣，像一群二愣子，但孟好理解，毕竟这段时间他们真的很压抑，每天睁开眼就是做题，闭眼前都还在想着今天的复习内容。

所以此时的一场大雨像是良药，莫名起到缓解焦虑的作用，让这群年轻人忘了高考，只记得当下，也活在当下，快乐肆意便好，丢不丢人已经无所谓了。许多年后，提起高中，除了数不胜数的试卷，还有一些值得回忆的瞬间。

譬如此刻，譬如当下。

青春只有一次，我们不妨大胆一些，不去在意任何人的眼光，只为自己开心快乐。

“萧屿。”孟好忽然开口。

头顶传来一个低沉的声音：“嗯？”

孟好听得有些心悸：“你说他们在想什么？”

一片寂静后，孟好又听到那熟悉的低音炮：“在想，校服都湿了，我能怎么办啊？都已经这样了。”

萧屿的声音不是刻意放低，但让人听着像是在哄小孩一样，像山泉水击打石壁般透彻干净，弄得孟好心口发热。

她的点，他都懂。

孟好回头，仰着下巴看他：“你是蛔虫转世吗？”

萧屿低声说：“嗯。”

“真的？”孟好问。

萧屿哄她：“嗯，阎王爷偷偷告诉我了，说我上辈子是孟好肚子里的蛔虫。”

气氛烘托到这儿了，孟好盯着萧屿的脸，手却是伸向自己的校服外套。她从兜里掏出一块草莓硬糖，剥开糖纸，直接把糖球扔进嘴里。

全程萧屿都在盯着她，孟好也是，两人的视线来回交叉。

萧屿俯下身子，嘴角噙着笑：“听到了吗？”

孟好不明所以：“什么？”

“你的心跳声。”

外面是狂欢，楼道里是低敛。

孟好不想处于下风：“我怎么觉得是你的心跳声？”

话风都带着草莓味的甜腻，雨声依旧在继续。

回教室的路上，孟好走在萧屿身侧，不停地偷看他。

“有话就说。”

孟好心想，这可是你说的，当下她的话就脱口而出：“我的外套穿着怎么样？”

萧屿停下步子：“还行。”

孟好嗤笑一声：“你就装吧。”

萧屿的步子瞬间加快。

“萧作作，你等等我！”孟好急忙说。

萧屿：“等你干吗？等你嘲讽我？”

孟好：“又开始作了是吧？”

萧屿：“闭嘴。”

日子过得飞快，孟好的成绩也是突飞猛进。她听从萧屿的意见，专攻基础知识，又有学神的助力加持，排名自然而然地前进不少。她前段时间的一模在班级排到第十，一个月后的二模又进到前五名了，堪称“史诗级黑马”，也是一中的种子选手。

萧屿对此倒没有多惊讶，毕竟孟好本就聪明，在有扎实基础的条件上继续加码，最后赢面会只多不少。

五月最后一天，距高考只剩一周的时间了，一中讲究策略取胜，不再一味地给学生施压。这点在前不久的三模考试中初显端倪，大家分数都在上涨，排名虽然没多大变化，但好歹让学生心里有个底儿，鼓励自己一把。所以现在的战略便是稳中求胜，倒不是让学生松懈，只是慢慢地让学生适应即将来临的高考。

那晚，一中按照惯例，在操场上摆上投影布让高三生看电影放松，像二十世纪九十年代的人一起看免费大幕电影一样。起初幕布上播放的是科教片，渐渐地，各班老师回了教学楼，科教片被人悄无声息地换成《山村老尸》，操场上的学生开始慢慢变少。

夜晚的蝉鸣不亚于白天，星星点点耀眼无比，明天又会是个艳阳天。

孟好手里攥着萧屿刚买来的冷饮，吸管被她咬得不成样子。说实话，她真的有点害怕，也很少看鬼片。

这部电影早在初中她就和同学一起看过，那突然扎到屏幕上的鬼脸她也清楚地知道是哪一帧，毕竟从这部电影之后，她便没再看过恐怖电影。

电影中的黑夜同时降临，陡然响起一阵脚步声，但只闻其声，不见其人。

孟好被吓得毛孔张开，就在鬼脸马上要出现的前一秒，她突然扑到一旁，嘴里不停地说：“嗯，我害怕，我害怕！”

萧屿垂眼，腹诽：装得还挺像，身子都在发抖。

“别装了。”

半分钟后，孟好又说：“我是真的害怕。”

虽然鬼脸还没出现，但她真的知道那鬼有多吓人。

“行了，电影被换成之前的科教片了。”

孟好这才抬头：“哎？科教片好没意思。”

“那回教室？”

孟好看他一眼：“回教室多没意思，还不如看科教片呢。”

萧屿没说话。

电影播完后，高三所有班级回了教室。最后一节晚自习，高三全体教师召开职工大会，所有班一律改成自习课，三班发了套理综卷子，因为是生物晚自习，所以只做生物部分。

孟好生物成绩一直出彩，做题速度也比旁人快，卷子刚发下来的时候她就有点犯困，现在做完试卷直接趴桌上眯着了。

班里课桌摆放照旧，只是凌翔宇和许心雨的后桌调换了下位置。教室里格外安静，只有书页的翻动和笔尖触碰纸张的“沙沙”声。

孟好趴在桌上，压着左臂，中性笔还被捏在手里，从远处看就像做累了题趴会儿的学生。

“你赶紧给我磕那三个响头，别废话……”孟好低声喃喃。

许心雨注意到孟好这是在说梦话，凑过去，刚要小声叫醒她，就被她接下来的话定住了。

“不是说好了吗？萧屿跟我做朋友了，你就给我磕头，孙子怎么能不认账……”

凌翔宇也伸脖子往这边瞅，话也钻进他的耳朵里。

“装什么失忆，咱们的赌你忘了？”

这是孟好的最后一句梦话，说完她还小声吧唧嘴，全然沉浸在梦中，殊不知听到呓语的两人有多震惊。

凌翔宇眼神瞬间变凉：“真行。”

许心雨也惴惴不安，怪不得孟好刚转来一中的时候就只想加萧屿的微信，而且她那么骄傲的一个人，还每天跟在萧屿身后喋喋不休。

现在看来，是有原因的。

凌翔宇不知为何，心里涌上一股火，孟好这是把人当猴耍呢！

许心雨注意到他的表情，小声问：“你要干什么？”

凌翔宇的火气直冲天灵盖，没好气地说：“我能干什么？”

晚自习结束后，一切恢复正常，孟好被叫醒，萧屿把她送回了家。

次日，一中便小范围地传开了，说孟好是跟人打赌后故意接近萧屿的，根本没把他当朋友。

很快，天之骄子萧屿被一个转校生戏耍得团团转的事大家都知道了，看笑话的大有人在。

孟好听完后，有点心虚，毕竟自己刚开始接近萧屿的时候就是为了赢林朝，但后来和萧屿成为朋友，也是真心实意的。

之后那一整天，孟好都是躲着萧屿的，生怕他问这个，因为流言大部分是真的，比真心还真。可她现在对萧屿的感情也是真的，比真钱还真。所以她不敢再对萧屿说假话，不敢为了糊弄这件事又编出瞎话哄他。

中午吃饭的时候，孟好才得知，这流言竟然是她自己传出去的，还是在她睡着的情况下。

真是搬起石头砸自己的脚。

她都想扇自己那不争气的嘴，干吗非得在晚自习的时候睡觉，睡觉就算了，干吗非得说梦话，就显着你有张嘴了是吧。

孟好忍了忍，咬着牙关说："真服了。"

许心雨看了她一眼，小心翼翼地问："是不是有什么误会啊？"

孟好无奈，她倒是也想有误会，可根本没有。

两人回了教室。

果然，一进去，那些窃窃私语便不复存在，大家都忙着自己手里的事，不再八卦。

孟好耸耸肩，她向来不在意别人的想法，但……就怕萧屿瞎想。

篮球场上，篮球的落地声有节奏地传来，凌翔宇坐在一旁，喘着气看向正进攻的萧屿，也察觉出了他今天的恼火和不自然。

这破事摊谁身上都气得半死，更何况萧屿这种学神级别的人物。

"我觉得孟好这次完蛋了。"凌翔宇喝了口水。

江淼扫他一眼："怎么说？"

"这话虽然是孟好说梦话抖出来的，但看着不像假的，这都一上午了，孟好心虚得连话都不敢跟萧屿说了。"

江淼："萧屿啥反应？"

"刚篮球场上他怎么虐人的你没看到？"

萧屿进了个三分球，随手揉了把头发，朝着两人走过来。

凌翔宇扔了瓶运动饮料给萧屿，萧屿接过，拧开盖囫囵喝了几口："还不回教室？”

凌翔宇纳闷：“你不打了？”

孙广也走过来，一手搭上萧屿的肩，满脸兄弟情深：“哥们，我今天就算是翘课也要陪你宣泄情绪，来吧！”

江淼愣了愣。

萧屿：“宣泄什么情绪？”

三人互相眼神交流。

孙广：萧屿你可以啊，都这样了还扛着呢？

凌翔宇：唉，你屿神还得是你屿神，要搁我的话，肯定受不了这丢人的事儿。

江淼：谁说不是呢？

“走了。”萧屿把篮球扔给孙广，转身就要回去。

凌翔宇叫住他：“哎，别啊，再来两盘呗。”

萧屿装作没听见，步子迈得更大了。

那天晚自习结束后，孟好在自己的位置上故意磨蹭了会儿，等教室里的人都走得差不多了，她才开始收拾书包，抱着期待的心思慢慢偏头。

过道旁的那个位置上早已空空如也。

她微微皱眉，心里本就忐忑不安，现在又多了几分失落。

夜晚的风算不上燥热，孟好一路上慢吞吞地走着，也没打车。平芜夏季晚上出摊的小贩在此刻还未收摊，一路上还有许多遛狗和散步的年轻人。

拐进小区前，孟好又去了趟便利店，买了一条彩虹糖，边走边吃。酸酸甜甜的软糖浸在唇舌里，这才消磨掉口腔中的淡淡苦涩。

她叹了口气，走过拐角，视野初开阔，目光扫射到什么，脚步霎时间顿住了，刚平静不久的心也瞬间波涛汹涌。

不远处的小区门口，路灯下站着一个男生，是熟悉的人影，人高马大的，一中的校服被他利落地套在身上，在他身后方还停了一辆黑色单车，男生背着一个熟悉的黑色背包。

孟好不敢继续往前走了。

男生估计是等得无聊了，不经意间一瞥，也是微愣了愣，但瞬间反应过来，迈着不急不缓的步子朝这边走。

孟好垂下眼睫，不敢和他对视。

“心虚成这样了？”萧屿冷声说。

孟好揣进兜里的手不停地抠着布料边角，平生第一次如此惶恐。她开始装傻："啊？"

"做梦都能说出那些令人大跌眼镜的话，我也是佩服。"

孟好小声辩解："我也不想的……"

"我现在问那些流言是真是假也不重要了吧？"

孟好有些后悔吃糖了，此时喉咙里黏糊糊的："我也不知道……"

这话一出，萧屿眼眶倏地发红，他仰头看了眼黑暗的天空，喉结上下滑动几下，艰难地开口："不知道什么？不知道流言是真是假，还是不知道对我的感情是真是假？"

空气凝滞起来，寂静黑夜中，只剩不远处的狗吠声。

"那你是想和我恢复成之前互不相关的关系吗？"孟好挣扎许久，最后开口。

萧屿这次是真看不透孟好心里到底把他当成什么了："你确定？"

孟好抬起眼皮，不解地看向他。

"你不是说你和你朋友打了赌吗？现在我们绝交，你不就输了？"

都这时候了，他这种话无疑是毫不在意地把自己的自尊踩在脚下，为的就是让孟好在那场以他为筹码的赌局中成为赢家。

而他的感受，不重要了，他自己都不在意了。

只要她能赢就好。

"萧屿……"孟好眼眶也渐渐泛酸。

萧屿缓缓平复了下心情，最后说："我就当什么事儿都没发生，我们还是以前的状态，该怎么样就怎么样，等高考过了再说。"

孟好心里憋着一股劲儿，心房像撕开一个大口子。她咬了咬唇瓣，愣是不开口说话。

她当然能感受到萧屿对她的好，但现在客观来说，对她好这件事，或许成了萧屿的一种本能。

"可以吗？"

萧屿轻声问，盯着孟好眼尾悬挂的泪珠，最后偏头移开视线。

孟好在泪眼婆娑里重重点头。

六月四日晚上，孟好接到孟成杰的电话，得知他们后天要来平芜给她高考助阵。因为工作关系，他们只待三天，等高考结束便带着陈娟和孟好回京北过暑假。孟好其实不想回京北，就想在平芜待着，毕竟她还有些事情没理清。

一中的毕业照历年来都是在高考结束之后拍，高考前学校从不安排额外的事情，只想让学生把心思全放在高考上。

六号下午，孟成杰带着孟思周和冯颖到了平芜。当晚一中的高三生没有自习，准确来说是晚自习不再上课，而是收拾教室。所以那天下午放学后，孟好便急急地吃完晚饭回教室收拾。

“你和萧屿啥情况？”南美清溜进三班教室。

孟好正在把书箱里的书重新摆放，头也不抬地回道：“就还那样呗。”

南美清犹豫着凑上前，问：“那事儿是真的啊？”

孟好：“什么事儿？”

“就你打赌那事儿啊。”

“……真的。”孟好动作停下，“我承认一开始我接近萧屿是因为那个幼稚又中二的赌，但后来我也是真心想跟他做朋友。”

南美清看了眼时间：“萧屿没生你气？”

孟好噎住，回想起那晚两人的对话，慢吞吞地说：“当然生气了，但他后来又说当他不知道这事儿。”

南美清一个激灵，差点从凳子上摔下来：“你确定？”

孟好现在回想都觉得有点不可置信，但还是点了点头。

南美清一脸震惊。

她这个表弟向来心气高，自尊心强，这点从小时候便能看出来。自从舅舅舅妈过世之后，萧屿好像一夜之间长大了，比同龄人多了些令人心疼的早熟。

但现在，他竟然为了能和孟好像往常一样相处，愣是不要那份自尊了，甚至是把自尊踩在了脚下。

他真的是无可救药了。

孟好收拾完一切，起身：“怎么了？”

“没什么，”南美清问，“你高考完是要回京北一趟？”

孟好纠结着开口：“还没想好，不出意外是要回去。”

“行吧。”

晚自习的上课铃打响之后，高三各班的班主任回教室开了个简短的班会，班会结束刚好下课，整个校园也因此热热闹闹的。

孟好抱着书箱随着人流朝外走，人潮拥挤，她只能慢慢摸索着下楼梯。

突然，手上一轻，她差点尖叫出声。

发现旁边站着一个熟悉的身影，孟好这才发现是萧屿过来了。

“怎么不喊我？”

这几天两人的相处有些尴尬，经过了那事儿之后，又怎么可能回到之前的状态。

“刚才没找到你。”孟好小声说。

萧屿偏头看了她一眼，舌尖抵着齿关，觉出点刺疼。

以前在他面前的孟好哪里会如此拘谨，现在倒是不像她了。

夜空月明星稀，蝉鸣声不绝于耳，等两人走到校门口时，一中已经恢复一片沉寂了。

孟好偏头，盯着身边这个人。他怀里抱着的书箱是她的，背上还帮忙背着她的书包。

孟好率先打破安静：“明天就是高考了，希望你金榜题名！”

话里夹杂着少女的心事，嗓音听着格外悦耳。

萧屿微微一愣：“你也一样，加油。”

孟好露出一个舒缓的笑容：“那，一起加油。”

“嗯。”

孟成杰带着一家老小来接孟好，车就停在路边，四人都下了车。孟思周看到孟好后便迈着小短腿儿噔噔噔地跑过来，用双臂抱住她的腿：“姐姐！你想不想小宝？”

孟好逗他玩：“不想。”

孟思周皱起小脸，有模有样地抱着双臂：“哼，那我不喜欢你了。”

孟好“嘁”了声。

孟思周注意到孟好身后的人影，人小鬼大地走过去，瞪着大眼：“咦，你是不是之前经常和我姐姐打电话的那个大哥哥？”

恰好孟成杰和冯颖走过来，估计也听到这话了，孟好心里一“咯噔”，直接把孟思周抱起来，捂住他的嘴：“爸，这是我同学。萧屿，你把书包给我爸就好了。”

陈娟也慢悠悠地走过来，盯了萧屿几眼，总觉得眼熟，好像在哪儿见过。突然，她一拍大腿，想起来了，这不就是老萧家那孙子吗？居然和畅畅一个班。

萧屿礼貌地和众人打过招呼，婉拒几人要把他送回家的邀约，声称自己还有事儿，最后在孟好的催促下走了。

回家的路上，孟好还挺提心吊胆的，但好在众人的注意力都在明后两天的高考上，并没对此多有疑问。

高考两天，街道被封锁，汽车禁止鸣笛，接送考生的汽车前方都会有警车开道，一路绿灯。

英语考试一结束，整个高中生涯便落下帷幕。

孟好出考场后，接到孟成杰的电话，得知他们现在就在一中门口等她一起回京北。早在一个月前，冯颖便给陈娟预约了全身体检，刚好安排在明天早上，所以他们必须今晚就回京北。

孟好的考场刚好在一中最内侧的一栋楼里，所以等她走到校门口的时候，已经过去了二十分钟。一出学校，她便看到孟成杰那辆显眼的车，她直接背着书包上了车，没有注意到街对面几个人的身影。

“萧屿，”南美清犹豫了半天才说，“孟好今天要回京北。”

萧屿回过神，皱眉问：“她说的？”

“前天她说考完试要回京北，你要不现在追上去？”南美清也是个常年受言情小说影响的女孩，总觉得孟好走了之后就不回来了，她也不想想，明天还要拍毕业照的。

萧屿想到这里，刚要开口说些什么，手里便被塞进一把车钥匙。凌翔宇和孙广这几个傻子还不停地嚷嚷什么“萧屿你再不去孟好可都要跑了”。

最后，萧屿就被推进车里，等他回过神后，车子早就驶入了高架桥上。

萧屿手指敲打着方向盘，看着前方的车辆，他心里的后怕才后知后觉地涌出来。说实话，他当然怕孟好去了京北就不再回来，怕孟好真的只是为了那个赌约故意耍自己。

等到了机场，看到眼前这一幕，他就被钉在了原地。

孟好送完孟成杰四人之后也没出去，找了个靠近门口的长椅坐下。晚上三班有聚会，全班人都要参加，而且萧屿那时候说了，他们之间的事儿等高考结束后再说，但现在她其实摸不清萧屿到底能不能原谅她。

她想着，要不干脆躲回京北待一阵儿，等必须要回学校的时候再回来一趟。可那样的话就真的把萧屿推得远远的了，而且遇事就躲也不是她的风格。最重要的是，萧屿在她心里不仅只是好朋友，还是她第一个心动的男生，也是第一个能完完全全吸引住她的人，而她也可以肯定，萧屿心里肯定同样不仅只是把她当好朋友。

不，她不能、也不想就这样糊里糊涂地真的跟他没有以后了……

“啪嗒”一声，一颗泪珠砸在手机屏幕上。

孟好回过神，这才发现，思考了这么久，她居然不争气地哭了。说到底还是害怕吧，害怕萧屿就此离她远去。

她胡乱地擦了擦眼角，做好破釜沉舟的打算，便拿着手机起身。她刚扭过身子，脚还没跟上来，便和几米开外的人对上了视线。

人流稀少的出口，萧屿身上还穿着一中的校服，一看便是刚从学校赶过来的。他右手背在身后，但由于目标太大，花束也暴露了三分之一。孟好认出那是郁金香，忽然想起之前她“口嗨”时脱口而出的一句随意的话。

是她当时在网上看到的一句话，说谈恋爱要从一束花开始，但没想到，萧屿竟然真的记住了她无意间的话。

这种感觉就像你是一个稀奇古怪的人，这个世界上没有人懂你，但有一天，你突然听到和你同频的声音，你转头发现，那个人就是他。你的所有，他都清楚，你和他就像两个有趣的灵魂碰撞在一起。孟好忽然想起珍妮特•温特森在《橘子不是唯一的水果》里写的那句话——我渴望有人毁灭我，也被我毁灭。

而现在，那个人来了。

回去的路上，孟好手里捧着那束郁金香，看得出来萧屿是做过功课的，花束不大不小刚刚好，粉色和白色掺杂着，是初恋的感觉。

前方是红灯，汽车慢慢停下。

孟好偏头看了眼，萧屿的侧脸线条流利，此刻光线衬得有些令她心悸。从刚才到现在，萧屿几乎都没理她，冷淡得要命，又恢复成那个酷哥模样。

孟好心道：不会真的不理我了吧？

“赌赢了你能怎样？”久久不肯开口的某人现在终于舍得张嘴了。

孟好一愣，回忆起中二期的自己都想给自己一巴掌，她及时开口：“我错了，萧屿。”

汽车驶入平芜某家饭店的地下停车场，四周一片冷意，分明是夏季，孟好却感受到了无端的冷和诡异。

“孟好，你有没有良心？”萧屿松了安全带。

停车场的白炽灯光格外刺眼，不知是孟好本就眼酸还是被照得眼酸，她抬起手背挡在额前。

萧屿继续冷声说道："是想回京北一走了之是吗？换句话说，你是不是就想扔下被你耍得团团转的我？"

孟好喉咙发涩，她移开手背，慢慢看向他："不是……"

"是吗？"萧屿问。

孟好心里发慌，直起身子朝驾驶座扑过去，双臂牢牢地抱住他，语气有些哽咽："我没有要抛下你，我也没打算回京北……"

她这次是真的慌了，声线都在发抖，平日里拿捏人的女孩和此刻的她形成鲜明对比。

孟好不管不顾，松开安全带，双手捧住萧屿的脸，迅速地吻了上去。

萧屿愣了下，正打算推开她的时候电话响了。他只好一手抱着孟好，另一只手接电话，任由怀里的姑娘对他上下其手。

"他们已经在包厢里了。"萧屿低声说。

今晚三班有个聚会，强制性全员参加。

孟好听完只是"嗯"了声，但死活不想从萧屿身上下去。

又过了十分钟，手机铃声又响了，这次萧屿没接，直接关机。

"不想去？"萧屿问。

孟好把脸埋在他胸膛，摇了摇头："没有不想去。"

"那走吧。"

包间很大，坐了好几桌，同学们刚巧留了两个相邻的空位，萧屿跟在孟好身后坐了过去。包厢内很热闹，大家都是前所未有的放松。

饭局过半，萧屿去了趟厕所。自他走后，孟好便有点心不在焉了。凌翔宇和孙广按照计划坐过来，一边一个包围住她。孟好没心思理这两人，直到两人在她身边说个不停，她这才渐渐认真起来。

当天晚上，孟好回到家，躺在床上怎么也睡不着，脑子里全是白天凌翔宇和孙广在她耳边说的话，像唱双簧一般。

"你知道为什么萧屿得知你接近他是有目的的后还选择去机场追你吗？萧屿是真的喜欢你这点不用多说，还有一点是我这哥们是真的缺乏安全感。他就是个傻子，怕你走了再也不回来了，所以才急匆匆地去找你。"

"萧屿的父母在他很小的时候就去世了，那会儿他小，不理解死亡是什么概念，只知道他被他亲生父母抛弃了。几个月前我们得知他陪你跨年后真的都震惊了，没别的原因，只是他父母是在跨年夜当晚因为车祸去世的。”

“别看他平时酷得跟个什么似的，但实际上他心思还是很敏感的，又傻又爱你。”

孟好翻来覆去，再一次想起萧屿拿着花去机场追她，就忍不住在心里骂自己：你是真该死啊。

高考成绩出来那天的天气很好，是个艳阳天。查分数的人太多，导致系统加载不出来，孟好特地跑到萧屿家去查，毕竟这位可是未来的计算机系大神。

圆圈滚了又滚，终于在几分钟后显示分数。孟好盯着总分那三个明晃晃的数字，呆住了。她估分的时候特地往少了估的，生怕成绩出来后有心理落差，当时估的是六百八十分，但现在的分数直接把她脑细胞干翻了。

萧屿走过来，扫了眼电脑上的分数，也愣了下，挑眉：“省状元啊。”

孟好还沉浸在惊天消息中，久久不敢动弹。

“傻了？”萧屿问。

孟好回神，急忙让萧屿查分数，又等了很长时间，萧屿的分数表才缓缓出现。

得，两人一个比一个高。

“你才是省状元吧。”孟好白他一眼。

萧屿笑了笑，往她嘴里塞了个草莓：“走了，该回学校了。”

一中提前准备好烟花，白日焰火配上两个耀眼的人，一个种子选手黑马，一个稳步前进的省状元，任谁都说方兴走了好运，这下奖金估计得拿到手软。

“屿神牛！”

“萧屿和孟好两人好绝啊！”

“有些人天生就是一对！”

偌大的操场上，白日焰火持续不断地上升到空中，数朵合欢花齐齐绽放，发出巨大响声，最后像火烈鸟般飞驰而下，浪漫又富有朝气，众人兴奋不已。红色烟花仿佛预兆着这群年轻人的未来一路长虹。

一中某个角落，昏暗的光线下，站着两人，一高一矮。

萧屿被孟好抵在墙上，他双手托着孟好腰部凹陷处，指尖时不时地摩挲着。不等孟好踮起脚，萧屿便会来事儿地俯下身子，忽然双臂发力，直接把女孩抱进怀里。

孟好双臂钩着他的脖颈，眼神直勾勾地盯着他。

萧屿也笑着回视她，最后吻了上去。

他们一个明艳，一个耀眼。

天生一对。

风吹春秋，衣摆如旧。

又拂夏冬，依旧少年。

风会一直吹，我也会一直在。

第 8 章
世界慢了下来

从学校出来后，孟好直接把萧屿带回了自己家。当时萧屿还装模作样地问孟好空手去是不是不太好，结果孟好大大方方地说要不买盒避孕套。萧屿听完愣是没吭声，回去的一路上也不带理她的。

“萧作作。”孟好叹了口气，开始哄他。

萧屿面不改色地坐在沙发上，不玩手机不看电视，就那么正襟危坐，一副清心寡欲到底的模样。

“吃草莓吗？”孟好不管不顾地朝他嘴里塞了一个草莓。

萧屿这才舍得给她一个眼神，语气凉凉地控诉：“你早就想买了吧？”

茶几上放着两小盒计生用品，刚才经过一家计生用品店，孟好逼着萧屿买的，不买就不让进家门。萧屿挺无奈的，便半推半就地进了那家店，其实他只是想满足一下这姑娘的好奇心。

孟好一脸无辜：“不是，咱都成年了，现在也毕业了，这算什么？你至于吗？”

“至于，”萧屿凉凉地扫她一眼，“完事之后你是不是又要甩了我？”

几天前的问题又被摊开，孟好叹了口气，其实之前这个问题他们根本就没解决，表面上两人虽然聊开了似的，但她也清楚，萧屿心里那团死结还紧紧缠着呢，并且必须得由她来解开。

孟好把放在腿上的玻璃碗搁在茶几上，倒吸一口气给自己点勇气，最后一鼓作气地跨坐到萧屿的大腿上，双臂搂住他的脖子，手耷拉在他后椎骨上。

萧屿倒是没推开她，就是有点猝不及防没反应过来，心乱了一瞬。不过他也不是个好糊弄的主儿，不可能因为这点亲密举动就消除掉之前的问题。

“萧屿，我承认最开始接近你是因为那个傻傻的赌，但你能明白吗？就算是没有那个赌的话我也会忍不住接近你，只能说是那个赌推了我一把。真的，我没骗你。”

孟好字字句句无比诚恳，就差给他现场哭一通了。

萧屿依旧冷着脸坐在那儿，但心里貌似妥协了，双手环在孟好身侧，扶住她，以防她摔倒。

室内的空调温度正好，孟好却因为紧张感觉燥热。她微微一扭身，长臂一伸便够到了茶几上的空调遥控器，然后一阵乱按，直接把温度调到十六度。

阵阵冷风吹过，空调也因此多了些不是那么惹人厌烦的噪声。

孟好和萧屿面对面，笑了笑。她攥起萧屿的手，将他的掌心贴到自己心口处，纯洁的动作多了几分暧昧。

“萧作作，你感受到了吗？我的心跳都在说喜欢你。”

萧屿的掌心下是少女的心动，耳边却是自己有力的心跳。

萧屿定住心神，仰头望着天花板，喉结滚了滚：“只有你的心跳喜欢我？”

孟好叹了口气，知道萧屿这人不作不行，又开始咬文嚼字：“我也喜欢你，全身上下每个地方都在叫嚣着喜欢你，萧屿。”

仰头望天的某人终于憋不住笑，掌下一用力，孟好便贴近他，胸腔因为少年肆意的笑而开始震动：“你还挺肉麻的，就这么喜欢我？”

孟好及时接话：“嗯，特别特别特别喜欢，不对，应该是爱。”

萧屿开始拿腔拿调：“行吧，收到你的爱了。”

那天两人当然没发生什么，也正好是孟好生理期的最后一天，萧屿也知道，只是陪她玩玩。萧屿关了客厅的空调，抱着她回卧室。孟好受不住热，转身就把空调打开，温度还调得特别低。

萧屿也没想到，自己去厨房煮个红糖水的工夫，孟好就被冻得盖上被子了。

卧室内的窗帘紧闭着，避光效果强到说现在是晚上都信。孟好只开了床头灯，暖黄色的光没什么照明用处，只是显得格外温馨，氛围感十足。

萧屿把红糖水随手放在床头柜上，皱眉，去捞空调遥控器，把温度调到二十六度，然后手伸进被子内去寻孟好的手。

果然，冰冰凉凉的。

再去摸脚，竟然比手还要凉上几分。

孟好不满萧屿的动作："我很热的，你干吗把温度调高？"

"那是谁的手脚冰凉？肚子疼的又是哪位？"

孟好小声叨叨："那关空调温度什么事？"

萧屿不和她多废话，一只手扣住她两只脚，另一只手撩起自己的短袖下摆，把一双玉足塞进去，让她脚底踩着自己小腹取暖。

孟好震惊了，脑子里"嗡嗡"的，萧屿什么时候这么会了？

像是应和她的想法一般，萧屿双手紧紧地握住装满滚烫红糖水的杯子，等热全传递到自己手心里，就握住孟好的一双手，给她取暖，还不停地哈气，整得像是现在到了寒冬腊月一般。

最令人心悸的还不是这些，而是萧屿做这些举动的时候，那双黑眸还不停地盯着她，像个深幽的旋涡，要直接把她吸进去。

孟好眼神瞬间移开，脚下踩着萧屿光滑又规整的腹肌，脚趾也不老实，来回乱窜："萧屿。"

萧屿应了："嗯？"

这声"嗯"也听得孟好心里酥酥麻麻的。

"你怎么懂这么多？说实话，我到底是不是你的初恋？"

萧屿笑了声，似乎是被气笑了，反问："那我是不是你的初恋？"

"当然是了！"孟好脱口而出。

萧屿此刻也不再和她斗嘴，眼里满是真挚："我当然也是。"

"哦。"孟好看似面无表情地转过头去，实则心里炸开了花，乐得不行。最后，她又慢悠悠地把头扭过来，面对着萧屿，直起身子，脚下点了点某块结实的腹肌，欣欣然开口："男朋友。"

萧屿知道她是在喊他，当下大大方方地应了，还回了句："怎么了，女朋友？腹肌踩得开心吗？"

孟好笑眯眯的："开心！"

当晚，萧屿拉着孟好的行李箱带她回了自己家。他们一进家门，凌翔宇几人瞅见孟好的身影后，直愣愣地杵在那儿，跟个傻子似的。

"你就是个流氓，把人家女孩带回家干吗？"

说着，孙广直接拽起一个抱枕砸向萧屿，但方向没把控好，那抱枕直直地冲着孟好飞去。还好萧屿反应快，及时挡在孟好面前，双臂一伸便把她抱进怀里。

孙广下手没个轻重，抱枕又重，所以砸在萧屿背上的那一瞬间还挺疼，惹得他不自觉地发出一声闷哼。

萧屿没发现孟好瞬间变亮的双眼。

“不是明天集合吗？你干吗把孟好带来？”孙广问。

萧屿懒得理他，把行李箱放在玄关，拉着孟好就朝卧室走。

几人一看有情况，蒙了，不过很快又反应过来，一个个八卦得不行。

“天啊，你们该不会是在一起了吧？”

“666！”

这群人自从毕业之后说话就没个边界，吵得烦人。

萧屿停住步子，回头警告性地瞥了众人一眼：“别乱起哄。”

说完，他便带着孟好回了卧室。

孟好坐在床边，心里感叹着：今晚的萧屿真是男人味十足，我喜欢。

早在高考结束的那天，一群人便计划着整个为期半个月的毕业旅行，攻略都准备好了，明天出发，但从后天开始便是志愿填报阶段，所以他们今晚聚在萧屿家，一边翻着志愿书，一边一起参谋着，打算今晚就弄好，之后便可以心无旁骛地玩。

孟好和萧屿两人倒是不用担心这个，第一志愿都是京大，不同的是一个是信工系，一个是传媒系。但萧屿查过了，都在同一个校区。

萧屿撂下句“等着”，之后便出了卧室，也不知道是干吗去了。

孟好环视一圈萧屿的房间，两人前几天刚和好的时候，她其实还忸怩了一阵，开始害羞，萧屿倒不乐意了，也受不了那样的孟好了，就想让她回到之前的样子，无论什么他都接受，就是别搞那一套了。

孟好当时气呼呼的，明里暗里嘲讽萧屿没情趣，就是个钢铁死直男，那段时间她还给他的备注改成“钢铁直男”了。

在那之后，孟好在萧屿面前也是彻底不顾形象了。

现在，她甩掉了拖鞋，打开空调，坦荡地上床钻进被窝。

大约二十分钟后，萧屿端了碗螺蛳粉走进卧室，瞥到床上那抹凸起，还愣了下。

又香又臭的气味占满整个房间，孟好被吸引住，一起身才发现萧屿鼻子上夹着一个小小的鼻夹。

味道太冲，萧屿闻不得这个味。不仅是他，客厅的那群人也闻不了，此时的房门大敞着，他们的抱怨声也都一一钻进耳里。

“服了，萧屿你什么时候爱吃屎了？”

“我真佩服，那哪是萧屿爱吃，明明是孟好想吃，萧屿煮的时候我就注意到了，他那鼻夹夹得鼻尖都红彤彤的。”

“真是宠孟好无下限，厉害！”

孟好听到这些抱怨，丝毫不气，还挺心疼萧屿的鼻子：“萧屿，这个臭吗？”

萧屿给孟好布置好一切，还贴心地给她倒了杯热果汁，摇头：“不臭。”

“你骗人。”

萧屿笑了：“真不臭，我反正闻不到臭味。”

孟好放下筷子，站在椅子上，居高临下地盯着萧屿，忽然俯身抱住他的头，吻了上去。

之后，孟好松开他，笑得肆意：“臭吗？”

萧屿舔舔嘴角：“不臭，很甜。”

孟好没吭声，坐好继续吃那碗萧屿煮的螺蛳粉。

浪漫是什么？

以前的她觉得，浪漫就是我戴着蓝牙耳机听歌，你在打球，你扣篮那几秒，恰好我耳机里的歌词进入副歌部分。

现在她觉得，浪漫就是捏着鼻子给你煮螺蛳粉，还不忘给你煎蛋再倒杯果汁喝。

爱在瞬间里。

爱在细节里。

爱在分享里。

爱在你我里。

因为孟好也在，萧屿便让几个有对象的男生把自己对象都叫过来。一大群人堵在客厅，今晚索性不睡了，通宵打游戏，也顺便把志愿提前想好，省得到时候两眼一抹黑。

客厅内，凌翔宇正带着许心雨窝在一角打游戏，两人挤在一个单人沙发里，比萧屿和孟好还要腻歪。凌翔宇才不管客厅有多少人，坦坦荡荡地霸占了沙发，面对着墙，只留给别人一双背影。

孟好出卧室的时候还被两人吓了一跳，之后和南美清笑着对视，笑容意味深长。

可以啊，许心雨不动声色地把凌翔宇拿捏得透透的。

南美清找了个躺椅，半躺着追剧，她向来不喜欢打游戏。前面的幕布上投放了游戏，孙广和江淼手里握着游戏机，手下动作飞快。身后的茶几上摆满了各类专业书，看那样子他俩估计是已经选好学校和专业了。南美清的学校早在艺考分数出来之后便有了着落，现在高考分数出来后，等通知书就好。她未来不出意外是要进军艺术圈，报的专业是音乐与表演方向。

凌翔宇和江淼的成绩也高出预期，他们应该也会选京北某个双一流高校。许心雨虽然分数没前面两人多，但报平芜所在省份的重点高校也是足够的，所以她还在考虑是选择本地的重本还是京北的普通一本。孙广严格意义上来说是个富二代，他成绩一般，和本科线擦边过，不出意外他会在京北选个独立学院或者民办二本。

总之，这群人倒也不会分开。

孟好生理期的缘故，今晚没打算熬夜，她回了萧屿的卧室，在洗手间里简单冲了个澡，没等头发吹干便穿着睡衣出来了。

萧屿当时正靠着床头看手机，嗅到空气中那抹洗完澡后的清香，懒散地抬起眼皮。这一看，不得了。

孟好夏天的睡衣通常是真丝吊带裙，还是修身款，深色丝绸衬得她肌肤赛雪白。小时候，孟好一到夏天，夸张点说的话就是胳膊和腿上都没有一块完整的皮肤，全是被蚊子咬过的红痘，小孩受不了痒，就不停地抓，最后留下一块块深色的疤痕。好在长大的过程中，那些疤慢慢消退，从那之后，孟好便懂得保养皮肤，夏天出门前都要全身喷满花露水。

萧屿扔了手机，“啧”了声，仰头靠着床头，望着天花板。

孟好笑得不行，像个袋鼠似的跳上床，准确来说是跳进萧屿怀里，力道大得他反应不及，喉间发出一声闷哼。

萧屿笑了笑，长臂一揽，像抱小孩一样把孟好抱进怀里，低头去寻她的唇，重重地啄了两下：“空调开得低吗？”

“不低。”孟好双手环着他的脖子，唇都不带离开他的。

两人的脸一直贴着，灼热的呼吸交缠着。

“肚子还难受吗？”萧屿一手揽在她后腰，另一只手覆在她小腹处轻柔地揉着。

孟好摇摇头：“都最后一天了，已经没什么感觉了。”

客厅的气氛热火朝天，萧屿家所在的小区虽然是前几年的楼盘，隔音效果几乎是整个平芜最好的，但也经不住那几个人疯狂地闹，特别是孙广那吵嚷声。这人一打起游戏，谁也不认识了，嘴跟机关枪似的。

萧屿皱眉："困了吗？我让他们小声点儿。"

"不困，你别动。"

难得啊，孟好在他面前一副小鸟依人的样子，他欣然享受，抱得她更紧了。

"我今晚在你屋里睡可以吗？"孟好忽然问。

萧屿顿觉好笑："你不在我屋里睡还能在哪儿睡？"

孟好坐直身子，和他对视："那你呢？"

"你觉得我今晚能睡着？"萧屿指了指挨着客厅的那堵墙。

"我不管，你睡不睡都要和我躺在一起。"孟好开始耍赖。

萧屿揉了揉她的头发，低声说："好。"

"啪"的一声，卧室陷入一片昏暗，屋内只剩一盏散发暖黄色光的床头灯。屋外的吵闹还在继续，萧屿捞起一旁的手机，给江淼发了条消息过去，果然不出两分钟，客厅的动静明显变小了。

啧，还得是江淼说话好使。

"困了？"萧屿听到孟好的哈欠声。

"嗯，但我一闭眼肯定就又醒了。"

萧屿轻笑："什么毛病，想听什么歌？"

孟好说自己一闭眼就醒了，无非是想让萧屿唱歌哄她睡觉。这事儿早在之前两人打电话的时候就出现过无数次，萧屿也把孟好惯坏了，没他的睡前音乐，孟好还真就睡不着了。

这也是那个赌被抖出来之后，萧屿为什么还是和孟好像往常一样打电话的原因，因为没他的睡前音乐，孟好根本睡不着。这事儿表面上是孟好离不开萧屿了，但萧屿心里跟明镜儿似的，到底是谁离不开谁。

孟好在他怀里找了个舒服的位置："开始吧。"

萧屿笑了，还真把他当奴才使唤了？

虽说是这样想的，但萧屿依旧慢慢低声唱歌，这次的声音是刻意放低了，因为孟好喜欢低音炮时候的他。虽然萧屿觉得压低声音唱歌就好像嗓子里卡痰一样难受，但谁让孟好喜欢呢？

驶过暮色苍白，

旧铁皮往南开，

恋人已不在，

收听浓烟下的诗歌电台，

不动情的咳嗽至少看起来归途也还可爱……

少年的声音低哑又干净，在寂静的夜里让人有听下去的渴望，仔细去感受，还挺像绿皮老火车，故事感满满，把人带到九〇年代。

就老去吧，

孤独别醒来，

你渴望的离开，

只是无处停摆；

就歌唱吧，

眼睛眯起来，

而热泪的崩坏，

只是没抵达的存在……

此刻，孟好舒服地窝在萧屿怀里，听着他的心跳声，感受着他音带震动，一切浮躁都没了。

世界慢了下来。

时间也好像停了。

第 9 章
上上佳

依稀听到一墙之隔的客厅里众人的聊天声，他们估计都没睡，但也控制着自己的音量。

萧屿小心翼翼地把怀里的人放在床上，给她盖上被子才下床。

孟好睡得安稳，仿佛是做了什么美梦。萧屿恬不知耻地想，照这姑娘喜欢他的程度，肯定是梦里有他。

在一起之后，萧屿的心境大不相同，开始没皮没脸了。

萧屿轻戳了下孟好的脸颊，这姑娘睡得很沉，完全没反应，平时大张旗鼓招摇自在的人现在这样乖，说实话他还有点不适应，就忍不住笑了笑。

客厅被这群人弄得一片狼藉。

来的女生不止许心雨和南美清，还有范莹莹和林晶静，她俩都是和南美清一个班的艺术生。范莹莹和许心雨还是初中同学，关系可以，以前在学校的时候也经常一起吃饭。

女生之间的友谊其实挺简单的，许心雨和林晶静在这之前根本不认识，只知道有对方这么个人，见了面不说名字的话根本不知道是谁，连脸都对不上，但刚才许心雨不喜欢打游戏，嫌凌翔宇太腻乎她了，索性窝在沙发里看漫画，结果林晶静瞥了一眼，发现那部漫画刚好自己也在追。

就这样，两人聊得热火朝天，互加了微信。

对此，凌翔宇不解地问孙广：“她们是怎么做到的？”

孙广瞅了他一眼：“这你就不懂了吧。”

凌翔宇挺烦孙广这副面孔的，当下没好气：“就你懂，谁不知道你是大名鼎鼎的‘少女之友’。”

孙广："就会人身攻击是吧？"

"你说不说？"

孙广抬起下巴点了点正聊得热火朝天的两人："这不就和野球场上的咱们和不认识的男生打球一样吗？"

凌翔宇是个钢铁直男，论懂女生自然比不上孙广这种"少女之友"。这些年孙广靠着自己人畜无害的长相和幽默随性的性格，结识了许多女孩，打入"敌人"内部，取得了许多可靠信息，但这也是南美清一直对他爱搭不理的原因。

他虽然是个"暖男"，但给不了南美清安全感，说白了就是"中央空调"。尤其是减肥之后的孙广，整个人气质上升了一大截，走在路上也属于那种会被别人要电话的帅哥了。

反观萧屿，有时候有直男身上的傻劲儿，但不气人，反而让孟好觉得挺可爱；有时候又很懂孟好，给孟好玩浪漫那一套。

南美清瞧了眼刚走进客厅的萧屿，不禁想如果孙广和萧屿一样，都不用等他开口，自己直接倒追。

"孟好睡着了？"南美清随口问了句。

萧屿"嗯"了声，揉了揉眉心，趿拉着拖鞋走到餐桌前倒了杯水喝。

范莹莹看了眼萧屿，最后不死心地问："你弟真和那个转校生在一起了？"

南美清偏头："什么转校生？人家有名字，叫孟好。"

范莹莹顿时一噎。

自从孟好转到一中，话题几乎没断过，不过她人确实不错，连南美清也喜欢她喜欢得不得了，只是那些暗恋萧屿的女孩这次都被伤得心碎碎的了。

这群人白天也一直聚在一起玩，昨晚查成绩又是在半夜，不可避免地又弄了个通宵，也就是说从昨天白天到现在，他们几乎都没睡过，所以这会儿南美清也熬不下去了，拉着许心雨进了个次卧。范莹莹和林晶静便去了另一个次卧，剩下几个男生大眼瞪小眼，一脸蒙。

"萧屿，你不能回屋睡，你得陪我们收拾。"凌翔宇说。

茶几上、地上满是狼藉，几人好不容易收拾完，萧屿刚准备回屋洗澡，就又被孙广拽住："说了你不能回屋睡，干吗还回去？"

萧屿此刻也困了，打了个哈欠："松手。"

孙广一脸贼笑地盯着他："不松，趁现在夜深人静，哥几个聊会儿？"

萧屿二话不说给了他一脚："你们不困啊？"

凌翔宇一手搭上萧屿的肩："困什么困！起来嗨！"

萧屿瞅了他一眼，什么也没说。

孙广看他那么兴奋，忍不住问道："你背着我们偷偷打鸡血了？"

"滚蛋，"凌翔宇没好气地骂道，之后脸上出现罕见的羞涩，"我媳妇儿带我见家长了。"

"啧啧啧，瞅你这小媳妇儿的样子，见家长就能把你乐成这样。"孙广的话格外酸。

萧屿挺震惊，挑眉问："这么快？"

凌翔宇开始惺惺作态，满脸无辜地说："快吗？你们不懂，我这辈子就认定她了。"

孙广看不下去了："恶不恶心啊你，小媳妇儿。"

话虽是这么说，但在场几人都知道孙广羡慕得不行。

凌翔宇也不拆穿，把笤帚放在角落，洗了把脸就躺回沙发上。

孙广回头，哪儿还有萧屿的人影。

次日一早，一群人吃了早饭便打车去机场，毕业旅行的首站是海南，第二站是西北，之后打道回府。

下了飞机，迎面扑过来的风都是热乎乎的，比平芜的夏天热多了。他们租了个民宿，独栋别墅，从机场出来之后直奔民宿地，打算收拾收拾小憩一会儿，晚上去吃饭，再踩踩水。

别墅的房间很多，一人一间，孟好回去先洗了个澡，头发吹了个半干就溜进萧屿的房间里。萧屿也在洗澡，浴室里传来"哗啦啦"的流水声。

她坐得无聊，起身参观了下萧屿的房间，空调开的温度挺低，最后她索性钻进被窝，躺下之前把那个小方盒子塞到枕头下。

水声戛然而止，拖鞋底儿打在地板上的声音传来，孟好赶在门被打开的前一秒，迅速把头钻进被子里。

萧屿腰间只围了一条浴巾，他边擦头发边往外走，一眼就发现了被子下的那团，也没拆穿，继续装作什么都不知道，慢慢悠悠地走回浴室，套上衣服，吹完头发，刷牙洗脸，磨磨蹭蹭地耗费了一个多小时，等得孟好都快睡着了。

"萧屿！你是王八啊？慢死了！"孟好掀开被子，踩着拖鞋冲进浴室。

萧屿刚要出去，听到孟好的声音，索性不动了，靠墙站着，眼神里带了些调笑。

果然，他故意的！

孟好走上前，双手钩住他的脖子，用力吊着他：“你干吗这么慢？”

萧屿顺着她说：“我又不知道你来了。”

孟好哼笑：“装，接着装。萧屿，你知道你每次装傻的时候都会憋不住笑吗？”

萧屿盯着她的嘴唇：“不知道，我又看不到。”

孟好松开他：“行。”

她转身就要走，萧屿下意识拉住她的手腕：“生气了？”

孟好甩开，回头，阴阳怪气地说：“谁敢生省状元的气啊？我可不敢。”

“我女朋友敢。”

孟好没看他，钻回床上，萧屿跟在她身后。她伸出一条胳膊拍了拍自己身侧的位置，用下巴点了点他：“愣着干吗呢？”

萧屿失笑，也钻进被子里，手忽然碰到什么东西，趁孟好不注意，他偷偷瞧了眼，花里胡哨的小方盒子看着眼熟，正是昨天被她逼着买的套。他又瞧了眼孟好，这姑娘正看手机，收到他的眼神，挑了下眉，给手机锁屏，放在一边。

孟好直接上手环住萧屿的腰，大大方方地找腹肌的位置，也不管萧屿什么表情。

萧屿上半身靠着床头，低头瞧她那猴急的动作，心下了然。怪不得刚才嫌他慢呢，原来是有备而来。

“摸够了吗？”有点欠的声音从头顶传来。

孟好没过瘾：“没呢，你别说话。”

“啧，行。”

又任由她放肆了两分钟，眼看着那滑腻的小手正准备一鼓作气往下钻的时候，萧屿眼疾手快地拉住她，声音淡淡的：“今天不行。”

孟好这才抬头，终于舍得给他一个眼神：“怎么，你‘大姨夫’来了？”

萧屿顿住。

孟好以为萧屿不愿意，当下坐起来，上半身懒懒地靠着他，没骨头似的。萧屿长臂一伸，直接把她揽进怀里，指尖轻轻去触碰她的长发。

孟好叹了口气，手依旧不老实地放在萧屿的腹肌上，有一下没一下地点着。

"男朋友，你是不是还没做好准备？"

萧屿轻笑，知道孟好是好奇心太重了。

"再忍三天。"

孟好纳闷："你还真来大姨夫了啊？"

萧屿无语了，手捏住她的下巴，轻啄了下，无奈道："生理期前后三天不能做，你不知道吗？"

孟好眨眨眼，心下了然。

看不出来啊，萧屿还提前做过功课，不愧是学神哥哥，做什么都很严谨。

临近赤道的南方城市的晚风都夹着大海的咸湿气息，萧屿房间自带小阳台，开着半扇门，空调的凉风全被热风覆盖。

孟好双手环绕在眼前人的后脖处，指尖点着他硬朗的后椎骨："你懂得挺多啊。"

萧屿听出她语气里的揶揄，低头扯了个笑，回视："你不也懂吗？知道的没准比我还多。"

孟好哼了声："萧作作，又开始了是吧？"

萧屿装出一脸无辜："我怎么了？"

"你作呗。"

萧屿关了门，拉上窗帘，两人在房间里腻乎了好一阵儿，跟连体婴儿似的，聊的话题也是天南海北，各式各样。从游戏聊到电影，从学校聊到编程，最后再转回游戏，总之一般都是孟好在听萧屿科普，同时她也发现，萧屿这人懂得真多。

"我不服。"孟好忽然打断他。

那会儿，她正窝在萧屿怀里，双手改为环抱着他劲瘦的腰，感受着少年有力的心跳，耳边是他那惯有的磁性低音。

"不服什么？"萧屿低头捕捉她的眼神。

孟好指尖戳着萧屿的胸膛："都是同龄人，怎么你跟个大人似的，和我爸一样？"

最后那句话她是小声讲的，却被萧屿清楚地捕捉到。

"女朋友，说什么呢？"萧屿漫不经心地说。

"女朋友"三个字叫得孟好心尖轻颤，心跳加速，仿佛下一秒要从胸膛里跳出来般。

孟好抬着下巴，头枕着萧屿的胳膊。她真的爱死了萧屿身上那种抓人心挠人肺的劲儿。

“装什么啊，萧作作，”孟好觉得好笑，“以前你不是经常占我便宜吗？你忘了？”

萧屿也没半点心虚，两腿敞着，单手用力，轻而易举地让孟好更加贴近自己：“翻旧账是吧？”

孟好莫名从他的话里听出“你想翻旧账？那别怪我不客气了啊”的意思，当下便说：“哪能啊，我是那么小气的人？”

萧屿笑了笑。

他们又窝着聊了会儿天，直到傍晚时分才约着一群人往外走。

凌翔宇勾着许心雨的肩膀，孙广屁颠屁颠地跟在南美清身后，江淼边打电话边独自走着，范莹莹和林晶静挽着手说着悄悄话，眼神都放在江淼身上了。

萧屿和孟好走在最末尾。

天空将黑未黑，几人沿着海边走，远处的日落盛大，同他们这群少年人般美好，欢声笑语不断袭来，此刻他们毫无顾虑，全身心地玩儿。看了会儿日落之后，一群人找了个露天烧烤店吃烧烤，本来打算女生坐一块儿，男生坐一块儿，但受不住凌翔宇的死缠烂打，最后大家随便坐。

自然是两对情侣坐一起。

南美清嫌孙广烦人得很，径直去和林晶静、范莹莹坐一起。

孟好靠着椅背，百无聊赖地盯着身边这个人。萧屿熟练地替她烫餐具，一看就是习惯了伺候这祖宗了。

孙广看不下去了：“萧屿，你就舔吧。”

闻言，周围的人一愣：合着你忘了你当初是怎么低三下四追在人家南美清屁股后面的时候了吧？

“我对我女朋友好，那不是理所当然的吗？”萧屿半个眼神都没施舍给孙广。

孙广轻哂：“行，你有对象厉害呗。”

凌翔宇接话：“反正比你行。”

烧烤摊门口摆着一台黑色音响，正放着应景的歌曲，《七里香》的前奏一起，氛围直接拉满。装啤酒的玻璃瓶子随意摆在脚下，有人不小心踢倒，发出一阵清脆声响。

萧屿面前一如既往摆的果汁。

孟好仰头喝完最后一口啤酒，捏了捏易拉罐，倾身凑过来：“萧屿，你真的一口都不喝吗？”

热气夹杂着啤酒淡淡的苦涩，吹在他耳边，萧屿瞥了她一眼，说：“少喝点。”

孟好叹了口气，用胳膊碰了碰他：“算了，家里有一个会喝酒的就行。”

萧屿听完，指尖轻轻敲打着桌沿，低垂着眼皮，不知道在想什么。过了会儿，他忽然笑了声。

孟好看过来，有些不解。

“也是，家里有一个会唱歌的就行。”

孟好愣了愣。

孟好五音不全这件事还是在高考结束那晚被揭露的，三班人在KTV的包间里狂欢，几乎每个人都来了首歌。孟好推托不掉，随便点了一首歌，巧了，也是周杰伦的《七里香》。萧屿当时也挺期待，但现实给了他一个惊吓，这姑娘可是真真正正的五音不全，唱了没几句，包厢里的哄堂大笑夸张得能把她的声音覆盖掉。

最后还是萧屿救场，“车祸”现场这才结束。

这时，凌翔宇正好开始录视频，镜头一转，直直地对着两人。

他起哄道：“孟好给我们唱个歌呗。”

这话一出，孙广无比配合地鼓掌：“来一个！”

南美清也起哄：“孟好来两句！”

孟好把求救的眼神投向萧屿。

谁承想这人也慢慢开始鼓掌，笑得欠揍：“女朋友，来一个呗，你男朋友也想听。”

凌翔宇夸张地呕了声：“差不多得了啊，赶紧的。”

歌曲恰好切到下一首，孟好表示没听过，凌翔宇说：“这好办，我去找老板给你换个你擅长的，再给你拿个话筒。”

孟好无语地坐在原地。

几个男生拿了两个话筒风风火火地奔回来，此时正好是深夜十一点，烧烤店的顾客已经不是很多了。

孟好无奈地接下话筒，偏头想瞧萧屿。他笑得开心，完全不是人，欠抽得不行。

“我给你点一首，别怕，男朋友陪你唱。”萧屿怕她恼，及时开口。

孟好“嘁”了声，拿腔作调：“行吧。”

萧屿的笑容更大了。

温柔缱绻的前奏一出，孟好便蒙了，根本不知道这是哪首歌，直到萧屿开口唱第一句，她才反应过来，这是之前萧屿某次哄她睡觉时唱的。

用我的手牵着你向前走，
不愿再让你低头，
原来若即若离不受你的左右，
这爱情来得不是时候；
因为我狂恋你才不愿意放手，
你却执意一人等候，
爱情徒有虚名向左走向右走，
缓过了不寻常的节奏……

孟好唱到后面干脆放弃，气得把话筒扔给萧屿。萧屿笑得开怀，顺手把话筒放在桌上，长臂一揽，直接把孟好揽进怀里，两人仗着椅子宽，挤在一把椅子里。

一首歌唱完，众人非常给面子地鼓掌，纷纷说着“咱们孟大美女唱歌杠杠的”，孟好一个易拉罐扔过去，几人瞬间噤声。

范莹莹坐在一旁笑着看向这群人，说实话是真有点羡慕，他们打打闹闹的，无拘无束，每个人都是大奥班的学霸，前途无量，特别是被众星捧月的那两位，她都很期待他们的未来。

年轻人，肆意蓬勃，无比美好。

旁边两桌的人也被他们身上那种朝气感染，录了几个小视频发在网上，在当地热榜还小火了一把。

饭后，他们也不急着回民宿，又回到海边踩水，互相追赶着。孟好起了兴致，想玩沙子，索性脱了鞋踩在还热乎的沙子上，撒欢儿地跑了会儿，毫不扭捏地坐下像个小孩般开始玩沙子。

几个女生在这边拍照的拍照，踩水的踩水，玩沙子的玩沙子，能看得出来都很开心，没有人拘束自己，玩到兴致高处都没察觉到几个男生不见了。最后还是孟好想穿鞋，喊了半天萧屿都没人理，才发现那群男生不在了。

她给萧屿打了个电话才知道他们去买东西了，买些能让女生开心的东西。

孟好听他在那头开始卖关子，无语道：“萧作作，你幼不幼稚，你是小学生吗？”

五分钟后，四个男生各自搬着一箱东西往这边走，有人认出那是烟花。

萧屿走到孟好跟前，掐了把她的腰："谁是小学生？"

孟好仰脸笑："我，我是小学生。"

"谁幼稚？"

孟好顺着他说："我啊，我幼稚。"

远处孙广在喊他们："萧屿，快过来，我要点火了！"

孟好挑眉："萧作作，可以了吗？"

萧屿揽着她的肩朝那边走，用行动回答了她。

"砰砰砰——"

数不清的烟火冲向天空，毫不吝啬地炸开，到处都是星星点点，五彩斑斓，美丽非常，绚烂无比。

凌翔宇提前买好的手机支架起到作用，支在五米外，一群人面对着镜头，笑容肆意，欢声不断，那是夏夜最后的烟火。

孟好忽然偏头，发现萧屿也心有灵犀地瞧过来，他眼中倒映着五彩的烟花。

忽然之间，庆幸感浮上心头，还好她转到一中遇到了萧屿，遇到了一群有趣的人，收获了许多知心朋友，大家有着共同的目标，是朋友，也是战友。

萧屿突然俯身，轻攥住她的手腕，正对着把她轻扯过来。身后是阵阵烟花，他倾身吻了上去，唇瓣碾磨着女孩的柔软，拇指不断摩挲着她脖颈上的细肉，心里想的是：

烟花短暂，我们永恒。

夏夜烟花罕见，此时的沙滩上没剩多少人，除了他们那一群还有几对情侣在散步。一吻结束，孟好脸上有些发烫，还好烟花结束后周围光线足够暗。

在旁人注意不到的角度，萧屿倾身凑到孟好耳边，压低声音，干净的嗓音中还带了些沙哑，但好听得要命："用不用给你打 120？"

孟好抬头：？

"心跳声震得我耳膜疼。"某人欠揍的声音响在耳边。

孟好服了萧屿这无比自得的模样，手偷偷伸到他后腰，毫不留情地拧了下，谁料这人面不改色地说："松手，三天后……"

她倒没松力道，反而更加用力地掐他："萧屿！你有病？"

这事儿能乱往外说吗？他不要面子她还要呢！

萧屿懂分寸，赶在孟好发火前及时换了个话题："晚上去我房间，报志愿。"

孟好想起什么，掏出手机给他看："你没收到短信吗？京大发来的。"

这年高考成绩都是自己登录特定的网址查询，但每个省的前几名肯定是特殊的，早在查成绩前就会收到最高学府发来的短信。查成绩前，孟好其实也收到了，但她从没看短信的习惯，就这样错过了那条短信，任由它落在收件箱里生灰。

萧屿大致瞧了眼："和你的一样。"

孟好故意问："那我还去你房间吗？"

填报志愿就是个幌子，萧屿不信她没听出来，也不回话，站在她身旁居高临下地盯着她，表情好像在说"装，你接着装"。

孟好笑了笑，挽住萧屿的手臂："你不说那我就回去睡觉了。"

萧屿没搭理她，偏头看向远处的大海，即便那边是一片黑，什么也望不到。

孟好就爱看他这副作样儿，觉得有种反差感的可爱。

她手顺着萧屿的小臂一股脑儿地往下，准确无误地插进他的手指缝隙里，和他亲密无间地十指相扣。

"萧作作。"孟好憋着笑喊他。

萧屿不领情。

孟好嘴角的弧度越发大了，神情又好像在苦恼，但一听他说话就知道是装的："你说我是去呢，还是不去呢？"

萧屿不理她。

孟好开玩笑从不像萧屿那样把握着分寸，她都是自己怎么开心怎么来，等开心够了才哄他。

"男朋友，我去还不行吗？"

"晚了。"萧屿说。

孟好装傻："什么？你让我晚点再去？让别人看到不太好吧？要不我直接睡在你屋得了。"

萧屿冷哼："可别，有损我的清誉。"

"扑哧"一声，孟好实在忍不住，笑得身子都站不直了，整个人靠着萧屿，就差挂他身上了。

萧屿眼睛眯起来，少了往常不自知的高冷感。

他怕她站不稳摔倒，脚下的沙子又软到能让人陷进去，便用两只手扶住她的后腰。从远处看，两人像黏糊糊地抱在一起。

“萧作作，你怎么这么可爱啊，哈哈哈……”

萧屿轻哼一声，以示回应。

远处那几个人早就走远，估计也玩儿欢了，正四处跑着。时候不早了，马上到十二点，填报志愿的通道刚好是十二点之后开放，他们打算今晚就把志愿报了。

临走之前，凌翔宇也不忘招呼大家拍照，毕竟人生第一次的毕业旅行，意义非凡，怎么着都得记录一下。为此，他还特地买了一部品牌相机。

“萧屿！孟好！赶紧过来！拍照了！”凌翔宇冲着这边大喊。

两人走过去后，女生在前男生在后地插空站着，孟好拉着萧屿的双手，特意放在自己腰两侧，后背闲散地靠着他，非常自得。

众人齐声喊“三二一”，萧屿忽然把手拿开，也不知道在做什么。直到回了民宿，凌翔宇把合照发到群里后，孟好才明白。

一米八七的大个子，居然比了个傻傻的剪刀手。往下看，他的双腿还交叉站着。有人在群里吐槽他，这是什么奇怪的姿势。可孟好越看越觉得眼熟，这姿势好像是她幼儿园拍的一张照片里的。

这时她坐在客厅，有人在厨房里做夜宵，孟好偏头瞧了一眼，注意到萧屿也在里面，正熟练地颠勺，那架势不比米其林餐厅里的厨师差多少。

她一拍脑门，才想起来，昨天下午萧屿去她家参观了她的卧室，把她童年时期的黑历史照片都翻了个遍，其中一张就是四岁的她站在镜头前，派头搞得足足的，完全一个孩子王，姿势和今晚萧屿拍照的姿势一模一样。

当时萧屿看到那张照片就笑得不行，一直在说他眼光真好，女朋友小时候就这么好玩有趣。

宵夜做好，几个男生端着盘子碗筷摆上桌，招呼着吃饭，香味扑鼻。

孟好心思不在宵夜上，拉着萧屿把他堵在厨房，将手机举到他面前，质问：“谁让你学我的？”

萧屿凑过去看了眼：“谁学你了？”

还在嘴硬。

萧屿顺手拿了孟好的手机，锁屏放在身后的操作台上，搂着她方向一转，借着高大的身影覆盖住她。萧屿身上套了件湖蓝色衬衫，刚巧完全挡住穿着吊带裙的孟好。

屋外的人对厨房两人的举动一无所知，只能看到萧屿模糊的身影，看不到孟好也在里面。

孟好也看清了局势，两条胳膊顺着萧屿宽阔的胸膛滑上去，滑至他脖颈处忽然停了下来。萧屿抬手捏住她细白的手腕，低头，无比自然地吻了吻女孩的手背。

这人即便是做这种暧昧举动也是那副漫不经心的神态，孟好心跳乱了，呼吸也乱得缓不过来。两人隔着几厘米对视，之间黏糊的拉丝感只有他们清楚。

一直以来，孟好觉得萧屿没她会，但现在看来，那哪是没她会，分明是他留了点余地，不想勾着她。或许他自己也清楚，一旦他开始撩人，那对方势必挡不住。

就像现在，萧屿简单的两个手背吻，就轻而易举地让孟好沉迷进去，无法自拔。

他太会了。

他不仅是来了两个手背吻，之后并没有松开她的手，而是握着其中一只贴近自己的脸颊，手还不断地揉搓着，又拉着她的另外一只手顺其自然地放在自己身后，以此拉近两人的距离。

更重要的是，从始至终，他的眼神都牢牢地停留在她身上，片刻不离。

孟好觉得自己再待下去就要缺氧了，她向来不喜欢这种自己处于下风的场面，但也忘了三天后的约定，转身就要走。可她还没迈开一步，就被萧屿扯住，一个没站稳，又倒回在他怀里。

这次她是真的缺氧了。

萧屿拿衬衫裹着她，半点缝隙不留地贴着她，低头，眼神一会儿放在她唇瓣上，一会儿放在她眼皮上，头往下凑了凑，却始终不和她接吻。

孟好心想：果然，男狐狸精的本质即将要暴露了。

同时，她又被他勾得心尖痒，像无数棉花堵住心口，风一吹便都散了，只留有几片棉花在上面漂泊，居无定所，飘来飘去的同时带了些痒意。

一扇半透明的玻璃门外的一群人聊得热火朝天，也没人发现少了两个人。

“三天后可是萧屿的生日，咱们干脆在这儿给他过生日得了。”凌翔宇起了个头，“怎么样各位？”

孙广赞成。

其他人也表示没意见，都听他俩的，毕竟谁都比不上这两人会玩儿。

餐厅热热闹闹，厨房暧昧非常。

两人对峙，比的就是耐心，很显然，就孟好那不顺畅的呼吸和心跳已经让她处于劣势了，倒不是说萧屿没感觉，而是他懂伪装。孟好也不明白，明明都是第一次谈恋爱，为什么萧屿那么得心应手，好像一夜之间开窍了，还是说以前的他都是装的？

萧屿的眼神像是在挑衅，又像是在勾引，把孟好直接逼得不管不顾了，踮起脚，勾着他的脖子就要吻上去，灼热的呼吸全打在他脸上，带着清甜。

萧屿笑了："女朋友，这么迫不及待？"

孟好吻着他的嘴角，含混不清地回道："别装了你。"

萧屿被戳穿也不害臊，大大方方地吻了上去，拿过主动权。

缠绵了好一会儿，萧屿才放过孟好。她没了力气，这次是真挂在他身上了，小口小口地呼吸，脸颊红红的，格外烫。两人的心跳也不受控制，"怦怦怦"的声音交织在一起，火热万丈。

孟好侧脸贴着他的胸膛，窝在他怀里仰着下巴。

萧屿低头瞧，笑了笑，又轻轻凑上去啄了几下，似蜻蜓点水般轻柔，不算宽敞的厨房内最后只剩下连绵不断又青涩的啄吻声。

那晚到最后孟好都没去萧屿房间，因为要填报志愿，所有人都在客厅待着，茶几上摆着几台电脑，噼里啪啦的键盘声响个不停，孟好窝在软乎乎的单人沙发里，手里攥着奶茶，咬着吸管发起了呆。

三天后是萧屿的生日，她也是刚刚想到这件事，正发愁要送他什么东西，恰好她听到一道声音："无语，开学前必须要换台电脑，卡得有点过分了。"

这话像是一把锤子，一下砸醒了她。

他们计划着在海南待半周，第二天一觉睡到中午，起床吃了个饭，各自换上泳衣便准备出发去冲浪。

海边阳光毒辣，海水倒没像泳池里的水那么温热，沙滩上有不少游客，远处冲浪的人也多。他们做好一切准备便上了船，之后踩上冲浪板，除了孟好，其他人几乎都是新手，避无可避地都被迫咽了几口海水，苦涩的同时又发咸。

冲浪的时间过得飞快，到了傍晚，孟好反正是没力气了，吃完饭就回了卧室歇着，其他人则去了泳池游泳。

她洗了个澡，踩着吃饭的点打了个电话过去。

送萧屿的礼物她昨晚便想到了，算了算时间，应该来得及，萧屿的生日在后天，也就是八月二日。打完电话，心终于落回原地，就等着他生日那天的到来。

萧屿生日前一天，他倒是没什么反应，看起来好像一点也不期待，更令人不解的是，他整个人精力都不充沛了，不再像以往一样逗孟好，而是怏怏的。

孟好琢磨不出个所以然，但没事，她怎么说也算个小太阳，不可能让男朋友过不好这个生日的。

八月二日的傍晚，一众人从沙滩回来，萧屿没和他们一起出去，用的借口是他要赶工程。高考结束后没几天他就接了个活儿，难度不大，但烦琐。截稿期刚好是这几天，众人也就没硬扯着他去玩。

大家刚进客厅的时候，萧屿正站在冰箱前，身上穿着黑色无袖衫，小臂肌肉格外结实。他伸手去开冰箱门，肱二头肌格外明显，即便是不动的情况下。他穿着衣服的时候倒看不出什么，现在这一身令男生艳羡的肌肉可谓是十足惹眼。

听到玄关处的动静后，这位酷哥赏了个眼神，仰头灌了口水，声音冷淡："回来了？"

孟好接触到他的眼神，心口一缩，没吭声。

那一瞬间，孟好感觉自己回到了之前刚认识萧屿的时候，其实那时候萧屿对孟好也不是很热络，甚至可以称得上冷淡，但孟好不在意这些，依旧寸步不离地跟着萧屿。有次也不知道触及他哪根神经了，他格外冷地让孟好离他远点。孟好自然照做了，毕竟她也不喜欢热脸贴冷屁股。

但萧屿又不爽了，第二天的小组讨论，他主动搭话："你脾气还挺大。"

孟好当时翻了个白眼，没好气地说："废话，你见哪朵玫瑰不带刺？"

也是这句话，让两人关系缓和，而且自那之后，萧屿还喊她"带刺的玫瑰"。

此刻，萧屿也意识到自己过于冷淡了，于是挑了个话题："玩得怎么样？"

孟好走过去，牵住他的手："没你在不好玩。"

这话要搁在平时，萧屿或许还能跟她你来我往个几句，但今天是真没心情，所以只是笑了笑，便拉着孟好坐回沙发里。这人即便是没兴致，也把她圈进怀里，捧着电脑敲键盘。

凌翔宇和孙广对视几眼。

凌翔宇：我以为他和孟好在一起了就不会闹情绪了。

孙广给了他一个安慰的眼神：别担心，孟好应该有点子。

直到晚上，萧屿也没动过过生日的心思。工作完成后，他关了电脑，怀里的人早在半个小时前便听着他的键盘声助眠睡着了。

他把电脑放在一边，准备抱着孟好回房间睡，却没想到刚一起身，孟好就醒了。她揉了揉眼，脸上还带着茫然："几点了？"

萧屿直接来了个横抱，把她圈进怀里，低声："十一点了。"

孟好一听，瞌睡虫瞬间消失得无影无踪："啊。"

她拍打着萧屿的胸膛，此时也顾不上欣赏帅哥的胸肌，直接拉着他朝着自己房间跑。走到门前，她还特意开始卖关子，让他自己捂住眼。

"我要开门了，你先准备好。"

萧屿无奈地笑了笑，只得照做。

门开后，一片漆黑，孟好瞅了眼摆在沙发上的箱子，走过去抱在怀里，看起来也是第一次做这种事。

她扭捏地清清嗓子："睁开眼吧。"

萧屿睁眼的一瞬间，怀里便被塞进一个物件，还挺重，他低头一看，是一台最新款笔记本电脑，牌子还不错，是外星人，只是不同的是它是非卖品，并非摆在商场里的卖品。他粗略地估算了下价格，看了眼箱子侧面贴着的标识，估计这款得五万以上。

"其实，这个不是重点。"孟好轻声开口，她让萧屿把箱子放在一边，顺利钻进他怀里，往他手里塞了个方片，又不好意思地小声说，"这个才是重头戏。"

萧屿捏了下包装，心里了然。

…………

一切开始前，孟好还发了个朋友圈，是她偷拍的萧屿侧脸帅照，并配文：我的了。

十秒后，再刷新，直接蹦出另外一条新增的朋友圈。

小宇：永远是你的。

可能萧屿也没想到孟好会送这么贵重的礼物，他接了礼物之后，瞧了几眼，随手搁在沙发上，揉了揉怀里人的头发，吻了下她的嘴角，声音低哑："路子挺广啊，这都能买到。"

孟好心跳很乱，心思都放在接下来的事情中了，随口道："托人买的，是专业的工作人员改装过硬件的。"

屋内的空调没开，空气中浮着燥热气氛，孟好向来不喜欢身上黏糊糊的感受，但这次即便是在手心里满是汗的情况下，也牢牢地抱紧萧屿的腰。

萧屿笑了声，感受到她身上的汗，知道她不好受：“先去洗澡吧。”

孟好进浴室前犹豫了下，最后也没拿睡衣，趿拉着凉拖鞋就进去了，等她出浴室的时候已经过了半个小时。

屋内被冷气全面覆盖，她出来的时候发现萧屿正坐在沙发上，双腿敞着，手肘支在大腿上，微微垂着头，也不知道在想什么。

电脑就在萧屿身旁放着，他听到浴室方向传来的动静，不经意间一瞥，目光顿住了。

孟好裹着浴巾，白色布料衬得皮肤赛雪，香肩绽放在空气中，头顶的白炽灯光照得人仿佛在发光。

那一瞬间，他呼吸不自觉地加快，心跳仿佛停了一瞬。

他那要吃人的眼神，孟好自然发现了，当下有些害羞。

萧屿低头笑了声，朝她招手：“过来。”

说话的同时，他又拍了拍自己的右腿，意思是让她坐上去。

孟好缓缓走过去，双手钩着他脖颈，自然而然地坐下去。等她坐好之后，萧屿怕她摔了，手扶在她的后腰处。

孟好也不是那么神经大条，自然感觉到他今天的情绪不甚明朗，低头亲了下他的嘴角，含混不清地问：“萧屿，你不开心吗？”

今天可是你的生日。

萧屿手上用了些力道，如此一来，孟好便和他贴得更亲密无间了。

“也不是不开心。”

孟好明显不信，小声辩驳：“那你今天为什么对我这么冷淡？”

萧屿察觉到她话里明显的控诉，愣怔一下，随即道：“冷淡吗？”

孟好佯装生气，冷哼了声。

萧屿叹了口气：“真想知道？”

孟好眨眨眼：“如果触及你的伤心事了的话，那还是算了。”

“倒也没有。”萧屿此刻的声音听不出什么情绪，“我父母不在了你应该知道吧？之后我就住进了南美清家，小时候我也是个玩兴很大的孩子，期待过生日。但父母刚走的那年，有人对我说，没爸妈的野小孩是不配过生日的。”

孟好听着他云淡风轻的语气，脑海里不由得浮现出小时候失去父母格外可怜的萧屿的模样。

她把头埋进萧屿怀里。

萧屿低笑，把话题扯开：“急了？”

孟好现在也没心思做那种事了，声音发闷："萧屿！"

"在呢，别喊。"萧屿双手扶起她下巴，轻啄几下，"其实那也没什么，可能就当时太小了，心理会受伤，但现在也没那种感觉了，只不过就是对生日提不起兴趣来。"

这话说得孟好都心疼，哪个小孩不是玩兴特别大？她知道萧屿这是安慰她故意说的，所以直接凑到他耳边轻声说："别听别人乱讲，你才不是野小孩，你是我的唯一。"

动情的告白钻入耳膜直达内心，萧屿也受不住这种来自内心深处的躁动，手上的力道不由自主地加重了。两人在沙发上抱了会儿之后，萧屿忽然起身，怀里抱着孟好，吓得她喉间蹦出一声惊呼。

萧屿装作没听到，径直走向床边，把她放到床上。

床垫具有弹性，孟好的身子也就被弹了起来，这样一来，浴巾便不可避免地脱落了。

萧屿的眼神逐渐晦暗，他倾身凑上去，扣住孟好的双手，举到头顶禁锢住，动作间透着无尽的占有欲。

孟好被弄蒙了，眨眨眼："一上来就玩这么大的？"

萧屿笑了，头抵上去，含混不清地说："你不喜欢？"

…………

一个晚上，孟好几乎没怎么睡，到了最后，萧屿那消失了一晚上的分寸感才慢慢回归。

次日清晨，萧屿醒得很早，低头看，怀里的姑娘睡容恬静，不吵不闹的，完全没了昨晚的闹腾。他轻轻吻了下孟好的前额，出门。

今天没集体安排，想玩儿的就出去玩，嫌热不想出门的就随意。萧屿刚走进厨房，身后便传来脚步声，回头看，是凌翔宇边打哈欠边往这边走，头发乱得像个鸡窝。

萧屿心情好，难得没嘲讽他，还淡淡地问："吃早饭吗？"

凌翔宇醒了会儿神，含混不清地说："吃，你做吧。"说完便转身打算去沙发上躺着。他脑子机械般地转了两下，想起两秒前在脑海里出现的画面，一下子惊醒。

凌翔宇三两步走进厨房，那架势像是找人打架似的："萧屿！你讨厌不讨厌！"

萧屿闻声，给了他一个眼神："有事？"

那眼神像看傻子似的，但凌翔宇对此毫不在意，指着萧屿的脖子：“昨晚战况激烈啊。”

萧屿懒得搭理他。

“怪不得昨晚我在卧室都能听到一些奇奇怪怪的声音，还以为隔壁别墅办派对呢。”

此时陆陆续续走下来几个人。

孙广听到厨房的动静声，凑过来，只听见最后一句，但那一句也够他猜前面凌翔宇说的话了，反应过来之后当下问：“我的天啊，萧屿你竟然不是处男了？”

萧屿瞧过去，干脆地拎起一个塑料包装的调味料，准确无误地砸向孙广：“你给我闭嘴。”

孙广下意识接住，还蒙着呢：“我说得不对？”

萧屿把面条放进锅内，转身出了厨房，经过孙广的时候警告他：“待会儿在孟好面前别说这些。”

孙广“嘁”了声：“这有什么，都毕业了，而且大家都是成年人了。”

那天孟好睡到日上三竿才醒，被萧屿哄着随便吃了点东西，之后躺在床上玩手机。窗帘紧闭着，避光效果甚佳的情况下，又让她滋生了无数困意，所以她也就又迷迷糊糊地睡着了。

昨天半夜她还看到昨晚她发的那条类似公开的朋友圈下的一条评论，是林朝。

林朝：约个时间来给爸爸磕个头。

当时她气得够呛，直接一个电话打过去，也不管有多晚了。

那时邻近十二点，林朝正在公司加班，刺耳的手机铃声在空荡的办公厅里不断回响着，颇有午夜凶铃的惊悚感。

孟好不管不顾地开口：“有病就去治好吧，是你给我磕头，懂吗？”

林朝没懂她的话，正慢慢思考着，也就沉默了几秒。

孟好以为他想赖账，但当时打赌的时候她也是抱着闹着玩的心思开的头，纯粹“口嗨”，怎么可能让输的那个人真磕头？现在想想，那个惩罚措施真的有点尴尬，完完全全一个大型社死现场，但那时候是真中二，偏偏还自我感觉良好。

距那时仅仅过了一年的时间，而这一年的时间里，孟好的身边始终都是萧屿，和省状元一起学习生活，心态都逐渐变得成熟。

电话那头慢慢地说：“等下。”

孟好“啧”了声：“怎么了？想赖账？其实也可以，我最近看上了一双联名款的鞋，况且我现在毕业了，你不该整个毕业礼物吗？”

林朝一听她这语气就知道这姑娘最近可能手头紧，毕业礼物就是个理由而已。

“行，你发过来吧。待会儿我下班了就下单，行了吧，大小姐？”

孟好宰了林朝一笔，心情颇好，也不再嘲讽他，开始关心他：“马上十二点了，还没下班？你这公司压榨员工压榨得有点厉害了吧？”

林朝：“最近接了个项目，今晚就差收尾了。”

他想起什么，手机退出通话界面，去看孟好刚发的那条朋友圈，配文下是一张男生的侧脸照。男生看着有点眼熟，好像在公司偶然见过几面，但仔细一想，也不大可能，印象中见这男生的时候，孟好他们正处于高三的冲刺阶段，当时离高考就剩一个月了，一个高中生怎么可能会去他们公司谈项目呢，太扯了吧。但他越想越不对劲，最后还是迟疑地开口：“你男朋友是你同学？”

孟好喝了口水，含混不清地“嗯”了声。

“他叫什么？我这当哥的怎么着也得请你们吃顿饭。”林朝说。

孟好被他这话噎住，咳嗽个不停：“不用，总感觉你没安好心，不会要给我爸我妈打小报告吧？不过现在我也毕业了，男朋友还是省状元，就算你打报告也没用……”

“省状元？”林朝的声音有些大，无比震惊。

孟好把手机拿离耳边，皱眉：“你至于那么惊讶吗？我在省里也排得上名次。”

林朝满心都震惊在“孟好的男朋友到底是谁”的旋涡中：“你男朋友叫什么？”

“萧屿。”孟好被他问得烦了。

林朝隐隐约约觉得这名字耳熟，好像之前他回一中看望老师的时候听老师说起过。他一拍脑门，脑子里顿时浮现出今年春节期间他和孟好约在她开学前一天去吃烧烤，当时孟好说的那个众星捧月的人物。

“你男朋友是不是在做一个游戏项目？”

孟好想了下：“好像是，昨晚他还在敲键盘。”

“合作的公司叫什么？”

孟好皱眉：“我哪儿知道，不过我看到了几个字，是……薄必科技。”

果然，林朝也不着急写代码了，话题一转：“可我知道的一中校草不是他。”

孟好一愣。

林朝发了张照片，孟好点进去看，是一个体育生的证件照，刚好是之前骚扰过孟好的那个，留着一头利落的板寸，但很显然不是孟好的菜。而且林朝没事吧，这怎么就是校草了？校草不应该是一个学校最帅的吗？这男生确实长得不错，但说他是校草真是碰瓷校草这个词了，说登月碰瓷都不为过。

“不是，你怎么觉得他是一中校草的？”孟好不敢置信地问。

“他的寸头很有男人味啊。”

孟好顿感荒谬：“我倒没觉出男人味，只觉得油腻。但你这话什么意思？我男朋友没有男人味？我男朋友才是公认的校草好吧。”

林朝现在也理清了，闹了半天是他搞错了一中校草。

“是我搞错了，行吧。”林朝说，“只是你男朋友挺厉害啊。”

孟好没懂，但林朝也没多说，两人又掰扯了几句就挂了电话。

现在林朝也没心思继续工作了，索性关了电脑，坐电梯准备回家。他到了地下停车场，启动车子，利落地打了把方向盘，后知后觉地回过味儿了。

现在看来，自己把一切东西都搞混了，但也不是不能梳理清晰。

条条不同方向的线索最后都指向一个人。

今年高考的省状元是萧屿。

回一中的时候老师赞不绝口的学生是萧屿。

一中公认的校草是萧屿。

公司合作了两年的大神程序员是萧屿。

最后……

孟好的男朋友叫萧屿。

也是稀奇，孟好这位男朋友身上的头衔一个赛一个牛，都是普通人难以达到的高度，好像长相是最普通的一个优点了。自己之前和孟好打赌的时候还用人家的长相做赌注，要是当时他知道这哥们这么全能的话，哪还用孟好啊，他自己上去就与对方交朋友了，当然是知己的那种朋友。

很难想象，和萧屿做朋友会是什么样子。

这点林朝大概也有话语权，毕竟之前和孟好一起吃烧烤的时候，从她口中听到的几句关于萧屿的名言，便支撑他度过了无数个因为写不出代码的枯燥夜晚。虽然听着有些扯，但那段被公司打压的时日，他都是靠着那几句话度过的。

生在最好的时代，我们有着千万种可能，但我们也必须成为最好的那一种可能。

我们从不是垮掉的一代。

林朝把车开出停车场，黑色汽车驶入略显空荡的街道，昏黄的灯光打下来。平芜近两年的发展越发迅速，冒尖的写字楼涌出了很多栋，城市GDP也不断上升，政府招商引资，许多企业也都驻足平芜。

萧屿那么优秀的人，能说出狂妄自信的话倒也不是不可能，话里话外的那股子屡败屡战的劲儿就是令人钦佩无比的，年轻人从没有止步于此的想法，有的只是永不服输的那股劲儿，那股感染人斗志的劲儿，那股浑身是热血的劲儿。

不是不知天高地厚，而是尽自己的十二分努力去做到最好。他当年高考在一中好歹也排得上名次，读的大学也是全国最高等学府，怎么可能因为一点小挫折就认输？当然，对他最有帮助的除了自身的自信，起到辅助作用的也是萧屿那几句名言。

一觉睡到傍晚，房间内彻底陷入一片黑暗，伸手不见五指。孟好睡得太久，身子发酸。

她翻了个身，发现身旁躺着个人，手机的光照在他脸上。渐渐地，她发现以往独自一人从白天睡到夜晚的那种孤独感和落寞感消失了，此刻她的心都被一种不知名的情绪包裹着。

萧屿把音量调到最低，正漫不经心地打着游戏，也注意到她的翻身，不经意间一瞥，对上她满是茫然的眼眸，笑了笑。这时，游戏刚好结束，他把手机随手放在一旁，无比自然地把她搂进怀里，唇抵在她前额上吻了几下。

萧屿低声道："饿不饿？"

那种感觉孟好无法形容，只觉得甚好，向来贯彻自由到底的她此刻觉得如果自己未来生活里时时刻刻有萧屿的存在的话，那也不错，甚至是称得上是上上佳。

对。

有他在，就是上上佳。

第 10 章
我好喜欢你

周围一切都不甚清晰，萧屿估计是洗了个澡，前额的碎发还没完全干透，懒懒地耷拉在额头上。

孟好又不可抑制地心动了，这感觉她根本无法控制。自从两人有了最亲密的关系之后，他们之间的那种磁场就不由自主地发生了改变，她时时刻刻都想挂在萧屿身上。

她又盯了萧屿两秒，双臂慢慢环住他的腰身，把头埋进他怀里，闷闷道：“好困。”

萧屿摸了摸她的头发，声音低哑：“那你再睡会儿，待会儿带你出去玩。他们已经出去了。你饿不饿？我先去做饭，想吃什么？”

“白粥就行。”

“好。”

趁孟好吃饭的工夫，萧屿去租了辆车。

出门后，孟好问萧屿去哪儿，萧屿一边打方向盘，一边回道：“手痒了，今天下午找了个私人球场，去打球，孙广他们已经过去了。”

孟好点头表示自己知道了。

萧屿面不改色地望着前方道路，车内除了导航的智能女声还放着车载音乐，音量不大，但恰好有了氛围感。

这是一首节奏感极强的英文曲目。

还挺好听。

孟好偏头看向窗外，傍晚的余晖还未完全褪去，远处的天空美得震撼，天地之间仿佛被一条光撕开，橙光和蓝光相继出现，颇有种电影大片中的特效感。

孟好全身心欣赏着美景，忍不住拍了几张照片，快门声小得可以忽略不计，但萧屿还是捕捉到了。

孟好这姑娘向来热爱生活，喜欢记录生活，和她相识这么久，好像就没从她身上发现过几次消极情绪，倒是他自己，在她面前暴露了一个又一个缺点。他自认不是完美的人，也清楚这个世界上没有绝对完美的个体。

但孟好不同，她很强大，各方面。

“你什么时候回京北？”萧屿忽然问。

孟好刚开始没听清，偏头看了他一眼，“啊”了声，之后就说不出话了。在她的眼中，开车的男生也在不自知地散发魅力，让人移不开眼。

萧屿淡声重复了一遍，孟好这才回神：“还没定，怎么了？估计我外婆也快回来了。”

萧屿“嗯”了声，再没说话。

孟好想和他闲聊，但又怕他分心，最后只是隔几秒就看他一眼。

萧屿自然也发现了，笑着问：“怎么了？不相信我的车技？”

孟好摇头：“考驾照难吗？我也想去试试。”

萧屿熟练地打了一圈方向盘：“不难，一把过。”

孟好点点头，注意到后座上的背包，问：“打球你拿包干吗？”

“换球衣。”

孟好撇撇嘴，男生打个球事儿真多。

借着等红绿灯的空隙，萧屿偏头扫了孟好一眼，通过她的表情就能猜到她心里在想什么，估计在骂他是个事儿精。

打球的地方很绕，也不知道拐了多少个弯才到，而且那里还没停车场，萧屿只好又开车带着孟好绕了一圈，最后在一个犄角旮旯的角落找到一个停车位，前后方都有车，还要侧方位停进去。

萧屿的车技确实不错，不拖泥带水地把车开到两车之间。下了车，他看到孟好脸上带着些许崇拜的表情，倏地笑了，走到她跟前，自然地揉了揉她的头，而后揽着她的肩朝球场的方向走。孟好的身高已经接近一米七，但还是被萧屿衬得小鸟依人。

私人球场空荡荡的，适合他们这群人一起打球，几个男生像是解馋似的打了几局，他们倒没一直打下去，毕竟晾着女生也不好。最后，不知道是哪个女生起了头想学投篮，之后凌翔宇便扛起教练的大旗，开始正儿八经地教几个女生。

孟好睡醒之后浑身没多大力气，况且她向来没什么运动细胞，于是百无聊赖地坐在长椅上看着她们玩儿。

萧屿穿着一件白色短袖 T 恤，外面套着无袖队服，前后还标着红字：9 号萧屿。

江淼和他一样穿着队服，两人也不嫌热，仪式感满满，不像凌翔宇和孙广随便套了个无袖衫，露出结实的小臂。

孟好拿起一旁的水和毛巾，递给走过来的萧屿。

萧屿接过毛巾，随意擦了擦头发便扔在一旁，居高临下地瞥了眼孟好，双手交叉抓住队服下摆，一个屈肘便把外衣脱了下来。因为两件衣服是贴在一起的，动作间，白 T 恤被撩起一角，隐约露出几块腹肌。

“大白天的，‘男德’呢？”孟好不怀好意地笑他。

萧屿习惯了孟好的日常不着调，接过她手里的水，轻轻一转便拧开了，递给孟好：“喝吗？”

孟好目光落在瓶口上，顿了两秒，忽然一笑，接过仰头喝了一口，又传给他：“你喝。”

萧屿也随着她笑，仰头三下五除二地喝完了那瓶水，然后把塑料瓶身捏在掌心里，轻轻一用力，瓶身便被捏扁了。他回头，投篮似的把水瓶扔进一旁的垃圾桶。

孟好盯着他这一系列的动作，哼笑，真是服了，喝个水都得和他有来有回的，什么毛病。

晚上九点，一群人随便找了个饭店吃了点夜宵便回了民宿。

海南之旅结束后，一群人转战西北，见识了荒漠，领略了大西北的黄沙漫天，痛痛快快地玩了一圈后才回平芜。

录取通知也差不多快下来了。

他们下飞机的那天平芜下了场暴雨，机场离家远，雨太大，不好打车，他们便在机场附近找了家酒店。

拿到房卡之后，萧屿拉着行李箱把孟好送进房间里，开了浴室的暖风，让她先去洗澡。

孟好正换鞋，听他这架势好像还要出去一趟，便问道：“你去干吗？”

“出去买个东西。”

等他回来的时候，孟好已经洗完澡了。当时孟好正吹头发，没听到玄关处的动静，直到头发被吹干之后，一出浴室见到沙发上的场景，被吓了一跳。

萧屿衣服都湿透了。

孟好急忙转身从浴室里拿出一条干浴巾，走过去包裹住他。

“洗完了？”萧屿接过浴巾胡乱地擦了擦自己，眼神给到茶几，“把药喝了。”

什么药？孟好偏头，茶几上摆着一杯冒着热气的水和一盒感冒药。她当下便了然了，原来他冒着大雨也要出去是怕她感冒去买药了。

这个傻子。

窗外大雨倾盆，屋内沙发上坐着个为了她淋雨的傻子。

几乎是一瞬间，孟好的眼泪就迸发出来。

“萧屿！你傻不傻！”

萧屿笑了笑：“给你买药就是傻了？”

孟好咬着下唇瓣，眼眸中蓄着泪珠，声音发颤：“你是傻子吗？外面那么大的雨，出去做什么？”

眼前这个人，傻到极致，也爱她到极致。

出去玩的这段时间，她连脑子都不用带，萧屿什么事都安排好了，她只负责开心玩乐，什么都不用考虑，大到食宿，小到打车出行，他都安排得井井有条。她只需要化美美的妆，让他拍照就好，包不用拎，有时候走累了只需要一个眼神他就能懂了，他会直接弯腰背她。

孟好其实完全不需要这些，她和他都是独立的人，无须对方为自己做那么多，但自从谈恋爱之后，在萧屿面前，她只用做个开心小孩就行。

“外面雨停了。”萧屿说。

孟好望了眼窗外：“骗人。”

萧屿叹了口气：“吃药，我去洗澡。”

孟好没理他，但也乖乖吃了药。这次是真的有点生气了，她不再看他，直接上床钻进被子里。

萧屿看了几眼她的背影，最后拿着浴巾去了浴室。

空调的制热只开了半个小时，孟好便起身关了，当时萧屿正在浴室洗澡，潺潺的水声持续不断地回荡着，弄得孟好心里七上八下。

说不上来的烦这种感觉。

她以为萧屿和她一样，谈恋爱都把自己放在首位，但现在看来，萧屿真的是把她放在了第一位，事事以她为先。这种感觉很奇妙。可如果是以前的她，谈个恋爱遇到这种事，她脑子里的第一想法就是跑，因为觉得这种男生比较难缠，万一分手会斩不断关系，会藕断丝连，最后会成一种负担，很烦。

只是现在一切都变了，她的心境也不知不觉发生了转变，现在她不会觉得萧屿的爱是一种负担，而是安全感，即便是在他失去分寸的情况下。她烦的是自己的这种变化，而不是萧屿。一直以来，她人生目标就是自由到底，不想受任何束缚，不是说她是单身主义或者不婚主义，而是她不会让自己陷入劣势，不会让自己落入下风。

水声戛然而止，浴室的门被人拉开，拖鞋在地板上趿拉，清脆声不断。

萧屿知道孟好没睡，把头发囫囵吹了个半干，关了大灯，只留了个暖黄色的床头灯便钻进被子里。他偏头瞧了眼身旁的人，发现她蜷缩着身子，像个无助可怜的幼崽。

他叹了口气，身子面向她，顺手把她搂进怀里，轻轻去吻她的头发。

也不知过了多久，萧屿都以为孟好要睡着了的时候，被子下忽然传来一声轻到可以忽略不计的抽泣声。

萧屿先是愣了下，反应过来之后便牢牢地抱紧怀里的人，低声说：“宝宝。”

他的声音带着往日没有的温柔缱绻，声带振动连带着胸膛也轻微振动起来，弄得孟好耳朵痒痒的。

“这次是我错了。”

谁也没有做错，可萧屿懂孟好，又第一时间认错，说明他是真的知道孟好心里在想什么。其实洗澡的那段时间他特地放慢速度，就是想让孟好自己消化，因为这种关乎自己内心的想法靠不得别人，只能自己想通。

“你好讨厌……”孟好缓缓从萧屿怀里抬起头，脸上挂了些泪珠，头发也粘在脸上、鼻尖上，弄得人发痒。

萧屿抬起一只手帮她拂去头发，心里那块石头放了一半，但始终落不到地面。

孟好的视野渐渐开阔，盯着眼前的男生，他的头发因为刚吹完变得无比蓬松柔软，面部线条流畅。她吸吸鼻子：“萧屿，我发现我现在真的真的特别喜欢你。”

猝不及防的告白让萧屿措手不及。

“你知道吗？我其实是个自私的人，别人找我帮忙的时候我最先考虑的是这件事会不会对我有影响，会不会给我带来好处。如果会浪费我的时间，那我指定是不出意外地拒绝掉，因此很多人说我不近人情，说我是个冷血动物。”

萧屿虽然知道孟好的想法，却对她的往事经历一无所知。

“所以在京北的高中，我没有几个知心朋友，我觉得大家都很虚伪，都是阶段性的朋友而已。直到我来了平芜，和你们相处下来，觉得你们真的是很好很好的朋友。许心雨会在我生理期肚子疼的时候，默默地去泡红糖水，南美清也是。而且虽然平常和你们几个男生打打闹闹，但我觉得你们很真实，很简单，虽然有时候中二，但无所谓。”

说到这里，孟好笑了笑：“你就算有中二的那一面，我也会喜欢你，别担心。”

这一句话把萧屿弄得不知道怎么回复，原本他心里涌动着许多无法宣泄的情绪，但现在被孟好一句话就化解了。

两人相视一笑。

“我说的是真的，精致的利己主义者指的可能就是我这种人。”

孟好说到这儿，萧屿下意识皱了下眉，因为她这说法，什么叫“我这种人”？在他印象里，她可不是会自我否定、自我怀疑的。

“我妈有时候都说我像个万恶的资本家，但她当然也是在调侃，我每次听了表面上都是打着哈哈混过去，但我心里是怎么想的没人知道。我会先冷笑两声，想着那也比敏感的人好。因为我事事考虑的都是自己，以自己为先，并且我觉得大家都该这样。可我好像想错了。”

孟好的表情有些迷茫：“今天你拎着药浑身被淋得湿透了回来的时候，那一瞬间我真的有点不知所措，在心里不断推翻我那个认知，也在怀疑自己究竟会不会谈恋爱，对你的感情到底是喜欢还是新鲜感。”

萧屿的指尖原本敲打着被子，但此刻，指尖悬在半空中，和他的心一样。

“我刚开始麻痹自己，告诉自己对你的感觉可能就是新鲜感，但越想越觉得不一样，我是喜欢你的，我觉得未来余生时时刻刻都和你在一起这种感觉很不错，甚至称得上是最佳。”

孟好又往他怀里钻了钻，瓮声瓮气地道：“萧屿，我喜欢你，好喜欢好喜欢。我不想再自欺欺人了。”

直到此刻，孟好的心门才彻彻底底地对萧屿敞开。

萧屿俯身，去吻她的嘴角，轻一下重一下地啄吻她柔软的唇瓣。渐渐地，孟好也沉浸在其中。两人黏黏糊糊地待了十分钟，孟好的脸上忽然落下一滴冰凉的水渍。

她茫然地睁开眼，发现萧屿此刻的眼神极其认真，眼角是湿润的，或许因为紧张，他的嘴唇轻轻动了动。

孟好眨眨眼，觉得稀奇，凑上前将两人距离拉得极近后才发现他的眼尾泛着轻微的红，原来真的有男生哭的时候眼睛会发红。

孟好双手手心朝上托住萧屿的下巴，手势和电影中的小乞丐一样，像是在接住什么。

萧屿不解，问："你在干吗呢？"

孟好笑了笑，眼睛在发光："我男朋友掉金豆豆了，我得接住，不然他又要作了。"

这姑娘是真的会，很懂怎么抓住萧屿的心，也或许是萧屿的心都摆在她面前了，但她不会心安理得地去攥住他的心，而是用了另外一个无比新奇的角度去告诉他：看到没，我的心和你的心拴在一起啦。

萧屿低笑出声，去握孟好的手，结果被她拂开。

这姑娘颇为认真："别闹，我接金豆豆呢。"

这姑娘会是真会，傻也是真傻。

"孟好，我喜欢你。"

萧屿去触碰孟好的手，思绪不断。

我喜欢你，不是因为你喜欢我，我才喜欢你，而是因为你喜不喜欢我，我都会喜欢你，也不会因为你有缺点就不喜欢你。我会违背我所学的哲学去喜欢你，并且只喜欢你。

回了平芜之后的日子，其实和在外面旅游的时候差不多，他们这群人每天照旧混在一起，也没什么正事，基本上都是玩儿。

有人问他们怎么不去兼职做暑假工，毕竟那段时间暑假工超级多，夸张地说只要去找，就会有人用，更何况他们都是个顶个的学霸，虽然比不上萧屿，但辅导初中生也是绰绰有余的。

有一次，又有人提到暑假工的事情，凌翔宇神秘一笑，说："做暑假工赚的钱还不够和萧屿一起做项目得到的分成的零头的百分之一。"

那人不解，问："萧屿做什么项目？他不是也刚毕业吗？难道是教育局发奖金了？"

凌翔宇摇头，故作玄虚地说了许多没重点的话。

最后那人嫌他装，骂骂咧咧地走了。

可事实上，萧屿还真收到了奖学金，大额奖学金收了两笔，一笔是一中发的，还有一笔是教育局发的，数目还不小。有次孟好的手机支付达到了限额，就借萧屿的手机下单，碰巧点开钱包那一项，她当时就被那数字惊得定在原地了。

果然啊，“学习就是致富之路”这话没错，她收到的奖学金才几千，刚收到的时候还乐得不行，现在一看，她这还不到人家省状元的零头。

萧屿不仅有学校和教育局发的奖学金，还有跟平芜的一些企业合作得到的收入，其中有个公司刚好是林朝所在的公司。

孟好那段时间几乎都住在萧屿家，陈娟在京北做了体检之后，冯女士和孟成杰就带着老人家和孟好的奶奶去旅游了。他们上周去了泰国，玩得无比开心，两个老人跟老闺蜜似的，不停地自拍和互拍，不知道的还以为她俩是去拍艺术照了呢。

陈娟和萧屿的奶奶梅心关系也好得不行，最后梅心也抛下老伴赶去泰国和她俩会合，简称“老姐妹周游世界组合”。她们下一周要转战马来西亚，比年轻人还要自在。

早上吃了饭，孟好打算睡个回笼觉。萧屿那时候已经出门了，好像是项目上出了点差错，凌翔宇他们几个解决不了，问题有点高深。

她刚拉上窗帘，躺在床上酝酿睡意，马上就要和周公会晤了，结果魂儿就被刺耳的铃声拽回三次元。

来，让她看看是哪个没眼力见儿的。

她起身扫了一眼，原来是林朝这个非人类。

“有事儿？”孟好嗓音嘶哑。

林朝愣了下：“你嗓子劈了？还是刚起？”

孟好点开免提，把手机放在一边，平躺着看向天花板：“准备睡个回笼觉，怎么了？”

向来利落的林朝现在不知道抽了什么风，在孟好面前开始扭捏：“那什么，你男朋友在你旁边吗？”

孟好不在意地回道：“不在，他和朋友出去了。”

林朝先是“哦”了声，反应过来之后，不可置信地问：“什么意思？你们昨晚住一起了？”

孟好被他的音量吓到，皱眉：“嗯。我困死了，有事儿赶紧说。”

“之前不是和你说过啊，我这当哥哥的，怎么着都得请你和你男朋友吃个饭，刚好我最近不忙，就明天，可以吧？”林朝一口气说完，也没给人反应的时间。

什么可以吧？谁同意了你就可以吧？

孟好愣了下，被他这样子气笑了：“不是，你约人前都不问人家明天有没有时间的吗？服了。林朝，我真的好奇，就您这少得可怜的情商，在大学能交上朋友吗？啊，不对，是有人和你交朋友吗？”

林朝也知道自己语速太快，便慢慢地重复了一遍。

孟好想了想，最后说：“我待会儿问问他，有空的话再回你。”

“行。”

挂了电话后，孟好翻来覆去睡不着了，回笼觉这下是无法继续了，索性起来找了部外国老电影看。早在过年前，萧屿就在自己房间也装了个投影，方便孟好可以躺在床上看电影。

窗帘被拉严实了，房间内只有投影时不时发出忽明忽暗的光，但她的注意力好像不在电影上。

挺反常的，林朝这人看着谦虚随和，可实际上眼高于顶，同龄人之间很少有人能入他的眼，更别提比他小两三届的学生了，所以他今天的这通电话令人无法理解。

孟好想了半天都想不通，拿起手机点开两人的聊天框便打字：你怎么回事？为什么对我男朋友那么上心？朋友，你有事瞒我。

那头回得很快：……你认真的？

孟好瞳孔猛地变大，噼里啪啦地打字：林朝！你果然有事瞒着我！快说！为什么要请他吃饭！

她还嫌最后几个感叹号表达的情绪不够强烈，便一个又一个地给他发感叹号，有时手抖会打了几个问号，发到最后，已经看不到林朝的发言框了，已经被孟好的感叹号顶上去了。

而另一边的林朝盯着发出连环振动铃声的手机，被气笑了。

工位对面的男同事听到这边的动静，凑过来瞧了眼，看到手机屏幕之后了然，脸上的表情透着“女朋友吧？哥们都懂，咱大老爷们真不容易”。

林朝笑了笑，开口解释：“亲妹。”

男同事愣了下，尴尬地扯了几句就走了。

手机还在不停地响，林朝把视线重新移到手机上，也不知道孟好这姑娘脑子里在想什么，各种荒谬的可能都列了出来。

“你挺会脑补啊，其实就是一个学长对学弟的赞赏，毕竟你男朋友那么厉害。”林朝最后还发了个碰杯的表情包。

孟好看了眼，心渐渐放回原地，之后也没心思看电影了，给萧屿打电话讲了这个事儿，萧屿答应得倒是痛快。

孟好问：“你在哪儿？”

萧屿：“在打球。”

孟好吐槽：“打篮球是不是和吃饭一样，一顿不吃浑身难受？”

萧屿听到孟好的吐槽后，喉间发出愉悦的笑声，胸腔震动着，等笑够了才说：“叫上凌翔宇他们几个行吗？毕竟是你哥。”

孟好戏谑：“怎么，学神哥哥发怵吗？”

萧屿漫不经心地哄她：“嗯，𡬶了。”

孟好撇撇嘴。她才不信，萧屿什么时候𡬶过？

人一倒霉那就是喝凉水也塞牙缝，林朝这段时间虽说是忙完了新项目，但今天一大早就被公司叫回去了，原本的年假也休不成了。他在公司忙了一上午，连饭都顾不上吃，下午两点才被放走。临走前老板还自我感觉良好地给他多加了两天年假，让他好好休息，那姿态好像是上帝在施舍人类。

林朝面无表情地笑了笑，没吭声就走了。

约饭的时间定在了傍晚六点，刚好那时候气温不是很让人难以接受。本来他是订了个某高档饭店的位置，但听说孟好在平芜交的朋友不少，这次也都来了，一起认识认识，况且孟好之前在京北的时候貌似还挺孤独的，也是亏了这群朋友，最后吃饭的地点改成了带露天烧烤摊的小店。

林朝回家洗了个澡，补了会儿觉，醒的时候刚好五点。他随便套了件军绿色短袖和黑色长裤就出门了。

队伍颇为浩荡，孟好略微有些无语，不知道这群人瞎凑什么热闹。

她偏头看了下萧屿，他还特地打扮过了，穿搭还是走的慵懒风，白短袖黑长裤，简单得像平常一样，但就是感觉和以往不太一样。

她一拍脑门，萧屿出门前涂了点防晒，她好像给错了，给的是加了美白效果的那款，怪不得她觉得今天的萧屿颇有点小白脸的味道呢。

她凑过去，轻咳一声。

萧屿不解。

经过最后一个转弯，孟好眼尖地发现林朝坐在一张面前摆着圆桌的塑料椅子上，周围坐着许多正吃饭的顾客，别的桌热热闹闹的，倒显得他挺孤独。

孟好随意给萧屿指了下方向，示意他看，就看到一个女生捏着手机，脸上带着害羞的表情走过去要联系方式。

刚巧他们这群人到了，目睹了林朝被女孩要联系方式的场面，一个个站在原地。除了萧屿和孟好，其他人都傻愣愣的。

要电话的女孩听到这边的动静看过来，眼神扫到萧屿之后，眼里的羞涩瞬间被惊艳代替。她本觉得刚刚这个男生已经够帅了，没想到还来了个极品，难道“帅哥的朋友都是帅哥”的传言是真的？

萧屿站在那里，一只手垂下来牵着孟好，另一只手插兜，大大方方地站在桌前，白色短袖下摆随风动了动。他表情没什么变化，只是静静地站在那儿。

见到萧屿后，林朝心里居然后知后觉地开始自卑。反应过来之后，他礼貌地拒绝了那个女孩。

女孩只说了句“打扰了”之后便走了，走之前还看了萧屿好几眼。

孟好率先给林朝打招呼，并指了指身边一众人：“我男朋友，萧屿，那边是凌翔宇、许心雨、南美清、孙广、江淼……”

整得好像是个粉丝见面会。

她又面向几人：“这是我……”停顿了下，接着说，“发小，林朝，比咱们高两届。”

孙广顺势接话：“知道，就是一中门口红榜上的那位帅气学长，在京大读书。”

一中大门外立着两个红榜，历年考上重点大学的学生的照片都被裱上去，供人参观，激励学生。

林朝和他们只相差两岁，代沟肯定是没有，这会儿的林朝也不像那种高人一等优越感十足的学长学姐，他随和得很。

几人各自打过招呼之后顺利落座。

萧屿坐下后随意地偏头瞧了眼孟好，发现这姑娘正盯着自己笑，他伸长手臂在孟好头上轻轻揉了一把。

他本来想重重揉的，但出门前孟好拿着长长的工具不停地夹头发，当时他问：“如果把猪肉片放在上面会不会被烤熟？”

孟好听完笑得前仰后合，指着那个工具说：“你个直男，这是夹板，给女生夹头发的，懂了吗？”

他当时没说什么，下楼梯的时候刚抬起手，打算像往常一样揉她头发一把，毕竟她头发软软的，又可爱。可孟好一把拍掉他的手，用一副没商量的态度说：“别碰，今天的孟好姐姐很高贵，你不配碰。”

他当时就被气笑了，高贵什么？就用了根烫猪肉都烫不熟的长棍吗？

所以他现在也不敢用力，只敢轻轻碰下，安抚住她就可以了。

萧屿举起杯子，和对面的林朝隔着一个圆桌对视，他笑了笑：“说实话，因为孟好和你的那个赌被揭开，我不安了好一阵，孟好在一中很受欢迎，倒不是我妄自菲薄，只是觉得，如果不是我，孟好的男朋友也会很优秀，毕竟这姑娘本身就很优秀，吸引到的男生也不会比我差到哪儿去。”

他的语速不快，举杯的时间渐渐被拉长，但他眉头再没皱过，表情渐渐认真且真诚：“哥，其实我挺感谢你的，如果没有那个赌，孟好可能追的就是另外一个人了。谢谢你，把孟好送到我身边。我以茶代酒敬你。”

和别桌的热闹与众不同，他们这桌没人说话，都表示很震惊，因为这还是萧屿第一次公开讲孟好因为赌约才故意接近他的那件事。别的不说，就萧屿这态度，直接让人甘拜下风，如果换成其他人，肯定没有他这种豁达。

打个比方，如果许心雨和凌翔宇在一起是因为和别人打了赌，那就算他们好上了，这件事也会像软刺一样扎进凌翔宇心里，而且每次他们吵架的时候都会被翻出来，因为这关乎他作为男人的面子和自尊，但现在……

萧屿在孟好面前都把自己的面子扔了，自尊也被捧到她脚下，任她蹂躏。他不计较自己曾像个物品一样被人打赌，反而把它当成一个契机，一个能和孟好在一起的契机。

这个傻子真是爱惨了她。

萧屿的话讲完，几乎是一瞬间，孟好眼里就迅速涌出泪水。

孟好的视线模糊了，鼻子发酸难受，好像一天不间断地看完五部催泪电影的威力也没眼前这个人给的大。

哭到最后，她话都说不出来了，一哽一哽的。萧屿实在怕她再这么下去会窒息，当下不顾别人的目光把她从座位上拉过来，让她坐到自己腿上，随手抽了几张纸巾，动作间透着不易察觉的慌乱。

孟好注意到萧屿要给自己擦泪的举动，举起手制止住。

萧屿叹了口气，说：“感动成这样了吗？都不让男朋友给你接金豆豆了？”

这话及时把孟好接近失控的情绪拽了回来，她低头做了几个深呼吸来缓解那无法控制的抽泣。终于，缓过来之后，她拽过萧屿手里的纸巾，音调还是有些抖："我的眼泪不是金豆豆。"

萧屿笑了："那是什么？"

"24k 纯金豆豆，比你的高级。"

这两人，真是绝了。

孟好一直都没告诉萧屿，当初那个赌其实是林朝搞错了，说是让她跟一中的校草做朋友，林朝指的是那个寸头体育生，而孟好指的是萧屿。也就是说，无论有没有那个赌，孟好和萧屿都会走到一起。

他们就是天生一对。

或许因为命运，或许因为人为，或许因为天意。

总之他们很般配，任何人都无法插进他们之间。

当晚，孟好把这件事告诉了萧屿，萧屿听完没说什么，面色看着也很平静。

她松了口气："我忘了这个了，今天你提起，我才想起来……萧屿，你别怪我，你知道的，我记性一直不好……"

萧屿"嗯"了声，转身开了床头灯。

孟好问："你去哪儿？"

"去客厅喝口水。"

等再回来的时候，萧屿手上多了一盒东西，头顶的大灯也被他打开。

紧接着，孟好的脚被他托起，她眨眨眼，心里发慌的同时又有些期待："萧屿！你干什么？"

…………

结束后，孟好睡了个天昏地暗，醒来的时候看到屋内一片黑还没反应过来，以为是半夜，捞起手机看了一眼，18:33。

几个数字和符号明晃晃地发光，光照在她脸上，刺眼得很。

已经是傍晚六点半了？她睡了一整天吗？

晚上吃完饭，孟好给在京北的冯女士打了电话。那边亲戚知道她的高考成绩后，都在问孟成杰什么时候办升学宴，孟好对这个倒没什么执念，甚至觉得麻烦，但和家里人自从高考之后就没见过，特别是孟思周小朋友，那小孩不会把她忘了吧？

挂了电话，孟好订了后天的机票，订之前问萧屿要不要去参加她的升学宴。其实这话说给省状元听，她实属有点不好意思。可萧屿说自己那天有事儿去不了，到时候送她去机场后就得去广西一趟，有点项目上的事情。

她虽然有点失落，但也理解。

孟好的升学宴办在了她回京北的第三天，萧屿是赶不上了，因为昨晚和他打电话的时候，他好像特别忙。孟好经常给他发一大堆消息，也不见他回几个字。孟好也没多想，只是觉得他们大概是时间紧任务重，毕竟许心雨也是这样说。

升学宴规模不大，邀请的基本上都是近亲，孟好外婆这边的亲戚关系简单，不像爸爸那边的亲戚支线多。孟家是个大家族，所以来参加升学宴的大多是爸爸那边的亲戚。

升学宴办在孟成杰在西郊买的一栋别墅里，孟成杰和冯颖夫妻俩年轻时白手起家一起创业，打拼了二十几年，在人才辈出经济飞速发展的京北有了一片立足之地，所以这次孟好的升学宴到最后就不会变得那么纯粹。

最后还是孟成杰带着孟好一桌桌敬酒的时候，才发现来了一桌孟成杰的合作伙伴，因此孟成杰也被这桌人缠上，孟好找准时机，偷偷溜了出去。

别墅带了一个深两米的游泳池，泳池旁边摆放了几把躺椅，此时正值中午，日头毒辣，或许是因为生理期，孟好竟没觉得有多热，她躺在躺椅上，迷迷糊糊间竟然睡着了。睡了没多长时间，手机铃声把她吵醒了，是萧屿打来的电话。

挺罕见的，这人平常都是晚上才能挤出那么点时间和她打电话聊会儿天，而且每次都是刚聊十分钟，就能听见有人来喊他。其实她有时候真的很好奇萧屿到底在忙什么。

孟好接了电话，声音中透着刚睡醒的慵懒和沙哑：“喂，你没在忙吗？”

萧屿低笑一声，紧接着问：“嗯，忙完了，你升学宴结束了？”

孟好一听他忙完了，便来了精神：“那你什么时候来找我？”

“你出来，我在门口。”

萧屿的声音格外冷静，像是泉水击打在深色石壁上，字字打在孟好心尖，让她心里有了期待，心跳也迅速加快。

孟好随口应了几声，胡乱地穿上拖鞋就朝着门口的方向跑去。

果不其然，她在门口看到了萧屿。

他穿了件纯白衬衫，短袖的，很帅很有少年感，裤子就是简单的黑裤，加上一双黑底白边的运动鞋，手上拎了个带着烫金 Logo 的礼盒。

孟好一眼认出那是最新款的包包，如果想要，只能找代购，萧屿估计是去了一趟香港才买到的。

孟好一下子扑进他怀里，撞得他差点没站稳。萧屿倏地笑了，笑声响在她耳边，双手也搭上她的腰。她今天穿了件小礼服，细细的肩带搭在白嫩的香肩上，往下是镂空设计，盈盈一握的细腰完全露出来。萧屿的大掌此刻就毫无保留地搭在她的腰上，和她肌肤相贴。

孟好抬头瞧他，眼妆亮片时不时地闪光，笑着问："想我吗？"

萧屿手上微微用了些力道，把她拉进自己怀里，让女孩美好的身子紧紧贴着他的胸膛，然后低头盯着她泛着粉光的唇瓣，喉结不由自主地滑动了几下。

"你想我吗？"萧屿轻声问，但又抢在孟好张口之前，就俯身堵住她的嘴，轻轻地啄了她几下，啄吻声听得太阳都害羞，连忙钻进云层里去了。

唉，这人又神不知鬼不觉地变得那么会了。

孟好笑得灿烂，满眼都是他："想！"

萧屿笑了，又在她唇上啄了几下，挑眉，表情带了些往常从没有过的邪气："怎么这么乖？"

"我一直都乖好吧。"孟好轻哼，"不乖的是某人，晚上打电话都聊不了几句。"

今天的她完全就是个被人捧在手心里的公主，骄纵得不行。

萧屿觉得好笑，想伸手像往常一样去掐她的脸，但想到她今天是化了妆的，只得作罢，弄花了她的妆惹她生气就得不偿失了，但解释也没晚半分半秒。

"说话要讲良心，女朋友，我那么忙不就是为了能早点来见你？是谁在我送她来京北的那天缠着我不放手的？那架势就差黏我身上了。之后我打电话过去，又是谁和表姐表哥玩得兴奋，都听不到男朋友打来的电话了？"萧屿嘴边还挂着吊儿郎当的笑，咬牙切齿地掐紧她的腰，"嗯？你说到底是谁不乖？"

之前那个萧作作又蹦出来了。

"我大老远来见你，你就给我翻旧账是吧？是不是想家法伺候了？"

孟好简直乐翻了，笑容灿烂到晃了萧屿的眼。

萧屿没好气地说："还笑？再笑上家法了啊。我看你简直就是找抽。"

孟好对他嘴里的"家法"格外好奇，眨着眼问："家法是什么啊？怎么个惩罚措施？"

萧屿随口瞎扯的，哪知道别人家的家法是个什么样子："你还挺期待啊？"

"是的呢。"

萧屿也被她逗笑，再一次俯身啄了她几下，这次的力道很重，声音格外响："我还没想好，但是一定得非常严厉才行。"

孟好的表情僵了下，立马转移话题："萧屿，你今天怎么穿这身？"

萧屿懒散地低头瞧了眼自己的穿搭，没觉得有什么不对："怎么了？给你丢脸了？嗯？"

最后那个"嗯"分明是让她悠着点讲话，孟好自然顺着他："没，怎么可能？很帅，帅得我鼻血都控制不住了。"

"真的？"他开始阴阳怪气不好好说话了。

"真的！"孟好及时表现。

"有你关注的那些男模帅吗？"

孟好腹诽：我早就取关了好吧。

两人在这边闹得厉害，所有注意力都放在了对方身上，眼里只有对方，黏黏糊糊的，一看就是处在热恋期的小情侣，根本没发现有人看了他们半天了。

"畅畅。"孟好的表姐孟欣妍看不下去了，出声开口。

孟好愣了下，缓缓转头看，看到表姐站在不远处，正朝着他们这边走来，还牵着孟思周。孟思周上次寒假一直和南鹤一打电话聊天，之后哥俩也时不时联系，他自然是记得南鹤一的，也就跟着记得萧屿了。

孟思周被孟欣妍牵到门边，认出萧屿之后就踩着小碎步奔向他，嘴里还嚷嚷着："帅哥哥，帅哥哥，你想我吗？"

孟思周话都说不利索，偏偏还说个没完，奶声奶气的，让人听得心都软了。

孟好注意到表姐格外八卦的表情，一下就猜出了她心里在想什么，脑子不带转弯儿的，直接挡在萧屿面前，低声对他说："你先走。"

萧屿没想到孟好会这样说，还没反应过来，已经准备半蹲下接住正往这边跑的小人了。

"萧屿，你先去别墅区的小亭子那儿等我，我等会儿去找你。"孟好快速说完，左手伸到身后不停地冲他摆动。

萧屿深深地看了眼孟好，礼貌地对正朝着这边走的女人颔首，最后在孟好的催促下走了。

孟思周扑了个空，开始甩脸色："帅哥哥怎么走了？"

孟欣妍走过来，揉了揉孟思周毛茸茸的头发，温柔地说出最扎小孩心的话："帅哥哥不喜欢你，走了。"

孟思周似乎是真信了，小嘴一撇就要哭，孟好急忙捂住他的嘴："帅哥哥给你买雪糕去了，他知道你想吃冰激凌就给你去买了。"

孟思周眨了眨一双透着天真的大眼睛："真的吗？"

孟好重重点头："当然。"

仗着小孩啥都不懂张口就来。

孟欣妍无奈地摇了摇头。

孟好不管三七二十一，直接把孟思周塞进她怀里，企图给她洗脑："表姐，你今天什么都没看到啊。"

孟欣妍笑了笑："我刚看到了你被一个帅哥抱着，我又不瞎。"

孟好咬紧牙关，双手合十："你别，你觉得我妈看到我还能活吗？"

孟欣妍耸耸肩："关我什么事？"

孟好："……表姐，我上次刷到你的动态了，是不是又去酒吧了？小心我告诉姑姑。"

姑姑才能掐着孟欣妍的七寸。

等孟欣妍和孟思周走后，孟好连忙翻出手机，看到萧屿在五分钟前发了条消息，点进一看，是位置分享——附近的一家酒店。

孟好莫名松了口气，但也不知道萧屿生没生气。也是，男朋友之前几天都不停加班，就是为了在升学宴这天来看她，不让他的缺席成为遗憾。可她呢，等他到了之后，连家门都没让他进，撞上表姐之后还赶他走，理由都没一个。可萧屿还真就听话地走了，当时他那背影可怜兮兮的，她心疼死了。

孟好打车到酒店，下了车就直奔五楼，酒店也不知道怎么构思的房间排布，半点规律也没有，等她找到之后早就过了十分钟。

一个拐角，她看了眼门牌号刚好对上萧屿发来的门牌号，摁了门铃，没等几秒门就被里面的人打开了。

萧屿似乎是洗了个澡，额前的碎发还淌着水，灰色毛巾搭在脖子上。

她想也没想地直接冲进去，双臂紧紧环住萧屿劲瘦的腰身，小腿往后一踢，门就"砰"的一声被关上了。

孟好奋力一蹦，直接跳进萧屿怀里，双臂圈着他的脖子，不敢和他对视，脸埋进他的颈窝里。

“下来，我身上还湿着。”萧屿冷声说。

毫无情绪波动的话听得孟妤心里发颤，果然，他还是生气了。她没动弹，闷闷地开口：“不要，你是不是生气了？”

“没有。”语气还是那么冷。

孟妤慢慢抬头，和萧屿那双眼睛对视上之后，心“怦怦”直跳。她想也没想地就去堵他的嘴，他的眼神格外冷静，没看出半点生气的模样。但就是这样，孟妤才心里发慌。

但她倒是没后悔让萧屿走，因为不走的话，要是被冯女士撞见，那可不是闹着玩儿的。

孟妤一边在心里过滤着之前的事，一边像个八爪鱼一样缠着萧屿，滚烫的呼吸打在萧屿脸上，撒娇道：“萧屿，你为什么都不亲亲我？

“对不起，我是因为怕我妈妈看见才让你先走的，我现在还不能让我妈妈见到你……高二的时候，我有过厌学心理，经常逃课，然后有一回被她发现了。她发现我逃课那天发了好大的火，我爸都没拦住她，她当时的话说得特别难听，把我看成了自甘堕落的人。”

孟妤渐渐松了力道，不再缠着萧屿，从他身上下来，坐到沙发上。

“那天是高二刚开学的第一周的周三，我又逃课了，像往常一样先假装出门上学，等他们出去上班后就偷溜回家。冯女士那天不知道为什么突然又折返回家了，我逃课的事情就被她发现了。之后她给我办理了休学，高二的第二个学期我一直在家里上课，家庭教师每天按学校作息来我家补课。”

孟妤表情很淡，仿佛刚才失控的人不是她一般，语气平常得像是在讲别人的事儿。

“之后高三我就被送去了平芜一中，然后就遇到了你们。我不敢保证我妈妈是不是能接纳你，我们都还不够强大，所以再等等好吗？等我们足够强大了，就去见她。”

萧屿叹了口气，果然，还是得逼她一把，她才会把那些藏在心底的事吐露出来。和她在一起的这段日子，他发现孟妤经常做梦，梦境都是不好的。

萧屿弯腰捞起她，抱着她坐回床上，靠着床头，指尖缠绕着她的长发，随口说：“你再想想，还有什么事瞒着我。”

孟妤一愣：“好像没了……”

“再好好想想。”萧屿说。

孟好想了好半天才想出一件事："我妈给我找的家庭教师是个男大学生，我当时好像还故意说喜欢他要追他气我妈妈，然后我妈妈知道了，狠狠给了我一巴掌。我也说了狠话，说这辈子都不谈恋爱，不结婚，不生小孩，不让我的孩子和我一样。"

萧屿错愕了好一阵，忽然抬手覆在她双颊上："当时疼吗？"

孟好摇头："不疼，因为那巴掌落在我爸脸上了。"

萧屿捧着她的脸，重重地吻了下，让她贴着自己的身子："孟好。"

孟好闭着眼："嗯？"

"我是你男朋友，知道吗？"

孟好哼哼出声："知道。"

"我不仅仅是你男朋友，还是你的知己，是你的好哥们，是你该信任的人。"萧屿慢慢说，"刚才也没生你气，但听你说让我走的时候，我还是失落了一会儿，之后心里想的是什么你知道吗？"

孟好睁开眼："不知道。"

"想知道吗？"

"想。"孟好的语气听着有点敷衍。

萧屿叹了口气："我当时在想，萧屿你是有多差劲啊，差劲到女朋友都不想把你介绍给家里的人。如果是父母的话就算了，怎么人家连表姐都不想介绍给你？你也就配介绍给她那小弟弟了。差劲到这地步，我都替你丢人。我当时走到天桥上，想着要不跳下去算了……"

话还没讲完，就被孟好堵住。

"萧屿，那种话你再说我就咬断你舌头，听到了没？"

萧屿笑了，后背懒懒地倚着床头，那自在的慵懒劲儿照旧勾人心弦，他的手却扶着孟好腰的两侧："开玩笑，实在不行你给我上家法？"

孟好掐了他一下，惹得他倒吸了口气："轻点捏，女朋友，你知道你的手劲儿不小吗？"

孟好睨了他一眼："萧作作，你那张嘴迟早……"

萧屿挑眉："迟早什么？"

"迟早要被我亲烂。"

孟好中间接了个电话，是孟成杰打来的，问她去哪里了。她随口说："爸，你是真心要给我办升学宴？我都懒得拆穿你，你继续当你的交际花吧，我回平芜了。对了，我交男朋友了，他叫萧屿，先别告诉我妈，以后我自己当面对她说。”

孟成杰当时都蒙了，直接把电话打到林朝那儿，问他萧屿这小子是谁，怎么畅畅去了一年平芜男朋友都出来了。

林朝也没藏着掖着，毕竟萧屿那身份够可以了，和孟好也算般配，省状元，存款也有，还和他们公司签了个两年的项目，项目一结束，拿到的钱肯定不会少。

孟成杰听完后内心毫无波澜，没觉得萧屿多厉害，省状元又怎样，他家闺女也低不了几分，但估计大学也都是在京大上，而且孟好之前叛逆期的时候不是没故意骗他们早恋过，当时她人不大倒是鬼精的，知道怎么气他和冯颖。上了高中之后她就好多了，直到冯颖发现她厌学逃学，把她送去了平芜。

估计是那小子很得孟好的心，不然她不可能这么护着他，还不让他告诉她妈妈。

孟好和孟成杰打完电话后，回了趟家简单收拾了下行李，之后又去了酒店。她也是刚知道之前几天萧屿一直在加班，把一周的工作量硬生生压缩到三天，就是为了赶上她的升学宴。

晚上两人吃完饭就回去了，孟好生理期小腹胀疼，一阵一阵的，回酒店后简单冲了个热水澡就钻进被子里。萧屿还挺纳闷，都说小别胜新婚，他们虽然就分开了三天，但热恋期的小情侣一般都无时无刻不黏在一起，虽然有点夸张，但之前在平芜那段时日，他们好像就是这样。

此时，空调的冷风呼呼吹着，这家酒店离机场很近，但条件一般，隔音效果一般，就算窗户紧闭也能听到外环上火车的轰隆声，谈不上刺耳，但足够惹人厌烦。

孟好倒是不困，就是难受，所以等萧屿一钻进被子里，她就紧紧缠上去，像个八爪鱼。

萧屿也看出孟好的状态了，随手捞起手机扫了眼日期，果然是到了她生理期。他靠着床头，敞胸坐着，两条腿大剌剌地放着，双臂一捞就把孟好抱进怀里，就像抱小孩那样。

孟好窝在他怀里，舒服得很，这人不管是夏天还是冬天，身上永远那么滚烫，热乎乎的，每次到了生理期她都想靠着他。

“困了？”萧屿下巴抵在她前额上，垂眼看她，“今天的话还没给你说完呢，不想听了？”

孟好在他怀里又找了个舒服的位置，才说："没困。"

等了好一会儿她都没等到萧屿开口，抬头看他，只能看到他流畅的下颌线："什么话没说完？"

"别催，"萧屿随口说，"矫情的话得酝酿一下，懂吗？"

孟好笑了，紧接着小腹上搭着一只大掌，掌心的温度源源不断地传过来，还时不时地轻揉着，带走了酸痛感。

萧屿边揉边说："不是说了吗，萧作作不仅是你的男朋友，也是你的好哥们，如果你愿意，也可以是你的精神支柱、你强大的内驱动。"

"前提是，你遇事先告诉我。"萧屿膝盖往上顶了下，两指捏着孟好的下巴凑近，"听到了没？

"还有，你当初还看上了你的家教？怎么，他很帅？"

萧作作又开始了。

孟好叹了口气："那哥们是个两百斤的健身狂魔，我对那种体型不感兴趣。"

"你还挑上了？"萧屿哼笑，"那你对什么样的感兴趣？讲讲吧。"

孟好讨好道："当然是你这种！不对，是非你不可！"

"这还差不多。"萧屿拍了拍她的后背，"睡不睡？我也困了。"

孟好想起他这几天不间断地完成了高强度工作，找好姿势后，说："晚安，萧作作。"

萧屿没吭声。

不知过了多久，孟好迷迷糊糊间来了句："萧屿，你现在都不给我说晚安了吗？"

萧屿无奈，左手轻柔拭去她额前的碎发，吻了下："晚安，畅畅。"

黑暗间，某人嘟嘟囔囔："这还差不多。"

回了平芜之后，孟好和萧屿继续每天黏在一起。那个暑假他们一群人几乎天天约着出去玩，通知书也都陆陆续续地到了手，很梦幻的是，大家的学校都在京北。萧屿和孟好不用多说，都被京大录取，一个是计算机系，一个是传媒系。江淼被京大的物理专业录取。许心雨和凌翔宇在一个学校，凌翔宇之前的志愿在本省的招生人数减少了，他没服从调剂，就被分到第二志愿，也就是许心雨所在的学校。

许心雨运气好，够上了那个学校的分数线，点了服从调剂，就被录取了，好巧不巧，录取她的专业还是她喜欢的动画专业，避开了父母给她选的师范类专业。南美清更不用说了，她的通知书是最早到手的，戏剧学院的表演专业。孙广这个二世祖被京北一所市区的独立院校录取，也是本科。

他们这群人又能在一起，真好。

好像不用经历离别。

最早开学的是萧屿、孟好和江淼，在八月中旬的某个晚上，一群人约在一起吃烧烤，林朝也来了，还是之前那个烧烤摊，一群人吃吃喝喝玩到十点就各自回了家，毕竟第二天要去京北。

萧屿提前在京大附近租了个房子，倒不是打算和孟好在外面住，只是不可能到了学校每晚都住宿舍。孟好这姑娘从小到大好像都没体验过群居生活，怕她住得不习惯，毕竟大学的同学来自五湖四海，南北方人生活习惯也不尽相同。为了以防万一，他才租了套一室一厅一卫，他们两个偶尔住，足够了。

几人刚开始知道了，都笑话萧屿，说他不是给自己找了个对象，而是找了个女儿。

对此萧屿回道："孟好一直很独立，你倒不如说是她找了个儿子。"

话当然是夸张了，大家都能看出来他们的相处模式，两人出去玩，孟好完全不用带脑子，跟着萧屿走就得了。但就算这样，孟好平常一个人的时候也能独当一面，没半点依赖萧屿，反而是萧屿，出去干啥都得想着点孟好。

萧屿有次去了趟外地，工作上的事，就是和林朝公司对接的那个项目。林朝那次也去了，几个男生出去见投资商，回酒店的路上，萧屿让他们几个人打车，自己走回酒店就好了。结果回去的时候，他手里大包小包的，全是给孟好买的小玩意儿。

就宠孟好这方面来说，这人根本没个下限。

京大刚开学那段时间，两人都各自忙各自的事，大大小小的事不断。孟好被辅导员叫去谈了点学期设想，当时她也挺震惊，京大已经卷到这种地步了吗？她可是刚到学校的大一新生啊，连学校每栋楼，每个校区分布在哪儿还没认全呢。

就这么过了半个月，军训结束后，忙忙碌碌的生活才告一段落，孟好也和萧屿见了面。

军训前，萧屿还剃了个寸头，也不知道为什么，他的头发长得特别快，现在已经快赶上剪之前的长度了。

见面那天，孟好有点忙，从辅导员办公室出来之后已经过了饭点，下午没大课，她直接回宿舍拿了点必备品，出门直奔出租房。

孟好进门的时候，萧屿躺在沙发上睡午觉，沙发前的茶几上摆着吃完没收拾的外卖盒，一次性餐盒被他吃得干干净净，桌上也没什么油渍，孟好放下包就打算替他收拾茶几。

结果她手还没碰到餐盒，萧屿就醒了。

孟好被他拽倒在沙发里，失去了平衡，一下子压在他身上。这些天她瘦了不少，抱在怀里骨头硌人，萧屿皱着眉把她拉起来，狠狠掐了一把她的腰："怎么瘦了这么多？又不好好吃饭。"

话虽是在训斥，但人却是走向厨房，熟练地给她下了碗面，洗了点青菜，又煎了两个荷包蛋放进去，不一会儿，香气传来。

孟好笑嘻嘻地走过去，从背后抱住他："我来的时候吃了个蛋白棒，不怎么饿，有点吃不下。"

萧屿从橱柜里拿了两个碗："你男朋友陪你吃。"

孟好要的就是这个，连连点头："好！"

第11章
唯孟好主义者

九月份的京北依旧燥热无比，萧屿租的房子离京大只需要五分钟，小区是个老旧小区，只是萧屿怎么可能让孟好住旧房子，便趁开学前那段时间把房子简单装修了一遍，重新刷了墙，地板也换了。

卧室的门大敞着，遮光窗帘紧闭，屋内没有多少亮光，空调的风细细地打满屋子里，和干净的室内相差甚大的是屋外墙壁上暗青色的苔藓和爬行在墙上的夏季小虫。

萧屿抱着孟好从浴室里走出来，随手用宽大的浴巾包裹住她，顾不上自己，俯身亲了下她的眼皮，把她放在床上，转身就回了浴室。等再出来，他已经套上了条灰色运动裤。

萧屿弯腰从抽屉里拿出吹风机，插上插座之后，拍了拍孟好的胳膊，说：“坐起来。”

孟好感觉到萧屿在叫她之后也没动弹，眼皮都没掀开，小声哼哼：“萧作作，我好累，想睡觉。”

萧屿叹了口气，双手穿过孟好的腋下，直接把她抱起来，让她后背靠着床头坐，之后把吹风机调到风力最温和的那一个挡位，开始给她吹头发。

暖风吹着，加上室内开了空调，孟好被萧屿细心伺候着最后居然睡着了。

一直睡到傍晚时分，整个卧室的光线还是那么暗，她醒过来后有点发蒙，盯着屋内的陈列发呆，眼神有点茫然，有种没缓过劲儿来的可爱。

她以为此刻还是之前他们一群人去海南旅游那会儿呢。

“醒了？”萧屿注意到她的动作，把电脑合上放在一旁，右臂一揽，孟好便进了他怀里，“想吃什么？我去做。”

孟好脸贴在他怀里，感受着他的心跳，眨了眨眼：“想喝粥，皮蛋瘦肉粥。”

萧屿笑了下，动作自然地吻了下她的额头：“行！”

明天是周六，两人也不用急着回学校，这么些天没见了，索性这周末就在出租房里待着。黏黏糊糊磨磨蹭蹭地吃完饭，萧屿起身收拾了餐桌，去了厨房。

孟好则是坐在客厅里铺的大地毯上，手里捧着平板，捏着笔正往上画些什么，还时不时偏头，把目光投向厨房里的萧屿。

其实两人开学之后也没松懈半分，军训结束后便立即把心思投入学习中去，每天一起早起去自习室学习，晚上也学到很晚。开学前，萧屿就已经开始在学校官网以及省考试院网站搜罗各类比赛信息了。

总之，两人腻腻乎乎谈恋爱的同时也不忘搞学习，卷得要命。

萧屿收拾完去卧室拿出电脑，坐回沙发上，余光随意瞥了眼孟好，这才发现她把刚才他在厨房忙碌的背影画到了平板上。

“画我呢？经过我同意了吗？”萧屿甩掉拖鞋，抬脚踢了下她的后背，“侵犯我肖像权啊？”

孟好就差最后的色彩调动，听见他那吊儿郎当不正经的语调，懒得理他，继续埋头画自己的。

萧屿笑了笑，等她画完直接伸手一抽，把平板捏在手里细细欣赏着：“什么时候学的这项技能？”

孟好回头，胳膊肘支着沙发，依旧坐在地毯上：“初中学的素描，高中也画了一段时间，但后来被我妈送到了平芜，之后就再没画过。”

萧屿把她抱回沙发上：“肚子不疼了是吧？还坐地上。”

孟好“嘿嘿”笑着，双手环住他的脖子：“萧屿，我画得好吗？”

平板被萧屿放到沙发上，他后背懒懒地靠着沙发，一手搭着孟好的后腰，懒懒地说：“好，里面那哥们帅爆了。”

“不要脸。”孟好戳了下他的胸膛。

那晚，孟好没再继续画画，萧屿也没继续写没忙完的项目，两人找了部电影。窗帘被拉上，客厅里的灯也没开，茶几上摆着各种小吃和饮料，孟好窝在萧屿的怀里，再一次为电影中的情节落了泪。

记得上一次还是一年前，一群人在萧屿家里，看了部浪漫爱情片，那时候的孟好就特别感性，为男女主角之后的分别哭得稀里哗啦。这次也是，不同的是这次的是爱情悲剧，和大多数校园长跑情侣相同的是，男女主角最后也没能在一起，女主嫁给了家里介绍的有车有房的上班族，男主因为意外死在了工作单位。

很现实，又很让人共情。

电影播放结束，黑屏开始滚动幕后工作人员的名单，孟好还没缓过劲儿来。她很少看悲剧电影，因为共情太强，每次看一部电影的时候总觉得身临其境，走了一遍主人公走过的路。

萧屿叹了口气，揽着孟好的手上下摩挲了几下：“电影是假的，别想了。”

孟好在他怀里摇头，吸吸鼻子，哽咽着反驳：“这个电影是真实事件改编的。”

“……你都说了是改编的，那结局肯定不是这么惨。”

孟好依旧反驳他：“结局真的很惨。”

萧屿无奈，捏着她的下巴，强迫她看向自己：“别想电影了，都十二点了，还不困？”

孟好还想多说点什么，全被萧屿堵回去了，最后被他抱回了卧室。

第二天，也就是周六，孟好起床没看到萧屿，喊了半天都没人回应，手机上也没有他发来的消息，也不知道他干什么去了，直到洗完澡才接到他的电话。

“醒了吗？”萧屿那边很嘈杂。

孟好纳闷：“你去哪里了？”

“我想了想，昨晚那电影的氛围感不错，那部电影的摄影师刚好是我一个师哥的朋友，我就要了联系方式约了人家，今天拍照。”

孟好没听明白：“啊？”

听筒里传出几声笑，他道：“睡蒙了，昨晚是谁嘟囔着喜欢那部电影拍出来的感觉？我这不给你把摄影师约到了吗，还不下来？”

孟好这才明白。

确实，昨晚睡觉前她刷了点视频，刚好找到一个和那部电影摄影风格很贴近的摄影师，就随口说想拍一套这样风格的写真，还挺特别的。谁承想，萧屿竟然记住了，还去联系了摄影师。

就像之前她随口对萧屿说的那句“谈恋爱要从一束鲜花开始”，之后这傻子还真捧着一束花去机场截她了，生怕她跑掉。

这个人，真的很会搞浪漫那一套。相比之下，她的那些表面浪漫根本算不得什么了。

她的无心之言，都被萧屿记在心里，并被落实。

想到这儿，孟好莫名眼眶发酸："萧作作，你好讨厌……"

"怎么，要掉24k纯金豆豆了？可别啊，穿上衣服，下楼，我在楼下等你。"萧屿挂电话前说，"对了，别化妆，人家带了化妆师。"

萧屿就站在单元楼门前。

孟好下了楼，笑着走上去，挽住了他的胳膊。

这一幕，很及时地被摄影师记录了下来。

孟好听到快门声，偏头看，脸上带着茫然和错愕，再一次被摄影师捕捉住。

萧屿瞅见她的表情，一下子乐了，伸手揽住她，笑得自在："今天你的人设是电影里乖乖的邻家女孩，我是痞子男主。"

和昨晚电影人设相同的是，孟好的角色是乖乖女，萧屿是那个痞子。

化妆师给孟好化好白开水似的淡妆后，两人就开始拍照。开拍前，萧屿抬手示意："哥，能别拍出悲剧感吗？我怕我女朋友入戏太深，真以为我死了。"

孟好无语了，在别人看不到的角落狠狠掐了他一下。

摄影师抓拍到这一幕。

空旷的客厅内，短发男生穿着白色无袖老头衫，长发散在肩后的女孩身上套了件浅紫色吊带，两人的眼神在空中相撞，分不清谁的更缠绵一点。

一张封神。

周末结束，孟好回了学校宿舍，虽然萧屿在校外租了房子，但她也仅仅是不忙的时候过去住两天，但基本上京大的学生就算是没课也没什么闲暇时间。别的专业孟好不清楚，她觉得自己已经够忙了，只是她男朋友比她还忙。

能考上京大的基本上都是高手中的高手，夸张来说，一块砖砸下去，被砸中的不是省状元就是市状元，所以，萧屿这个省状元的身份也没有给他带来多大的光环。

和孟好住一个宿舍的三个女孩都是南方人，有一个是保送的，叫林溪，另外两个是高中同班同学，一个叫孙琦，一个叫吴梁静。军训结束的第二个周六，四个女孩一起去了京大附近的一家火锅店，玩了个通宵，基本上，革命友谊也算是正式建立。

国庆放假那几天，孟好接了个约稿，放假第一天她回家和父母吃了顿饭，之后和萧屿一起回了趟平芜见外婆，第三天就返京，之后的时间一直窝在那个出租房里画稿。

落日余晖洋洋洒洒地透过阳台铺满客厅，住的这两个多月以来，房间被萧屿布置得特别有感觉，装修方面他都是可着孟好的喜好来的，这也是为什么孟好能在这儿一画稿就能坐一天不动弹的原因。

萧屿踩着最后一抹落日余晖回了家，一进家门还没换鞋，他就看到客厅里的姑娘席地而坐，捧着平板画得投入。

他轻笑一声，把拎在手里的奶茶随手放在玄关的柜子上，轻轻地趿拉着拖鞋朝那边走。

孟好还没发现他，女孩露出光洁饱满的额头，随意垂落的几根头发不断飘起飘落，估计是把她挠痒了，她顺手捋了一把，下意识抬眼看一旁，这才注意到那抹高大的身影。

她眼前一亮："奶茶带了没？"

萧屿忍不住揉了一把她的头，转身走向玄关，把奶茶插好吸管递到她面前："就想着奶茶了？"

孟好嘬了一口，含混不清地说："没，也想你了。"

情话张口就来，也不管萧屿受不受得了。

两人在一起这么久了，每次萧屿听到孟好的随口告白，心里总是不争气地"咯噔"一下。

孟好嘬得有点急，一滴水珠沾到唇边，萧屿只是瞥了一眼，便俯身抱起她，把她放在沙发上，顺手拍了下她的后臀："生理期还坐地上？"

不等她回话，他单手捉住她的两只脚，果然是冰凉的。他眼神扫向孟好，握着她的一双玉足熟练无比地塞进自己短袖内侧，让她踩着自己的腹肌，手又隔着短袖捂住她的脚，给她的脚传热。

孟好脚下的温度不算滚烫，但很温热，她踩了几下，之后继续低头画稿，任由萧屿给她捏腿。

这对小情侣就这么黏黏糊糊地过了半个小时，孟好的初稿也完成了。她发给约稿客户之后便关了平板，注意力慢慢回到萧屿身上。

她这才发现萧屿身上穿的衣服和出门前的不一样，随口问："你打完球还换衣服了？"

萧屿低头瞧了眼，"嗯"了声："出汗太多去洗了个澡，篮球场那儿有寄存的衣服，索性就换了。"

孟好点点头："萧屿，我们吃什么？"

萧屿手下捏腿的动作依旧继续着："你想吃什么？"

"都可以。"

萧屿眉心一跳，当下做出决定："别都可以了，你忘了上次你说随便，结果我做什么你都说难吃了？等着，我去煮粥。"

吃过晚饭之后，孟好继续画稿，只不过把地点从客厅转移到了卧室。晚上八点，萧屿从浴室里出来就看到孟好还在那儿画，连眼镜都戴上了，整个人好像要钻进平板一样。

他轻哂一声，抬脚轻轻碰了下她裸露在外的小腿："眼睛不要了？"

孟好心不在焉地回道："嗯，你当我的眼。"

萧屿笑了声，上了床，后背倚靠床头，低头瞧着认真工作的孟好，随口问道："知道我给你的备注是什么吗？"

孟好头也不抬："小仙女。"

自从两人确定关系以来，都会给对方留有隐私，但两人的交友圈几乎可以说是重合的，倒也没什么必要留隐私，但两人默契的是，从没看过对方手机。

孟好是懒得看，而萧屿则是不敢看，他怕看到孟好的那些恐怖言论，和她朋友之间的各种大尺度聊天话题，有时候他当然也纳闷，为什么女生之间的聊天能无厘头到那种地步，什么都能说出口，估计是感情深。但像他和孙广、凌翔宇他们都是从小玩到大的，也没像她们那样什么都能聊。

没听到回话，孟好这才给面子地抬眼瞅了下萧屿："不是小仙女？"

萧屿回神，轻哂一声："真不觉得自己油啊？还小仙女？"

孟好愣了下，直截了当地给了他一拳："谁油了？"

萧屿捞起一边的手机，点了几下屏幕，翻出两人的聊天界面，送到孟好面前。

发着白光的屏幕上，明晃晃的"孟好油"三个大字撞进眼底。

看完这个，孟好没了继续画画的心思，收了电容笔，关了平板随手搁在床头柜上，扑进他怀里，故作恶狠狠地说："谁油了？说清楚。"

萧屿猝不及防，闷哼一声，笑得肆意："谁急了谁就油呗。"

孟好盯着他那欠揍的表情看了一会儿，佯装要起床收拾东西离家出走："萧屿，我再给你一次机会。"

萧屿愣了下，下意识倒吸一口气："畅畅，我错了。"

孟好拿腔拿调："听不到。"

"错了，我错了，备注马上改。"萧屿故意贴着她耳边讲话，也知道她向来受不住自己用气音和她讲话。

"改成什么？"

灯被熄灭之后，一切隐入黑暗，手机上的亮光也渐渐消散，最后一点光亮消失前，能看到的是三个字：孟好甜。

"孟好油"被改成了"孟好甜"。

七天小长假结束的那天晚上，萧屿请客吃饭，基本上能来的都来了。他本来是要请孟好的室友，因为军训有次孟好发烧生病，中午睡觉的时候直接昏睡在宿舍了，那天中午三个人都回来得晚，吴梁静当时回了宿舍觉得不对劲，多了个心眼，去孟好床上看了眼，才发现这姑娘发烧烧到四十度了，打电话叫另外两人回来，一齐把孟好送去了医院。

萧屿所在的专业军训是在郊区的基地，上缴手机，所以两人那几天几乎是断联的状态，孟好生病那几天也都是她室友照顾她。其实萧屿早就打算请客吃饭了，但孟好的专业和他的专业老是凑不到一个相同的时间点，今天他忙，明天她忙，所以这才趁着国庆假最后一天请客。

除了孟好的室友，南美清和许心雨也来了。

包厢里大多是女生，吃完饭，萧屿受不了了，孟好就让大家把自己的男朋友喊来，一群年轻人转战隔壁 KTV。

孟好今晚喝了几瓶啤酒，脑子有点昏昏沉沉的，所以最后也没玩多久，十点不到大家就都散了。孟好本来是打算回宿舍的，但宿舍今晚没人，因为其他三个室友的男朋友都是外地的，没在京北读大学，最后这个晚上她们肯定是要和男朋友黏在一起，所以孟好最后跟着萧屿回了家。

洗完澡出了浴室，孟好发现卧室没开灯，偏头瞧了眼，萧屿正坐在客厅忙工作，键盘敲得飞快，像是下一秒就要冒火星。

她走过去，看了眼电脑屏幕，没看懂："萧屿，你在忙什么？"

萧屿看了孟好一眼，那眼神有点冷，直接把孟好的酒意都吓得半醒。他也没说话，起身去了厨房，忙活了几分钟，等再出来的时候手上便多了一杯蜂蜜水。

他放在茶几上，下巴朝着杯子的方向点了点："喝了。"

孟好"哦"了声，眨巴眨巴眼看着他，乖乖地端起水杯一饮而尽。她知道萧屿因为她喝酒有点生气，回家路上她就吐过两次了，当时边吐边哭喊好难受，说下次再也不喝酒了。

萧屿俯身端起空杯，又倒了杯热水，放在茶几上等它变凉。这期间他都没给孟好一个眼神，孟好有点心慌，拽了拽萧屿的衣摆："萧屿，还生气呢？下次我不喝了还不行吗？"

萧屿"哼"了声："你的承诺作数吗？"

他只要还理她就说明气劲儿不大，只是做做样子吓唬她而已，她凑过去，坐在他腿上，把他面前的电脑推到一边。

"作数的，怎么不作数了？"

萧屿盯着她的眼睛，忽然想起了高考结束那天，在机场的时候，这姑娘的眼里也晕了点泪珠，傻乎乎地站在那儿，隔着几米和他对视。

"我姑且信你。"

孟好双手环住他的脖子，脸贴着他："什么姑且信我？你要一直信我。"

萧屿的工作还没完成，孟好也不想回卧室，就窝在沙发里盯着萧屿看。头顶的白光洒落下来，越发衬得萧屿少年感十足，和高中不同的是，他褪去了几分青涩，多了几分不世故的成熟。

他穿着和孟好成套的情侣睡衣，带领 polo 衫的领子懒懒地耷拉着，恰到好处地露出性感的锁骨，往上看，下颌线流畅分明，侧脸线条清晰。少年还是那个少年，可总觉得有什么在潜移默化中改变了。

孟好忽然抬脚踢了下他："萧屿。"

噼里啪啦的键盘声戛然而止，萧屿偏头看过来："说。"

孟好摇摇头："没事。"

或许是酒喝得不少，她此刻就算是醒酒之后还会阵阵发蒙。

"高考结束那天，你在机场说的什么？我当时没听清。"孟好盯着他，眼睛一眨不眨地问。

这个问题猛地把萧屿拽回几个月前的平芜——客流量不算大的平芜机场，孟好站在他面前，隔着五六米的距离。他盯着她茫然又震惊的表情，内心很瞧不上自己这种上赶着的行为，但开口的话却是："赌赢我能怎样？"

那是他心甘情愿。

若是一中其他人知道他内心的真实想法，肯定会觉得信仰崩塌了。一般来说，能带动同龄人一起卷的不是老师的鸡汤，也不是家长的鼓励或诱惑，而是同龄人的优秀程度。很多人见了萧屿之后，心里想的大多是：凭什么他能那么优秀？同样是肉体凡胎，我怎么就比他差了？

之后大家就靠着自己的那点好胜心一股脑儿地努力。

可现在这个被很多学生视为竞争对手的人，为了情爱低头，不要自尊的行为，实在是令人震惊，也令人费解。

孟好又连续踢了他两下：“想什么呢？萧屿，你当时说的是什么啊？”

萧屿扯了个笑：“真想知道？”

孟好重重点头：“嗯！特别特别想知道！你到底说了什么？”

她点头的动作幅度过大，脑子又“嗡”了几下，眼前的实物又开始产生重影。脑子有点晕，她闭上眼，靠着沙发背，有气无力地说：“说了什么？你倒是说啊。”

“当时你不是和林朝打赌吗？我说的是赌赢我能怎么样，就算赌赢了我，那也是我心甘情愿。”

这话像导火索，直接把孟好心里的烟花点燃，情绪得到释放，她一下没控制住，干呕了一声，急忙去找垃圾桶，抱着吐了一阵才罢休。

这操作把萧屿搞蒙了，他一只手帮孟好捋着后背，另一只手捞起湿巾，单手稍显费力地撕开包装，从里面抽出一张，伸过去给她擦。

“我的话这么恶心吗？”萧屿表面上漫不经心地开玩笑，心里却有点自责：干吗非得把这话说出来，随便想个别的话算了，这姑娘共情力向来强，万一再心疼他……

他心疼的是，她心疼他。

孟好吐了一番后，力气被抽走了一大半，顺手端起水杯灌了口水。简单的漱口动作，水渍到处都是，萧屿不厌其烦地帮她擦拭掉。

“没觉得你恶心，反而觉得你好傻，傻到无可救药。”孟好说。

萧屿低低地“嗯”了声：“傻就傻吧，无所谓。”

那一刻，孟好瞬间泪崩。

这个傻子。

大一过得很快，忙忙碌碌地就过完了上半学期，等下学期开始的时候，孟好还有点发蒙呢。

寒假她是在平芜和外婆一起过的，除了过年那几天孟成杰把她和外婆接到了京北，其余时间基本上都住在平芜。大年初五那天，萧屿带孟好回了自己家，和以往不同的是，这次有南美清一家人和萧屿的爷爷奶奶，算是简单地见了家长了。

他们待人都和善，热情得不得了。

吃过饭，萧屿把孟好送回了家。一路上，萧屿面不改色地开车，倒是没开口问什么时候去见孟好的家长，毕竟现在两人刚上大学。

他这样想着，孟好却突然开口："萧作作，元宵节去我家吃饭怎么样？"

当时孟好正数着一个又一个鼓鼓囊囊的红包，收到这么多红包兴奋肯定是有的，她右手捏着厚厚一沓钱"啪啪"地朝着左手手心里打。

萧屿闻声也没偏头分给她半个眼神，反倒是笑着说："开心吗？成富婆了。"

孟好把钱装好，笑嘻嘻地回道："那必然开心啊，可以和南美清一起去看男模了。"

萧屿"哼"了声，把车开到路边，找了个停车位，之后熄了火。

孟好眼里夹笑地看他："你想干什么？"

"我想干什么？家法伺候。"说着，萧屿偏头凑上前，右手扣住她后脑勺，手下稍微使了点力道就把她弄向自己的方向，然后直截了当地吻了上去。

简简单单的一个吻让孟好欲罢不能。

结束后，萧屿停在她耳边，用气音问："还看男模吗？"

话没什么问题，但他的双手此刻却覆在孟好细腰两侧，骨节分明的五指极具侵略性地掌握着她的腰，手掌的灼热温度也全传输给她。

"不看了。"孟好及时刹车。

萧屿轻哼了下，之后的路程，孟好问什么，萧屿都不回答，最后她偏头看了眼窗外。

果然，萧作作还是那个萧作作。

正式去京北之前，萧屿被孟好叫去外婆家吃饭。餐桌上，陈娟毫不掩饰地表达自己对萧屿这个外孙女婿的喜欢，弄得萧屿都有点不好意思。

之后陈娟率先回了京北，孟好打算到时候和萧屿一起开车回京北。

吃饭那天是正月初十，饭后萧屿回了家，下午孟成杰便去了平芜接陈娟。等陈娟走后，孟好直接去了萧屿家。当时萧屿在外面，估计是去打球了，他们那群人把冬天也当夏天过，打球的时候照样穿短袖短裤。

到了萧屿家，孟好先是和小宝玩了会儿，碰巧之前她在短视频平台上刷到主人拉着小狗一起拍的视频，是手势舞，还挺有趣。

孟好看了几遍之后，眼神便挪到狗窝里的小宝身上，走过去抱起它，拍了两三遍才拍好视频，之后把视频给萧屿发了过去。

萧屿收到孟好消息的时候刚好中场休息，他喝了几口水，看了视频，当时心里想的就是这姑娘真行，她家的那个小宝不在，就开始霍霍他家的小宝。

边牧的表情属实有点生无可恋，但还算乖，没有吵闹。

他拨了个电话过去："小宝没闹腾？"

萧屿把电话打过去的时候，孟好正崩溃着，小宝短暂的安静之后，开始拆家，现在生无可恋的是她。

"萧屿，小宝开始拆家了，这狗怎么好像听不懂人话一样？"孟好不停抱怨。

那边有人在喊萧屿，萧屿随意摆了摆手，哼笑："你要不要听听你在说什么？狗能听懂人话？"

"那为什么你能听懂？"

"找抽是吧。"

孟好又抱怨了几句，萧屿及时安抚住她："我在原木这边的篮球场打球，你要不过来？等会儿回家了，我来收拾残局。"

孟好瞧了眼，闷闷地"嗯"了一声。

孟好到篮球场时，他们已经结束打球了。这次她倒是没看到凌翔宇他们，和萧屿一起打球的有林朝和几个他们公司的男生。

萧屿带着孟好和几人打过招呼之后就回家了。

车上。

"家里还能下脚吗？"萧屿随口问。

孟好正低头玩手机："还行吧。"

萧屿没再吭声，继续开车回了家，出乎意料的是家里已经被收拾得干干净净，干净到让人无法想象它之前凌乱的样子。

"你收拾的？"萧屿问。

孟好进了卧室："不是，是田螺姑娘收拾的。"

萧屿失笑。

行，孟田螺。

晚上吃完饭，两人窝在床上看电影，卧室内的灯都被萧屿关了。

“孟田螺，要看爱情片还是科幻片？”萧屿一手拿着遥控，支在膝盖上，偏头问孟好。

这个角度衬得他格外欲格外撩人，顿时让孟好没了看电影的心思。她也没在意萧屿的叫法，漫不经心地回道：“随便。”

萧屿“啧”了声，找了部爱情科幻片，只是电影还没看到三分之一，身旁这个孟田螺就忍不住了，趴在他身上，挡住他看电影的视线。

卧室内忽明忽暗的，忽然，不知道是谁碰到了遥控按钮，电影被关闭，卧室内的最后一点光顷刻间消失不见，音响内的声音也戛然而止。

一切失控之前，萧屿及时按住孟好。

孟好不明所以，眨眨眼，问：“怎么了？哥哥。”

这声“哥哥”把萧屿蛊得受不了，他忽然俯下身子，叹了口气，笑着说：“没套了，我出去买，五分钟。”

等萧屿出去一趟再回家，孟好早已入睡。

床上的女孩睡容恬静，皮肤水灵灵的。孟好向来自律，每天的护肤都不曾落下过。偶尔几个早上，萧屿是被拍打声吵醒的，一睁开眼就是孟好坐在梳妆台前慢慢悠悠地朝脸上拍打数不清的护肤品，桌上摆着瓶瓶罐罐。

刚才分明还格外主动的她，现在睡得倒是比谁都早。萧屿看了眼随手搁在床头柜上的小方盒，叹了口气，亲自掐灭了最后那点心火，也跟着钻进被窝，无比自然地把身边的女孩揽进怀里。

第二天一早，孟好是被一阵不知名的感觉弄醒的。

一阵翻云覆雨结束后，孟好没精神地抬起眼皮看向一旁神采奕奕的萧屿，忍不住给了他一脚：“萧屿，你好狗。”

萧屿闻声抬头：“昨晚先撩火的是谁？最后又先睡觉的是谁？”

孟好心虚，但还是没好气地翻了个白眼：“那不是小宝拆家之后我收拾房间收拾累了吗？而且，你买个东西怎么需要那么半天。”

萧屿不和她理论这些毫无营养的话题，低头继续认真地帮她清理，最后把湿巾和纸巾扔进垃圾桶，瞥了她一眼：“洗个澡？”

孟好动了动手指：“好累，不想动。”

“我帮你？”

孟好：“不用。”

萧屿利落地给自己套上灰色抽绳运动裤，一身少年薄肌和空气零距离接触。他光着膀子俯下身子，手轻轻一用力，攥着孟好细白的脚踝往自己的方向拉：“有那么累？”

孟好“哼”了声，开始阴阳怪气：“当你睁眼就看到眼前抵着个毛茸茸的脑袋你就知道了。”

萧屿笑了下，没再接话，耐心地把她抱进浴室。

等洗完澡出来后已经上午十点了，两人随便吃了点外卖，便各自开始工作。

偌大的客厅内只有挂钟上秒针转动的声音，除此之外有时会伴随着薄膜键盘被敲击的声音，以及电容笔“沙沙”的声音。时间慢慢过去，不知不觉到了晚上，在平芜的最后五天，小情侣过得挺自在，没什么人打扰。

正月十四的那个晚上，孟好称体重，发现自己瘦了五斤。两人作息不规律，饮食自然也不会规律到哪里去，有时一天就吃一顿饭。也是那几天，孟好罕见地胃疼。

元宵节那天，萧屿一大早就带孟好吃了早饭，之后去医院拿了点药，便载着她开车上高速回京北。

孟好提前和孟成杰打过招呼了，但没和冯颖讲，毕竟母女俩之前吵架还在孟好心里是个疙瘩，但当时孟成杰是这么说的：

“你知道为什么你妈那么反感你逃学吗？因为她大学同学跟你差不多一个情况，她那大学同学是个男生。其实你妈虽然看着强势了点，但说白了内心还是敏感。大学时期的她性格温暾，是那个男孩格外开朗，把你妈的性格也带得开朗起来。除了厌学那会儿大家没发现他的异常，直到他去世，大家才知道他有抑郁症。

“其实那次不是你妈第一次看到你逃学了。畅畅，你可能不知道，有次阿姨打扫你房间的时候，从你的书桌缝里发现了你的日记，当时我和你妈都被吓到了。特别是你妈，她以为你跟那个同学一样抑郁了，托了好多朋友联系心理医生，生怕你有什么不开心的事。

“你妈是害怕失去你，懂吗？孩子。”

电话是昨晚打的，孟好一整晚没睡，萧屿也陪了她一整晚。两个人就一同窝在阳台的摇椅上，看着夜空里的星星，聊着各种天马行空的话题。

“萧屿，你要吃糖吗？”孟好从兜里摸出一支棒棒糖，撕开包装递到他嘴边。

萧屿认真开车：“我不吃，你先睡一会儿，估计十二点前能下高速，你不困？”

孟好摇摇头：“可是你昨晚也没睡。”

萧屿笑了：“我和你能一样？我能四十八小时不眠不休地工作，你能吗？听话，赶紧闭眼睡觉。”

孟好被他的话拽走注意力：“四十八小时？萧屿，你想猝死就早说。”

“开个玩笑，”萧屿说，“赶紧睡。”

孟好偏不，有一搭没一搭地同他聊天，聊着聊着，孟好困得渐渐失去意识，不知不觉间睡着了。

经过了三个服务区，车开了四个小时才下高速，估计是元宵节的缘故，京北堵车严重，喇叭声不断，孟好也就被吵醒了。

“到了吗？”孟好脸上带着茫然，揉了揉眼。

萧屿偏头，发现给她披着的外套已经滑落，顺手给她拾了起来，重新披到她身上：“还没，刚下高速。”

孟好点点头，忽然想起什么，问：“你困吗？”

“不困，你再睡会儿，马上到。”

这边小情侣慢慢开车走着，另一头的孟成杰双手背在身后也在不停走着，微信步数迅速往上涨。好友以为他去爬山了，猝不及防打了个电话过来，大声嚷嚷：“老孟！你说实话！你是不是去爬山了？好啊你，自己偷偷锻炼不喊我是不是？”

孟成杰耐心地解释了几句。

那头愣了两秒，笑着说：“畅畅要带男朋友回家？这不是好事吗？你这是老丈人要见未来女婿，紧张了？”

孟成杰气急了：“我……我紧张什么！”

“你看看，你还急什么？我之前可听说了畅畅的男朋友好像还是省状元，真是后生可畏啊，你这个老丈人能不紧张？我还不了解你？”

听着电话那头的打趣，孟成杰都能想象到对方的表情。

“我哪里急了？快去爬你的山吧。”孟成杰说完便撂了电话。

好巧不巧的是，通话刚结束，玄关处便传来门锁打开的声音，估计是畅畅带着她那传说中的男朋友到了。

“爸！我们回来了！”

未见其人，先闻其声。孟好每次回家都是这种状态。

率先过来的是等了好久的孟思周小朋友，萧屿格外熟稔地弯腰，先把小朋友的礼物递上前。小孩好收买，只是一个奥特曼就足够让孟思周开口喊姐夫了。

但萧屿却偷偷告诉孟思周："小宝。"

孟思周的眼神黏在奥特曼身上："嗯？"

"想不想还要奥特曼？"

果然，孟思周的眼神顿时从奥特曼身上转移到萧屿身上："想！"

"那待会儿喊哥哥，别叫姐夫。"

孟思周不解，掰着小手指头说："可是表姐带回来的大哥哥我都是喊姐夫的。"

萧屿愣了下："喊哥哥会一直有奥特曼，但喊姐夫就只有这一次有奥特曼，你选哪个呀？"

傻子都知道选哪个，孟思周当下做出抉择："当然是选一直有奥特曼，但是哥哥，我不仅想有奥特曼，我还想要把小怪兽带回家。"

站在一旁饶有兴致地盯着这一切的孟好直接乐了："差不多得了，把怪兽带回家干什么？你不怕了？"

有了哥哥忘了姐姐说的就是孟思周，他没回孟好的话，眼睛巴巴地盯着萧屿，那一双亮晶晶的大眼睛和孟好如出一辙，清澈又可爱。

萧屿顿时笑了："当然可以。"

孟好嘴角没了笑容，翻了个白眼，恰好萧屿这时把眼神投过来，孟好竖了个大拇指之后，紧接着给了他一个中指。

果然，笼络人心还得看萧屿。虽然和孟思周见过几次了，每次孟思周喊他都是喊的姐夫，可这次不一样，这次怎么着也算是正式见家长。女儿把男朋友带回了家，大人还没同意两人的事儿呢，自家儿子倒是先喊上姐夫了，这任谁听了心里估计也会硌硬。

"来了？"孟成杰走了过来，摆起家长的架子。

孟好看过去，笑着说："爸，这是我男朋友，萧屿，我们那届的高考省状元哦。"

孟成杰早在孟好打电话的时候便知道了，这小子确实不错，上了平芜当地的新闻，还是靠着实打实的成绩夺取的状元，是个好苗子。

但家长的谱已经摆出来了，怎么可能会收回去？他当下故作平静地点头："行，进来吧。"说完便转身走进客厅。

萧屿下意识地看了孟好一眼。孟好无奈地对他耸了耸肩，还给他做了个加油的手势。

萧屿笑了下，没说什么，牵着孟思周，跟在孟好身后走进客厅。

客厅里不见冯颖，偌大的房子里只有家政阿姨、孟成杰和孟思周三个人。

孟好脱了外套，随口问：“我妈呢？”

“你妈在厨房。”孟成杰的话是对孟好说的，却一直盯着萧屿看，还是那种自认为无比犀利的眼神。可事实上那眼神不是犀利，而是直勾勾的，让人看了还以为孟成杰对萧屿有极大的兴趣一般。

孟好“哦”了声，径直走到孟成杰面前，背对着他，用眼神和萧屿交流。

——我去厨房看看我妈，你一个人和我爸在客厅没事吧？

——这不是还有孟思周吗？怎么就我一个人了？

——还能贫，说明没事，走了。

——哎，女朋友！

孟好走后，客厅陷入短暂的安静，孟成杰还在一动不动地盯着萧屿看。

孟思周还小，不明白孟成杰的眼神到底是什么意思，便傻乎乎地开口：“爸爸，你也想要奥特曼吗？”

孟成杰这才把心思分给自己的儿子一点：“小宝，妈妈刚才叫你呢，在厨房，你去厨房找妈妈。”

孟思周疑惑不解：“可是我没听到啊。”

孟成杰：“我听到了，这个大哥哥也听到了，不信你问他。”

他把话题抛给萧屿。

孟思周的眼神也放在萧屿身上，眨巴眨巴眼，问：“真的吗，哥哥？”

“嗯，哥哥好像也听到了，你去看看？”萧屿面不改色地说着谎话。

若是孟好在场一定会看不下去，两个成年人一起哄骗小孩，这行为也是够了。

等孟思周走后，萧屿刚想开口，却被孟成杰抢先：“之前高考前两天送畅畅的男生是你吧？”

萧屿愣了下，似乎在回想，但也没想多长时间，毕竟和孟成杰见面就那么一两次，他当下点头：“对，叔叔。”

孟成杰摆摆手：“听畅畅说，你是高考状元？最近和林朝在做一款游戏？”

萧屿点头，回答得不卑不亢：“省状元确实是难得，但京大的状元随处可见。最近我也确实在和林朝哥设计一款游戏，刚刚完成初稿。”

孟成杰点点头，脸上的表情慢慢开始转变，进而聊天的话题慢慢转移到了学习和工作上。渐渐地，他也对眼前这个年轻人的看法慢慢发生变化。

要放在以前，他和冯颖的想法是一样的，学生就应该把心思都放在学习上，像什么谈恋爱、搞工作的先放一放，毕竟学生的首要任务是学习。

但聊了几句下来之后，他发现萧屿不是绣花枕头，更不是冯颖口中垮掉的那种人，用现在年轻人的话来说，萧屿就是很内卷，不会轻易躺平。

厨房里香气扑鼻，孟好看到母亲冯颖站在阿姨旁边，她注意到两人原本是在聊天，可当自己进了屋里面她们便瞬间止住话茬。孟好无所谓地耸耸肩，反正自己从小到大多是这么过来的。

可她不知道的是在自己没进厨房之前的场景，自然也就听不到冯颖的那些百转千回最后都咽下去的话。

锅里的沸腾声一阵接着一阵，整个厨房都香气十足。

孟好走上前，看到冯颖站在案板前，她扬了扬下巴，注意到案板上的圣女果，便随手拿起来放在嘴里。

却不料，红彤彤的圣女果还没送进嘴里，便被冯颖打掉了。

孟好纳闷地看过去，看到妈妈那副表情，顿时明白了，妈妈这是在和她置气呢，嫌她谈朋友了都没提前说一声。

她俯身捡起那颗掉落在地的圣女果，打开水龙头清洗了一番后，才重新放进嘴里。

“妈，我已经长大了，可以为自己的行为负责了，萧屿……我是真的喜欢。”孟好低声说话，眼神却是对着地面。

这话一出，阿姨顿时觉得自己不该待在厨房，便随口找了个理由走出厨房。阿姨走之前关掉了所有的煤气，抽油烟机也被关掉了，所以此刻的厨房很安静。

冯颖看着孟好，眼底的情绪再也挡不住地宣泄出来：“畅畅，有时候我觉得自己做妈妈挺失败的。”

孟好一愣，慢慢抬起眼皮，心脏在这一瞬间好像被人掐住一样。

“从小我就对你很严厉，打着为你好的旗号强迫你做一些你不喜欢的事情，现在才明白，自己之前做过的那些都是错的。”说着说着，冯颖的声音便带了些哽咽。

孟好眼眶中的泪水已经满满当当的了，但她强忍着不让眼泪掉落在地。因为她幼稚地觉得，只要眼泪不掉下来，那就是没哭。

“畅畅，我在你们高考之前也偷偷回过一次平芜，你外婆还和我说呢，你那段时间的变化蛮大的，在你身上都看不到之前的那种颓废感了，我开心的同时也很心疼。所以，畅畅，以后你就快快乐乐地上大学，谈恋爱，我和你爸永远是你的底气。”

听到最后，孟好已经泪眼婆娑，讲不出话了。

饭后。

萧屿计划开车回去，孟好本来没打算和萧屿一起回去，但孟成杰和冯颖之后就要带着孟思周回平芜看外婆，孟好自己一个人在家待着也无聊，索性也坐上萧屿的车回去了。

回去的路上，两人都蛮安静的。萧屿专心开车，孟好则是看着窗外发呆，脑子里不断回想着今天在厨房里母亲说过的话。

到了出租房，孟好靠着床头闭目养神，她缓了多长时间，萧屿就盯着她看了多长时间。

萧屿身上套着黑色卫衣，依旧是那条灰色运动裤，整个人还是那么富有少年气息，倒不是青涩的那种，而是介于成熟和青涩之间的那种。正是这种气质，把孟好迷得五迷三道的。

孟好慢慢睁开双眼，盯着蹲在自己身前的萧屿，脑子里慢慢过了一遍冯颖在厨房对她说的话——

“畅畅，妈妈知道，当年那巴掌虽然没落到你身上，但在举起手的那一刻就落在了你心上。我当时不是想逼你，我只是不想你学坏，怕你走了弯路。我曾经亲眼见到一个大学同学的孩子走上了弯路，我害怕你也变成那样，对不起，妈妈太武断了，武断地判定了你的人生。

“高中生压力大我知道，以前是我错了，现在妈妈就希望你快快乐乐的，你找的男朋友能给你带来帮助就好，最重要的当然是你喜欢。”

一直以来，冯颖对孟好的教育并不是一丝不苟的，孟好自小学起就没和父母一起生活过，到了初中才被接回京北读书，也是从那时候起，冯颖和孟成杰才开始管教孟好。可那时候孟好正是青春期，表面上虽然乖巧听话，但骨子里的叛逆因子也在悄然生长着。

直到一切被发现，叛逆被摆到明面上之后，关系也分崩离析。

不过好在那些不被人喜欢的过往已经随着时间的流逝缓缓变淡，心中的刺也被人软化，早在不知不觉中被人温柔地拔了出来。

那个人就是萧屿。

他会毫无保留地爱她，这就够了。

次日。

孟好在抽屉里发现了一个日记本——

2017 年 8 月 8 日

今天和一个女孩偶遇了三次。

2017 年 8 月 10 日

她叫孟好，是一个很特别的女生。

2017 年 8 月 11 日

通过了她的好友申请。

2017 年 8 月 20 日

她在学校很受欢迎，男生女生都喜欢和她玩。

我没吃醋。

2017 年 10 月 2 日

邀请她来我家看电影，她同意了。

虽然有几个碍眼的电灯泡。

2017 年 12 月 29 日

想吻她。

2018 年 1 月 1 日

她说我是笨蛋萧屿，可我听懂了。

2018 年 2 月 21 日

碰到了她的发小，我吃醋了。

2018 年 2 月 23 日

我是不是太作了？

2018 年 5 月 1 日

See You Tomorrow

“在所有告别里，我最喜欢明天见。”
“因为那是你常对我说的。”

2018年6月10日
萧屿是孟好的。
生生世世。
…………

有些出人意料，因为萧屿看着不像个会搞暗恋的人，但事实上就是如此，在那些她走向他的日子里，即便她是因为和林朝的赌，她还未曾喜欢上他的那些日子里，萧屿已经在喜欢她了。

很惊喜，也很特别。

刚上大三，孟好准备考研。

大学后两年的时间，孟好几乎一直住在出租屋里，一边上课一边专心准备考研，每天枯燥又持续不断地学习，直到大四结束。

那一年的六月初，平芜一中的那群人从京北毕业回了平芜。凌翔宇和许心雨在毕业那天领证，之后不到一个月，许心雨便怀孕了。那段时间，孟好不停地指责凌翔宇，但后来才明白，每个人要走的路都不尽相同，只要他们这群人还在一起就好。南美清也在大四那年同意和孙广交往，也只是交往，所以孙广的漫漫追妻路还是依旧艰辛。

江淼在大学期间谈了个女朋友，不是平芜人，也不是京北人，而是个混血大美女，但两人走过的路也不长，毕竟毕业季就是分手季这可不是说说而已的。但只要人活着，就有无限可能，或许明天两人就会看开，重新走到一起。

林朝则是孤家寡人一个，心思全扑在工作上，只是最近他身边多了个女孩，活泼开朗，也不知道他对人家女孩是什么想法，两个人的关系还不确定。

这群人里，最为稳定的则是孟好和萧屿。

初夏的晚风吹得人心里舒爽。还是那个烧烤摊，一群人吃吃喝喝，吃到后来，莫名想起了四年前那群傻乎乎的刚进入大学的准大学生。时间过得快也慢，快的是他们居然已经成了观看别人青春的看客了，慢的是他们都没有变，就算是步入社会也依旧是之前的美好样子。

孟好吃得认真，准备考研这些天，她的作息完全与高考前冲刺的那段时间一样，虽然高考和考研不能比，但都是她人生道路上最重要的两个时刻。万幸的是，萧屿和这群朋友都在身边。

吃完饭，一伙人慢慢散步回家。

孟好的手被熟悉的大掌牢牢地牵着，身上的长裙随风浮动，走在旁边的自然是萧屿，那个写暗恋日记的萧作作。

孟好忽然叫住他："萧屿。"

萧屿偏头，和她对视："说。"

酷哥还是那个酷样子。

"孟好喜欢萧屿，永永远远。"

萧屿是孟好的，生生世世。

孟好喜欢萧屿，永永远远。

他的最后，她给出了回应。

"笨蛋萧屿。"

夏日的晚风一直吹，空气中都是橘子汽水的味道。萧屿攥紧孟好的手，也跟着笑了："笨蛋萧屿听懂了。"

两人牵手走着，旧场景像老电影一样在脑海里一幕接一幕地划过。

记得在一中的时候，很流行泡泡机，孟好故意逗萧屿让他给她买一个。她在学校的操场上玩，场面一度失控，漫天的泡泡，美不胜收。

印象最深的一次，是有天手机上连续收到十几条消息，点开一看，是孟好在社交软件上给萧屿发过来的消息。

△当你刷到这些锦鲤时，发给你最最最重要的人看吧。

△这么美的日落，艾特你喜欢的人看吧。

孟好搞笑的场面也数不胜数。

孟好："以后和我说话，必须加上一句'公主在吗'，听到没？"

孟好哼哼唧唧，小嘴和机关枪一样："听到没！听到没？听到没！听到没！"

萧屿静默两秒，最后妥协："好的，公主。"

还有两人暧昧期的时候，晚上煲电话粥到凌晨两点，大多数是孟好想到什么讲什么，萧屿看起来不耐烦，却对孟好说过的每句话都给了回应。

他们正式在一起的那天，孙广故意和他们打招呼："早上好，除了你俩。"

孟好挑眉："单身狗不配和我说话。"

孙广腹诽：果然，有对象了不起。

在一起不久后的一次，在 KTV，孟好唱了一首《可爱女人》。

唱完后，她便说："可爱女人唱《可爱女人》。"

可爱女人配冷酷男人。

萧屿有时候会很毒舌，所以孟好给他取了个专属外号"我的哑巴新郎"。

还有一次，孟好中二病发作的时候说："你以为你接受的是谁的爱？"

萧屿不知该怎么接话。

孟好说："你祖宗的爱。"

走着走着，孟好发觉有些不同，好像这条巷子格外眼熟，红砖绿瓦应接不暇，条条小巷互相连接。这是……他们第一次相见的那天，她迷了路，碰到了他和一群男生。

"眼熟吗？"萧屿忽然问。

那一瞬间，孟好便意识到萧屿今晚要做什么，算算日子，今天好像是他们在一起四周年的纪念日。

"眼熟。"孟好忍住乱跳的心。

两人认识这么多年，彼此一个眼神、一个表情，就能猜到对方心里在想什么。果然下一秒，眼前的男生缓缓掏出一个戒指盒，像电影里那样，郑重地单膝跪地，抬头盯着她，目光虔诚，仿佛他是她最忠诚的跟随者。

"畅畅公主，喜欢我吗？"

孟好心"怦怦"跳，点了点头，开口的话却是："喜欢，但你为什么要选在今天求婚？我今天吃蒜了……"

这话一出，旁边的黑暗处便传来阵阵笑声，还夹杂着对话声。

"孟好还真是与众不同啊。"

"浪漫的场景被她弄得搞笑，成，真成。"

"你俩话好多，能不能闭嘴认真看？"

"遵命，老婆大人。"

萧屿也被孟好的话整得有点尴尬，他轻哂一声："能不能认真点？"

孟好这才把心思放在这略微浪漫略微与众不同的求婚上。

其实萧屿也是紧张的，别看他现在是这副酷酷的样子，但熟悉的人都知道，自从他和孟好在一起之后，很少回到之前那个酷哥模样了，除非在孟好面前极度紧张，他才会重新摆谱。

"咱们两个之后的生活会很简单，就像谈恋爱一样，可我实在是想和你拥有合法关系，所以你懂吗？"

“懂，要不明天就去领证？”
两个灵魂碰撞缠绕在一起。
是萧屿和孟好。

番外

01

萧屿和孟好领证那天选了个没什么意义的日子，如果非要给那天安上什么意义的话，那估计就是萧屿求婚后的第二天。

没错，就是这么随意。

孟好和南美清聊天的时候还说起过这事儿，当时南美清特别纳闷，平常格外注重仪式感并且有纪念日癖好的两人怎么随便选了一天作为结婚纪念日？

之后这群人聚会或者平时出来玩的时候，南美清才发现一件事。

那就是萧屿很会啊。

他是真的做到了让两人的婚后生活和谈恋爱时没什么两样，唯一的区别就是有了合法身份。

这点，真的很少有男生能做到，即便是凌翔宇那样宠着许心雨，两人结婚后还是有大大小小的矛盾和摩擦。

记得有次，三个女生组了个姐妹局，约着出去玩儿，没叫那群男人。

孟好在平芜找了间新开的清吧，三人晚饭过后就去了那边，结果聊了还没半个小时，南美清和许心雨的电话就开始响个不停，最后三人只好各回各家，各找各的老公。

但萧屿没给孟好打过一个电话，消息倒是发了几条，无非是让她好好玩，和另外两个男生的画风截然不同。

回了家，孟好看到客厅的灯还亮着，但沙发上没人，反倒是书房透出点光。

她从冰箱里拿出一瓶冰水，朝着书房翻了个大大的白眼，只不过白眼还没翻回来，书房的门就被人格外心有灵犀地推开。

萧屿从里面走了出来，穿着一身暗灰色睡衣，他先是看了眼孟好的穿搭，表情倒是没什么变化，但孟好却觉得他的脸变得更臭了。

她面不改色地走过去，心里却早偷偷笑了起来。

看来萧屿也是装的啊。

孟好咽下最后一口冰水，双手捂住矿泉水瓶的瓶身，从而让自己的掌心满是冷气，随后慢慢悠悠地走到萧屿身后，直接打得萧屿措手不及。

萧屿下意识发出一声长“嘶”，两只手快准狠地攥住孟好的手腕，但也没有太用力，孟好依旧动弹不得。

身高原因，两人又离得近，所以此刻孟好抬头盯着萧屿，萧屿也半垂着眼睫回视孟好，噼里啪啦的火光在空气中四射。

“萧作作，还不松开？你弄疼我了。”

话虽是这么说，但孟好却是一副气定神闲的模样，因为萧屿根本没用多大力气，可他还是放松了手下的力道。

倏地，孟好双手挣脱出来，再一次把手伸进萧屿的衣领里，只是这次掌心的温度趋于正常：“萧作作，又开始了是吗？”

听着这个好久没听到的称呼，萧屿仿佛一瞬间回到了几年前那个高三夜晚，孟好在他家和一群人看电影的夜晚，那个被孟好叫作“平芜一中萧作作”的夜晚。

时间过得真快啊，不知不觉，他和孟好都已经相识七年，结婚两年了。

孟好没察觉到萧屿的走神，自顾自地说：“作作作，一天到晚，就只会黏人了是吗？”

她讲话向来喜欢添油加醋，当然现在的话也是经过她添砖加瓦之后的夸张说法。

萧屿发出一声嗤笑，随后朝着书房的方向走，看样子貌似是今晚要在书房休息似的。

提起这个婚房，就不得不说两人结婚后发生的一系列大大小小的事情，记得当初虽然冯颖和孟成杰同意两人谈恋爱的事情了，但结婚毕竟是大事，孟成杰那里倒是好说话，只是冯颖这边有些棘手了。

婚房是冯颖挑的，选在了京北寸土寸金的市区内，两百平方米的大房子，然后她要求萧屿全款拿下，不仅如此，房本上也得写上孟好的名字，而且房本上的名字也只能是孟好一个人。

说实话，当时萧屿只是个本科生，就算是全国高等学府出来的高才生，又怎么可能在寸土寸金的京北全款买下两百平方米的豪宅？

但最后，萧屿做到了。

从大二到毕业的那段时间，萧屿是实实在在地拼了命地赚钱，他没有像孟好一样考本校的研究生，而是顺其自然地进入社会。他运气不错，毕业后进入的团队是国内顶尖设计游戏的团队，在国际大赛上也获得过不少奖项。

团队领导很重视萧屿，所以直接让萧屿进入核心领导层，好在萧屿能力够强，开发出的游戏上市后，首日下载量便超过当时稳居第一的另一款游戏。

由此，萧屿买婚房的钱也攒出来了。

孟好注意到萧屿头也不回的背影，“啧”了声，这才意识到他这是来真的了。

其实没出什么大事儿，半小时前，三个女生在清吧坐着聊天的时候，孟好发现酒吧的驻唱颜值很高，所以她给萧屿发了条消息，称这家清吧来了个新驻唱，帅得很。她像其他人一样录了个驻唱打架子鼓的视频，最后直接发给萧屿，都没编辑一下视频。

却没想到，萧屿看了视频之后就一条消息都没给孟好发过来，孟好当时莫名想笑。散场后，孟好上了出租车，习惯性地把车的行程分享给萧屿，随后便接到萧屿的电话。

萧屿身上那股酸劲儿都要顺着电话线飘进孟好的鼻子里了：“孟大小姐，夜生活不错啊，还有帅哥驻唱。”

孟好这才知道这人的醋是从哪儿来的，敢情他是把那个驻唱小姐姐当成男生了。那个驻唱小姐姐穿搭偏中性风，又是短发，加上清吧的灯光昏暗，驻唱小姐姐还是烟嗓，所以萧屿这才把那人当成男生了。

不仅如此，那位驻唱是个大学生，萧屿估计把她当成纯情男大学生了。

毕竟孟好就喜欢这一款。

孟好听完萧屿那酸溜溜的话，也没解释，顺着讲：“当然丰富啊，也不想想我是谁。”

萧屿冷笑一声：“那你怎么没把那男烟嗓带回家？”

孟好反问道：“你怎么知道我没带回家？‘他’现在就在我边上呢，要不要和‘他’打个招呼？”

萧屿冷哼一声，直接挂断电话。

孟好看了眼手机，心里乐得不行，不管是婚前还是婚后，她都改不了逗逗萧屿的习惯，她就喜欢看萧屿那种奓毛小狗的神态，很爽。

可现在，萧屿也不知道怎么回事，是真的生气了，还是故意想把自己引进书房？

孟好一边想着，一边朝着书房的方向走，刚一打开门，便被某人推到墙边，后背紧紧地靠住墙。

果然还是第二种，萧屿就是故意的。

萧屿站在孟好身后，微微低头，笑着在她耳边讲：“你那个男驻唱朋友呢？不是要带回家吗？怎么没看到他？”

孟好忍着笑，尽量放平声线，还在嘴硬：“她在外面呢，你松开我，我去给她开门。”

这话一出，萧屿也被搞得没脾气了，但他还是故意咬着牙齿讲话，毕竟这样听起来多了几分生气：“耍我好玩？当我傻啊？人家驻唱是个女生你看不出来？”

孟好没想到萧屿看出来了，故作夸张地问：“啊？那你干吗还装出一副吃醋的表情？”

萧屿哼笑，唇边贴着她的耳根讲话，热气尽数喷洒出来：“这不是我老婆想看我吃醋的样子吗？我不得演给她看？”

不得不说，这个样子的萧屿太蛊了！

孟好身子都软了。

02

婚后第三年的某天。

孟好接到许心雨的电话，约着一起去平芜南郊新开发的一条河边野营度假。刚好那段时间是大家休假的日子，萧屿休了好几年没动过的年假，孟好也刚结束一个重大采访。许心雨和凌翔宇把他们的女儿果果送到了果果奶奶家。孙广和南美清也在去年领证。唯一无法到场的就只有江淼，他那段时间刚好去国外出差了。

孙广和南美清婚后的生活其实与孟好和萧屿的生活没什么两样，现在年轻人想得开，喜欢过二人世界，都没有要小孩的打算，不是不喜欢小孩，而是觉得人生那么长，不一定非要循规蹈矩地生活，在自我价值实现之前，要小孩都是次要的。

只不过每个人选择的生活方式不同，许心雨选择了生子，而南美清和孟好选择的则是另外一种全新并且充满冒险的生活方式，但大家依旧是朋友，也互相尊重对方的选择。

每年春节，每家都会给许心雨家的果果发个大大的红包，现在果果成了万人宠爱的小孩。

有时候，孟好也会想，好像生孩子没有那么痛苦，但她也只是随便想想，很快就把这件事抛到脑后了。

傍晚五点，萧屿载着孟好到达许心雨发的地点，照现场的状况来看，两人貌似是最早到的一批。

车窗外的景色格外美，远处的夕阳也盛大夺目，潺潺水声伴着微风拂过树枝的声音，一切都脱离了大都市的喧嚣，都变得慢下来了。

萧屿带的团队出了些状况，所以此刻临时多了些工作，孟好便独自一人去欣赏日落，顺便拿上前不久萧屿刚送给她的礼物——一个单反相机。

孟好使用相机的次数不多，下了车后，找了半天开关没找到，最后索性把相机挂在脖子上，掏出手机拍日落。

无数美景全被手机摄像头收入囊中。

孟好正拍得入迷，忽然感觉到肩上落下一抹不容忽视的重量，伴随而来的是一道低低的男声："日落那么好看？怎么不拿相机拍？"

孟好才不好意思说自己找了半个小时都没找到开关，嘴硬道："相机还没我手机像素高呢，我倒不如用手机得了。"

说完，她回头瞥了眼萧屿，故意用下巴蹭了蹭他额角："萧屿，你这相机不够实用，你看，都生灰了。"

她还特地拿起相机举到萧屿面前，让他看看相机上的灰尘。

萧屿扫了眼一尘不染的相机，一眼看穿她根本就是不会使用，亏他天天教她。但他没说出来，给她留了点面子："好，下次你挑，行不行？"

孟好拿腔拿调："你还挺上道嘛，孺子可教。"

萧屿哼笑了声，头朝着孟好的颈窝里钻了钻，也不知道要钻到哪里去。

孟好觉得心尖一阵发痒，耳边也痒痒的，她动了动脖子，笑着说："萧屿！很痒的！"

萧屿好像有些困，声音都带了些沙哑："老婆，让我靠会儿，很累。"

他的话语一瞬间将孟好心尖的那点痒击破，随后被心疼取代。

她知道当年两人结婚时，萧屿做出的巨大妥协，偏偏这个傻子还乐在其中，没觉得冯颖的要求多么离谱。

从两人相识到相知再到相恋，甚至是结婚后，萧屿都对她做了巨大让步。而她呢？她是一切不平等要求的受益人，自得地享受这一切，但自始至终都忘了，萧屿和自己的年龄一样大。

孟好越想越愧疚，抬手轻抚着萧屿的黑发，指尖不断摩挲着他的侧脸，用微乎其微的音量小声讲：“萧屿，辛苦你了。”

却不料，原本闭目养神的某人此刻却好像忽然来了精神一样——萧屿的头还是照常搭在孟好的肩上，只不过由原本的朝下变成面对着她的颈窝了，灼热的呼吸都打在孟好脖颈处，惹得一片酥酥麻麻的。

此时他也睁开了眼，戏谑道：“辛苦什么？别瞎说，我多幸运啊，有个这么好的老婆。”

听着他这不正经的话，孟好心里知道他这是故意摆出一副风轻云淡的态度，然后用不正经的语气安慰自己。

越这样想，孟好心里越发酸，鼻尖也开始泛酸，很快，她的眼眶里便晕上泪珠，渐渐看不清楚眼前的一切，模糊了视线。

萧屿见状，最后的那点瞌睡虫也被赶跑了。他低叹了一口气，双手捧住孟好的两颊，磁性嗓音中带着往日少见的温柔：“我真的觉得自己很幸运，孟好。”

孟好觉得自己可能是因为生理期，所以情绪起伏比较大。

萧屿又安慰了她好一会儿，她转过身背对着他擦眼泪。

萧屿笑了：“老婆，都结婚三年了，包袱还那么重？”

孟好还没转过身来：“你懂什么？”

听她的语气终于恢复正常，萧屿这才松了口气，继续从她身后拥着她，下巴照旧搭在她肩上。

两人都非常喜欢这个姿势。

只是两人没腻乎多长时间，大老远便听到凌翔宇和孙广的声音：“不是我说，都老夫老妻了，还在这儿秀恩爱呢？”

凌翔宇拔高音量：“两位，收手吧，待会儿吃不下去了。”

孟好朝着两人翻了个白眼，之后便被南美清和许心雨拉到一边了。

几个大男人随后开始搭帐篷，支烧烤架，一切准备就绪后，差不多可以观赏日落了，此时的橙光比方才的还要夺目万分。

一群人像往常一样聊天，聊着对方的糗事，说着说着，就说到萧屿和孟好了。

有次，萧屿和孟好在学校外面的便利店相遇，孟好进去和他们一帮人打招呼。孟好拿了罐冰可乐，萧屿顺手拿过，单手开易拉罐，喝了几口，喉结上下滚动，动作一气呵成，看得孟好脸红心跳，忘了和他理论为什么要抢她的饮料。萧屿刚放下罐子，就对上孟好看呆的眼神，他挑眉，刚要说什么，孟好就匆忙移开视线。

外面热得厉害，便利店门口躺着几条流浪狗。孟好说："这些狗狗还挺有原则，虽然是来蹭空调的，但说不进超市就不进超市。"

萧屿听得无语。

这时，自动门合上，一条狗狗的耳朵被压在门的缝隙里，孟好吓了一跳："这狗狗耳朵没有痛觉吗？"

萧屿面无表情地看她一眼，感觉她像个傻子："你以为都像你一样？"

孟好不明白怎么就扯到她身上了。

萧屿："它又不傻，痛的话还能趴这儿？"

五秒过后，孟好反应过来，萧屿这是拐着弯地骂她傻。

回忆起高中生活，大家脸上都带了些不一样的神情，身上原本奔波的疲倦也都奇迹般地消失，或许不是高中回忆的作用，而是朋友的作用，毕竟朋友是救命良药。

酒足饭饱之后，也不知道是谁提议让萧屿唱一首歌，放眼看去，好像他的老婆孟好起哄最热烈。

萧屿也本着哄哄孟好的心思，接过孙广递过来的吉他，慢慢拨动琴弦，好听的前奏顺着风飘进在场所有人的耳朵里。

我的宝贝宝贝，
给你一点甜甜，
让你今夜都好眠；
我的小鬼小鬼，
逗逗你的笑脸，
让你喜欢整个世界……

萧屿的目光穿过日落，穿过暑气，穿过一切，送到孟好面前。

一曲毕，萧屿最后朝着孟好做了个口型——

孟好，我的宝贝。

—全文完—